Barny Schäfer
-
Operation Nadelspiel

Ein Backnang Krimi

von Patricia Rieger

Leseratten Verlag

Barny Schäfer - Operation Nadelspiel
ISBN 978-3-945230-18-3
1. Auflage, Allmersbach im Tal 2016

Cover: Patricia Rieger und Marc Hamacher
Satz und Layout: Tanja und Marc Hamacher
Lektorat: Tanja und Marc Hamacher
Druck: Winterwork, Borsdorf

www.leserattenverlag.de

Für meine Oma Dorchen,
die mit Katzen sprechen konnte.

Vorwort

Wie kommt jemand, der schon bei den ersten Klängen der Titelmelodie von *Tatort* panisch nach der Fernbedienung angelt, um einen anderen Kanal zu suchen, auf die Idee, selber einen Krimi zu schreiben? Ganz ehrlich, diese Frage habe ich mir in den letzten Monaten oft genug selber gestellt.

Ich bin nicht so der Krimi-Typ, zumindest, was die neueren Krimis angeht. Allerdings bin ich sehr empfänglich für den Charme älterer Krimis, in der die denkende Ermittlungsarbeit eines Sherlocks oder einer Miss Marple im Vordergrund steht. Die guten Krimis der heutigen Zeit sind mir dagegen viel zu aufregend, zu bedrohlich und manchmal auch zu verstörend. Und die Schlechten sind, na ja, eben schlecht …

Ich selber schreibe gerne nicht allzu ernste Fantasy und Science-Fiction – für den Hausgebrauch, also für meine Familie und Freunde. Einfach weil ich gerne schreibe und mir noch lieber Geschichten ausdenke.

Als mich dann vor zwei Jahren ein Freund auf die Ausschreibung des Leseratten Verlags für die Kurzgeschichtensammlung *Backnang Stories 2014* aufmerksam machte, dachte ich mir: *Warum eigentlich nicht? Wär doch schön, wenn von dir auch mal was veröffentlicht würde.*

Wildentschlossen brachte ich also die beiden ersten Kurzgeschichten meines Lebens zu Papier, bzw. in mein Notebook, und reichte sie beim Leseratten Verlag ein. Natürlich war eine davon eine Science-Fiction, die andere eine fantastische Geschichte. Und zu meiner Überraschung wurden beide angenommen, eine erhielt sogar den zweiten Platz.

Tja, und damit nahm das Schicksal seinen Lauf. Ich hatte Blut geleckt. Ich schrieb weitere Kurzgeschichten in unterschiedlichen Genres, von denen einige bei anderen Ausschreibungen angenommen wurden. Aber ich träumte auf jeden Fall davon, auch wieder bei den *Backnang Stories 2015* dabei sein zu können. Bis Marc Hamacher, der Herausgeber der Backnang Stories, diesen Traum mit einer einzigen Bemerkung jäh zunichtemachte. Er erwähnte nämlich ganz nebenbei, dass seine nächste Ausschreibung eventuell unter dem Motto „Krimis“ stehen könnte …

Das war dann also das Aus für mich. Ich und Krimi, das ging gar nicht. Ich war frustriert und tat das, was ich häufiger tue, wenn ich frustriert bin. Ich schnappte mir unsere drei Hunde und rannte mit ihnen eine große Runde durch den Wald. Und während ich so mit finsterer Miene hinter den drei Jungs her trabte, wurde mir plötzlich klar, wie ich aus dieser Nummer herauskommen und doch noch an den Backnang Stories teilnehmen konnte: Ich würde einen Genre-Mix versuchen und meine Schwäche mit meiner Stärke kompensieren. Schließlich gab es keine Vorgabe, dass dieser Krimi nicht auch ein fantastisches Element haben durfte. Und schon war es geboren, mein etwas „spezielles“ Backnanger Ermittlerduo *Eddie* und *Barny*.

Die Geschichte schrieb sich dann fast von alleine, so, als hätte sie nur darauf gewartet, endlich mal von irgendjemandem aufgeschrieben zu werden. So etwas passiert mir manchmal bei ganz besonderen Protagonisten. Dann ist das so, als ob sie beim Schreiben direkt neben mir sitzen und mir ihre Geschichte diktieren.

Jedenfalls habe ich mich beim Schreiben ein wenig in die beiden verliebt und war ziemlich traurig, als ich mich nach den vorgegebenen zehn Seiten von ihnen verabschieden musste. Ich überlegte, wie schön es doch wäre, noch ein wenig mehr Zeit und Raum für die beiden zu haben …

Ich sandte die Geschichte ein – obwohl Marc sich das mit den Krimis inzwischen anders überlegt hatte und doch kein Genre vorgab – und sie wurde angenommen. Und nicht nur das, sie erhielt sogar den ersten Platz der

Backnang Stories 2015. Ich war zunächst sprachlos, doch dann verlieh mir dieser völlig unerwartete Erfolg den nötigen Mut, direkt nach der Preisverleihung eine vorsichtige Anfrage bei Marc zu starten.

Das darauf folgende Gespräch hörte sich dann in etwa so an:

»Du, Marc, ich wollte da mal mit dir reden ...«

»Hey, Patricia, das trifft sich gut, ich wollte auch ... aber sag erst, was du wolltest!«

»Ach nö, ist nicht so wichtig, mach du mal erst ...«

Wir drucksten also eine Weile herum, bis klar wurde, dass wir beide dieselbe Idee gehabt hatten und dasselbe wollten: Eddie und Barny sollten noch einmal die Chance erhalten, ihre Ermittlerqualitäten bei einem richtig großen Fall unter Beweis zu stellen.

Damit stand das *Projekt Barny Schäfer* auf sicheren Pfoten, und ich sollte in den folgenden acht Monaten lernen, wie viel Recherche doch hinter einem solchen Vorhaben steht. Meine Achtung vor den „richtig echten" Krimi-Autoren ist dadurch immens gestiegen.

Diejenigen, die sich nun dafür interessieren, wer mir bei meiner Recherche geholfen hat, können das in der Danksagung am Ende des Romans nachlesen. Und für diejenigen, die dieses Vorwort bis hierhin gelesen haben und sich noch immer nicht sicher sind, ob dieser spezielle Krimi etwas für sie ist, hier mein Tipp: Wenn Sie, lieber Leser, ein waschechter Krimi-Fan sind und einen der knallharten Krimis im skandinavischen Stil erwarten, aus dem das Blut nur so aus den Seiten fließt, sollten Sie diesen Roman lieber wieder zurücklegen. Ich möchte Sie nicht enttäuschen. Wenn Sie aber ein wenig Spaß haben wollen und bereit sind, sich auf zwei etwas ungewöhnliche Ermittler mit ziemlich ausgefallenen Ermittlungsmethoden einzulassen, dann nur zu, ich lade Sie ganz herzlich in die besondere Welt von Barny Schäfer ein!

1

Haselnussgroße Hagelkörner prasselten gegen die Fensterfront des Wohnzimmers und bildeten einen eisigen, weißen Teppich auf den grauen Waschbetonplatten der Terrasse. Barny Schäfer vergrub sich noch tiefer in seine Ecke der überdimensionalen Couch, die fast das gesamte Zimmer einnahm, und gähnte herzhaft.

Wie jeden Morgen hatte Eddie ihn auch heute zu nachtschlafender Zeit rüde aus seinen Träumen gerissen.

»Los geht's, Partner! Zeit für unsere Morgenstreife.«

Ein ungläubiger Blick zur Uhr hatte Barny gezeigt, dass es gerade mal fünf Uhr vorbei war. Und ein zweiter Blick aus dem Fenster hatte seine schlimmsten Befürchtungen noch übertroffen. Dort draußen erwartete sie nichts als ein finsterer, nasser Aprilmorgen mit Temperaturen unter dem Gefrierpunkt. Bei diesem Wetter jagte man nicht einmal einen Hund vor die Tür, aber darauf nahm Eddie keine Rücksicht.

Seit er vor einem guten Jahr aus Altersgründen aus dem Polizeidienst ausgeschieden war, litt Eddie unter Stimmungsschwankungen und morgendlicher Schlaflosigkeit. Und das einzige Mittel dagegen waren eben diese zermürbenden Streifzüge durch das nächtliche Backnang.

Völlig ungerührt von den heftigen Graupelschauern hatte Eddie dann die übliche Stunde lang seine Runde gedreht und Barnys unwilliges Grummeln einfach ignoriert. Gut, Barny hätte Eddie alleine losmarschieren lassen können, aber dann hätte er auch keine ruhige Minute gehabt. Wer wusste schon, in welche Schwierigkeiten sein Partner geriet, wenn er nicht ein Auge auf ihn hatte? In den langen Jahren ihrer Zusammenarbeit war es Barny in Fleisch und Blut übergegangen, eng mit Eddie zusammenzuarbeiten und auf ihn aufzupassen. In ihren aktiven Zeiten hatten sie unter den Kollegen immer als das beste und effektivste Schnüffler-Team gegolten.

Eddie hatte es möglich gemacht, dass Barny seinem Partner in den Ruhestand folgen konnte, obwohl er problemlos noch ein paar Jährchen hätte anhängen können. Doch ohne Eddie wäre es nicht mehr dasselbe gewesen. Dafür musste er nun eben auch diese lästige Angewohnheit seines Partners in Kauf nehmen. Aber immerhin wurde er für seine Nachsicht mit einem gewaltigen Frühstück und anschließendem, ungestörtem Rumgammeln auf der Couch belohnt.

Eddie studierte in dieser Zeit immer ausgiebig die Tageszeitung und im Anschluss daran auch noch die brandheißen Polizeiberichte, die er nach wie vor regelmäßig – und unter der Hand – von einigen wohlmeinenden, aktiven Kollegen zugeschickt bekam.

Einmal Polizist, immer Polizist, grinste Barny in sich hinein, als er beobachtete, wie Eddie, der am anderen Couchende über seinen Laptop gebeugt saß, wild in einer zerfledderten Kladde herumkritzelte. Wie üblich trug sein Partner eines seiner heiß geliebten karierten Flanellhemden über dem ziemlich verwaschenen, ehemals schlammfarbigen Shirt und der olivgrünen Cargohose, in deren ausgebeulten Taschen sich so wichtige Dinge wie Taschenmesser, Kabelbinder, Feuerzeug und Multifunktionswerkzeug befanden.

Während Eddie sich Notizen zu einem der Tagesberichte machte, strich er sich gedankenverloren über das sauber rasierte Kinn mit der schmalen Narbe, die er dem Übereifer eines früheren Partners zu verdanken hatte. Die hellgrauen Augen hatte er leicht zusammengekniffen, was den hoch konzentrierten Ausdruck in dem zerfurchten Gesicht noch verstärkte. Doch Barny ließ sich davon nicht täuschen. Er wusste, dass sein Partner nur wieder mal zu bequem oder zu eitel gewesen war, nach der verhassten Lesebrille zu suchen, die er seit einem guten Jahr benötigte. Die Tatsache, dass seine Sehkraft mit dem Alter nachließ, schien Eddie ebenso schwer akzeptieren zu können wie die, dass er nun Rentner war. Barny vermutete, dass dies mit ein Grund war, warum er sich so eifrig dem Studium der aktuellen Polizeiberichte widmete. Ganz sicher würde Eddie die Erkenntnisse, zu denen er gekommen war, morgen Abend bis ins kleinste Detail mit seinem Schnüfflerstammtisch besprechen. Jeden Sonntagabend traf Eddie sich mit den noch aktiven Kollegen auf ein Bier in der Pilsbar um die Ecke.

Der Kerl wird es nie schaffen, abzuschalten und unbeschwert seinen wohlverdienten Ruhestand zu genießen.

Nicht einmal der dreiwöchige Urlaub, der gerade hinter ihnen lag, hatte etwas daran geändert. Barny hatte zunächst noch gehofft, dass etwas Abstand von der Staffel Eddie dabei helfen könnte, die Tatsache zu akzeptieren, dass er nun eben nicht mehr im aktiven Dienst stand. Sie hatten einen ehemaligen Kollegen von der Kripo besucht, der nach seiner Pensionierung wieder in seine Heimatstadt in Schleswig-Holstein gezogen war. Zwei Wochen hatte Barny den beiden unverbesserlichen Ex-Polizisten dabei zugehört, wie sie alte Fälle miteinander aufwärmten. In der dritten Woche hatten Eddie und Barny sich dann Hamburg ansehen wollen. Zumindest war so der ursprüngliche Plan gewesen. Tatsächlich war Eddie aber schon am ersten Tag auf das Polizeimuseum Hamburg gestoßen. Er hatte Tage im Dachgeschoss des Museums damit verbracht, die Kriminalfälle des Frauenmörders Honka und des St.-Pauli-Killers Pinznar bis in alle Einzelheit zu studieren. Danach hatte er ausgiebig an den interaktiven Stationen des Museums die Methoden und Techniken ausprobiert, derer sich die Kriminaltechnik bediente, sowie in den 3000 Büchern der Fachbibliothek und in sämtlichen Kriminalakten, die im Ermittlerraum auslagen, gestöbert.

Barny juckte jetzt noch die Nase, wenn er an den ganzen Staub und Mief dachte, die er in diesem Museum eingeatmet hatte. Denn selbstverständlich hatte Eddie es wieder einmal durchgesetzt, dass auch Barny in den zweifelhaften Genuss der Museumsbesuche kam.

»Nun denn!« Der laute Knall, mit dem Eddie den Laptop zusammenklappte, ließ Barny zusammenfahren. Resigniert verdrehte er die Augen, als sein Partner energisch aufsprang und in sein Schlafzimmer eilte. Barny musste nicht erst aufschauen, um zu wissen, dass es genau 10 Uhr war. Eddie funktionierte selber wie ein Präzisionsuhrwerk. Jeden Morgen beendete er pünktlich um zehn seine Lektüre und startete sein tägliches Fitnessprogramm. Dreimal wöchentlich besuchte er dafür das nahegelegene Fitnessstudio, den Rest der Woche trainierte er in dem kleinen Hobbyraum im Kellergeschoss. Danach wurde geduscht und ein leichtes Mittagessen zubereitet. Von 13 bis 14 Uhr gönnte Eddie sich dann ein Mittagsschläfchen, bevor er seinen streng geregelten täglichen Einkaufs- und Hauswirtschaftsplan abarbeitete.

Barny gähnte noch einmal ausgiebig und streckte sich gemütlich auf der Couch aus. Er selber hielt nicht viel von eng gestrickten Zeitplänen. Vor allem bei einem solchen Sauwetter hatte er nicht das geringste Problem damit, auch mal einen ganzen Tag auf der Couch herumzugammeln. Außerdem steckte ihm noch die Fahrt vom Vortag in den Knochen. Sie hatten sich auf ihrem Heimweg von Hamburg durch den Freitagnachmittagsstau gekämpft und waren erst kurz vor Mitternacht in Backnang angekommen. Barny war an sich schon kein begeisterter Autofahrer und auf diesen langen Strecken merkte er zusätzlich, dass auch er nicht mehr der Jüngste war.

Erst am Nachmittag hörte es auf zu schauern und der Himmel klarte auf, sodass Barny sich zu einem kurzen Rundgang durch den Garten aufraffen konnte. Eddie machte gerade seine tägliche Visite bei ihrer alten Vermieterin, die im Obergeschoss des Hauses wohnte. Frau Herzig war Mitte achtzig, stocktaub und litt unter der ständigen Angst, ausgeraubt zu werden. Sie wurde nicht müde, ihnen ständig zu beteuern, wie froh sie darüber war, zwei Ex-Polizisten im Haus zu haben, die sich um ihre Sicherheit kümmerten – und nebenbei noch Haus und Garten in Schuss hielten.

Als Eddie zurückkam, hatte er wieder einen ihrer berüchtigten Marmorkuchen bei sich, die ihrem Namen alle Ehre machten – obwohl Barny manchmal daran zweifelte, dass echter Marmor tatsächlich so hart sein konnte, wie es Frau Herzigs Kuchen waren. Für die Dinger benötigte man einen Waffenschein. Sie waren nicht einmal eingeweicht in literweise heißem Kaffee genießbar. Eine ahnungslose Ente, der Eddie einmal ein Stück Kuchen ins Wasser geworfen hatte, wäre beinahe einem elenden Erstickungstod erlegen. Seither entsorgten sie die gut gemeinten Gaben immer möglichst unauffällig zuunterst im Hausmüll.

»Dann mach dich mal bereit, Kumpel«, grinste Eddie gut gelaunt, während er den Kuchen wie eine Mumie in mehrere Lagen Haushaltspapier einwickelte, um ihn für Frau Herzigs erstaunlich scharfe Augen, mit denen sie den wöchentlichen Hausmüll inspizierte, unkenntlich zu machen. »Du weißt, heute ist Samstag.«

Auch das noch, stöhnte Barny und schloss genervt die Augen. Samstags waren sie immer zum Abendessen bei Eddies älterer Schwester Klara eingeladen. Gegen das Essen hätte Barny ja nichts einzuwenden gehabt, aber die 74-jährige Klara Kachl lebte leider nicht allein.

Nachdem die resolute Dame auch noch ihren zweiten Ehemann unter die Erde gebracht hatte, hatte sie sich entschlossen, ihre verbleibenden Jahre nur noch in tierischer Gesellschaft zu verbringen und sich ausschließlich ihren Lieblingsbeschäftigungen zu widmen. Dazu gehörten Stricken und vor allem die Lektüre von Kriminalromanen. Klaras erstem Hobby hatte Barny es zu verdanken, dass er mittlerweile über eine lächerliche Sammlung selbst gestrickter Jacken, Decken und Ohrenwärmer verfügte, die im hintersten Winkel einer Kommode vor sich hin moderten, was ihn nicht besonders juckte. Klaras Leidenschaft für Krimis war dagegen schon etwas anstrengender, da sie sich selber als eine Wiederverkörperung Miss Marples sah. Eddie und er verbrachten die Samstagabende damit, sich die absurdesten Theorien über Verbrechen anzuhören, die laut Klara ständig in ihrem unmittelbaren Umfeld verübt wurden, ohne dass die Polizei – von der sie im Übrigen überhaupt nichts hielt – dagegen einschritt. Am nervenaufreibendsten waren für ihn jedoch Klaras Mitbewohner.

Craddock Moppel, der seinen Namen bezeichnenderweise dem unfähigen Inspektor aus den bekannten Miss Marple-Filmen verdankte, war eine Schande für seine Rasse. Der Mops war unglaublich fett, unglaublich träge – und unglaublich dämlich. Allerdings war er auch unglaublich gutmütig und er verehrte Barny so offensichtlich, dass es diesem schier unmöglich war, ihn grob zurückzuweisen. Und eine etwas mildere Abfuhr drang erst gar nicht in das winzige Hirn des dummen Hundes vor.

Dolly Samtblau, Klaras elegante, blue-smoked Birma-Perser-Mix-Katze war da ein ganz anderes Kaliber. Sie verdankte ihren Namen Miss Marples bester Freundin Dolly Bantry. Die Katze war im Gegensatz zu dem Mops alles andere als dämlich, dafür aber unerträglich borniert. Sie hielt überhaupt nichts von Barny und ließ keine Gelegenheit aus, ihm ihre Verachtung zu zeigen.

Grundsätzlich war es Barny vollkommen egal, was andere von ihm hielten, aber dennoch konnte er sich einen angenehmeren Zeitvertreib für einen Samstagabend vorstellen, als in einer nach fettem Hund, Lavendel und Katze stinkender Stube zu hocken und ununterbrochen von einem eisigen, bernsteinfarbenen Blick fixiert zu werden. Da schmeckte nicht einmal das saftige Rindersteak, das Klara immer für ihn bereithielt.

Aus diesem Grund verließ Barny die gemütliche Couch nur unwillig. Mürrisch folgte er Eddie nach draußen, wo zur Abwechslung schwere Schneeflocken vom Himmel klatschten und ihn auf dem kurzen Weg von der Fritz-Häuser-Straße in die Danziger Straße komplett durchweichten. Eddies Elternhaus, das Klara bewohnte, seit sie sich bis zu deren Tod um die pflegebedürftigen Eltern gekümmert hatte, roch heute zur Abwechslung mal nach verbranntem Fleisch und nassem Hund.

Craddocks ohrenbetäubendes Freudengebell, das er immer anstimmte, sobald die Klingel erklang, brachte Barnys Trommelfell ebenso zum Vibrieren wie seine Nerven. Dann wurde die Haustür aufgerissen und Klaras ausladende Gestalt füllte den Türrahmen. Sie trug einen braunen Wollrock und eine weiße Bluse, über die sie eine blaurote Strickweste gezogen hatte. Zwei große Fettflecken prangten auf ihrer beeindruckenden Vorderfront.

»Da seid ihr ja«, übertönte sie das schrille Kläffen des Mopses. »Schnell rein mit euch bei dem Sauwetter, bevor ihr euch noch erkältet! Also ehrlich Eddie, heute hättest du ja wirklich mal das Auto nehmen können.« Vorwurfsvoll schüttelte sie den Kopf, ohne dass dabei auch nur ein einziges ihrer kleinen, rotblond gefärbten Löckchen verrutschte. Nur der durchdringende Geruch ihres großzügig verwendeten Haarsprays verstärkte sich und kitzelte Barny in der Nase.

Energisch schob Klara ihren Bruder ins Haus, während Craddock es endlich schaffte, sich an ihr vorbei zu schieben und Barny euphorisch zu begrüßen.

»Krieg dich wieder ein, Moppel!«, knurrte Barny entnervt, als der Mops – heute passend zu Klara ebenfalls in ein selbst gestricktes, blaurotes Jäckchen gekleidet – asthmatisch schnaufend um ihn herumsprang und vergeblich versuchte, Barnys Lefzen zu lecken.

»Genau, Moppel, krieg dich wieder ein«, schnurrte eine samtweiche Stimme spöttisch. »Checkst du es immer noch nicht, dass die große Bullentöle dich genauso wenig mag wie ich? Von euch ist doch einer so beschränkt wie der andere.«

Dolly Samtblau saß elegant auf dem Treppenabsatz und betrachtete angelegentlich die glänzenden, nadelspitzen Krallen ihrer linken Pfote. Barny schlenderte gelassen in ihre Richtung. Als er auf ihrer Höhe angekommen war, schüttelte er sich ausgiebig den Schneematsch aus dem Fell.

Mit einem Wutschrei sprang Dolly – zugegebenermaßen immer noch sehr elegant – zur Seite.

»Primitiver Bauernköter!«, fauchte sie erbost. »Keine Manieren. Aber etwas anderes kann man von einem prolligen Ex-Schnüffler wohl auch nicht erwarten.« Und damit verzog sie sich in Klaras gute Stube auf die Ofenbank des alten Kachelofens.

Barny grinste in sich hinein. So wie es aussah, stand es diesmal eins zu null für ihn. Und das bereits nach wenigen Minuten. Vielleicht gestaltete sich der heutige Abend ja doch noch erfreulicher als erwartet. Das blutige Steak, das Klara ihm vorsetzte, schmeckte ihm jedenfalls ungewöhnlich gut, diesmal vielleicht gerade deshalb, weil Dolly ihn mit finsterer Miene beim Essen betrachtete. Seine gute Laune hielt an, bis Craddock sich nach dem Essen dicht an seine Seite kuschelte und ihm behaglich ins Ohr schnarchte.

Eddie kämpfte inzwischen mit seinem viel zu kross gebratenen Steak, verkochten Spätzle und einem Salat, der definitiv zu lange im Öl gelegen hatte, während er sich Klaras neuesten Pseudo-Kriminalfall anhörte. Erst als in ihrem Monolog ein bekannter Name fiel, horchte Barny auf. Sein Blick fiel auf Dolly, die ihn nun nicht mehr wütend und verächtlich, sondern vielmehr nachdenklich ansah.

»Wenn sie wirklich so verwirrt gewesen wäre, dass sie ziellos aus dem Seniorenstift marschiert«, erläuterte Klara gerade, »hätte Rosa ganz sicher nicht Molly mitgenommen. Aber Molly ist am selben Tag spurlos verschwunden wie Rosa. Das ist doch verdächtig, findest du nicht auch?«

»Wer zum Teufel ist jetzt schon wieder Molly?«,

nuschelte Eddie mit vollem Mund, während er vergeblich versuchte, das zähe Rindfleisch zu zerkauen.

»Ach, komm schon, Eddie, seit wann bist du so begriffsstutzig?«, empörte sich Klara und fuchtelte mit einer Gabel voll Spätzle in der Luft herum. Die Spätzle flogen in hohem Bogen durch die Luft und landeten auf dem Boden. Sofort beendete Craddock seine Schnarchtirade. Er bewegte seine Masse verblüffend schnell zum Tisch und saugte die Teigwaren förmlich ein.

»Du musst dich doch noch an Molly erinnern, Rosas Katze!« Klara schüttelte vorwurfsvoll den Kopf und häufte sich neue Spätzle auf die Gabel. Craddock wackelte mit dem Ringelschwanz und sabberte erwartungsvoll. »Sie kam aus demselben Wurf wie meine Dolly. Rosa hat sie mir damals von der Katzenhilfe mitgebracht, für die sie immer gespendet hat. Die beiden Kätzchen waren die einzigen Überlebenden des Wurfs. Rosa hing sehr an ihrer Molly. Sie hat viel Geld dafür gezahlt, dass sie das Tier vor zwei Jahren dann in den Seniorenstift mitnehmen durfte.«

»Dann ist es doch wahrscheinlich, dass die alte Dame ihre Katze auch mitgenommen hat, als sie aus dem Stift entlaufen ist«, grummelte Eddie und pulte sich mit einem Zahnstocher das Fleisch aus den Zähnen.

»Du verstehst das nicht«, schimpfte Klara ungeduldig. »Molly war eine reine Stubenkatze. Sie hatte eine Heidenangst davor, das Haus zu verlassen. Rosa hätte sie nie mitgenommen, um mit ihr irgendwo in der Gegend herumzulaufen. So verwirrt war sie wirklich noch nicht. Überhaupt war sie lange nicht so dement, wie die es aus dem Pflegeheim jetzt darstellen. Sie wurde halt langsam vergesslich, was mit Mitte achtzig ja auch kein Wunder ist. Aber ansonsten war sie blitzgescheit. So schnell konnte man ihr nichts vormachen. Ich bin sicher, dass sie nicht einfach so aus dem Stift verschwunden und dann ziellos in der Gegend herumgeirrt ist. Da steckt ein übles Verbrechen dahinter! Rosa hat zu ihrer Zeit sehr gut geheiratet. Ihr Mann war ein stinkreicher Bankmanager, mit dem sie durch die ganze Welt gereist ist. Kinder hatten die beiden keine. Rosas einziger Bruder war unverheiratet und ist schon mit vierzig bei einem Unfall im Ausland ums Leben gekommen.« Klara seufzte wehmütig und Eddie horchte auf.

»Der Bruder, war das nicht dieser junge Bengel, der eine Zeit lang hinter dir her war? Wie hieß er noch gleich, Kurt oder Karl ...«

»Konrad«, verbesserte sie Eddie. »Ein schneidiger junger Mann, aber auch ein Taugenichts. Er war ein knappes Jahr älter als ich und sehr charmant. Aber ich wusste schon als junges Mädchen, dass solche Typen nur Ärger machen. Ich habe dann lieber meinen guten Walter genommen.« Kurz gab sich Klara schönen Erinnerungen hin, doch dann kam sie wieder auf ihren neuesten Fall zu sprechen. »Ich bin sicher, dass da irgendeine üble Sache am Laufen ist, Eddie. Rosa Scheib ist nicht freiwillig vor drei Wochen verschwunden. Bis heute hat man keine Spur von ihr entdeckt und die Polizei glaubt, dass sie nicht mehr lebt. Das Wetter in den letzten Wochen war so schlecht, dass man annimmt, sie liegt irgendwo erfroren im Wald und man wird sie irgendwann mal finden. Anscheinend verschwinden ständig ältere, verwirrte Leute aus Pflegeheimen, die keinem Verbrechen zum Opfer gefallen sind.«

»Ich bin sicher, dass die Polizei den Fall sehr gründlich untersucht«, brummte Eddie. »In Vermisstenfällen gibt es sehr genaue Vorgaben, was alles zu geschehen hat. Die meisten Fälle klären sich innerhalb eines Monats.«

»Was nützt mir das?«, schnaubte Klara und schob sich die letzte Gabel Spätzle in den Mund.

Craddock winselte verzweifelt.

»Die arme Rosa ist seit drei Wochen verschwunden«, ereiferte sich Klara weiter mit vollem Mund. »Vielleicht wurde sie schon ermordet! Bestimmt will sich der Mörder ihr Erbe unter den Nagel reißen.«

Eddie, der den aussichtslosen Kampf mit dem Steak inzwischen aufgegeben hatte, schob seinen Teller genervt zur Seite. Offensichtlich hatte ihm das Gespräch nun auch noch die Lust auf die Spätzle genommen.

»Das ist doch totaler Bockmist, Klara! Wenn deine Rosa ein Testament gemacht hat, kommt der Erbe erst an das Geld, wenn sie offiziell für tot erklärt wurde. Und das dauert bei einer über Achtzigjährigen mindestens fünf Jahre. Und wenn es kein Testament gibt, hat der mutmaßliche Mörder erst recht nichts von ihrem Tod.«

»Pah!« Klara rümpfte verächtlich die Nase. »Das ist ja mal wieder typisch für euch kurzsichtige Polizisten! Also ehrlich, Eddie, von dir hätte ich mehr erwartet! Geld, das man in fünf Jahren bekommt, ist immer noch besser als gar keins!«

»Himmel, Klara!«

Gespannt verfolgte Barny die Auseinandersetzung. Wenn Eddie diesen Ton anschlug, war er bald am Ende seiner Geduld angekommen. Vielleicht würde Eddie diesen unerfreulichen Abend dann etwas früher beenden als üblich und Barny konnte sich endlich wieder auf seine Couch zurückziehen. Er konnte sich im Moment nichts Besseres vorstellen, als gemütlich eine Runde zu schlafen ohne das asthmatische Schnaufen Craddocks direkt an seinem Ohr zu haben und die bohrenden Blicke dieser unangenehmen Person Dolly im Genick zu spüren.

»Was hätte denn der rechtmäßige Erbe davon, Rosa zur Seite zu schaffen?«, wandte Eddie ungeduldig ein und warf die zerknüllte Papierserviette auf das zerstückelte Steak. »Die Frau ist Mitte achtzig. Wahrscheinlich wäre sie sowieso in den nächsten fünf Jahren gestorben. Und wer zum Teufel ist überhaupt ihr Erbe?«

Mit wichtiger Miene beugte sich Klara zu ihrem Bruder hinüber.

»Das ist es ja gerade! Keiner weiß es. Rosa hatte keine Verwandten mehr, an die ihr Erbe automatisch fallen könnte. Also hat sie ständig neue Pläne gemacht, wen sie als Erben einsetzen wollte. Mal war es die Katzenhilfe Schnurrtiger, der sie alles hinterlassen wollte, dann wieder die Seniorenresidenz Sonnenblick. Ich habe keine

Ahnung, ob es inzwischen irgendwo ein offizielles Testament gibt, und wenn ja, wer es haben könnte.«

»Das macht die Sache nicht unbedingt einfacher«, gab Eddie unwillig zu. Klara schien es nun doch noch geschafft zu haben, sein Interesse zu wecken. Barny gab ein frustriertes Stöhnen von sich. Die Aussicht auf einen gemütlichen Restabend zuhause rückte wieder in die Ferne.

»Genau!« Klara nickte triumphierend und stellte die Teller zusammen. »Noch einen Absacker?«

Barny unterdrückte ein empörtes Aufjaulen, als Eddie nickte. Ein Absacker zog immer gleich mehrere Nachteile mit sich. Zum einen hatte Eddie sich offensichtlich entschieden, noch länger bei Klara zu bleiben, was an sich schon eine Katastrophe war, zum anderen schien ihn dieser Vermisstenfall doch stärker zu interessieren, als er zugeben wollte. Und das wiederum bedeutete, dass Eddie – und damit auch Barny – die kommenden Tage damit beschäftigt waren, der verschollenen Rosa Scheib nachzuspüren. Ganz abgesehen davon, dass Eddie auch noch die unangenehme Angewohnheit hatte, den Genuss von Alkohol dadurch auszugleichen, dass er sein morgendliches Fitnessprogramm noch weiter ausdehnte. Barny sah sich schon mit Eddie am frühen Sonntagmorgen im Graupelschauer am Murrufer entlangjoggen.

Seine Befürchtungen schienen sich zu bewahrheiten, als Eddie, der es sich mit einem Verdauungsschnaps auf Klaras Sofa gemütlich machte, seine altbewährte Verhörmasche aufzog.

»Dann erzähl mir doch mal genau, wie Rosa vor drei Wochen aus dem Seniorenheim verschwinden konnte!«

Klara, die ihre beachtliche Körperfülle in ihren Lehnsessel gezwängt hatte und nun eifrig mit einem Nadelspiel an einem undefinierbaren Strickteil in schwarz-rot-gelb arbeitete, holte tief Luft und Barny schloss resigniert die Augen.

»Also«, begann Klara und ihre Stricknadeln klapperten

eifrig. »Ich besuche Rosa jeden Mittwochnachmittag zur Strickrunde in der Seniorenresidenz. Rosa und elf weitere Seniorinnen treffen sich dann in einem der Gemeinschaftsräume. Sie freuen sich immer, wenn auch mal eine Jüngere mit ihnen strickt und ihnen bei den schwierigeren Mustern zur Hand geht. Aber als ich vor zweieinhalb Wochen dort war, musste ich erfahren, dass Rosa seit dem Osterwochenende verschwunden war. Und ihre Molly auch.«

»Hat irgendjemand sie fortgehen sehen?«, hakte Eddie nach. »Vor allem mit der Katze hätte es doch auffallen müssen.«

Klara nickte eifrig. »Sie erzählten mir, dass sie Rosa zuletzt mit ihrem Strickkorb im Arm auf dem Hauptgang gesehen hätten. Alle dachten, dass sie nur in den Gemeinschaftsraum im Erdgeschoss gehen und beim Stricken etwas fernsehen wollte. Aber sie ist nie dort angekommen. Deshalb wird vermutet, dass sie dann doch zum Ausgang gegangen und aus dem Stift gelaufen ist. Man war dort wohl so mit den Vorbereitungen für den Verwandtenbesuchstag am Ostersonntag beschäftigt, dass Rosas Fehlen zunächst gar nicht aufgefallen ist.«

»Und die Katze?«, bohrte Eddie hartnäckig weiter.

»Also dieser Strickkorb ist richtig groß«, erwiderte Klara zögernd. »Da hätte Molly sicher gut hineingepasst. Und davon geht die Polizei wohl aus, dass Rosa ihre Katze eingepackt hat und verschwunden ist. Aber das ist völlig absurd!«

Die Stricknadeln hörten sich nun so an, als ob zwei Florette in atemberaubender Geschwindigkeit aufeinandertrafen. Klara schnaubte verächtlich.

»Natürlich wollen die sich alles schön reden, damit sie den Fall mit gutem Gewissen zu den Akten legen können. Und es ist immer am einfachsten zu denken, dass die alten Leute nicht mehr zurechnungsfähig sind. Dabei ist es gerade anders herum! Miss Marple jedenfalls wusste Bescheid ...«

Die jungen Leute denken, die Alten sind Narren, aber die Alten wissen, die Jungen sind Narren, stöhnte Barny innerlich. Er kannte diesen Spruch in- und auswendig. Es war Klaras absolutes Lieblingszitat.

»...die jungen Leute denken, die Alten sind Narren, aber die Alten wissen, die Jungen sind Narren«, erklang es auch prompt aus Richtung Lehnstuhl, und die Stricknadeln klapperten dazu im Takt. »Also, was meinst du, Eddie? Wirst du dich mal bei deinen Kollegen umhören und ihnen etwas zur Hand gehen? Vertrau dem Gespür deiner älteren Schwester: Hier ist etwas faul! Und dieser Fall braucht besondere Ermittler, solche wie dich und Barny, der gute Kerl.«

Beunruhigt öffnete Barny ein Auge und bekam gerade noch mit, wie Eddie zögernd nickte. Das war's dann. Damit stand fest, dass es in den nächsten Wochen wieder kein geruhsames Rentnerleben geben würde.

»Und deshalb stricke ich für den braven Jungen auch dieses Jäckchen«, flötete sie und hielt entzückt ihr Strickzeug in die Höhe.

Klaras Bemerkung ließ Barny vor Schreck das Blut in den Adern gefrieren. Fassungslos setzte er sich auf.

»Schau mal, ganz in den deutschen Farben«, fuhr Klara fort. »Schließlich ist er ja auch ein reinrassiger Deutscher Schäferhund. Dann muss der Arme bei dem Sauwetter nicht mehr so frieren. Er ist ja auch nicht mehr der Jüngste. Craddock freut sich immer so, wenn er ein neues Jäckchen bekommt. Vielleicht stricke ich ihm auch noch so eines.«

»Hast du das gehört, Barny?« Craddock, dem vor Entzücken ein langer Sabberfaden aus dem Maul hing, starrte mit verklärten Glupschaugen zu Barny hoch. »Dann sind wir im Partnerlook! Das ist dann so, als ob du dieser berühmte Schillerlocken Holms bist, von dem Mama Klara uns manchmal vorliest, und ich dein Partner Wattsohn. Und gemeinsam finden wir dann die nette Tante Rosa, die mir immer ein Katzenleckerli gibt, wenn wir sie besuchen. Sie sagt, ich bin der einzige Hund, den sie mag, weil ich eigentlich eher wie eine Katze aussehe.

Ist das nicht lieb von ihr?«

»Das ist eine unverschämte Beleidigung für jede Katze«, zischte Dolly angewidert und sprang anmutig von der Ofenbank. Sie setzte sich direkt vor Barnys Nase, der noch immer damit beschäftigt war, Klaras letzte Bemerkung zu verdauen. Visionen von schwarz-rot-gelb gekleideten Möpsen, die lautstark hinter ihm her schnauften, erschienen vor seinem inneren Auge.

»Aber wie sieht es mit dir aus, Schnüffler?«, raunzte Dolly herausfordernd. »Wirst du an diesem Fall mitarbeiten?«

Barny setzte seinen gefürchteten Alpha-Blick ein, der aufdringliche oder unverschämte Hunde immer sehr schnell in ihre Schranken verwies. Bei Dolly schien er allerdings nicht zu wirken. Diese unangenehme Person legte nur leicht ihren Kopf schief und fixierte ihn amüsiert.

»Was interessiert dich das?«, grummelte Barny dumpf.

»Natürlich wird er das!«, japste Craddock euphorisch dazwischen. Er schien absolut nichts von der Spannung mitzubekommen, die sich jeden Augenblick im Raum zu entladen drohte. Er hopste ungeschickt zu Dolly, stupste sie fröhlich an und tat dann dasselbe bei Barny. »Und wir werden ihm dabei helfen! Das ist sogar noch besser. Dann sind wir wie die drei Muskeltiere, die im Geheimnisauftrag ihre Königin retten. Und unsere Königin heißt eben Rosa.« Er hielt einen Moment verzückt inne und schwelgte in der Vorstellung zukünftiger Heldentaten. Dann lief ein Beben durch seinen drallen Körper und er quiekte begeistert auf. »Genau das ist es!«

Barny betrachtete den Mops, der aussah, als würde er jeden Augenblick vor Begeisterung zerspringen, mit leiser Besorgnis. Craddock schien nichts davon zu bemerken.

»Versteht ihr?«, erklärte der Mops strahlend. »Das ist dann so, als ob wir beim Geheimnisdienst arbeiten. Wir planen gemeinsam eine geheime Operation, nämlich

Tante Rosas Rettung. Und dazu brauchen wir so ein Wort, ihr wisst schon, so ein supercooles Kotwort, das nur wir kennen.« Seine Stirn verzog sich in nachdenkliche Falten, während Barny und Dolly für einen Augenblick vergaßen, dass sie grundsätzlich nie einer Meinung waren, und sich fassungslos ansahen. »Was könnte das wohl für ein Wort sein?«, überlegte Craddock laut weiter.

»Wie wäre es wohl mit dem Codewort Volltrottel?«, schnurrte Dolly trügerisch sanft.

Craddock dachte kurz darüber nach und schüttelte dann den Kopf.

»Das ist nicht cool genug und hat auch überhaupt keinen Bezug zu uns oder Tante Rosa.« Erneut verfiel er in angestrengtes Grübeln. Für einen Moment war im Raum nichts zu hören als das Klappern von Klaras Stricknadeln. Barny beobachtete, wie die Kulleraugen des Mopses zu funkeln begannen, als sein Blick von der schnellen Bewegung des Nadelspiels eingefangen wurde.

»Ich hab's«, flüsterte der Mops andächtig. »Das passt genau zu Tante Rosa.« Wichtig wandte er sich an Barny. »Unser Geheimnisauftrag heißt von heute an Operation Nadelspiel! Wir sind jetzt Geheimnisagenten und gemeinsam werden wir die arme Tante Rosa finden.«

Barny, der unwillkürlich die Luft angehalten hatte, stöhnte nun laut auf und verdrehte die Augen. Noch nie zuvor hatte er sich so inbrünstig nach seiner Couch gesehnt. Ein amüsiertes Schnurren erklang und etwas Weiches strich sanft um ihn herum.

»Cool down, großer Geheimnisagent«, summte Dolly spöttisch. »Abgesehen von diesem idiotischen Geheimdienstgetue liegt dieser grenzdebile Moppel ausnahmsweise mal gar nicht so ganz falsch. Immerhin ist nicht nur Rosa, sondern auch meine Schwester verschwunden. Ich bin also selber daran interessiert zu erfahren, was hinter der ganzen Sache steckt.«

Betroffen zuckte Barny zusammen. Er hatte gar nicht mehr daran gedacht, dass Dolly eine Familienangehörige verloren hatte. Mitfühlend sah er auf sie hinunter. Dolly schien genau zu spüren, was in ihm vorging und lachte belustigt auf.

»Lass mal gut sein, Großer! Ich bin eine Katze, kein gefühlsduseliger Hund. Meine Schwester war eine feige, arrogante und sehr dumme Person. Wir hatten so gut wie keine Gemeinsamkeiten. Als Kitten haben wir uns gehasst und waren froh, dass wir in verschiedene Haushalte vermittelt wurden. Wir hatten seit Jahren keinen Kontakt mehr zueinander. Trotzdem möchte ich wissen, was mit ihr passiert ist. Also werde ich dir tatsächlich ein wenig zur Pfote gehen bei deinen Ermittlungen. Taugt dein Mensch etwas?«

Barny, der es schon bedauerte, für einen Moment so etwas wie Mitgefühl für Dolly entwickelt zu haben, knurrte verärgert.

»Eddie ist einer der Besten! Aber davon versteht so eine wie du ja nicht das Geringste. Ebenso wenig wie von sauberer Ermittlungsarbeit. Deine Hilfe kannst du dir also wer weiß wohin stecken, Pussy.«

Erleichtert bemerkte er, dass Eddie sein Verhör beendet hatte und nun endlich bereit war, heimzukehren. Entschlossen erhob er sich und versuchte, Craddocks fassungslosen Blick zu ignorieren. Der Mops schien die Welt im Moment noch weniger zu verstehen als sonst. Eifrig wackelte er hinter Barny her.

»Sie meint das nicht so«, winselte er. »Natürlich hat sie ihre Schwester gemocht. Ich meine, seine Geschwister muss man doch einfach mögen, nicht? Ich habe vier. Drei Schwestern und einen Bruder. Sie sind alle toll. Wir sehen uns einmal im Jahr und sind dann immer total glücklich. Wenn einer von ihnen verschwände, wäre ich ganz traurig. Und Dolly ist sicher auch traurig, will das aber nicht zeigen, weil wir dann auch traurig wären. Sie meint es nur gut.«

»Träum weiter, Craddock, du bist ein guter Kerl«, brummte Barny und schüttelte den Kopf. Gegen so viel Naivität war er machtlos. Die schwarzen Glupschaugen füllten sich vor Rührung mit Tränen.

»Findest du wirklich? Vielen Dank, Barny. Du bist aber auch ein guter Kerl! Und du kannst dich auf mich verlassen. Dein Partner lässt dich nicht im Stich. Gemeinsam werden wir Operation Nadelspiel erfolgreich durchführen.«

Das hat mir gerade noch gefehlt, fluchte Barny innerlich und stürmte zur Haustür. Heftige Sturmböen mit fetten Regentropfen peitschten ihm entgegen, doch er bemerkte es kaum, während er so schnell wie möglich mit Eddie an seiner Seite nach Hause eilte.

2

Barny verbrachte eine alles andere als erholsame Nacht. Er träumte von endlosen Labyrinthen, in denen er einem schwarz-rot-gelben Faden folgte, während aus der Ferne wütendes Degenklirren und die erbärmlichen Schreie eines fetten Mopses ertönten. Darum war er fast schon dankbar, als Eddie ihn wie befürchtet in voller Laufmontur kurz vor fünf weckte und eine gute Stunde mit ihm durch Backnang und die angrenzenden Teilorte rannte.

Es hatte über Nacht aufgeklart und die plötzlich sehr milden Temperaturen kündigten den längst überfälligen Frühling an. Interessiert hielt Barny seine Nase in die Luft. Bei einer so lauen Witterung waren die Gerüche viel intensiver als bei dem Sauwetter der vergangenen Wochen. Alles in allem war es heute also gar nicht ganz verkehrt, schon so früh unterwegs zu sein. Ein weiterer Bonus war die Tatsache, dass Eddie seine Runde diesmal so legte, dass sie direkt am Haus des kleinen Piet Fox vorbeikamen.

Piet war ein junger, drahtiger Foxterrier, der Barny zutiefst bewunderte. Seine Familie, das Ehepaar Kugler, war etwas überfordert mit dem temperamentvollen Burschen und ließ ihm zu viele Freiheiten. In seinem Haushalt hatte eindeutig Piet die Hosen an, was dem hitzköpfigen kleinen Kerl nicht unbedingt guttat. Umso wichtiger war es für ihn, mit jemandem Kontakt zu haben, der über genügend natürliche Autorität verfügte, um ihn im Zaum zu halten. Jemand, der rechtzeitig einschritt, um zu verhindern, dass der Kleine auf die schiefe Bahn geriet. Jemand wie Barny eben.

Barny hatte Piet vor einem guten Jahr kennengelernt, als der Kleine sich in einer üblen Rauferei mit drei doppelt so großen Kerlen befunden hatte. Sie gehörten zu den *StreetDevils*, der berüchtigtsten Straßenköter- Gang Backnangs. Wie die meisten Terrier war auch Piet ein

Adrenalinjunkie und hatte wohl wieder einmal eine zu kesse Lippe riskiert. Er wäre von der Bande übel zugerichtet worden, wenn Barny nicht eingegriffen hätte. Und da ihm klar war, dass ein Junge wie Piet dringend eine richtige Aufgabe benötigte, um auf dem Boden zu bleiben, hatte er ihn damals unter seine Fittiche genommen und bildete ihn seither als Informant und Botenjunge für seine Kontakte aus.

Als Eddie an diesem Morgen Piets Haus passierte, ließ Barny seinen Partner etwas vorausrennen und gab einmal kurz und scharf Laut.

Piet war wie immer auf Zack. Der Kleine lief auch in der Nacht auf Hochtouren und benötigte zum Leidwesen seiner Familie nicht viel Schlaf. Barny grinste schadenfroh, als Piet im Haus sein schrillstes *Ich-muss-dringend-mal-raus*-Jaulen anstimmte. Im Obergeschoss ging ein Licht an. Ein Rumpeln ertönte und ein derber Fluch des Hausherrn erklang.

»VerdammterKöter!«

»Aber Heinz!« Frau Kugler, Piets Frauchen, hörte sich furchtbar schockiert an. »Der arme Schatz muss bestimmt ganz dringend in den Garten und sein Bächlein machen. Bestimmt habe ich ihm gestern zu viel Fleischbrühe in sein Fresschen gemischt.«

Barny schnaubte verächtlich auf. Kein Wunder, dass Piet sich manchmal so idiotisch benahm, wenn sie ihn wie einen Idioten behandelten. Wenn Eddie auch nur ein einziges Mal so bescheuert mit ihm gesprochen hätte, hätte Barny ihm in die Schuhe gepinkelt.

Die Terrassentür öffnete sich einen Spalt weit und ein kleiner, weiß-brauner Schatten flitzte heraus. Mit leuchtenden Augen kam Piet kurz vor Barny schlitternd zum Stehen.

»Hier bin ich, Chef«, kläffte er begeistert. »Was geht?«

Barny warf Piet einen strengen Blick zu. Der Junge musste lernen, dass er einen so flapsigen Umgangston bei der Arbeit nicht tolerierte. Und vor allem durfte er unter gar keinen Umständen mitbekommen, dass Barny eine

Schwäche für den rotzigen kleinen Kerl mit dem losen Mundwerk hatte.

»Ich brauche Freddy Dreibein«, brummte er unwirsch. »Heute Abend zur üblichen Zeit. In der Wacholderhöhe vor der Seniorenresidenz.«

Die mandelförmigen Augen blitzten auf und ein Beben lief durch den drahtigen Körper.

»Ein neuer Fall, Chef?« Piets Stimme überschlug sich fast vor Aufregung. »Kann ich diesmal bei den Ermittlungen helfen? Bitte! Ich weiß, dass ich inzwischen so weit bin!« Der letzte Satz endete in einem schrillen Aufjaulen und aus dem Haus ertönte der beunruhigte Ruf von Frau Kugler, die sich inzwischen wohl auch aus dem Bett gequält hatte.

»Ist alles in Ordnung, Piet-Schätzchen? Komm wieder herein zu Mama. Ich habe ein feines Leckerchen für dich!«

Barny stöhnte entnervt.

»Wann du so weit bist, entscheide ich, Bursche. Und solange du wegen jeder Kleinigkeit einen solchen Aufruhr verursachst, kann davon nicht die Rede sein. Also schaff mir nur den Alten herbei!«

»Sofort, Chef, ich sause gleich los«, japste Piet bereits im Sprung.

»Bist du wahnsinnig?«, donnerte Barny. »Was habe ich dir über Unauffälligkeit beigebracht? Man verschwindet nie im Beisein der Menschen aus dem Garten! Man passt eine gute Gelegenheit ab, wenn sie unaufmerksam sind. Sie dürfen unter gar keinen Umständen mitbekommen, wann und auf welchen Wegen du dich abgesetzt hast, sonst ist es bald vorbei mit der Freizügigkeit. Also beweg deinen Hintern wieder ins Haus zurück und warte auf eine günstige Gelegenheit, um den Auftrag auszuführen! Enttäusche mich nicht, ich verlasse mich auf dich!«

»Alles klar, Chef«, winselte Piet mit hängenden Ohren und schlich zur Terrassentür, hinter der Frau Kugler noch immer seinen Namen flötete und diverse Leckereien in Aussicht stellte.

Kopfschüttelnd jagte Barny hinter Eddie her, der bereits einen ziemlichen Vorsprung hatte.

Der Kleine hatte noch viel zu lernen, vor allem musste er sein Temperament in den Griff bekommen. Aber ansonsten zeigte er sehr vielversprechende Ansätze. Barny war sich sicher, dass Piet alle Hebel in Bewegung setzte, um das Treffen mit dem alten Freddy zu ermöglichen.

Freddy Dreibein war nicht nur der älteste und gewiefteste Straßenhund der Stadt, er war auch einer von Barnys wichtigsten Kontaktleuten. Offiziell galt der Nordwesten Backnangs als sein Revier, aber inoffiziell trieb sich der alte Haudegen im gesamten Stadtgebiet herum. Wenn jemand wusste, was in Backnang und Umgebung abging, dann er.

Recht zufrieden damit, was er so früh am Morgen schon in die Wege geleitet hatte, beendete Barny mit Eddie die Morgenrunde. Bis zum Abend gab es für ihn erstmals nichts mehr zu tun. Alles Weitere würde sich durch das Gespräch mit Freddy ergeben. Und da nun auch wieder ein milder Landregen einsetzte, freute sich Barny darauf, die Zeit bis zu ihrem Nachmittagsgang wieder auf der Couch zu verbringen.

Eddie hatte da etwas weniger Glück. Gerade als er sich zu seinem wohlverdienten Mittagsschlaf zurückziehen wollte, ertönte über ihnen das harte Klopfen von Frau Herzigs Gehstock, ihr Zeichen, dass sie dringend Hilfe benötigte. Zwei Stunden später kehrte Eddie ausgesprochen schlecht gelaunt zurück. Barnys fragenden Blick quittierte er mit einem unwilligen Grummeln.

»Ja, lieg du nur gemütlich auf der Couch herum, während ich zum dritten Mal in diesem Monat den Siphon der Alten aufschrauben musste! Wie schafft sie es nur, dass ihr ständig das Gebiss in den Abfluss fällt? Und dann noch dieses Stück Sandkuchen, das sie mir aus Dankbarkeit aufgenötigt hat!«

Barny gab ein mitfühlendes Grunzen von sich. Frau Herzigs Sandkuchen waren noch schrecklicher als ihre

Marmorkuchen. Er hatte einmal davon probiert und glaubte jetzt noch, das Knirschen von Sand zwischen den Zähnen zu spüren.

Kopfschüttelnd ging Eddie ins Schlafzimmer, um sich umzuziehen, worüber Barny sehr froh war. Der unbeschreibliche Kloakengestank vermischt mit dem Geruch nach Kölnisch Wasser und Kernseife, der Eddie umgab, beleidigte seine empfindliche Nase.

Als sie schließlich zu ihrer Nachmittagsrunde aufbrachen, wunderte Barny sich nicht, dass ihr Weg sie direkt in die Wacholderhöhe vor die Pforten der Seniorenresidenz Sonnenblick führte. Das *Seniorenheim für gehobene Ansprüche,* wie auf dem Schild über der Einfahrt zu lesen war, war erst vor drei Jahren hier gebaut worden und Barny wusste nicht viel darüber. Prüfend sah er sich die Umgebung genauer an und auch Eddie setzte seine hoch konzentrierte Ermittlermiene auf. Sein Blick fiel auf das schneeweiße Pförtnerhaus, in dem ein pickeliger und ziemlich gelangweilter junger Mann in dunkler Uniform irgendwelche Ballerspiele auf einem Computer spielte. Das Pförtnerhaus war in eine hohe, ebenfalls schneeweiße Mauer integriert, die das gesamte Gelände der Seniorenresidenz einfasste.

»Ziemliche Festung hier«, brummte Eddie nachdenklich. »Und das, obwohl sonntags Besuchszeit ist. Ohne persönliche Visitenkarte kommt man hier wohl nicht herein. Wie konnte die alte Dame da nur unbemerkt verschwinden?«

Eine fette S-Klasse kam so eng neben ihnen zum Stehen, dass sie beinahe Barnys Rute streifte. Er gab ein dumpfes Grollen von sich und beobachtete aus zusammengekniffenen Augen das piekfeine Pärchen, das lässig in der Limousine saß. Die beiden waren nicht mehr die Jüngsten, obwohl die Dame sich ihr jugendliches Aussehen sicher viel Geld kosten ließ. Ohne Barny und Eddie auch nur eines Blickes zu würdigen, steuerten sie die Sprechanlage des Pförtnerhauses an und betätigten die Klingel. Ein tiefer, bronzener Glockenton erklang und der Pförtner beeilte sich seinen Bildschirm auszuschalten und mit einer altmodischen Verbeugung persönlich die Pforte für die beiden Besucher zu öffnen.

Eddie schnaubte verächtlich.

»Ich denke, dass wir der Heimleitung dieses noblen Anwesens in den nächsten Tagen mal einen kleinen Besuch abstatten sollten, was meinst du, alter Junge? Bis dahin habe ich auch schon mehr über den aktuellen Stand der Ermittlungen erfahren.« Zufrieden rieb er sich die Hände. »So wie es aussieht, habe ich heute einen interessanten Abend vor mir.«

Entsprechend gut gelaunt bereitete Eddie sich dann auch auf seinen Besuch der Pilsbar vor. Als er ging, nickte er Barny, der den Gestank von Bars verabscheute und seinen Partner ausnahmsweise mal nicht begleitete, kurz zu. »Dann halt du mal die Stellung hier, Kumpel.«

Barny lauschte auf das Zuschnappen der Haustür und gab noch eine gute Viertelstunde dazu, falls Eddie noch einmal zurückkehrte. Dann öffnete er geschickt die alte Terrassentür, indem er den Hebel nach unten drückte, und schob sich vorsichtig heraus. So gut wie möglich zog er die Tür mit einer Pfote wieder zu, damit man von außen nicht gleich erkannte, dass sie offen stand. Dann lief er zu dem dichten Kirschlorbeerstrauch am Zaun, hinter dem er sich einen gut getarnten, schmalen Tunnel nach außen gegraben hatte. Außerdem hatte er sich hier auch sein verstecktes Depot unverzichtbarer Bestechungsgaben angelegt. Ein Kontaktmann wie Freddy war nur so gut wie die Bezahlung, die man ihm zukommen ließ.

Keine fünf Minuten später stand Barny im Schatten der Mauer der Seniorenresidenz. Aufmerksam beobachtete er die Umgebung, während sich sein Nackenfell warnend aufrichtete. Er kannte dieses Gefühl, heimlich beobachtet zu werden. Vielleicht war der alte Freddy schon vor ihm angekommen und sondierte nun ebenfalls die Lage. Dieser Kerl war mit allen Wassern gewaschen und selbst Barny konnte sich von ihm noch einiges abgucken. Doch der kaum wahrnehmbare Geruch, den Barny auffing, stammte definitiv nicht von einem Hund, sondern von …

»Verdammt, Dolly!«, schnaubte Barny unwillig. »Was hast du dich hier herumzutreiben?« Er durchforschte die Schatten, musste aber verärgert zugeben, dass er nicht in der Lage war, den genauen Standort dieser lästigen Katze auszumachen. »Du behinderst nur meine Ermittlungsarbeit!«

»Nicht schlecht, Schnüffler«, ertönte schräg hinter ihm ein samtiges Maunzen.

Barny fuhr herum und konnte nun endlich ein kleines Aufblitzen in der Fichte erkennen, die den Vorgarten des Hauses auf der gegenüberliegenden Straßenseite zierte.

»Das hätte ich dir gar nicht zugetraut«, schnurrte die körperlose Stimme. »Ich habe nicht vor, deine Ermittlungen zu *behindern*. Ich werde sie im Gegenteil *vorantreiben.*«

»Sonst noch was, Mieze«, grollte Barny entnervt. »Und jetzt zieh Leine oder halt wenigstens das Maul. Mein Kontaktmann hat ein Problem mit euch elenden Schleichern!«

Entschlossen drehte Barny dem Baum den Rücken zu und versuchte das spöttische Lachen, das aus den Ästen ertönte, zu ignorieren. Dennoch lenkte ihn die unerwartete und ausgesprochen unerwünschte Anwesenheit seiner nervigen Beobachterin so ab, dass er Freddy Dreibeins Herannahen erst bemerkte, als ein deformierter Schatten direkt vor ihm um die Straßenecke schlich. Wortlos schob Barny den riesigen Rinderknochen in Freddys Richtung.

»Gut, dass du da bist«, brummte Barny. »Hat dich der Kleine also noch erwischt.«

»Er macht sich«, gab Freddy knurrig zu. »War aber ziemlich abgehetzt, als er mich schließlich fand.« Der Alte grinste schadenfroh, sodass Barny die braunen, abgewetzten Eckzähne sehen konnte. »Muss davor durch ganz Backnang gejagt sein.« Dann verfinsterte sich Freddys Blick wieder und er deutete auf die Fichte. »Seit wann gibt sich der große Bullenheld mit dem Felidenpack ab? Wirst du im Alter senil oder willst du die Seiten wechseln?«

Barny gab ein warnendes Brummen von sich und ließ seine Fangzähne aufblitzen.

»Sei vorsichtig, was du sagst, Alter! Die Kleine ist mir nachgeschlichen, weil sie sich einbildet, dass irgendjemand Wert auf ihre Hilfe legt. Der Fall, an dem ich dran bin, betrifft ihre Schwester.«

Freddy nickte nachdenklich. Geschwister gehörten zum Rudel und das Rudel ging über alles, selbst für einen alten, eigenbrötlerischen Einsiedler wie ihn. Niemand kannte Freddys Vergangenheit, also wusste auch Barny nicht, ob Freddy sich freiwillig für sein Eremitendasein entschieden hatte, oder ob ihm sein Rudel unfreiwillig genommen worden war. Genauso wenig wusste er darüber, wann und auf welche Weise der Alte sein linkes Hinterbein verloren hatte.

»Dann geht es diesmal um die verschwundene Alte mit ihrer Katze, nehme ich an«, meinte Freddy und bewies damit einmal mehr seinen Scharfsinn.

Barny nickte. »Ich dachte mir, dass du Wind davon bekommen hast. Was weißt du darüber? Ist sie tatsächlich selber aus dem Stift entlaufen, wie alle annehmen, oder steckt mehr dahinter?«

Unwillig schüttelte Freddy den Kopf.

»Ich fürchte, da kann ich dir diesmal nicht weiterhelfen, Schnüffler. Dieses Seniorenheim ist uneinnehmbar wie eine Festung. Hier kommt niemand von uns rein. Es gibt nicht die kleinste Lücke in der Mauer. Solides Betonfundament, keine Tunnel, keine Schlupflöcher, die Pforten aus stabilen Metallplatten. Ich weiß nur, dass die vor drei Wochen ein Riesentrara um die Alte gemacht haben. Haben die ganze Gegend mit Hubschraubern und Infrarot abgesucht, vor allem den Plattenwald.« Er knurrte böse. »Haben dann sogar noch mit einer Hundertschaft und mehreren Teams der Hundestaffel Suchketten gebildet. Also ehrlich, einige deiner Kollegen sind ja voll daneben! Sobald die auf eine Spur angesetzt sind, ticken die komplett aus, da ist keiner mehr vor ihnen sicher. Haben eines meiner besten Tagesverstecke aufgestöbert. Mit denen war nicht zu reden, hätten mich kalt gemacht, wenn ich nicht rechtzeitig das Weite gesucht hätte. Kein Wunder, dass die nicht von der Leine gelassen werden können. Trainiert man euch bei der Ausbildung den gesunden Hundeverstand absichtlich ab?«

»Nicht allen«, gab Barny widerstrebend zu. »Die reinen Mantrailer, die vom Präsidium zum Einsatz kommen, kümmern sich nur um die Personensuche, die sind auch nicht aggressiv. Sicher waren die Jungs, die dein Versteck ausgehoben haben, von der Hundestaffel. Die haben auch noch eine Schutzhundeausbildung durchlaufen. Die Jungs werden dafür ziemlich scharf gemacht. Manche kriegen es hin, aber bei einigen wird, wenn sie auf eine bestimmte Sache angesetzt sind, ein Schalter umgelegt, der den Verstand lahmlegt. Die reagieren dann nur noch wie Maschinen ohne eigenen Verstand.«

Barny war diese Ausbildung erspart geblieben. Da Eddie, seit sie vor sieben Jahren Partner geworden waren, nicht mehr im Schichtdienst tätig gewesen war, sondern vor allem Polizeihunde und ihre Führer ausgebildet hatte, war es für ihn nicht nötig gewesen, Barny zum Schutzhund auszubilden. Er hatte sich lieber die Zeit genommen, Barny sehr gründlich in jeder Art von Spurensuche zu schulen. Barny konnte voller Stolz von sich behaupten, dass er der einzige Polizeihund war, der mit einer erstaunlich hohen Erfolgsquote sowohl bei der Sprengstoff-, Brandmittel- und Rauschgiftsuche, als auch bei der Blutspuren- und Personensuche eingesetzt werden konnte. Eddie und er waren zu ihrer Zeit regelmäßig bei den besonders kniffligen Einsätzen zu Hilfe gerufen worden.

»Also hat die Suche nach der Alten überhaupt nichts ergeben?«, brachte Barny das Gespräch wieder auf den eigentlichen Fall zurück.

»Nicht die kleinste Spur«, brummte Freddy und scheuerte sein struppiges Fell hingebungsvoll an einer besonders rauen Stelle des Mauerputzes. »Was seltsam ist. Das Areal ist nicht besonders groß und die Alte wäre bei dem Sauwetter bestimmt nicht allzu weit gekommen.«

Barny nickte nachdenklich. »Schon gar nicht, wenn sie auch noch den schweren Korb mit der Katze darin herumgeschleppt hätte, wie alle annehmen. Außerdem hätte sie doch irgendjemand sehen müssen. Gab es keine Meldungen über Sichtungen?«

»Was weiß ich?«, knurrte Freddy verärgert. »Bin ich etwa ein Bullensklave? Ich hab Wichtigeres zu tun, als mich um vermisste Menschen zu kümmern. Und wie ich gehört habe, war die Alte auch noch eine Hundehasserin. Hat ihre Knete dafür aber eifrig für das Felidenpack ausgegeben. So einer schulden wir nix. Ich weiß gar nicht, warum du dich da so reinhängst.«

Barny wiegte den Kopf und grinste schief.

»Eddie ist mal wieder auf heißer Spur. Ich helfe ihm, damit die Sache so schnell wie möglich abgeschlossen werden kann.«

Freddy grunzte nur verächtlich, aber Barny glaubte, auch so etwas wie Mitgefühl herauszuhören.

»Da hast du aber einen echt anstrengenden Menschen an der Backe. Ich weiß schon, warum ich mich gegen eine Partnerschaft entschieden habe. Sobald man sich auf sowas einlässt, ist es vorbei mit der Selbstbestimmung. Nix als Ärger und Sorgen. Und wofür? Für geregelte Mahlzeiten und einen warmen Schlafplatz! Das ist das alles nicht wert.«

Barny verkniff es sich, den Alten darüber aufzuklären, dass eine echte Partnerschaft viel mehr bedeutete. Manche Dinge konnte man eben erst verstehen, wenn man sie selber erlebte.

»So wie es aussieht, komme ich hier nicht weiter«, brummte er daher nur und machte Anstalten, sich zurückzuziehen.

Freddy, der sich nun offensichtlich genug gescheuert hatte, starrte Barny aus zusammengekniffenen Augen nachdenklich an.

»Tut mir Leid, Schnüffler, dass ich nicht mehr weiß. Aber vielleicht kann ich dir einen Kontakt vermitteln, der dir weiter hilft. Ist aber ziemlich unsicher und bestimmt kein Umgang, den so ein feiner Pinkel wie du normalerweise pflegt.«

»Du hast keine Ahnung davon, mit welchen Kreaturen ich schon Umgang hatte oder welche Abscheulichkeiten ich bereits sehen musste«, grollte Barny. »Nur weil ich mich dafür entschieden habe, nicht auf der Straße zu leben, sondern mit meinem Partner auf genau diesen Straßen für Ordnung zu sorgen, heißt das noch lange nicht, dass ich ein verwöhntes Schoßhündchen bin! Also raus damit. Von welchem Kontakt sprichst du?«

»Er nennt sich selber Riddick. Sie nennen sich immer Riddick«, knurrte Freddy verächtlich. »Glauben wohl, das klingt besonders cool.«

Barny sog scharf die Luft ein. »Du hast tatsächlich Kontakt zu diesen Kanaillen? Ich dachte, sie bleiben immer nur unter sich?«

»Überwiegend«, brummte Freddy. »Sind so damit beschäftigt, sich innerhalb ihrer Unter-Clans zu bekämpfen, dass sie wenig Zeit haben, sich auch noch mit anderen abzugeben. Aber jeder hat seinen Preis.« Freddy deutete vielsagend auf den Rinderknochen vor sich. »Wenn du es schaffst seinen Preis zu zahlen, kann Riddick dir vielleicht interessante Informationen geben. Der Kerl kommt nämlich überall hinein. Für den ist auch diese Festung einnehmbar, das kann ich dir garantieren.«

Barny zögerte. Er hatte nicht gelogen, als er von seinen Erlebnissen während des aktiven Dienstes gesprochen hatte. Eddie und er hatten schon mit Hooligans, Drogendealern, Amokläufern und Terroristen zu tun gehabt. Er hatte halb verweste Leichen aufgespürt, Drogenverstecke in heruntergekommenen Unterkünften ausgehoben und buchstäblich in letzter Minute scharfe

Sprengsätze aufgestöbert. Dabei hatten sie ihr Leben mehr als einmal aufs Spiel gesetzt.

Nun, da sie beide in Rente waren, hatte Barny gehofft, den verkommenen Gestank des Verbrechens vergessen zu können. Ein Treffen mit Riddick würde all diese Erinnerungen wieder hochkochen lassen.

Andererseits war es Eddie sehr wichtig, diesen Fall zu lösen. Barny seufzte und gab sich einen Ruck.

»Also gut. Schaff mir den Kerl ran. Er soll sich seinen Preis überlegen. Ich werde versuchen, ihn zu zahlen. Aber es gibt Grenzen! Ich werde unter keinen Umständen etwas tun, was einem anderen schaden könnte!«

Freddy grinste anerkennend. »Du hast echt Eier, Schnüffler. Bei dieser Verhandlung wäre ich gerne dabei. Halte dich bereit. In den nächsten achtundvierzig Stunden wird er Kontakt zu dir aufnehmen.«

»Und wo?«, brummte Barny.

»Das musst du ihm überlassen. Riddick geht da kein Risiko ein. Er allein wählt Zeit und Ort. Ist sicherer für ihn.«

»Hört sich ja toll an«, knurrte Barny unzufrieden. Er mochte es nicht, wenn ihm die Entscheidungen aus der Pfote genommen wurden. Aber ungewöhnliche Umstände erforderten nun mal ungewöhnliche Maßnahmen.

Freddy nickte ihm noch einmal zu und schnappte sich den Knochen.

»Man sieht sich, Schnüffler.« Dann verschwand er lautlos um die Ecke. Zurück blieb ein schmutziger, brauner Fleck auf dem blütenweißen Verputz der Mauer.

Barny starrte dem Alten gedankenverloren hinterher und versuchte vergeblich das belustigte Schnurren zu ignorieren, das sich ihm langsam näherte.

»Interessante Freunde hast du da, Bullenschnüffler!«

Langsam wandte er sich um und starrte grimmig in die bernsteinfarbenen Augen, in denen ausnahmsweise mal keine Verachtung, sondern Anerkennung – und so etwas wie Sorge – stand.

»Aber willst du dich tatsächlich mit diesem Pack einlassen?«, forschte Dolly nun mit ernster Miene nach. »Ist es das wirklich wert?« Es war definitiv Sorge, was er da in ihrer Stimme hörte. Erstaunt sah Barny sich die kleine Gestalt vor ihm näher an.

»Was weißt du über Riddick und seine Leute?«

Dolly verzog angewidert das Gesicht.

»Auf jeden Fall nichts Gutes. Ekelhaftes Gesindel ohne Stolz und Ehre. Sie sind nur ihrem Clanführer verpflichtet und auch den töten sie erbarmungslos, sobald er das geringste Anzeichen von Schwäche zeigt. Sie rauben, plündern und töten ohne Gnade und greifen immer in Rudeln an. Und sie sind viele, sehr viele. Selbst wenn sie ihr Opfer nicht töten, sind ihre Bisse extrem gefährlich. Sie leben im Unrat und der ganze Dreck, den sie in sich haben, wirkt wie ein Gift. Wenn du dich mit denen auf einen Handel einlässt, wird das kein Sonntagsausflug. Und du kannst dir nie sicher sein, dass sie sich an die Abmachungen halten. Ihr Clanführer wechselt ständig und nach jedem Wechsel sind die alten Vereinbarungen hinfällig.«

»Ganz entzückend«, brummte Barny, musste dann aber grinsen, als er Dollys beunruhigte Miene sah. »Du machst dir doch nicht etwas Sorgen um mich, Kleine? Nicht, dass mir das nicht schmeicheln würde, aber ich kann schon auf mich aufpassen.«

»Träum weiter, Bulle!«, fauchte sie entrüstet und die Besorgnis wich kochender Wut. »Ich wollte dich nur vorwarnen, weil dein beschränktes, diensteifriges und menschenverseuchtes Canidenhirn nicht mehr in der Lage ist, die Gefahren hier draußen in der Welt der wahren Nachtgänger zu erfassen!«

Und damit wandte sie sich mit einem letzten, eisigen Blick auf seine amüsierte Miene ab und lief mit erhobenem Schwanz in die Dunkelheit.

Barny schnaubte aus. »Also, Temperament hat die Kleine ja.«

Er nahm sich vor, ihre Warnung vor Riddick und

seinem Clan nicht einfach in den Wind zu schlagen – was er Dolly gegenüber natürlich nie zugeben würde.

Nach einem letzten Blick auf die Stelle, wo die Dunkelheit die Katze verschluckt hatte, wandte er sich um. Seine Ermittlungen hatten länger gedauert als geplant, sodass er sich nun beeilen musste, um vor Eddie wieder zu Hause zu sein. Er hastete zum Stettiner Ring und von dort über verschiedene, kleine Schleichwege zurück in die Fritz-Häuser-Straße, wo er alles so vorfand, wie er es zurückgelassen hatte. Mit einem erleichterten Keuchen schlüpfte er ins Wohnzimmer, drückte die Terrassentür zu, den Hebel wieder in die Höhe und sprang auf die Couch. Keine zehn Minuten später hörte er auch schon, wie Eddies Schlüssel die Haustüre schloss.

»Na, Faulpelz?«, donnerte Eddie ihm gut gelaunt entgegen. Das Treffen mit seinen früheren Kollegen und der Genuss des einen oder anderen Bierchen hatten Eddie sichtlich gutgetan. Und so wie seine Augen blitzten, hatte er dabei auch noch ein paar wertvolle Informationen erhalten. »Hast dir einen gemütlichen Abend gemacht? Dann lass uns mal deine letzte Runde drehen!«

Barny unterdrückte ein gequältes Stöhnen. Das Letzte, was er jetzt noch brauchte, war eine Runde um den Block. Aber natürlich konnte und durfte Eddie nicht wissen, wo er sich den Abend über herumgetrieben hatte. Also blieb ihm nichts anderes übrig, als gute Miene zum bösen Spiel zu machen und seinen Partner noch einmal zu begleiten.

»Wir machen es heute aber nur kurz, mein Junge«, meinte Eddie zu Barnys Freude. »Wir haben morgen ein knackiges Programm vor uns. Ich muss meine Fühler ausstrecken und einige Termine ausmachen. Vor allem mit dieser Frau Gehring, der Leiterin des Seniorenheims. Was ich da gerade über ihre Aussage erfahren habe, gefällt mir nicht. Irgendetwas ist faul daran. Und diesen Katzenmenschen sollten wir uns auch noch einmal vornehmen. Scheint ein ziemlich schmieriger Kerl zu sein. Aber was will man von einem Typen erwarten, der Vorstand bei einem reinen Katzenhilfe-Verein ist. Als ob Hunde weniger wert wären!«

Interessiert lauschte Barny dem Monolog seines Partners. Eddie hatte die recht nützliche Angewohnheit, die Ideen und Gedanken zu seinen Ermittlungen immer laut durchzugehen, was sich schon oft als sehr hilfreich für Barnys eigene Ermittlungen erwiesen hatte.

»Die Polizei scheint jedenfalls sehr sorgfältig allen Spuren gefolgt zu sein«, murmelte Eddie weiter. »Blöd nur, dass es so gut wie keine Spuren gab. Als hätte sich Rosa Scheib auf dem Korridor der Residenz einfach so in Luft aufgelöst. Selbst die Personenfahndung hat keinerlei hilfreiche Hinweise gebracht. Es gab zwar wie immer die üblichen Wichtigtuer, die alles bezeugen würden, nur um mal im Gespräch zu sein, aber die kann man vergessen.« Eddie schnaubte unwillig. »Hat aber auch so gut wie niemanden gehabt, der sich mal um sie gekümmert hätte, die alte Dame. Was nützt dir all die Knete, wenn du zum Schluss ganz auf dich gestellt bist, mit nichts als ein paar Aasgeiern um dich herum, die nur darauf warten, dass du abkratzt und ihnen ein paar Kröten vermachst? Trauriges Leben das.«

3

Eddie schaffte es tatsächlich, ihnen am Dienstagmorgen eine Audienz bei der Leiterin des Seniorenstifts zu sichern. Heute war die Pforte von einem älteren Mann besetzt, der einen etwas pflichtbewussteren Eindruck machte als der junge Bursche vom Sonntag. Offensichtlich war er über Eddies Besuch informiert, aber nicht besonders erfreut über dessen Begleiter. Mit einem strafenden Blick auf Barny öffnete er ihnen die Pforte.

»Hunde sind auf unserem Gelände an der Leine zu führen«, brummte er verstimmt. »Einige der Katzen unserer Herrschaften halten sich tagsüber in der Parkanlage auf.«

»Und?«, knurrte Eddie zurück. »Werden die dabei auch an der Leine geführt?«

»Selbstverständlich nicht!«, erwiderte der Mann pikiert. »Sie jagen ja auch nicht kläffend in der Gegend herum!«

»Das macht mein Partner auch nicht«, meinte Eddie nur und spazierte ungerührt an dem fassungslosen Pförtner vorbei. Barny folgte ihm mit einem breiten Grinsen.

Eddie lief zielstrebig durch die gepflegte Grünanlage zum schneeweißen Hauptgebäude, das ganz im Stil eines feudalen Jagdschlosses gebaut war und nickte der adretten Dame am Empfang knapp zu.

»Frau Gehring erwartet uns.« Bevor die überrumpelte Rezeptionistin etwas erwidern konnte, verschwand Eddie bereits in einem breiten Gang und steuerte das hinterste Eckzimmer an. Offensichtlich hatte er sich eine genaue Tatortbeschreibung von seinen Kollegen geben lassen. Auf sein Klopfen ertönte eine kultivierte Stimme.

»Ja bitte.«

Frau Gehring, eine schlanke, gepflegte Dame Ende fünfzig in taubengrauem Businesskostüm, erhob sich bei ihrem Eintritt hinter ihrem auf Hochglanz polierten Mahagonischreibtisch. Ihre schmal gezupften Augenbrauen hoben sich missbilligend.

»Herr Hartmann, nehme ich an? Sie wurden mir gar nicht angemeldet.«

Eddie überging die Bemerkung auf seine unnachahmlich stoische Art und begann mit seiner Befragung. Nach einer knappen halben Stunde kannten sie zwar noch immer keine anderen Fakten als die, welche Klara ihnen bereits gegeben hatte, aber es wurde sehr deutlich, dass Frau Gehring die ganze Sache mehr als unangenehm war. Als sie schließlich aufstand, um ihnen die Suite zu zeigen, die Rosa Scheib bewohnt hatte, waren ihre Lippen zu einem schmalen Strich zusammengepresst und ihre Augen blickten ungnädig. Barny konnte ihre Verärgerung riechen.

»Ich weiß gar nicht, weshalb Sie diese ganzen Fragen noch einmal stellen. Ich habe Ihren Kollegen schon genau dasselbe erzählt«, meinte sie, während sie mit energischen Schritten vor ihnen zum Aufzug lief. »Ich habe Ihnen diesen Termin auch nur Ihrer Schwester zuliebe gegeben, weil sie die einzige Freundin war, die Frau Scheib hier besucht hat. Sie hat sich dann auch immer sehr nett bei der Strickrunde um unsere anderen Seniorinnen gekümmert.« Unwillig betätigte sie den Knopf des auf antik gemachten Mahagonilifts mit schmiedeeiserner Tür. »Es ist ein großes Unglück, dass Frau Scheib aus unserer Obhut verschwunden ist. Es wirft ein schlechtes Bild auf unsere Seniorenresidenz. So etwas ist hier noch nie geschehen. All unsere Senioren sind hier verblieben, bis sie das Zeitliche gesegnet haben. Und sie haben uns die schöne Zeit, die wir ihnen noch bereitet haben, immer sehr gedankt.«

»Ja, ich habe schon gehört, dass sich Ihr Stift zum Teil aus Schenkungen und Erbschaften finanziert, die Sie von Ihren Senioren erhalten«, meinte Eddie mit leisem Sarkasmus, der so gar nicht zu der beschwingten Melodie im Aufzug passte.

»Daran ist absolut nichts Verwerfliches!«, schnappte Frau Gehring. »Viele dieser Leute haben Angehörige, die sich nicht um sie kümmern und sie so schnell wie möglich in ein Seniorenheim abschieben. Aber wenn es dann um das Erbe geht, stehen sie alle nur zu eifrig bereit. Und nicht nur sie!« Verächtlich rümpfte sie die Nase. »Noch schlimmer sind solche Typen wie dieser schmierige Kerl von diesem dubiosen Tierschutzverein, die das gute Herz der alten Leute ausnützen, um sich an ihnen zu bereichern. Und Frau Scheib war da natürlich besonders interessant, da sie überhaupt keine Angehörigen mehr hatte, die Anspruch auf ihr Erbe erheben konnten.«

»Sie spielen da wohl auf Herrn Weisshaar an, den Vorstand der Katzenhilfe Schnurrtiger«, brummte Eddie.

»Genau der«, ereiferte sich Frau Gehring. »Ständig ist er hier aufgekreuzt, angeblich, um nach Frau Scheibs Katze zu sehen, die er ihr vermittelt hat. Aber in Wirklichkeit hat er die arme Frau bearbeitet, dass sie ihr Vermögen seiner Organisation vermacht. Ich bitte Sie! So viel Geld für ein paar Katzen, welche Verschwendung! Wenn man sich vorstellt, wie viel Gutes man mit diesem Geld für unsere lieben Senioren tun könnte. Und nun scheint es verloren zu sein.« Sie zauderte etwas, doch dann siegte die Neugier. »Ihnen ist nicht vielleicht bekannt, ob es hier doch ein Testament gibt? Durch Ihre Schwester vielleicht?«

Eddie schnaubte nur und stürmte noch vor Frau Gehring aus dem Fahrstuhl in den dritten Stock.

»Testamente interessieren mich nicht. Ich will einfach nur herausfinden, wie eine alte Dame es schaffen konnte, ungesehen aus dieser Festung zu entlaufen. Hat der Pförtner nichts gesehen? Der Kerl dort unten macht mir den Eindruck, als ob ihm so schnell nichts entgeht.«

»Herr Albrecht ist tatsächlich ein sehr pflichtbewusster Mitarbeiter.« Frau Gehring zögerte kurz, bevor sie fortfuhr. »Leider hatte er am Osterwochenende frei. An dem Tag, an dem Frau Scheib verschwunden ist, hatte Kevin Dienst. Das ist unser junger Aushilfs-Pförtner, der immer mal wieder an den Wochenenden einspringt. Er sagt, dass ihm nichts Ungewöhnliches aufgefallen ist und

Frau Scheib ganz sicher nicht durch seine Pforte gekommen ist.«

»Und einen anderen Ausgang gibt es nicht?«, hakte Eddie nach. »Einen Lieferanteneingang vielleicht?«

»Die Hauptpforte ist unser einziger regulärer Zu- und Ausgang. Wir haben wegen der Brandschutzvorgaben noch eine Nebenpforte, die aber nur zu öffnen ist, wenn der Feueralarm ausgelöst wurde«, erklärte sie und hielt vor einer der sechs brillantweißen Stiltüren mit feinen Goldadern und goldenen Klinken. Nach dem glänzenden Messing-Türschild zu schließen, führte sie in die *Erkersuite*.

»Donnerwetter!«, entfuhr es Eddie, als er die Suite betrat.

»Ja, die Erkersuite ist eine unserer exklusivsten Unterkünfte«, lächelte Frau Gehring selbstgefällig. »Frau Scheib hat sich hier immer sehr wohl gefühlt. Es hat ihr an nichts gefehlt.« Sie zog an einem kostbar bestickten Brokatband neben der Tür und eine Glocke ertönte. Keine zwei Minuten später erklangen eilige Schritte und eine junge Frau in adretter Schwesterntracht betrat die Räumlichkeiten.

»Das ist Lina, sie hat sich um Frau Scheib gekümmert.« Sie wandte sich an ihre Angestellte. »Herr Hartmann hat noch einige Fragen zu Frau Scheibs Verschwinden. Er ermittelt sozusagen privat für seine Schwester Frau Kachl. Ich habe ihm unsere Unterstützung zugesagt, schließlich ist uns allen daran gelegen, die Sache endlich aufzuklären.« Hoheitsvoll nickte sie Eddie zu. »Lina wird Ihre weiteren Fragen beantworten. Ich muss mich nun wieder um andere Dinge kümmern. Wenn Sie hier fertig sind, schauen Sie doch bitte noch einmal bei mir vorbei. Es gibt da noch etwas, was zu klären wäre.«

Und damit verschwand sie nach draußen und mit ihr der Duft nach einem teuren Parfum und effektiver Betriebsamkeit.

Die junge Altenpflegerin lächelte Eddie freundlich zu und ging dann vor Barny in die Hocke.

»Und was bist du für ein schöner Junge?«, flötete sie und hielt Barny ihre Hand entgegen.

Barny zögerte kurz. Normalerweise hielt er nichts von solch plumper Vertraulichkeit, aber die junge Frau hatte unter all dem Gestank nach Medikamenten und Putzmittel einen sehr angenehmen eigenen Geruch. Also ließ er sich dazu herab, freundlich an ihrer Hand zu schnuppern. Sie wandte sich lachend an Eddie, der die Szene mit gerunzelter Stirn beobachtete.

»Ich mag Hunde. Und dieser hier ist ja ein ganz besonders prächtiger Bursche. Wissen Sie, dass ich mich vor allem deswegen für die Arbeit in diesem Seniorenheim entschieden habe, weil es den Bewohnern hier gestattet ist, ihre Tiere mitzunehmen?«

»Dann haben Sie sich sicher auch um Frau Scheibs Katze gekümmert«, kam Eddie gleich zur Sache.

»Nun, gekümmert nicht so richtig. Die gute Frau Scheib war da ganz eigen. Sie hat ihre Molly völlig allein versorgt.« Sie lächelte nachsichtig. »Dabei hat sie es oft zu gut gemeint. Molly war eine sehr ... stattliche Katze. Ich hatte also vor allem dafür zu sorgen, dass immer genug von ihrem Lieblingsfutter vorhanden war.« Lina deutete auf eine antike Teakholztruhe, die in einer Ecke des Wohnraums der Suite stand. »Jeden Freitag habe ich die Truhe aufgefüllt.«

Mit drei Schritten war Eddie bei der Truhe und öffnete sie. Nachdenklich starrte er in ihr Inneres. Barny kannte diesen Blick und lief nun auch zu der Truhe. Sie war zur Hälfte gefüllt mit sauber aufgereihten Portionsbeuteln eines ganz besonders teuren Katzennassfutters. Er nahm verschiedene Gerüche darin wahr. Einmal den des Futters, dann natürlich den, der hier überall im Zimmer hing und sicherlich zu Rosa Scheib und ihrer Katze gehörte, und ganz schwach den von Lina. Aber da gab es auch noch die Spur eines anderen Geruchs, einen, den er hier noch nicht wahrgenommen hatte. Er war eher unangenehm, ein aufdringlicher Duft durchsetzt von der Ausdünstung der Angst und Eile.

Eddie wandte sich mit ernster Miene an Lina.

»Die alte Dame ist doch am Ostersamstag verschwunden. Haben Sie das Futter auch am Freitag davor aufgefüllt?«

»Ja, natürlich. Das heißt in diesem Fall am Donnerstag davor. Freitag war ja Feiertag. Frau Scheib hatte diesen kleinen Tick, dass sie immer befürchtete, ihr könnte das Futter ausgehen. Deshalb musste die Truhe zum Wochenende immer randvoll gefüllt sein, auch wenn es locker noch zwei Wochen gereicht hätte.«

»Und warum ist die Truhe dann halb leer?«, erkundigte sich Eddie mit gerunzelter Stirn.

»Ja, ich weiß, was Sie meinen«, nickte Lina eifrig. »Ich habe mich das auch schon gefragt. Aber da man annimmt, dass Frau Scheib zusammen mit Molly aus der Seniorenresidenz gelaufen ist, geht man wohl auch davon aus, dass sie entsprechend Proviant für die Katze mitgenommen hat. Wie ich schon sagte, der alten Dame war es vor allem immer das Wichtigste, dass ihre Molly zu fressen hatte.«

Eddie schnaubte ungläubig. »Man kann doch nicht im Ernst glauben, dass Frau Scheib ihre fette Katze plus zwanzig Futterbeutel in ihren Strickkorb gequetscht hat und dann fröhlich aus dem Heim spaziert ist, ohne dass jemand davon Wind bekommen hat. Wie weit wäre sie wohl mit dem Gewicht gekommen?«

Lina zuckte etwas eingeschüchtert die Schultern und Eddie nickte bekräftigend.

»Eben!« Er entnahm der Truhe einen der Portionsbeutel und ließ den Deckel mit einem lauten Knall zufallen. »Sie erlauben doch«, brummte er nur und schob den Beutel in seine Tasche, ohne eine Antwort abzuwarten. »Und wo haben Sie das noble Zeug freitags immer besorgt?«

»Beim Fressnapf«, erwiderte Lina leise. Offensichtlich war ihr die gute Laune gründlich vergangen.

Barny lief zu ihr und stupste sie beschwichtigend an der Hand. Eddie benahm sich manchmal wirklich wie ein Elefant im Porzellanladen. Vor allem gegenüber attraktiven Frauen. Kein Wunder, dass er bis heute ledig geblieben war. Ein Zustand, den Barny, wenn er ganz ehrlich war, aber ausgesprochen angenehm fand. Frauen brachten den geregelten Tagesablauf nur durcheinander. Trotzdem musste man einem netten Mädchen wie Lina gegenüber nicht ganz so bärbeißig sein. Eddie schien sich dessen nun auch bewusst zu werden. Sein Blick flog von Barny zu Lina und er verzog sein Gesicht zu einem gequälten Lächeln.

»Ich danke Ihnen, Sie haben uns sehr geholfen. Vielleicht noch eine Frage.« Das Lächeln wich Eddies berüchtigtem Laserblick. »Der Pförtner, der am Ostersamstag hier Dienst hatte, war das derselbe junge Mann, der auch vorgestern die Pforte besetzt hat?«

»Sie meinen Kevin?« Lina rümpfte die Nase. »Ja, er springt häufig an den Wochenenden ein. Er bessert sich damit sein Taschengeld auf, bestimmt, um sich noch mehr bescheuerte Computerspiele zu kaufen.«

»Sie scheinen ja nicht begeistert von ihm zu sein.«

»Nun ja.« Lina zögerte. »Wie ich schon sagte, er macht seine Arbeit nicht aus Überzeugung, sondern wegen des Geldes. Und er ist noch sehr jung. Da kommt es schon vor, dass er manchmal etwas unzuverlässig und schlampig ist, ganz anders als Herr Albrecht.«

»Also wäre es durchaus möglich, dass er es gar nicht bemerkt hat, dass die alte Dame das Grundstück verließ«, hakte Eddie nach.

Lina strich verlegen ihre Schürze glatt.

»Ich möchte hier wirklich nicht schlecht über Kollegen reden. Aber wenn Kevin mal an einem Computer hängt, vergisst er die Welt um sich herum. Aber dann hätte Frau Scheib sich die Pforte selber öffnen müssen, und die ist richtig schwer. Ich glaube nicht, dass sie es geschafft hätte, ohne dass jemand etwas bemerkt. Sie war eine sehr kleine, zierliche Person und körperlich nicht besonders kräftig.«

Eddie nickte nachdenklich. »Und trotzdem wird vermutet, dass es genau so geschehen ist.« Er blickte noch einmal grübelnd zu der Futtertruhe zurück. »Ich gehe mal davon aus, dass die Polizei auch diesen Kevin gründlich verhört hat.«

»Wir wurden alle in den vergangenen Wochen mehrfach befragt.«

»Hm«, meinte Eddie. »Und um wie viele Personen handelt es sich dabei?«

»Wir müssten so um die sechzig Mitarbeiter sein«, erwiderte Lina zögernd. »Einige davon sind in Teilzeit beschäftigt. Aber die genaue Zahl müsste Ihnen Frau Gehring geben.«

»Dann sind wir hier fürs Erste fertig, danke«, brummte Eddie und zog eine Karte aus seiner Jacke. »Hier ist meine Telefonnummer. Wenn Ihnen noch etwas einfallen sollte, geben Sie mir Bescheid.« Und damit stürmte an ihr vorbei zum Ausgang.

Diesmal nahm er die Treppe.

Barny folgte ihm hinunter ins Erdgeschoss, an der Rezeption vorbei zum Büro der Heimleitung. Frau Gehring schien sich damit abgefunden zu haben, dass Eddie keiner war, der sich gerne ankündigen ließ. Sie wirkte gefasst, als Eddie unangemeldet in ihr Zimmer polterte.

»Die Sache ist die«, begann sie. »Die arme Frau Scheib ist nun mal seit über drei Wochen verschwunden und …, na ja, man geht davon aus, dass sie nicht mehr lebt. Und wie bereits erwähnt, gehört die Erkersuite zu unseren begehrtesten Räumlichkeiten. Wir haben lange Wartelisten von Senioren, die gerne in unsere Seniorenresidenz aufgenommen werden möchten. Wir sollten die Suite also so schnell wie möglich wieder zur Verfügung haben.«

Eddie verzog angewidert das Gesicht. Barny konnte seinen Unwillen förmlich riechen.

»Ist die Polizei davon informiert?«, knurrte er zwischen zusammengebissenen Zähnen.

»Aber natürlich«, erwiderte Frau Gehring pikiert, »sonst würde ich mich mit diesem Anliegen nicht an Sie wenden. Wie gesagt, man geht davon aus, dass Frau Scheib nicht mehr lebt. Der Fall kann zwar nicht endgültig abgeschlossen werden, solange man sie nicht gefunden hat, aber es gibt keine weiteren Ermittlungen mehr, sofern nicht noch neue, überraschende Erkenntnisse dazu kommen. Aber das ist wohl nicht zu erwarten. Deshalb habe ich rechtzeitig veranlasst, dass in dieser Sache schnellstmöglich eine Abwesenheitspflegschaft eingerichtet wurde.« Sie verstummte, als sie Eddies zweifelnden Blick bemerkte.

»Nach knapp vier Wochen schon?«, knurrte er misstrauisch. »Das scheint mir ja ziemlich fix zu sein.«

Frau Gehrings Miene wurde noch eine Spur blasierter.

»Nicht, wenn man die entsprechenden Kontakte hat, Herr Hartmann. Zufällig war eine unserer lieben Seniorinnen die Mutter einer der Notare hier beim zuständigen Betreuungsgericht, Sie verstehen. Das Verfahren konnte deshalb etwas beschleunigt werden. Und mit dem bestellten Abwesenheitspfleger, der mir ebenfalls gut bekannt ist, konnten wir dann eine zufriedenstellende Absprache treffen. Wie dem auch sei«, schnappte sie, als Eddies Miene sich weiter verfinsterte. »Auf jeden Fall werden wir nun Frau Scheibs persönliche Sachen aus der Erkersuite räumen und vorläufig bei uns lagern, bis geklärt ist, wie es weitergeht. Offizielle Todeserklärung und Nachlassregelung, Sie wissen schon. Auch hier versuchen wir, durch ein Aufgebotsverfahren die Sache zu beschleunigen. Aber bis dahin müssen wir uns eben irgendwie behelfen. Frau Scheib hatte außer den üblichen Dingen auch noch einige Kleinmöbel, von denen sie sich nicht trennen wollte, und unsere Lagerflächen sind knapp.« Sie seufzte dramatisch, woraufhin Eddie nur ungehalten brummte. »Deshalb haben wir die Absprache getroffen, dass wir die … nun, sagen wir mal etwas wertloseren Dinge auch »fremd« lagern dürfen. Und da Frau Scheib hier immer wieder vor Zeugen erklärt hat, dass Frau Kachl die einzige Person wäre, der sie die Katze, ihre Stricksachen und ihre

Erinnerungsstücke überlassen wollte, sollte ihr je etwas zustoßen, war der Pfleger damit einverstanden, diese Dinge zur Aufbewahrung an Ihre Schwester abzugeben. Frau Kachl hat sich freundlicherweise auch schon bereit erklärt, diese Dinge bei sich zu lagern. Also die Miete für April ist ja noch bezahlt, solange halten wir die Suite auch frei, aber ab Mai hätten wir schon eine neue Bewohnerin. Was ich meine ist, wäre es möglich, dass Sie die Sachen hier abholen? Bis zum Wochenende werden wir das Verzeichnis mit dem Abwesenheitspfleger erstellt haben, dann können die Kisten gelagert werden.«

»Hm«, brummte Eddie und wandte sich zur Tür.

Barny spürte deutlich, dass sein Partner sich nur schwer beherrschen konnte, der Heimleiterin ein paar unschöne Dinge an den adrett frisierten Kopf zu werfen.

»Ich werde meiner Schwester Bescheid geben. Sie soll das gefälligst selber mit Ihnen regeln.« Dann war er draußen. »Aasgeier«, knurrte er aufgebracht. »Ich sag dir, Junge, das sind alles Aasgeier!« Barny musste traben, um seinem Partner durch die Parkanlage zur Pforte folgen zu können. »Die Vermisste liegt noch nicht mal in einem anständigen Grab, und schon kommen die Grabschänder. Nicht mal einen Monat lang kann ihr die *vornehme Tante* das Zimmer freihalten. Aber wenn es um das Testament geht, da ist sie gleich dabei. Schöne Sippschaft, mit der die alte Dame sich umgeben hat! Ich wette, dieser Katzenmann ist vom gleichen Schlag wie die Gehring. Den nehmen wir dann morgen mal genauer unter die Lupe.«

Unwillig vor sich hin brummend marschierte Eddie runter in die Danziger Straße. Sie hatten Glück, denn Klara kam gerade vom Einkaufen und kramte nun schnaufend in ihrer Handtasche nach dem Haustürschlüssel. Moppel, den sie an der Leine führte, brach bei Barnys Anblick in schrilles Gebell aus und drehte sich euphorisch im Kreis. Dabei stieß er eine der beiden großen Einkaufstaschen, die Klara neben sich abgestellt hatte, um. Eine Tüte fiel heraus und schon kullerten ein Dutzend Kartoffeln die Danziger Straße hinunter. Vor Schreck ließ Klara die Leine los und Moppel jagte begeistert kläffend hinter dem Gemüse her.

Eddie gelang es schließlich, Hund und Kartoffeln wieder einzusammeln und die Einkäufe in Klaras Küche zu bringen. Und da Klara wegen der ganzen Aufregung erst einmal eine Tasse Tee benötigte und vorher nicht bereit war, Eddie anzuhören, blieb Barny nichts anderes übrig, als sich zum zweiten Mal innerhalb weniger Tage in Klaras gute Stube zu legen. Resigniert schloss er die Augen, als Craddock sich eng an seine Seite drückte und ihn ekstatisch anhechelte. Die Kartoffeljagd hatte den Mops ebenso sehr angestrengt wie begeistert.

»Was macht Operation Nadelspiel, Barny?«, japste er mit verschwörerischer Miene, als er schließlich wieder etwas zu Atem gekommen war. »Dolly lässt ja nichts raus. Sie hat nur gesagt, dass sie dich bei deinen Ermittlungen im Auge behält, mehr nicht. So ist sie halt, total verschwiegen und loyal. Bestimmt hast du sie zur Geheimhaltung verpflichtet und sie hält sich streng daran.«

Barny seufzte. »Bist du wirklich so naiv, Moppel? Dolly ist ganz bestimmt nicht loyal, schon gar nicht mir gegenüber. Sie ist einfach nur zickig und arrogant und macht sich einen Spaß daraus, dich zu ärgern.«

»Da irrst du dich«, jaulte Craddock entsetzt auf. »Sie ärgert mich nie. Sie ist eben viel klüger als ich und älter. Sie passt nur auf mich auf, genau wie du. Aber das müsst ihr nicht. Immerhin bin ich schon fast zwei Jahre alt. Und ich kann euch wirklich dabei helfen Tante Rosa zu finden. Ich habe eine richtig gute Nase.« Zum Beweis wackelte der Mops wild schnaufend mit der platten Nase am Boden durch den Raum, quetschte sich unter Klaras Lehnsessel und kam mit einer alten, angelaufenen Schnapspraline wieder zum Vorschein. »Siehst du!«, keuchte er triumphierend und verschlang die Praline mit einem Happs. Sein Ringelschwanz wackelte eifrig, als er Barny erwartungsvoll ansah.

Barny stöhnte. »Ist gut, Kleiner. Wenn ich eine besondere ... Pralinenspürnase brauche, werde ich an dich denken. Aber du solltest dieses Zeug nicht fressen. Ist ziemlich ungesund.«

Das Geräusch der Katzenklappe in Klaras Eingangstür lenkte Barny von Craddock ab. Interessiert blickte er der eleganten, blaugrauen Gestalt entgegen, die sich in die Stube schob und auf die Ofenbank sprang, ohne ihn eines Blickes zu würdigen. Barny grinste. Die Dame schien noch immer beleidigt zu sein.

Craddock hüpfte begeistert zum Ofen.

»Gut, dass du da bist, Dolly! Barny wollte mir gerade erzählen, was es Neues in unserem Fall gibt.«

Ein verächtlicher Blick streifte Barny.

»Ich bezweifle, dass er etwas zu berichten hat, was ich nicht schon längst weiß.«

»Wie du meinst.« Gleichmütig wandte Barny sich von ihr ab und legte sich wieder auf die Decke.

»Oh bitte!« Craddock sah aus, als ob er jeden Augenblick in Tränen ausbrechen wollte. »Wir sind doch ein Team. Und ich muss unbedingt wissen, was los ist.«

Barny deutete zur Küche, in der Eddie Klara gerade von dem Besuch in der Seniorenresidenz erzählte.

»Dann sei endlich mal still und hör zu, was dort besprochen wird.«

Craddock hörte sofort auf zu schnaufen und lauschte andächtig Eddies Bericht. Als dieser von der Truhe mit dem Katzenfutter erzählte, gab der Mops ein begeistertes Quieken von sich.

»Ich kenne die Truhe. Tante Rosa hat darin auch immer eine Tüte mit Katzenleckerlis aufbewahrt. Du weißt schon, die, von denen sie mir immer welche gegeben hat.«

»So eine Tüte habe ich heute nicht gesehen«, meinte Barny nachdenklich. »In der Truhe lagen nur die Portionsbeutel mit dem Nassfutter.«

»Es war aber wirklich eine sehr große Tüte«, versicherte ihm Craddock und begann bei der Erinnerung an den

Tüteninhalt zu sabbern. »Und Mollys Spielzeug. Selbstgestrickte Mäuse in allen Farben und Größen mit kleinen Glöckchen dran. Mir und Dolly hat Tante Rosa auch welche gestrickt. Warte einen Moment!«

Erstaunlich flink rannte er aus dem Zimmer. Barny starrte ihm grübelnd hinterher.

»Sie kann das alles mitsamt der Katze unmöglich in einem Strickkorb in der Gegend herum geschleppt haben«, grummelte er vor sich hin.

»Natürlich nicht«, fauchte Dolly von der Ofenbank. »Nur Menschen können an so einen Quatsch glauben. Als ob Molly sich jemals in einen Strickkorb hätte einsperren lassen. Sie war hochgradig neurotisch und hätte ein Riesenspektakel veranstaltet, wenn jemand so etwas versucht hätte. Und Rosa hätte ihr das niemals zugemutet.«

»Aber dennoch ist sie verschwunden«, sinnierte Barny. »Zusammen mit der alten Dame. Und wenn die ihre Katze nicht mitgenommen hat und Molly selber viel zu ängstlich war, um alleine abzuhauen, gibt es nur noch eine Erklärung für ihr Verschwinden...«

»Es hat sie also doch jemand anderes entführt«, ergänzte Dolly herablassend. »Mir war das ja schon von Anfang an klar.«

Die beiden sahen sich eine Weile an, bis Barny schließlich nickte.

»Und wenn Molly entführt wurde, liegt es nahe, dass der Entführer auch Rosa Scheib gekidnappt hat. Aber warum? Und vor allem: Warum hat er die Katze überhaupt mitgenommen? Das hat das Risiko, entdeckt zu werden doch nur unnötig erhöht.«

In der Küche nebenan waren nun schwere Schritte zu hören. Eddie marschierte unruhig hin und her, ein sicheres Zeichen dafür, dass er ein Problem wälzte. Barny lief zur Tür, um seinen Partner im Blick zu haben.

»Du hattest recht, Klara«, knurrte Eddie. »Die alte Dame ist nicht freiwillig verschwunden. Die Fakten sprechen dagegen. Sie war nicht kräftig und geschickt genug, um unbemerkt aus dem Stift zu laufen. Und warum hätte sie das auch tun sollen? Dort wurde ihr ja förmlich der Zucker in den Hintern geblasen.«

»Dann denkst du jetzt also auch, dass da ein Verbrechen dahinter steckt!« Der Triumph in Klaras Stimme war nicht zu überhören. »Was meinst du? Wurde sie ermordet?«

»Nein.« Eddie hielt kurz in seiner Wanderung inne. »Offensichtlich gab es ja kein Testament, sodass ihr Tod keinem genützt hätte. Aber Lösegeldforderungen sind bisher auch noch nicht eingegangen, wodurch Erpressung wohl auch auszuschließen ist.« Ratlos fuhr Eddie sich durch die kurz geschorenen Haare. »Und du bist wirklich ganz sicher, dass es keine gesetzlichen Erben gibt?«

Klara zuckte die Achseln.

»Wie gesagt, Rosa hat immer behauptet, dass sie ganz alleine dasteht. Ihre Eltern und ihr einziger Bruder sind tot, sie hatte keine Kinder, und ihr Mann auch nicht. Und er war ein Einzelkind. Seine Eltern sind schon vor vielen Jahren gestorben.«

In Barnys Rücken erklangen Glockengebimmel und asthmatisches Röcheln. Irritiert wandte er sich um. Craddock stand keuchend vor ihm und spuckte ihm eine himmelblaue Strickmaus mit violettem Glöckchenhalsband direkt vor die Füße.

»Die hat mir Tante Rosa geschenkt«, fiepte er begeistert. »Und genau so sahen auch Mollys Spielmäuse in der Truhe aus. Hilft dir das weiter?«

Barny seufzte und nickte gutmütig.

»Ja, sicher. Bei einem solchen Fall kann jede Kleinigkeit wichtig sein.«

Pflichtbewusst untersuchte er die Maus genauer, was Craddock zu wahrer Schwanzwackelakrobatik veranlasste. Der Geruch, der unter Craddocks Sabbergestank noch wahrnehmbar war, entsprach dem Geruch aus der Erkersuite und gehörte eindeutig zu Rosa. Barny prägte ihn sich besonders gut ein. Man konnte ja nie wissen, auf welche Fährten er im Laufe der Ermittlungen noch stieß.

Als Eddie sich endlich von Klara verabschiedete, schwebte Craddock im siebten Hundehimmel und Dollys Wut auf Barny war einigermaßen verraucht. Zwischen ihnen herrschte nun so etwas wie ein unausgesprochenes, gegenseitiges Duldungsabkommen.

Barny lief sehr nachdenklich nach Hause. Eddies neuer Fall gestaltete sich komplizierter, als anfangs vermutet. Und wenn er ganz ehrlich war, hatte er jetzt selber Blut geleckt. Er wollte das Geheimnis um Rosas Verschwinden nun nicht mehr nur für Eddie aufklären. Sein eigener Ermittlerehrgeiz war geweckt und das fühlte sich richtig gut an. Er hatte schon fast vergessen, wie aufregend es war, an einem echten Kriminalfall zu arbeiten.

Eddie schien es ähnlich zu ergehen. Er erledigte sein übliches Tagesgeschäft wie in Trance, während er sich in Gedanken mit dem Fall beschäftigte. Barny kannte diesen speziellen Ausdruck in den Augen seines Partners. Eddie war wie ein Bluthund. Wenn er einmal auf eine Fährte angesetzt war, ließ er erst locker, wenn er seine Beute aufgespürt hatte.

Den Abend verbrachte Eddie vor der überdimensionalen Tatort-Steckkarte, die ihm seine Kollegen zur Verabschiedung geschenkt hatten, und versuchte die Namenskärtchen aller Beteiligten im Fall Rosa Scheib in einen sinnvollen Zusammenhang zu bringen.

Als sein Partner schließlich schlafen ging, zog Barny sich auf die Couch zurück, um selber auch noch einmal die Erkenntnisse der heutigen Ermittlungsarbeit durchzugehen.

Es war eine ruhige Nacht, wie geschaffen dafür, Ordnung in das Durcheinander von Gedanken, Eindrücken und Gerüchen zu bringen. Und dennoch war es Barny nicht möglich, zur Ruhe zu kommen. Irgendetwas stimmte hier nicht. Eine leise Ahnung drohender Gefahr kroch in ihm hoch. Sein Nackenfell richtete sich warnend auf. Er glaubte, kaum wahrnehmbare Geräusche zu hören, die sich von den üblichen nächtlichen Lauten unterschieden. Ein unangenehmer

Geruch lag in der Luft, eine Ahnung von Tod und Verwesung.

Ein dumpfes Grollen ließ Barnys Brust vibrieren. Und da wusste er, dass er nicht mehr allein war.

4

»Riddick!« Barnys Knurren füllte den Raum. Er sprang von der Couch und starrte mit gebleckten Zähnen in Richtung Bad, von wo der abstoßende Gestank nach Kloake und Unrat zu ihm herüberschwappte.

»Was soll das Theater, Schnüffler?«, zischte eine kratzige Stimme aus dem Schatten der halb geöffneten Wohnzimmertür. »Du wolltest doch etwas von mir und hast mich erwartet. Oder soll ich wieder verschwinden?«

»Wie bist du hier hereingekommen?«, grollte Barny.

Ein heiseres Lachen erklang.

»Ich komme überall herein und das auf verschiedenen Wegen. Und niemand kann mich davon abhalten. Also kein Grund, dich in deiner Bullenehre gekränkt zu fühlen.«

Jetzt nahm Barny eine leise Bewegung wahr und der Gestank verstärkte sich. Er hielt den Atem an, als sich eine dunkle Gestalt ins Zimmer schob.

Riddicks Art zeichnete sich schon im Allgemeinen nicht durch ein besonders gefälliges Äußeres aus, und er selber schien alle rassespezifischen Merkmale in übertriebenem Maße zu besitzen. Er war ungewöhnlich groß und kräftig gebaut, was auf ein beachtliches Alter schließen ließ. Sein Schädel mit der stumpfen Schnauze war so eckig, dass er ihm ein brutales Aussehen verlieh, was durch die unzähligen kahlen, wulstigen Narben, die sich durch das kohlschwarze Fell zogen, noch verstärkt wurde. Mehrere Schuppenringe an dem dicken, nackten Schwanz fehlten, ebenso wie einige Krallen an seinen Vorderpfoten. Der Kerl hatte offensichtlich schon einige harte Kämpfe hinter sich gebracht – und diese zweifellos gewonnen. Um Oberster Clanführer der Kanalratten zu werden, durfte man nicht zimperlich sein oder einem Kampf aus dem Weg gehen.

»Wie bist du hier hereingekommen?«, wiederholte Barny seine Frage von vorhin.

Die schmalen, schwarzen Augen blitzten belustigt auf.

»Durch euer Fenster im Bad«, grinste Riddick und zeigte dabei die kräftigen, orangenen Nagezähne. »Ist manchmal doch recht praktisch, diese unbegreifliche Reinlichkeit der Hominiden. Vor allem, wenn sie nach dem Duschen das Bad lüften ... Ach ja, das Fliegenfenster hat dabei etwas gelitten, solltet ihr bei Gelegenheit mal austauschen.« Er kratzte sich mit den drei verbliebenen Krallen seiner linken Vorderpfote den Schorf von einer frischen Narbe am Bauch. Eine weitere Welle fauligen Gestanks erreichte Barny. »Also, warum bin ich hier? Der alte Freddy hat nix Genaues rausgelassen. Meinte nur, ich sollte mal bei dir vorbeischauen. Könnte sich für mich lohnen.«

Barny zögerte. Der Kerl war einfach zu abstoßend. Aber er schien sich tatsächlich darauf zu verstehen, an jeden Ort zu gelangen.

»Das wird sich zeigen«, brummte er ungnädig. »Ich brauche Informationen über das Verschwinden der alten Rosa Scheib aus dem Seniorenstift Sonnenblick. Irgendetwas ist daran faul und die Polizei hat die Ermittlungen vorerst eingestellt. Mit den üblichen Methoden kommen die nicht weiter. Ich denke, der Fall benötigt ein etwas ... ausgefalleneres Vorgehen. Aber vorher sollten wir uns über deinen Preis unterhalten. Ich bin nicht bereit, dafür jeden Tribut zu entrichten.«

»Schon klar.« Riddicks Blick flog verächtlich über Barnys aufrechte Gestalt. »Im Gegensatz zu uns Abschaum habt ihr edlen Spezies ja nur noble Absichten. Es ist schon eine Ehre, dass einer wie du Kontakt zu einer Gossenkreatur wie mir aufnimmt.«

»Ich werde nichts tun, wodurch einem anderen Schaden entsteht, das ist alles«, erwiderte Barny ruhig. »Wenn wir in diesem Punkt nicht zusammenkommen, erübrigen sich alle weiteren Gespräche zwischen uns und jeder geht wieder seine eigenen Wege.«

Riddick lachte hart auf.

»Welch vornehme Gesinnung, da bekomm ich ja gleich

eine Gänsehaut.« Er lief zu Barny und richtete sich vor ihm zu einer nicht unbeachtlichen Höhe auf. Die schwarzen Augen blitzten gefährlich. »Ich werde sehen, was sich in diesem Fall machen lässt, Bulle. Und danach meinen Preis berechnen. Aber merke dir eins: Nicht nur ihr habt eure Regeln. Auch bei uns Rodentiden gibt es einen Kodex, nach dem wir unsere Vereinbarungen treffen.« Er wandte sich blitzschnell um und verschwand wieder im Gang. »Du hörst von mir.«

Dann war er fort. Zurück blieben ein abscheulicher Geruch und ein fader Geschmack auf Barnys Zunge.

Obwohl Barny wusste, dass Riddick gegangen war, lief er ins Bad, um ganz sicher zu gehen. Er fand dort alles so wie sonst vor – bis auf den aufgebogenen Draht an einer Ecke des Fliegenfensters und dem fauligen Gestank nach Abwasser. Angewidert verließ Barny den Raum und drückte hinter sich die Badezimmertür ins Schloss. Er war sich zwar ziemlich sicher, dass ein Kerl wie Riddick durchaus in der Lage war, Türen zu öffnen, aber immerhin wäre er durch das dabei entstehende Geräusch vorgewarnt. Er wollte sich nie wieder so überrumpeln lassen, wie es gerade geschehen war.

An Schlaf war jetzt nicht mehr zu denken. Riddicks Eindringen hatte Barny deutlich gemacht, dass auch er nicht immer für die Sicherheit seiner Schutzbefohlenen garantieren konnte, das musste er erst einmal verarbeiten. Und da ihm der Fäulnisgeruch noch immer in der Nase saß, öffnete er die Terrassentür und ließ sich etwas frischen Wind um die Schnauze wehen.

Als Eddie ihn ein paar Stunden später wieder auf seine Morgenrunde mitschleppte, fühlte Barny sich ziemlich zerschlagen und ausgesprochen schlecht gelaunt. Und ihr Besuch am späten Vormittag bei Rolf-Rüdiger Weisshaar, dem Vorstand der Katzenhilfe Schnurrtiger, trug auch nicht viel dazu bei, dass sich Barnys Stimmung verbesserte.

Wenn er sich nicht gerade um heimatlose Katzen kümmerte, arbeitete Herr Weisshaar als freier Architekt in Backnang. Seine Büros erstreckten sich über das ganze Erdgeschoss eines aufwendig sanierten Altbaus in zentraler Lage. Barnys erster Eindruck des weitläufigen Empfangsbereiches war der von viel Glas, viel Holz, viel Geld und einer Empfangsdame, die locker bei Germanys Next Magermodel mitmachen konnte. Bei Barnys Anblick zuckte die junge Frau entsetzt zusammen.

»Es tut mir leid, aber Hunde sind hier nicht erlaubt.«

Eddie warf ihr einen finsteren Blick zu, der sie unter all der Schminke bleich werden ließ.

»Das ist kein Hund, sondern mein Partner«, knurrte er verstimmt. »Wir ermitteln immer gemeinsam. Und jetzt melden Sie uns bitte an!«

Hilfesuchend blickte sie zu einer der beiden doppelflügeligen Holztüren.

»Herr Weisshaar arbeitet gerade in seinem Büro der Katzenhilfe und wird nicht sehr erfreut sein, wenn Sie Ihren ... Partner mitbringen.«

»Wir sind auch nicht hier, um den Herrn zu erfreuen, sondern um ihm ein paar Fragen zu stellen«, brummte Eddie und ging zu besagter Tür. Barny hörte hinter sich noch den entsetzten Ausruf der Frau, dann stand er bereits neben Eddie im Büro.

Es dauerte einen Moment, bis er in dem Chaos, das ihrem Eintreten folgte, die Situation überblicken konnte. Ein etwas weniger gemütsstarker Hund wäre bei dem Bild, das sich ihm bot, höchstwahrscheinlich total ausgerastet, doch Barny wusste, was er seinem Partner schuldete. Also ignorierte er das Fauchen und Geifern, das aus einem Dutzend empörter Katzenkehlen kam und konzentrierte sich auf den aufgebrachten Mann hinter dem riesigen Glasschreibtisch, der aussah, als wollte er sich jeden Augenblick auf Eddie stürzen. Irgendetwas irritierte ihn an diesem Mann. Prüfend ließ Barny seinen Blick über die hoch aufgeschossene, hagere Gestalt im sandfarbenen Maßanzug in legerer Leinenoptik wandern.

»Was zum Teufel soll das?«, fauchte Herr Weisshaar

wütend. »Entfernen Sie sofort diesen Köter aus meinen Räumen! Elena! Wie konnten Sie nur! Sie sind gefeuert!«

»Jetzt machen Sie mal halblang«, brummte Eddie kopfschüttelnd. »Die junge Dame kann nichts dafür. Sie hat versucht, uns abzuwimmeln. Ihr war wohl nicht bewusst, dass Sie einen Termin mit uns haben, und dass es einen ziemlich komischen Eindruck hinterlassen könnte, wenn Sie uns Ihre Mitarbeit verweigern, was sicher nicht in Ihrem Interesse wäre.«

»Was soll das heißen?« Mit einer unwilligen Kopfbewegung warf Herr Weisshaar die beiden langen – und mit Sicherheit gefärbten – Haarsträhnen zurück, die ihm ins Gesicht hingen. »Ich habe mich zwar bereit erklärt, Ihnen einige Fragen zu beantworten, aber das bedeutet nicht, dass Sie hier mit Ihrem Hund auftauchen können, damit er meine armen, kleinen Lieblinge bedroht.«

Eddie blickte vielsagend auf die geifernden Katzen, welche sich inzwischen auf die verschiedenen Designer-Katzenbäume geflüchtet hatten, die überall dekorativ in dem riesigen Büro aufgestellt waren. Dann wanderte sein Blick zu Barny, der mit ungerührter Miene neben ihm saß.

»Wer bedroht hier wohl wen?«, bemerkte er trocken. »Aber keine Sorge. Mein Partner ist es gewohnt, albernes Benehmen zu ignorieren. Ihren ... *Lieblingen* droht keine Gefahr. Und ein bisschen Aufregung macht deren langweiliges Leben nur etwas bunter. Also lassen Sie uns nicht noch mehr Zeit vertrödeln. Wann haben Sie Frau Scheib das letzte Mal besucht?«

Herr Weisshaar rang sichtlich mit sich. Fahrig nestelte er an dem hellen Seidenschal herum, den er lässig um den Hals geschlungen trug. Doch dann gab er sich einen Ruck und setzte sich. Sofort sprang ein stattlicher, schwarzer Kater auf seinen Schoß. Der Geruch nach selbstzufriedener, satter Katze schwappte zu Barny herüber. Nachdenklich blickte er in die giftgrünen Augen, die ihm arrogant entgegen starrten. Der ganze Raum stank nach Katzen. Selbst der Mann darin roch wie eine. Und da wusste Barny, was ihn an Herrn Weisshaar so verwirrte. Der Kerl hatte so gut wie keinen Eigengeruch. Zumindest keinen, der ihm zwischen all dem Katzengestank besonders in die Nase gestochen wäre. Er benutzte nicht einmal ein Aftershave, was recht außergewöhnlich für einen Mann war, der offensichtlich viel Wert auf ein gepflegt künstlerisches Erscheinungsbild legte. Aber vielleicht verzichtete er ja auch für seine pelzigen Lieblinge darauf. Katzen verabscheuten Duftwasser normalerweise ebenso sehr wie Hunde.

Barny betrachtete den Mann, der ziemliche Probleme hatte, sich damit abzufinden, dass ein Hund seine heiligen Hallen verseuchte. Doch schließlich beantwortete er sehr gereizt Eddies Frage.

»Wie ich Ihren Kollegen bereits gesagt habe, bin ich am Ostersamstag bei der alten Dame gewesen. Ich war wohl einer der Letzten, die mit ihr gesprochen haben. Kurz danach ist sie … verschwunden. Eine wirklich tragische Sache. Sie war eine ganz außergewöhnliche Person. Eine wahre Katzenliebhaberin und sehr großzügig. Sie hat viel dafür getan, dass sich die Situation der streunenden Katzen hier in Backnang verbessert hat. Aber selber hatte die Ärmste kaum jemanden, der sich um sie gekümmert hat. Keine Familie. Deshalb habe ich sie an diesem Tag besucht. Solche Feiertage wie Ostern und Weihnachten sind immer besonders schwer zu ertragen für Menschen ohne Angehörige.«

»Ganz rührend«, murmelte Eddie. »Ist Ihnen an diesem Tag etwas an Frau Scheib aufgefallen? War sie besonders zerstreut oder aufgeregt? Irgendetwas, was darauf schließen ließ, dass sie vorhatte, die Seniorenresidenz zu verlassen?«

»Nein, überhaupt nicht. Allerdings war sie etwas unkonzentriert bei unserem Gespräch, weil sie unbedingt noch irgendetwas fertig stricken wollte vor dem Ostersonntag. Da war eine kleine Ostertombola für die

Gäste geplant. Also habe ich meinen Besuch etwas kürzer gehalten. Sie wollte später runter in den Gemeinschaftsraum, wo sich ihre Strickgruppe verabredet hatte.«

»Hm«, meinte Eddie. »Das entspricht dem, was auch in der Seniorenresidenz gesagt wurde. Frau Scheib wurde wohl zuletzt mit ihrem Strickkorb auf dem Gang zum Gemeinschaftsraum gesehen.«

»Schöne Seniorenresidenz«, schnaubte Herr Weisshaar verächtlich. »Die ziehen den alten Leuten eine Menge Geld aus der Tasche und sind dann nicht einmal in der Lage, ein Auge auf sie zu haben! Und angeblich haben sie Rosas Verschwinden erst am Abend bemerkt, als sie nicht zum Vesper gekommen ist. Ich bitte Sie! Passt man so auf seine Schutzbefohlenen auf? Das ist pure Nachlässigkeit oder etwas ist faul an der Sache. Ich sage Ihnen: Diese Frau Gehring zieht alle Register, um an das Geld der Herrschaften zu kommen. Am liebsten hätte sie mich überhaupt nicht mehr zu Frau Scheib gelassen. Sie wollte sie von allen isolieren, damit sie ihr das Vermögen hinterlässt. Aber das habe ich nicht zugelassen. Wir Katzenfreunde müssen schließlich zusammenhalten!« Seine Hände strichen unablässig über das samtige Fell des Katers, dessen Schnurren inzwischen den ganzen Raum füllte.

»Sie scheinen da ja keinen besonders guten Eindruck von dem Seniorenstift zu haben«, brummte Eddie und blätterte in seiner Kladde herum. »Gilt das auch für alle Mitarbeiter dort? Was halten Sie zum Beispiel von dieser Lina?«

»Nun, Lina ist ein ganz nettes Mädchen«, gab Herr Weisshaar etwas widerstrebend zu. »Sie liebt Katzen und war eine der wenigen Personen, von der sich die kleine Molly streicheln ließ. Ansonsten durften nur Frau Scheib und ich die Katze berühren.« Mit einem bösen Lächeln fügte er hinzu: »Frau Gehring durfte nicht einmal in ihre Nähe kommen, dann ist sie total ausgeflippt. Tja, Katzen sind in vielerlei Hinsicht eben schlauer als die meisten Menschen.«

Eddie schnaubte verächtlich und notierte etwas in der Kladde.

»Nach allem, was ich da über diese Katze höre, scheint es mir doch recht unwahrscheinlich, dass man sie in einen Strickkorb stecken konnte, oder?«

»So etwas hätte Rosa ihrem Liebling nie angetan!«, empörte sich Herr Weisshaar. »Das habe ich schon Ihren Kollegen gesagt. Aber die haben sich lieber auf die Worte dieses Stümpers Herbrecht verlassen. Dabei ist doch klar, dass der alles erzählt, was Frau Gehring von ihm verlangt. Schließlich ist es ein ganz einträgliches Geschäft als beratender Arzt in so einem noblen Seniorenstift tätig sein zu können. Das wird er nicht aufs Spiel setzen.«

»Sie spielen da wohl auf Dr. Herbrecht vom Medizinischen Dienst der Krankenkassen an?« Eddie runzelte die Stirn. »Er wird doch hinzugezogen, wenn es um die Einstufung in die Pflegestufen geht, oder?«

»Richtig«, schnaubte Herr Weisshaar. »Außerdem ist er sehr gut mit Frau Gehring bekannt ... Dieser Pfuscher hat behauptet, dass Frau Scheib immer wieder Anzeichen von Demenz zeigte und es daher nicht ausgeschlossen werden kann, dass sie ihre Katze in den Strickkorb gesteckt hat, um aus dem Stift zu laufen. Er erklärte es mit einer möglichen Depression wegen der Feiertage, was meiner Meinung nach kompletter Unsinn ist. Nichts hätte Frau Scheib dazu bringen können, so mit ihrer Molly umzugehen. Aber so etwas versteht natürlich keiner, der Tiere nur mag, wenn man sie essen kann! Ich sage Ihnen, das gehörte alles zu dem Komplott, den die Gehring geschmiedet hat. Sie wollte mit Herbrechts Hilfe die arme Frau Scheib für unmündig erklären lassen, um dann auf irgendwelchen krummen Wegen an das Vermögen der alten Dame zu kommen. Wäre ja nicht das erste Mal, dass ihrem Stift eine Erbschaft in den Schoß fällt!«

In seiner Empörung fuhr er nun etwas grober durch das schwarze Fell, woraufhin der Kater ihn erbost anraunzte und ihm die Krallen über den Handrücken zog, bevor er beleidigt das Weite suchte. Herr Weisshaar war sichtlich betroffen.

»Oh, das tut mir aber Leid, Hank, mein Junge. Nicht böse sein. Ich war ungeschickt und mache es nachher wieder gut«, flehte er den Kater an, der ihn nun mit Verachtung strafte. Bekümmert tupfte Herr Weisshaar sich das Blut mit einem Taschentuch von der Hand.

Barny schnaubte verächtlich. »Was für ein Vollidiot!«

»Von wegen Vollidiot«, schnurrte es neben ihm spöttisch. »Wir haben unseren Futterspender wenigstens im Griff und gut gezogen, was man von dir nicht sagen kann. Hockst wie ein Lämmchen brav abgerichtet neben deinem Herrn und Meister. Wie erbärmlich!«

Barny grinste den schwarzen Kater breit an, sodass dieser einen guten Blick auf seine Fangzähne hatte. Er kannte die verdrehten Ansichten des Felidenpacks über die Beziehung zu Menschen. Sie waren mit ein Grund, warum es so schwer war, mit Katzen wahre Freundschaft zu schließen.

»Dann sei mal froh darüber, dass ich so gut dressiert bin, Schleicher«, brummte er nur, »sonst würdet ihr hier kein Land mehr sehen.«

Hank fixierte ihn starr und wirkte plötzlich gar nicht mehr wie ein kuscheliges Schoßtier.

»Träum weiter, Hündchen«, zischte er eisig. »Gegen uns hättest du keine Chance.«

»Lasst es lieber nicht drauf ankommen.« Barny zog abfällig die Lefzen hoch. »Ich hätte hier ziemlich schnell aufgeräumt, da würden euch auch die niedlichen Spielzeugbäumchen nichts helfen. Aber ich habe hier Wichtigeres zu erledigen, als einen dummen Kleinkrieg zu führen, um etwas Spannung in euer langweiliges Stubentigerleben zu bringen. Ich muss mich darum kümmern, dass ein Verbrechen aufgeklärt wird. Und zwar ein Verbrechen an einer Frau, die naiv genug war, sich ein Leben lang um eure undankbare, egozentrische und menschenverachtende Brut zu sorgen.«

Als Antwort ertönte ein empörtes Fauchen aus mehreren Katzenkehlen, das Barny geflissentlich ignorierte. So wie es aussah, war Eddie ebenfalls am Ende seiner Befragung angekommen, sodass sie diesem unangenehmen, katzenverseuchten Ort endlich den Rücken kehren konnten.

Auf der Straße angekommen, nahm Barny erst einmal einen tiefen Atemzug. Gegen den penetranten Katzengeruch war sogar der Abgasgestank eine Wohltat. Er beschloss, dass er sich für heute genug wegen des Falles herumgeärgert hatte. Den Rest des Tages wollte er sich ausruhen und nichts mehr davon hören.

Barny blieb seinem Vorsatz erstaunlich lange treu, genauer gesagt bis in die frühen Abendstunden. Eddie machte sich gerade fertig, um wie jeden Mittwochabend am Schießtraining des Polizeisportvereins teilzunehmen, und Barny drehte noch eine Runde durch den Garten, als ein durchdringender Pfiff aus einem der Lichtschächte ertönte. Er musste seine Nase nicht besonders anstrengen, um zu wissen, wer ihn hier abpasste.

»Und, bist du zu einem Ergebnis gekommen?«, blaffte er in den Schacht. Ein hohles Kichern erklang und Barny konnte eine kleine Bewegung zwischen dem verrottenden Laub am Grund des Loches ausmachen. Riddicks unverkennbarer Gammelgeruch kitzelte seine Nase.

»Sieht so aus, Schnüffler. Aber bevor wir uns endgültig entscheiden, wollen wir wissen, ob du unseren Preis zahlen kannst.«

»Und was wollt ihr von mir?«, knurrte Barny.

»Wir treffen uns heute Nacht gegen eins beim Gänsebrunnen hinterm Tafelhaus«, zischte die körperlose Stimme. »Dort, wo sie immer die Müllcontainer für die Abfuhr am Donnerstag bereitstellen. Du wirst uns Rückendeckung geben, wenn wir die Tonnen ausräumen.«

»Das ist alles?« Barny hatte nicht mit einer so harmlosen Forderung gerechnet.

»Wart's ab, Bulle. Die Containerinhalte sind eine begehrte Beute unter den Nachtgängern. Du wirst dich wundern, welches Gesindel sich dort so herumtreibt. Vielleicht triffst du dort auch ein paar alte Bekannte. Hab gehört, dass du gerne mit dem Felidenpack abhängst.« Wieder war das heisere Kichern zu hören. »Also, ich erwarte dich dann!«

Barny starrte noch eine Weile grübelnd in den Schacht und dachte über Riddicks seltsame Forderung nach. Er traute dem Kerl nicht. Irgendetwas an der Sache war faul. Er musste darauf vorbereitet sein, dass Riddick ihn austricksen wollte. Die Ratte hatte von den Nachtgängern gesprochen, was Barny wieder an sein Gespräch mit Dolly vom Sonntagabend erinnerte. Auch sie hatte angedeutet, dass er keine Ahnung von der Welt der wahren Nachtgänger hatte. Aber das konnte man ändern.

Nachdem Eddie zum Training aufgebrochen war, machte Barny sich auf den Weg in die Danziger Straße. Es traf sich gut, dass Craddock gerade wild schnaufend damit beschäftigt war, Löcher in das Tulpenbeet von Klaras Vorgarten zu buddeln. Als Barny ihn aus der Deckung eines Strauches heraus ansprach, quiekte er begeistert auf.

»Sei still«, zischte Barny. »Klara soll nicht mitbekommen, dass ich hier bin. Aber ich muss dringend mit Dolly sprechen. Weißt du, wo sie ist?«

»Sie liegt mal wieder auf der Ofenbank«, flüsterte Craddock mit wichtiger Miene. »Ich hol sie dir, ohne dass Mama Klara was merkt. Du kannst dich auf mich verlassen.« Er stürmte so übereifrig zum Haus, dass er die selbstgebuddelten Löcher übersah und mit einem schrillen Schrei in eines hinein stürzte. Barny konnte sich gerade noch ducken, als Klara auch schon schimpfend in den Garten stürmte und den Mops aus dem schlammigen Loch zog. Dann schloss sich die Haustür hinter den beiden und Barny seufzte entnervt auf.

Während er überlegte, ob es sich für ihn jetzt überhaupt noch zu warten lohnte, hörte er das Rappeln der Katzenklappe.

»Du wolltest mich sprechen? Wie komme ich zu dieser Ehre?« Dolly schlängelte sich elegant zwischen den Zaunlatten hindurch und blieb mit belustigtem Blick vor Barny stehen.

»Dann hat Moppel es tatsächlich noch geschafft, dir Bescheid zu geben«, grinste er.

Dolly lachte gurrend. »Er winselte irgendetwas von einer wichtigen Mission in Sachen Operation Nadeldings, du weißt schon, bei der meine Anwesenheit im Garten benötigt wird. Dann hat Klara ihn unter die Dusche gesteckt.«

Aus dem Haus ertönte ein jämmerliches Jaulen.

Barny brummte mitfühlend.

»Ein harter Lohn für seine aufopferungsvolle Hilfe.«

»Er wird es überleben.« Dolly schnaubte verächtlich. »Klara wird ihm nach der Dusche ein warmes Jäckchen anziehen und zum Trost noch mehr Leckerchen in ihn hineinstopfen. Aber warum bist du hier?«

Barny zögerte, doch dann gab er sich einen Ruck.

»Ich brauche deine Hilfe.«

Die bernsteinfarbenen Augen weiteten sich und Dolly setzte sich langsam hin.

»Überraschung! Wie kommt es denn zu diesem Gesinnungswandel?«

»Riddick«, meinte Barny nur. Dollys Körper spannte sich an.

»Dann hat er dich also kontaktiert. Was für eine Teufelei verlangt der Kerl von dir?«

»Genau darum geht es«, erwiderte Barny langsam. »Es hört sich nicht wie eine Teufelei an. Er möchte, dass ich heute Schmiere stehe, damit er und sein Pack die Abfallbehälter auf dem Marktplatz plündern können. Scheint mir keine große Sache zu sein und genau deshalb ist es verdächtig.«

»Keine große Sache?« Dolly lachte auf. »Der Kerl weiß, was er will. Genau diese Beute gilt bei den Nachtgängern als besonderer Fang. Der Wettbewerb um das Revier Marktplatz in der Nacht vor der Müllabfuhr hat in den letzten Jahren völlig idiotische Ausmaße angenommen. Dieses Revier zu erobern ist so etwas wie ein Statussymbol geworden. Die unterschiedlichsten Clans kämpfen darum. Rodentiden, Musteliden, Feliden und seit Neuestem auch die Caniden, wobei es denen nur um den Ärger und nicht um die Sache geht.«

»Was meinst du damit?«, knurrte Barny.

Dolly schnaubte. »Das liegt doch auf der Hand. Deine Familie ist viel zu ungeschickt, um die großen Abfallcontainer zu plündern. Euch fehlt die Fähigkeit zu klettern. Außerdem seid ihr zu laut, um länger unentdeckt zu bleiben. Ratten und Marder dagegen sind – genau wie wir Katzen – ausgezeichnete Kletterkünstler und sehr geschickt und leise. Und ihnen geht es wirklich um die Beute, nämlich den Inhalt der Container. Wenn Riddick es also mit deiner Hilfe schafft, dieses Revier für seinen Clan zu halten, kannst du dir vorstellen, wie das seine Position als Clanführer stärkt.«

»Langsam verstehe ich«, meinte Barny. »Und weißt du auch, welcher Clan im Moment das Revier hält?«

Dolly sah ihn eine Weile ausdruckslos an.

»Wir«, schnurrte sie schließlich und lächelte selbstgefällig. »Und das wird sich auch so schnell nicht ändern. Wir sind in den letzten Jahren sehr stark geworden, und das wissen die anderen Clans nur zu gut. Schätze, du hast meine Hilfe wirklich nötig, Bullenschnüffler.«

Barny nickte langsam. »Schätze, du hast recht, Miezekatze.«

Die Katze lachte auf und schlüpfte wieder in den Garten zurück.

»Dann sehen wir uns um eins, Fiffi. Ich werde da sein.«

Kopfschüttelnd machte Barny sich wieder auf den Heimweg. Er hätte nie gedacht, dass er bei seinen Ermittlungen jemals die Hilfe einer Katze in Anspruch nehmen würde. Und zu allem Übel begann ihm die Sache auch noch Spaß zu machen. Vielleicht wurde er ja tatsächlich langsam senil, wie Freddy bei ihrem letzten Treffen behauptet hatte. Aber andererseits war Barny nie jemand gewesen, der nur stur nach Vorschriften arbeitete. Das hatte er mit seinem Partner Eddie gemeinsam. Der hatte sich auch immer wieder neue Strategien ausgedacht, wenn es darum gegangen war, ein Unrecht aufzuklären.

Außerdem musste Barny zugeben, dass ihm die Zusammenarbeit mit einer Katze ganz neue Möglichkeiten der Ermittlungsarbeit eröffnete. Man konnte von den Feliden sagen, was man wollte, aber sie hatten es bis heute verstanden, sich ihre Eigenständigkeit zu erhalten. Sie kamen und gingen, wie es ihnen passte und kein Mensch gab gleich eine Vermisstenanzeige auf, wenn sie nicht zu den üblichen Zeiten erschienen. Dagegen musste Barny sich immer nach Eddies Zeitplan richten, damit diesem seine Abwesenheit nicht auffiel. So wie es auch heute der Fall war.

Eddies Training endete normalerweise kurz nach acht. Spätestens um halb zehn war er dann wieder daheim und bis Mitternacht schlief er in der Regel schon, sodass es für Barny kein Problem darstellen sollte, um eins am vereinbarten Treffpunkt zu sein. Allerdings bestand dabei natürlich das Risiko, dass Eddie aufwachte und seine Abwesenheit bemerkte. Aber darauf musste er es eben ankommen lassen.

Doch alles schien glatt zu verlaufen. Als Eddie nach dem Training nach Hause kam, zog er mit Barny pflichtbewusst wie immer noch eine kleine Runde um den Block. Keine halbe Stunde später legte er sich schlafen, während Barny Mühe hatte wach zu bleiben. Der Fall hatte ihn in den vergangenen Nächten ziemlich auf Trab gehalten und Barny spürte den ungewohnten Schlafmangel jetzt in jedem einzelnen Knochen.

Er war froh, als die Uhr endlich halb eins anzeigte und er sich auf den Weg machen konnte. Barny hatte sich vorgenommen, etwas vor dem vereinbarten Zeitpunkt am Treffpunkt sein, um sich schon einmal mit den Örtlichkeiten vertraut zu machen.

Vorsichtig öffnete er die Terrassentür und schlüpfte aus

dem Garten. Doch gerade als er von der Fritz-Häuser-Straße ins Zwischenäckerle einbiegen wollte, hörte er aus Richtung Danziger Straße ein nur zu bekanntes, jämmerliches Jaulen.

»Craddock! Was zum Teufel hat der denn jetzt schon wieder angestellt?«

Fluchend stürzte Barny in Richtung Danziger Straße. Keine zwei Minuten später stand er schwer atmend vor Klaras Haus. Ein einziger Blick und Barny erkannte die Situation. Mit einem Satz sprang er über den Gartenzaun und landete mit einem grimmigen Knurren auf dem Treppenabsatz der Haustür.

5

»Ehrlich, Moppel, du bist das hirnloseste Wesen, das man sich nur vorstellen kann!«, fauchte Dolly den jämmerlich winselnden Craddock an, der sich hoffnungslos in der Katzenklappe verkeilt hatte.

»Wollt ihr, dass die ganze Nachbarschaft aufwacht?«, donnerte Barny. »Was soll das hier?«

»Dieser vollkommen schwachsinnige, hirntote Kläffer hat sich doch tatsächlich in den Strohkopf gesetzt, dass er uns heute eine Hilfe sein könnte«, schäumte Dolly. »Er hat mich abgepasst, als ich zu unserem Treffen aufbrach. Hat mich gelöchert, was ich vorhabe und ob es etwas mit deinem Auftauchen vorhin und dieser bescheuerten Stricknadelgeschichte zu tun hat. Und als ich einfach gegangen bin, hat er versucht, mir zu folgen und seine Fettmassen durch die Klappe gezwängt. Tja, und das Ergebnis siehst du ja hier.«

»Oh bitte, Barny«, schniefte Craddock. Er gab ein Bild des Jammers ab. Seine tränengefüllten Glupschaugen traten noch stärker hervor als üblich und die platte Nase lief erbärmlich. »Hilf mir hier raus! Es tut ganz furchtbar weh. Irgendwie muss mein Jäckchen in der Klappe hängen geblieben sein.«

»Sein Jäckchen!«, spottete Dolly. »Von dem ist was ganz anderes hängen geblieben. Wir sollten ihn lieber wieder ins Haus hinein drücken.«

»Nein!«, kreischte der Mops verzweifelt. »Nicht rein, zieht mich raus. Ich muss euch doch helfen!«

»Verdammt! Halt die Schnauze, Moppel«, fluchte Barny und packte ihn mit den Zähnen am Kragen seines himmelblauen Strick-Nachtjäckchens. Ein gewaltiger Ruck, ein unangenehm reißendes Geräusch und Craddock schoss mit einem satten *Plopp* kopfüber aus der Klappe. Schwer schnaufend rappelte er sich hoch. Als sein Blick auf die zerfetzten Überreste seines Jäckchens fiel, begann er wieder zu jammern.

»Oh je! Mama Klara wird ganz traurig sein, wenn sie sieht, dass du mein Jäckchen kaputt gemacht hast. Sie kann ja nicht wissen, dass du es nur gut gemeint hast.«

Dolly wandte sich stöhnend an Barny.

»Da siehst du, was du angerichtet hast. Der Kerl ist komplett verblödet. Und jetzt haben wir ihn an der Backe. Tolle Sache! Glaubst du wirklich, dass dich noch irgendeiner ernst nimmt, wenn du mit diesem Volltrottel im Schlepptau auftauchst?«

»Wir werden sehen«, brummte Barny. »Wir konnten ihn ja schlecht stecken lassen, dann wäre Klara auf jeden Fall aufgewacht. Ein Wunder, dass sie noch nichts von dem Spektakel mitbekommen hat.«

»Sie hat einen gesegneten Schlaf«, bemerkte Dolly abfällig. »Aber was machen wir jetzt mit dem da? Dank ihm sind wir schon spät dran.«

Barny seufzte und wandte sich an Craddock, der ihn hoffnungsvoll ansah. »Wir nehmen dich mit, Moppel, aber nur unter einer Bedingung!«

»Ich tu alles, was du sagst, Barny, versprochen«, hauchte der Mops andächtig.

»Ja, das kenne ich schon«, stöhnte Barny. »Also, wir laufen jetzt runter zum Gänsebrunnen. Dort suche ich dir ein dunkles Plätzchen, von dem du dich nicht wegrührst, bis ich es dir sage. Du wirst absolut still sein, verstanden? Ich muss mich da hundertprozentig auf dich verlassen können. Ach ja, und zieh diese albernen Fetzen aus!«

Die ersten hundert Meter hielt sich der Mops noch ganz gut, als sie Richtung Innenstadt hetzten, doch dann ging ihm die Puste aus und Barny musste einige Gänge herunterschalten. Dolly, die ihre ganz eigenen Wege durch die Vorgärten nahm, raunzte abfällig und lief schon einmal voraus.

»Du bist eine Schande für jeden Hund, Moppel«, grollte Barny. »Wegen dir verpasse ich noch ein wichtiges Treffen. So viel zu deiner Hilfe in dem Fall!«

»Tut mir leid, Barny«, röchelte Craddock kleinlaut. »Ich

bin eben kein so schneller Läufer wie du.«

»Du musst dringend an deiner Kondition arbeiten, mein Junge. Und stopf dir nicht so viele Leckereien rein. In diesem Zustand wirst du jedenfalls nie ein ernst zu nehmender Partner für einen Ermittler.«

Erstaunlicherweise schafften sie es trotz aller Widrigkeiten, fünf Minuten vor dem vereinbarten Zeitpunkt am Treffpunkt anzukommen. Barny schob Craddock in den Schatten eines Hauseingangs mit gutem Blick auf den Ort des Geschehens.

»Und hier bleibst du und rührst dich nicht vom Fleck, verstanden?«

Craddock nickte mit glänzenden Augen.

Endlich konnte Barny sich seiner Umgebung widmen. Er erkannte die begehrten Abfallcontainer, die für die morgige Leerung sauber nebeneinander aufgereiht vor den Häusern standen. Ihr Inhalt roch tatsächlich vielversprechend – wenn man auf diese Art Nahrung stand. Seine Nase verriet ihm außerdem, dass Riddick und seine Leute bereits ganz in der Nähe waren. Auch Dollys Anwesenheit konnte er wittern. Er vermutete sie auf dem Dach eines der Nebengebäude. Aber es lagen noch andere Geruchsspuren in der Luft. Manche davon fremd, andere aber auch seltsam vertraut.

Wachsam ließ Barny seine Augen über die Fassaden der Fachwerkhäuser wandern, die den Platz einrahmten. Auf den ersten Blick wirkte hier alles trügerisch ruhig. Nur von der Murr klang das Grölen eines Betrunkenen herüber. Noch weiter entfernt hörte Barny aufgebrachtes Gebell. Er glaubte den heiseren Ruf: »Achtung, Fänger!«, aus dem mehrstimmigen Getöse herauszuhören, doch das Bellen entfernte sich so schnell, dass er nicht sicher sein konnte. Dennoch stellte sich ihm unwillkürlich das Nackenfell auf.

Eine kaum wahrnehmbare Bewegung zu Füßen der Frauenstatue des Gänsebrunnens lenkte ihn von den beunruhigenden Geräuschen ab. Kurz blitzten zwei winzige Lichter zwischen den steinernen Körpern der

Gänse auf, die sich um den Rock ihrer Gänsehirtin scharten.

Barny sog scharf die Luft ein. Offensichtlich hatte sich Riddicks Vorhaben herumgesprochen und neugierige Zuschauer auf den Plan gerufen. Auch die Musteliden hatten einen ihrer Beobachter geschickt. Und eines musste er den Mardern lassen: Ihr Spion hatte sich da ein sehr geschicktes Plätzchen als Beobachtungsposten ausgesucht. Gut verborgen zwischen den Steingänsen, umgeben vom Wasser des Brunnens, musste er zumindest die Feliden nicht fürchten, die sich nach dem intensiven Katzengestank zu urteilen hier ebenfalls überall herumdrückten. Barny konnte förmlich spüren, wie sich die Blicke dutzender unsichtbarer Späher in seinen Körper bohrten. Seine Anspannung stieg. Langsam begann er zu ahnen, dass er die Bedeutung dieses Treffens doch etwas unterschätzt hatte.

Seine Sinne arbeiteten auf Hochtouren. Diesmal erahnte Barny Riddicks Annäherung rechtzeitig, was ihn mit Befriedigung erfüllte und ihm etwas von seiner Anspannung nahm. So schnell ließ er sich von diesem Kerl nicht mehr überraschen. Als sich der Clanführer mit blitzenden Augen vor ihm aufbaute, konnte Barny ihm wieder einigermaßen gelassen entgegensehen.

»Hast dir wohl gleich eine ganze Eskorte mitgebracht, Schnüffler«, spottete Riddick und deutete auf den Hauseingang, in dem Barny den Mops zurückgelassen hatte. »Was ist los? Angst vor ein paar Kanaillen?«

»Bilde dir mal nichts ein, Nager«, erwiderte Barny ruhig. »Ich will die Sache hier nur zu einem sauberen Ergebnis führen.«

»Ja, natürlich, Hauptsache sauber und ehrenvoll«, kicherte Riddick höhnisch. »Wird mit uns Pack aber nicht so ganz einfach sein.«

»Wir werden sehen.« Barny deutete auf die Container. »Wie sieht es jetzt aus? Ich bin hier, ihr seid hier und die Container auch. Wann wollt ihr euch endlich bedienen?«

»Ganz so einfach läuft das hier aber nicht,

Freundchen«, ertönte eine eisige Stimme aus dem Schatten einer Nebengasse. »Hast es wohl versäumt, dem Sofawolf unsere Regeln zu erklären, großer Clanführer des Dreckspacks?«

Nun wurde Barny klar, wessen vertrauten Geruch er vorhin wahrgenommen hatte. Langsam drehte er sich um und betrachtete den stattlichen, schwarzen Kater, der von einem guten Dutzend weiterer Katzen eskortiert wurde.

»Hallo Hank«, nickte er seinem Gegenüber zu. »Donnerwetter! Mit dir habe ich hier ganz gewiss nicht gerechnet. Ich dachte eher, du schärfst dir deine Krallen gerade an einem niedlichen, bunten Plastikkratzbaum.«

Der schwarze Kater lachte verächtlich.

»Man sollte eben nicht zu vorschnell dumme Schlüsse ziehen, Schnüffler. Oder dumme Entscheidungen treffen. Zum Beispiel solche wie die, sich mit dem Rattenpack abzugeben.« Drohend wandte er sich an Riddick. »Von Clanführer zu Clanführer: Zieh Leine, Alter, sonst bist du die längste Zeit Clanführer gewesen. Dein Schoßhund wird dir hier auch nicht weiterhelfen. Wir halten unser Revier, das sollte dir doch nur zu gut bekannt sein.«

Barny überschlug blitzschnell seine Möglichkeiten, während sich die beiden Clanführer drohend gegenüber standen. In der Regel versuchte er, körperlichen Auseinandersetzungen aus dem Weg zu gehen, aber in manchen Fällen ließen sie sich nicht vermeiden. Die Frage war, ob es sich hier um einen solchen Fall handelte.

Er wusste, dass Katzen, wenn sie sich einmal in Rudeln zusammenfanden, ziemlich gemeine Gegner sein konnten. Der Verlust eines Auges war da leicht mal drin. Und auf die Unterstützung der Ratten konnte er sich mit Sicherheit nicht verlassen. Ganz bestimmt würde Riddick seinen Clan freiwillig nicht schon wieder in einen blutigen Kampf mit zweifelhaftem Ausgang führen. Der Anführer der Ratten hatte Barny schließlich nur deshalb hierher gelotst, damit dieser für ihn die Drecksarbeit machte. Es war eine Art Test, das erkannte Barny an dem lauernden Blick, mit dem der Kerl ihn jetzt beobachtete.

Während Barny sein weiteres Vorgehen plante, schien die Luft um ihn herum dicker zu werden. Es fühlte sich an, als braute sich über ihnen ein heftiges Gewitter zusammen. Das Kopfsteinpflaster sah mit einem Mal so aus, als erwachte es in den dunkelsten Winkeln des Platzes zu unheimlichem Leben. Zunächst waren es nur kleine, träge Wellenbewegungen, die aus den Gässchen Richtung Marktplatz schwappten, doch dann erhoben sie sich, nahmen als bizarre Schatten an den Häuserwänden allmählich Form an. Der faulige Gestank nach Kloake und Verwesung ließ keinen Zweifel daran, wer sich hier aus seiner Deckung wagte.

Als Antwort darauf kam nun auch Leben in die Dächer der Fachwerkhäuser. Überall auf den Dachfirsten und in den Traufen blitzten grüne, gelbe und goldene Augen auf. Und alle waren auf Barny und Hank gerichtet. Barny konnte fühlen, wie sie darauf lauerten, dass einer von ihnen Schwäche zeigte.

Es half nichts. Barny musste alles auf eine Karte setzen, bevor die Situation noch eskalierte. Langsam ging er auf Hank zu und baute sich in ganzer Größe vor ihm auf, wodurch der Kater gezwungen war, zu ihm aufzuschauen.

»Normalerweise ziehe ich es vor, Problemlösungen vernünftig zu verhandeln, statt sie hirnlos zu erkämpfen. Dieses ganze Reviertheater, das ihr hier aufzieht, ist doch albern. Dir geht es sicher nicht um ein paar Abfälle, mit denen du deinen Hunger stillen musst. Ich wette, so etwas wie Hunger hast du – wenn überhaupt jemals – schon lange nicht mehr gehabt, ebenso wenig wie deine niedlichen Lakaien. Du könntest die Container also einfach den Ratten überlassen – auf die zuhause keine gefüllten Futterschälchen und kuscheligen Schlafkissen warten – mit deiner kleinen Schlägertruppe wieder abziehen und mich meine Arbeit machen lassen. Damit wäre uns allen geholfen.«

»Schöne Ansprache, Bulle. Ich bin zu Tränen gerührt«, feixte der Kater. »Aber wie gesagt, so läuft das hier nicht.

Also würde ich vorschlagen, dass *du* wieder abziehst und deine lange Nase nicht in Dinge steckst, die dich nichts angehen, sonst könnte es dir übel ergehen.«

Barny ließ ein dumpfes Grollen hören.

»Du wärst der Erste, dem es hier übel ergeht, Schleicher. Ich hätte dich gepackt, bevor einer deiner Vasallen auch nur ein Schnurrhaar bewegt.«

Im Rücken des Felidenführers wagte sich eine vorwitzige, junge Ratte zu weit aus ihrer Deckung und kam dabei einem der Feliden aus Hanks Eskorte zu nah. Der Getigerte fackelte nicht lange und erwischte das Jungtier an der Schulter. Ein jämmerlicher Aufschrei ertönte.

Die Ratten stießen wütende Pfiffe aus und zogen ihren Kreis in einer weiteren Wolke aus Fäulnis noch enger um die in der Mitte des Marktplatzes versammelte Gruppe. Riddick funkelte den Felidenführer zornentbrannt an, rief seinen Clan dann aber mit einer komplizierten Folge von Pfeiftönen zur Ordnung. Die Ratten erstarrten in ihrer Bewegung.

Hank lachte hämisch auf.

»Nun siehst du, für wen du hier den Helden spielen willst, Bullenschnüffler: Für eine Rotte ehrlosen Gesindels, das dir in den Rücken fällt, sobald du dich umdrehst. Willst du dich für dieses Pack tatsächlich auf einen aussichtslosen Kampf einlassen?«

Barny zögerte. Er gab es nicht gerne zu, aber die ganze Sache wuchs ihm definitiv über den Kopf. So hatte er sich das alles nicht vorgestellt und vor allem hatte er keine Ahnung gehabt, dass er es mit so vielen Feliden gleichzeitig zu tun bekäme. Tatsache war, dass er allein keine Chance gegen sie hatte. Tatsache war aber auch, dass er dennoch nicht einfach den Schwanz einziehen konnte. Zum einen, weil er die Hilfe der Ratten dringend benötigte, zum anderen, weil er es verdammt noch mal seinem guten Ruf schuldig war, nicht wegen ein paar größenwahnsinniger Feliden klein beizugeben.

»Für wen von uns beiden sich dieser Kampf als

aussichtslos erweisen wird, wird sich dann ja herausstellen«, warnte er also erneut mit hoch erhobener Rute und entschied sich damit endgültig, diesmal nicht der Vernunft, sondern der Ehre zu folgen, egal welche Konsequenzen das hatte.

»Große Worte für einen, der vollkommen allein dasteht«, grinste Hank drohend und stellte nun ebenfalls sein Fell auf. Die Spannung in der Luft stand jetzt kurz vor einer Entladung.

»Aber Barny ist nicht allein«, japste da eine eifrige Stimme aus dem Hintergrund und Craddock kam strahlend angehoppelt. Er stellte sich mit euphorisch wackelndem Ringelschwanz dicht neben Barny auf. »Er hat nämlich seinen Partner dabei und der lässt ihn nicht im Stich.« Hank starrte ihn entgeistert an und Craddock ergänzte zuvorkommend: »Also, das bin ich, Barnys Partner.«

Die Anspannung, unter der die Anwesenden gerade noch gestanden hatten, verwandelte sich im Bruchteil von Sekunden in völlige Fassungslosigkeit.

Barny stöhnte entnervt und Hank bekam einen Lachanfall.

»Das ist großes Kino, ehrlich, Jungs!«, japste der Felidenführer, als er sich wieder einigermaßen gefasst hatte. »Der Bulle und sein Trottel gegen den Felidenclan. Erst letzte Woche haben wir das Revier erfolgreich gegen die *StreetDevils* verteidigt und jetzt glaubt ihr, dass wir es uns ausgerechnet von euch nehmen lassen?« Er fuhr seine Krallen aus und richtete sie auf Craddock. »Soll ich dir zeigen, wie schnell ich dich zum Winseln bringe?«

»Lass den Kleinen in Ruhe, Hank. Er ist harmlos und er gehört in meinen Haushalt.« Mit einem lautlosen Sprung vom Dach landete Dolly elegant neben dem Mops.

Hank fuhr zurück.

»Dolly! Welche Ehre, dass du dich auch mal wieder bei uns sehen lässt. Aber was soll diese Verbrüderung mit dem Canidengesindel?«

»Vielleicht hättest du dir erst einmal anhören sollen,

was der Bulle zu erzählen hat, bevor du deine Macho-Show abziehst«, fauchte Dolly verächtlich. »Dann wüsstest du, warum er hier ist. Es geht nämlich um die Familie. Molly ist entführt worden und der Schnüffler versucht herauszufinden, warum.«

»Ich weiß das von Molly«, knurrte Hank. »Schließlich sind der Bulle und sein Mensch heute bei uns hereingeplatzt und haben sich wichtig gemacht. Aber ich wüsste nicht, was das mit unserem Revier zu tun hat.«

»Ich brauche jemanden, der sich Zugang in die Seniorenresidenz verschaffen kann«, mischte Barny sich knurrig in das Gespräch ein. Es kostete ihn einige Mühe zu verbergen, wie erleichtert er darüber war, dass seine Auseinandersetzung mit Hank nun so einen unerwartet gewaltlosen Verlauf zu nehmen schien.

Hank sah ihn aus schmalen Augen an und Barny glaubte zu erkennen, dass auch der Kater nicht ganz unglücklich über die Wendung der Dinge war. Dann wanderte Hanks Blick zu Riddick, der die Auseinandersetzung mit selbstzufriedener Miene verfolgte.

»Ich verstehe«, zischte der Kater angewidert. »Und alles hat seinen Preis.«

Barny nickte. »Also, wie schlimm wäre es für euch, das Revier eine Zeit lang mit ihnen zu teilen, um damit einem eurer Familienmitglieder zu helfen?«

»Das hängt ganz davon ab, was du unter *Teilen* verstehst«, schnurrte Hank samtweich.

Barny schnaubte ungeduldig.

»Das müsste verhandelt werden. Macht zum Beispiel zwei Schichten aus, für jeden Clan eine.«

»Und wer soll deiner Meinung nach die erste Schicht bekommen?«, erkundigte sich der Kater trügerisch sanft. »Du weißt schon, die, bei der die besten Leckereien zu holen sind?«

»Himmel!«, schnauzte Barny ihn an. »Wechselt halt ab, Mann! Was soll der Zirkus? Liegt dir nun was daran, dass ich Molly finde oder nicht?«

Hank starrte Barny eine Weile regungslos an.
»Du bist es ihr schuldig«, raunte Dolly. »Du hast sie schon einmal im Stich gelassen. Mach nicht wieder denselben Fehler.«
Wieder herrschte Schweigen. Dann gab sich Hank einen Ruck. »Zwei Stunden« knurrte er Riddick zu. »Wir überlassen euch beim nächsten Mal das Revier für zwei Stunden. Aber bis dahin will ich Ergebnisse sehen. Wenn ihr dem Schnüffler helfen konntet, bekommt ihr sogar die ersten beiden Stunden. Danach werden die Karten neu gemischt. Ist das klar?«
Riddick kratzte sich nachdenklich das räudige Fell. Sein Blick flog von Hank über Craddock und Dolly zu Barny. Dann grinste er fies.
»Glasklar. Aber wir verlangen einen Vorschuss. Das Leben ist kurz, wer weiß, ob wir nächste Woche noch was von dem Deal haben. Ich will mal großzügig sein. Ihr holt euch jetzt, was ihr brauchen könnt, aber danach sind wir dran. Sagen wir, ab halb vier haben wir hier freie Bahn.«
Hank sah aus, als wollte er der Ratte jeden Augenblick an die Kehle gehen, wohingegen Riddick sich sichtlich amüsierte. Dolly gab ein leises Knurren von sich und Hank rümpfte unwillig die Nase. Dann wandte er sich mit gelangweilter Miene an Riddick.
»Einverstanden. Ich hatte ganz vergessen, dass deine Zeit eigentlich schon abgelaufen ist.« Seine grünen Augen glitzerten boshaft. »Du hast deine mickrigen drei Jahre doch schon fast erreicht, nicht wahr, Nager? Und jetzt räumt das Feld, euer Gestank verdirbt uns den Appetit!«
Riddick warf Hank einen giftigen Blick zu und stieß einen Sammelpfiff für seine Leute aus. Dann nickte er Barny zum Abschied zu.
»Man sieht sich, Schnüffler«, und war mitsamt seiner Rotte verschwunden, als hätte sie das Straßenpflaster verschluckt. Der nächtliche Marktplatz wirkte nun wieder friedlich, und ganz allmählich verflüchtigte sich auch der faulige Kloakengestank.

Craddock gab ein begeistertes Kläffen von sich.
»Das war ja so aufregend!« Seine Augen blitzten.
Barny wandte sich sehr langsam zu Craddock um.
»*Was* an ‚Hier bleibst du und rührst dich nicht vom Fleck' war so schwer zu verstehen?«, donnerte er den Mops an. »Kannst du nicht ein einziges Mal tun, was man dir sagt?«
»Aber ich hab dir doch versprochen, dich nicht im Stich zu lassen«, erwiderte der Mops eifrig. »Wir sind schließlich ein Team. Und wenn du in Gefahr bist, müssen Dolly und ich dir eben zu Hilfe kommen.«
Barny stöhnte, aber ihm fiel absolut nichts ein, was er darauf entgegnen konnte. Immerhin war es Craddocks Ungehorsam gewesen, der ungewollt den Verlauf der Dinge geändert hatte.
Dolly stieß Barny freundschaftlich in die Seite.
»Gib's auf, Großer, es ist zwecklos.«
»Wie rührend«, spottete Hank. »Feliden und Caniden brüderlich vereint. Ich muss gleich kotzen! Und du warst mal so eine Vollblutkatze, genauso wild und frei wie deine Mutter. Aber im Gegensatz zu ihr bist du weich geworden, Mädchen. Weichund langweilig.«
»Wage es nicht, von meiner Mutter zu sprechen!«, fauchte Dolly. »Was hat ihr ihre Wildheit eingebracht? Fünf Würfe jedes Jahr und ein frühes Ende, weil sie völlig ausgezehrt war. Und euch hat das nicht gekümmert. Aber selber hockst du jetzt in deinem Luxusheim und maßt dir an über andere zu urteilen!« Sie wandte sich an ihre Begleiter. »Kommt, lasst uns gehen. Barny hat seine Aufgabe erfüllt.«
»Wartet! Noch eine Warnung für den Schnüffler.« Hank wirkte, als würde er einen stillen Kampf mit sich ausfechten. »Wie schon gesagt, wir haben letzte Woche die *StreetDevils* aufgemischt. Gab einen ziemlichen Aufruhr. Die Anwohner haben sich wohl beschwert. Schätze, es könnten seither ein paar Hundefänger unterwegs sein. Mein Rat wäre, dass du nachts vorsichtig bist, wenn du allein auf Tour gehst. Zumindest solltest du

ein Halsband tragen. Man weiß nie, wann die einen erwischen und wo sie dich dann hinstecken.«

Barny sah den Kater nachdenklich an und nickte schließlich.

»Danke. Werd ich berücksichtigen.« Er zögerte. »Ich lass es dich wissen, wenn es Neues gibt.«

Eine Weile lief er neben Dolly und Craddock her. Dann wandte er sich an die Katze.

»Was hat Hank mit Molly zu tun?«

Dolly hüllte sich zunächst in Schweigen, doch dann seufzte sie: »Hank ist Mollys Vater.«

Barny stutzte. »Aber, dann ist er ja auch dein Vater.«

»Ganz bestimmt nicht«, fauchte sie entrüstet. Als sie seinen verwirrten Blick auffing, lachte sie auf. »Bei Katzen läuft das anders als bei euch, Großer. Wir können in einem Wurf Junge von verschiedenen Vätern haben. Mein Vater war wohl ein Burma-Mix. Hank ist eine ganz gewöhnliche Hauskatze. Und Molly ist sein genaues Ebenbild. Das war einer der Gründe, warum sie mich so gehasst hat. Sie meinte, ich sei eingebildet, weil ich mich für etwas Besseres halte.«

»Und warum sagtest du, dass Hank sie schon einmal im Stich gelassen hat?«, forschte Barny nach.

»Ich werde dir jetzt ganz bestimmt nicht unsere ganze Lebensgeschichte auftischen, Schnüffler, nur weil wir ein paar Stunden zusammen rumgehangen haben«, raunzte Dolly, doch Barny fixierte sie so hartnäckig, dass sie resigniert seufzte.

»Mutter ist kurz nach unserer Geburt eingegangen«, begann sie widerwillig. »Bis auf Molly und mich sind alle aus meinem Wurf verhungert. Ich war die Älteste und Kräftigste, ich kam einigermaßen klar. Aber Molly hätte die Hilfe des Clans gebraucht, Hanks Hilfe. Doch er hat sie einfach allein gelassen. Das war wohl mit ein Grund für ihre Neurosen. Wenn die Leute von der Katzenhilfe uns nicht gefunden hätten, wäre sie mit Sicherheit gestorben.«

Sie waren mittlerweile in der Danziger Straße

angekommen und standen nun vor dem Problem, Craddock wieder ins Haus zu bekommen. Doch ohne das störende Jäckchen gelang es Barny bereits beim zweiten Anlauf, Craddock durch die Klappe zu schieben. Als Dolly dem Mops folgen wollte, hielt Barny sie noch einmal zurück.

»Du hast mir heute sehr geholfen«, brummte er etwas verlegen. »Ohne dich hätte die Sache ein ziemlich unangenehmes Ende nehmen können. Danke.«

Dolly blinzelte überrascht. Dann winkte sie ab.

»Schon gut, Schnüffler«, lächelte sie herablassend. »War für mich keine große Sache. Und ich sagte ja schon, ich bin ebenfalls daran interessiert zu erfahren, was mit Molly passiert ist. Also mach dir nicht ins Fell.«

Und damit schlüpfte sie durch die Klappe.

Barny lief sehr nachdenklich nach Hause. Als er in der Fritz-Häuser-Straße ankam, war er noch immer so versunken, dass er beinahe die schmale Gestalt übersah, die sich an den zur Leerung bereit gestellten Biotonnen des Nachbarhauses zu schaffen machte. In letzter Minute schaffte er es, hinter einem geparkten Auto in Deckung zu gehen. Er verfluchte seine Unachtsamkeit, aber zu dieser Uhrzeit hatte er niemanden mehr auf der Straße vermutet.

»Asoziales Gesindel, das«, hörte er ihre Vermieterin Frau Herzig vor sich hin murmeln, während sie mit einer Taschenlampe, einer kleinen Gartenschaufel und einer Plastiktüte bewaffnet in der braunen Tonne herumwühlte. Sie trug einen dicken Morgenmantel, Gartenclogs und ein Kopftuch.

Barny wusste, dass die alte Dame oft bis in die frühen Morgenstunden vorm Fernseher saß und Boxkämpfe ansah. Oft genug war er mit seinen feinen Ohren gezwungen, das Geschrei aus dem Fernsehen im Stock über ihm zu erdulden. Offensichtlich hatte es heute wieder eine solche Übertragung gegeben. Aber er hatte ja keine Ahnung gehabt, dass Frau Herzig es sich zur Aufgabe gemacht hatte, danach im Schutz der Nacht noch den Inhalt der Mülltonnen der Nachbarschaft zu inspizieren. Voller Unbehagen dachte er an den Marmorkuchen, den Eddie vor wenigen Tagen in ihrem Hausmüll versenkt hatte. Er konnte nur hoffen, dass sein Partner die Spuren gründlich genug verwischt hatte, sonst stand ihm kein angenehmes Gespräch mit ihrer Vermieterin bevor. Denn wenn Frau Herzig etwas noch mehr verabscheute als unmoralisches oder regelwidriges Verhalten, dann war das Undankbarkeit.

Vor einem Jahr war eine neue Familie in das Nachbarhaus gezogen, ein unverheiratetes Paar mit vier Kindern. Barny erinnerte sich noch daran, wie Frau Herzig wenige Tage später empört zu Eddie gekommen war und sich beschwert hatte, dass nun die Sünde Einzug in die Fritz-Häuser-Straße gehalten hätte. Seither überwachte sie die neuen Nachbarn mit Argusaugen.

Kopfschüttelnd beobachtete Barny nun, wie die alte Dame mit ihrer Schaufel etwas aus der Tonne holte und in der Tüte verstaute. Dann schlurfte sie leise vor sich hin schimpfend wieder in ihr Haus zurück. Barny atmete auf und schlüpfte endlich durch seinen Gang unter dem Kirschlorbeer in den Garten.

Ich bin sicher, dass Eddie ziemlich schnell erfahren wird, was die Alte jetzt schon wieder zu bemängeln hat, sinnierte Barny und gähnte herzhaft. Jeder Knochen tat ihm weh und er wollte nur noch schlafen. Dennoch machte er noch seinen üblichen Kontrollgang durch die Wohnung, um sicher zu gehen, dass in seiner Abwesenheit auch wirklich nichts passiert war. Eddies Schnarchen bestätigte ihm, dass sein Partner nichts von Barnys kleinem Ausflug mitbekommen hatte, und in der Wohnung konnte er auch keine fremden Geruchsspuren erkennen. Sie hatten also keine ungebetenen Besucher gehabt.

Erleichtert zog Barny sich in seine Couchecke zurück. Im oberen Stockwerk hörte er das Klappern von Frau Herzigs Gehstock, dann das Quietschen ihrer Bettfedern. So wie es aussah, waren für diese Nacht keine weiteren Störungen aus dem ersten Stock mehr zu erwarten und er konnte sich noch einmal in Ruhe die Geschehnisse des Tages durch den Kopf gehen lassen.

Alles in allem war er recht erfolgreich gewesen. So wie es aussah, hatte er einen vielversprechenden, neuen Informanten gewonnen und die ungeplante Zusammenarbeit mit Dolly eröffnete ihm ganz neue Perspektiven. Dass nun sogar der Anführer der Feliden daran interessiert zu sein schien, den Fall aufzuklären, war ein zusätzlicher Bonus. Obwohl Barny bei Hank besonders vorsichtig sein musste. Er traute dem schwarzen Kater noch weniger als dem Rest des Felidenclans. Seiner Erfahrung nach handelten Katzen selten uneigennützig. Und Hanks Verbindung zu Weisshaar stellte ein gewisses Problem dar. Sollte der schmierige Vorstand der Katzenhilfe tatsächlich etwas mit Rosas Verschwinden zu tun haben, würde Hank seinen Futterspender mit Sicherheit nicht ans Messer liefern, selbst wenn er damit seiner Tochter helfen konnte. Dafür ging es ihm und seinem Pack zu gut bei dem Architekten.

Unruhig wälzte Barny sich herum. Obwohl er so müde war, fand er einfach nicht in den Schlaf. Die Frage, wie eine alte Frau mit ihrer Katze spurlos aus einem Seniorenheim verschwinden konnte, ließ ihm einfach keine Ruhe. Wieder sah er die stabile Pforte vor sich, die rund um die Uhr bewacht wurde. Und plötzlich fuhr er in die Höhe.

Was, wenn Rosa Scheib gar nicht aus dem Stift verschwunden war? Sicher gab es in einem so großen Gebäude auch eine Menge versteckter Keller- und Lagerräume. Räume, zu denen nicht jeder Zutritt hatte, vielleicht sogar niemand anderes als die Leiterin persönlich. Räume, die so gut isoliert waren, dass kein Laut von innen nach außen drang. In diesem Fall hätte man die alte Dame nur in den Fahrstuhl führen und mit ihr ins Untergeschoss fahren müssen.

Was hatte dieser Herr Weisshaar heute Morgen noch einmal angedeutet? Frau Gehring und der ärztliche Gutachter waren offensichtlich sehr vertraut miteinander und ihnen war sehr daran gelegen gewesen, dass Frau Scheib keinen Kontakt zu anderen potenziellen Erben hatte. Auch Eddie hatte einmal erwähnt, dass es wohl allgemein bekannt war, dass sich der Seniorenstift aus Schenkungen und Erbschaften finanzierte.

Barny war jetzt hellwach. Er witterte eine brandheiße Spur. Doch um ihr nachgehen zu können, war er definitiv auf Riddicks Hilfe angewiesen. Alles stand und fiel mit der Zuverlässigkeit und dem Einsatz, den der Anführer der Ratten zeigte. Dumm nur, dass Barny so gar nichts von der Zuverlässigkeit des Rattenpacks hielt. Er konnte nur hoffen, dass die heutige Kostprobe der Containerinhalte für Riddick Anreiz genug war, um sich in dieser Sache weiter zu engagieren. Er und seine Leute waren schließlich die Einzigen, die in die Seniorenfestung eindringen konnten.

Barny musste ihn unbedingt auf die richtige Fährte setzen. Das Kellergeschoss der Seniorenresidenz musste gründlich durchsucht werden. Doch wie kam er an den Kerl heran?

Barny fluchte leise vor sich hin, als er daran dachte, dass es immer Riddick war, der Zeit und Ort ihrer Treffen bestimmte. Das musste sich in Zukunft ändern. Barny konnte nicht immer Freddy Dreibein als Zwischeninformanten einschalten. Dafür drängte die Zeit zu sehr. Die Überlebenschance von Entführten nahm ab, je länger die Entführung andauerte. Und diese Entführung zog sich schon zu lange hin. Er rechnete jeden Tag damit, dass Rosa Scheibs Leiche gefunden wurde.

Im Schlafzimmer verstummte das Schnarchen und Barny horchte auf. Eddie wälzte sich ebenso unruhig in seinem Bett herum, wie Barny es auf der Couch tat. Er schien schlecht zu träumen.

»Polizei! Bleiben Sie stehen oder ich schicke den Hund!«, ertönte es drohend von nebenan.

Barny seufzte. Er kannte das schon. Immer wenn Eddie sich mit einem Verbrechen beschäftigte, träumte er von all den Fällen, an denen er in der Vergangenheit gearbeitet hatte.

Es wurde Zeit, dass sie diese Sache aufklärten, damit sie endlich wieder einmal ungestört eine Nacht durchschlafen konnten.

6

Nach einer viel zu kurzen Nacht und einer viel zu langen Morgenrunde im milden Nieselregen konnte Barny es kaum erwarten, endlich wieder seinen Platz auf der Couch einzunehmen und ungestört etwas Schlaf nachzuholen.

Mit einem erleichterten Stöhnen ließ er sich in die Polster fallen, während sein Partner sich mit einer halb leeren Kaffeetasse vor die Steckwand stellte. Eddies Frühstück stand noch auf dem Tisch hinter ihm. Er grübelte wieder einmal über den Fall nach, als ihn ein energisches Klopfen an der Tür grob aus seiner Versunkenheit riss.

Noch bevor Eddie die Tür geöffnet hatte, wusste Barny bereits, wer hier so stürmisch Einlass forderte. Frau Herzigs vertrauter Geruch nach Kernseife, Pfefferminzdrops und Kölnisch Wasser war heute vermischt mit einem Hauch von Asche und Tierexkrementen. Angewidert legte Barny die Ohren an und drückte sich noch tiefer in seine Sofaecke.

Noch während Eddie ein überrumpeltes ‚Guten Morgen' brummte, war die alte Dame schon erstaunlich flink mit ihrer Krücke in den Wohnraum gehumpelt, wo sie mit wichtiger Miene eine Barny wohlbekannte Plastiktüte auf den Tisch neben Eddies Frühstück knallte. Brocken benutzter Katzenstreu, Zigarettenstummel und kleine Kohlestücke spritzten heraus, und eine feine Aschewolke legte sich über das angebissene Marmeladenbrötchen.

»Sie müssen dem endlich ein Ende setzen, Herr Polizeihauptkommissar!«, krähte Frau Herzig durchdringend mit sich überschlagender Stimme. Offensichtlich mussten die Batterien ihres Hörgeräts wieder einmal ausgetauscht werden. »So kann das nicht weiter gehen! Diese verdorbene Bande hält sich an keinerlei Regeln. Nicht nur, dass diese frechen Gören zu jeder Tageszeit auf der Straße herumschreien und anständige Menschen bei ihrer Mittagsruhe stören, jetzt missachten sie auch noch die Regeln unserer Mülltrennung!« Anklagend zeigte sie auf die aufgeplatzte Tüte. »Da ist das Beweismaterial. Sehen Sie sich das an! Das gehört alles nicht in die Biotonne. Wo soll uns das nur noch hinführen? Sie müssen das anzeigen!«

Sie rührte mit dem Griff ihres Stockes in der Tüte herum, sodass sich der unappetitliche Inhalt über den ganzen Tisch verteilte.

Eddie seufzte. »Das ist nun wirklich kein Kapitalverbrechen, Frau Herzig«, versuchte er, die aufgebrachte Dame zu beruhigen.

»Was sagen Sie?«, schmetterte sie lautstark.

»Ich sagte, ich werde bei Gelegenheit mal mit den Leuten sprechen«, brüllte Eddie zurück. »Aber Sie sollten sich wegen solcher Kleinigkeiten nicht so aufregen. Das tut Ihnen gar nicht gut.«

»Kleinigkeiten?«, zeterte Frau Herzig empört. »Ich sag Ihnen eins, junger Mann. Mit solchen Kleinigkeiten fängt es an und wie es dann weiter geht, das weiß man ja.« Entschieden nickte sie mit dem Kopf. Dabei fiel ihr Blick auf die Steckwand und sie humpelte näher. »Sie arbeiten gerade an einem neuen Fall.« Aufgeregt tippte sie mit dem Stock gegen das Namenskärtchen von Rosa Scheib.

Die Steckwand kam ins Schwanken und Eddie beeilte sich, sie wieder zu stabilisieren.

Frau Herzig schien nichts davon zu bemerken. Sie starrte weiter mit zusammengekniffenen Augen auf das Kärtchen.

»Ich wusste schon immer, dass es mit Rosa kein gutes Ende nehmen würde. Die ganze Familie Städtler war schrecklich, einer eingebildeter als der andere. Rosa musste immer und überall die erste Geige spielen. Ich bin mit ihr auf die Volksschule gegangen, müssen Sie wissen. Natürlich war sie die Klassenbeste und Liebling der Lehrer. Alle haben sie angehimmelt. Und ihr kleiner Bruder war noch schlimmer. Kein Mädchen war vor ihm sicher. Und sein Vater war auch noch stolz auf den

Hallodri. Bis es dann zu diesem Skandal kam. Da wurde sogar ihm klar, dass sein Sohn nichts taugte.«

Eddie horchte auf.

»Von welchem Skandal sprechen Sie?«, erkundigte er sich lautstark und riss Frau Herzig aus ihren Erinnerungen.

»Nun schreien Sie doch nicht so! Ich bin doch nicht taub«, beschwerte sich die Alte beleidigt. »Jetzt habe ich vor Schreck vergessen, wovon wir gesprochen haben. Ach so, der junge Konrad! Muss damals so um die fünfundzwanzig gewesen sein. Kam in den Studienferien nach Hause. Man hat ihn erwischt, als er mit dem Hausmädchen angebandelt hat. Eine kleine Schlampe aus dem Ausland und dabei blutjung. Natürlich wurde sie sofort entlassen. Den Jungen haben sie dann auch weggeschickt.« Frau Herzig lachte gehässig. »Wir haben ihn hier nie mehr gesehen. Und fünfzehn Jahre später hieß es dann, er sei bei einem Unfall ums Leben gekommen. Da hatte Rosa mit dem Bankier Scheib schon längst eine gute Partie gemacht. Hat sich natürlich auch den begehrtesten Junggesellen auf dem Heiratsmarkt geschnappt. Aber das ganze Geld hat ihr nichts genützt. Jetzt ist sie verschwunden, während wir anderen noch hier sind. Ich sage es ja immer«, bekräftigend klopfte sie mit dem Griff des Gehstocks gegen Eddies Brust. »Unmoral und Dünkel zahlen sich nie aus!« Sie nickte bekräftigend und kam wieder auf den Grund ihres Besuches zu sprechen. »Also, kümmern Sie sich nun um diese liederlichen Zugezogenen?«

Eddie nickte ergeben und wischte sich verstohlen einige Brocken Katzenstreu vom Pullover.

Frau Herzig wandte sich zum Gehen, hielt dann aber noch einmal inne.

»Und ein Hund hat nichts auf dem Sofa zu suchen, junger Mann! Wir sind doch nicht bei den Hottentotten.«

»Von dort hat er den besten Überblick auf die Straße und den Garten, Frau Herzig«, erwiderte Eddie hinterlistig und zwinkerte Barny, der sich empört aufgerichtet hatte, zu. »Sie wissen doch, falls sich jemand hier unbefugt Zutritt verschaffen möchte.«

Wie auf ein Stichwort erschien gerade der Briefträger vor dem Haus und Barny gab pflichtbewusst ein dumpfes Grollen von sich. Frau Herzig war sichtlich beeindruckt.

»Nun gut, wenn das so ist.« Energisch hinkte sie wieder zum Ausgang und Eddie beeilte sich, ihr die Haustür aufzuhalten.

»Puh, das haben wir überstanden«, schnaufte er, als er zurückkam. Er scharrte den Unrat auf dem Tisch mitsamt dem Brötchen in den Hausmüll. »Aber die Sache mit Rosas Bruder ist interessant. Der sollten wir doch einmal näher auf den Grund gehen. Ich habe dabei ein ganz komisches Gefühl. Schätze, ich werde jetzt gleich ein paar Telefonate führen.«

Barny horchte auf. Er konnte sich nicht erinnern, wann Eddie das letzte Mal auf sein strenges, morgendliches Fitnessprogramm verzichtet hatte. Dass er es heute für den Fall Rosa Scheib vernachlässigte, zeigte deutlicher als alles andere, wie sehr ihn die Sache beschäftigte.

Die folgenden Stunden verfolgte Barny die Ermittlungsarbeit seines Partners vom gemütlichen Sofa aus, was alles in allem gar keine so üble Sache war. Eddie zog offensichtlich alle Register und nutzte sämtliche Kontakte, die er sich in den vielen Jahren im Polizeidienst erarbeitet hatte. Zur Mittagszeit wusste er fast alles, was es über Rosa und ihren Bruder zu wissen gab.

»Dieser Konrad Städtler war zu seiner Zeit nun wirklich kein unbeschriebenes Blatt«, murmelte Eddie vor sich hin, während er noch einmal seine Notizen in der Kladde durchging. »Mehrfach mit verschiedenen Bagatelldelikten auffällig geworden. Verstöße gegen die Straßenverkehrsordnung, Hausfriedensbruch, Sachbeschädigung, Beleidigung – und das meistens in betrunkenem Zustand. Der Kerl war kein Kind von Traurigkeit. Im Jahr 1981 mit dem Wagen in Südfrankreich von der Straße abgekommen und tödlich verunglückt, natürlich ebenfalls alkoholisiert. Und bis zuletzt Junggeselle.« Er blätterte weiter und schüttelte mit finsterer Miene den Kopf. »Und dann das Mädchen, Paola Carvalho. Portugiesin, hat von 1964 bis 1966 als Hausmädchen bei den Städtlers gearbeitet, wo sie dann in den Skandal mit Konrad verwickelt wurde. Nachdem ihr gekündigt wurde, hat sie Deutschland verlassen. Danach hat man nie wieder von ihr gehört, ihre Spuren verlaufen im Nichts.« Er brummte unwillig. »Das bringt uns nicht unbedingt weiter, was meinst du, mein Junge? Ich werde mein Glück dann wohl mit der anderen Spur versuchen müssen.«

Wieder griff er zum Telefon und Barny spitzte die Ohren, um herauszufinden, von welcher Spur sein Partner redete.

Als Eddie mit einem Angestellten des Medizinischen Dienstes der Krankenkassen sprach, war Barny klar, um wen es diesmal ging. Weisshaars Beschuldigungen gegenüber Dr. Herbrecht waren wohl doch nicht auf taube Ohren gestoßen. Zumindest hielt Eddie sie für wert, näher überprüft zu werden. Und wie schon so oft, schien er auch diesmal einen ganz guten Riecher zu haben. Nach einer weiteren Stunde Ermittlungsarbeit, in der auch immer wieder der Name des Architekten Weisshaar fiel, sprang Eddie auf und griff nach einem neuen Kärtchen für seine Steckwand. Während er es beschriftete, hatte er wieder dieses ganz besondere Glitzern im Blick. Barny reckte den Hals, um besser erkennen zu können, was Eddie so begeisterte.

»Das ist doch mal ein seltsamer Zufall, findest du nicht auch?« Eddie rieb sich die Hände. »Und so praktisch, wenn man einen Bruder hat, der Notar ist, wie es bei Herbrecht der Fall ist. Sein Bruder führt ein Büro in Waiblingen. Und es sind tatsächlich schon einige Schenkungen für die Seniorenresidenz über den Schreibtisch des Notars Herbrecht gewandert.« Eddie steckte die neue Karte für den Notar neben der Karte von Frau Gehring ein. »Damit erhalten die Beschuldigungen gegen die Gehring ganz neue Relevanz. Aber der Hammer kommt erst noch!« Eddie griff jetzt nach der Karte von Weisshaar und platzierte sie auf die andere Seite des Notars. »Weisshaar führt neben seinem Job als Architekt auch noch einen ganz einträglichen, kleinen Immobilienhandel. Und wie es der Zufall so will, hat er sich auch um den Verkauf von Rosa Scheibs Haus gekümmert, als sie vor zwei Jahren in den Seniorenstift gezogen ist. Und jetzt rate mal, welcher Notar den Grundstücksvertrag beurkundet hat? Also Verbindungen gibt es genug, aber wie konnte die Frau unbemerkt aus dem Stift verschwinden? Weisshaar war schon fort, als sie noch auf dem Gang gesichtet wurde.«

Barny verfolgte gespannt, wie sein Partner mit hoch konzentrierter Miene im Zimmer herumwanderte. Kam ihm jetzt vielleicht dieselbe Idee, die Barny in der vergangenen Nacht gehabt hatte? Wie so oft bedauerte er es, dass der menschliche Intellekt nicht ausreichte, um die Komplexität der tierischen Sprache vollständig zu erfassen. Die Kommunikation zwischen Mensch und Tier beschränkte sich auf den Austausch einfacher Zeichen und Laute. Eddie gehörte zwar schon zu denen, die überdurchschnittliche Fähigkeiten in der Deutung von Barnys Sprache hatten, aber es reichte dennoch nicht aus, um ihm von der Couch aus mitzuteilen, dass das Untergeschoss der Seniorenresidenz einmal gründlich durchsucht werden sollte.

Barny seufzte. Es half alles nichts. Er musste Riddick auf die Sache ansetzen. Wenn sich herausstellte, dass sein Verdacht begründet war, musste er sich eben etwas einfallen lassen, wie er seinen Partner mit ins Boot bekam.

Eddie hatte inzwischen seine unruhige Wanderung aufgegeben. Er beeilte sich nun, ein verspätetes Mittagessen einzunehmen, nachdem schon sein Frühstück ausgefallen war. Und da die Ermittlungen seinen ganzen Tagesplan durcheinander geworfen hatten, verzichtete er auch noch auf seinen Mittagschlaf und setzte seine Nachforschungen im Anschluss daran gleich fort.

Für den Nachmittag stand ein Besuch im Fressnapf, Backnangs Fachmarkt für Tierbedarf, an. Die Temperaturen waren immer noch frühlingshaft mild. Nachdem Eddie sein morgendliches Training vernachlässigt hatte, zog er zu Barnys Leidwesen das Fahrrad aus dem Keller und radelte die Strecke in die Sulzbacher Straße. Barny rannte ergeben nebenher. Er hasste es, auf dieser befahrenen Straße entlang zu rennen. Es stank vor allem nach Abgasen und das Tempo beim Radfahren war zu schnell, um sich einzelne, beachtenswerte Geruchsspuren etwas näher anzusehen.

Aber auf den Besuch im Fressnapf freute er sich. Man traf dort immer wieder interessante Typen. Und wenn er ganz ehrlich war, hoffte er vor allem darauf, die sympathische weiße Schäferhündin des Inhabers zu treffen. Die Kleine war eine Augenweide, aber leider auch sehr zurückhaltend. Es war ihm bisher noch nicht gelungen, sie in ein längeres Gespräch zu verwickeln. Aber vielleicht hatte er heute ja etwas mehr Glück.

Doch als sie im Fachmarkt ankamen, musste er feststellen, dass weder sie noch ihr Mensch heute dort waren. Dafür traf er auf einen anderen Bekannten.

Der kleine Piet überschlug sich fast vor Freude, sobald er Barny entdeckte. Energisch zog er sein Frauchen an der Leine hinter sich her, während er kläffend zu Barny stürmte. Frau Kugler stand kurz vor einem Herzinfarkt, als sie sah, mit welch großem Gegner ihr Piet sich anzulegen schien. Ihr Aufschrei war noch schriller als Piets Gebell. Barny stöhnte entnervt auf und rief den begeisterten Jungen zur Ordnung.

»Jetzt mach mal halblang, Kleiner, oder willst du hier einen Menschenauflauf verursachen?« Geduldig ließ er es zu, dass Piet ihn schwanzwedelnd begrüßte, was Frau Kuglers Angstschrei in eine wahre Begeisterungsorgie verwandelte.

»Oh, was haben Sie da für einen netten Schatz!«, rief sie entzückt und strahlte Eddie an, der bereits ein Regal weiter auf der Suche nach einem Verkäufer war. »Auf den sind Sie sicher sehr stolz. So brav, obwohl er doch ein so großer Schäferhund ist! Die sind doch sonst so gefährlich, nicht wahr?«

Eddie brummte undeutlich irgendetwas nicht besonders Freundliches, was Frau Kugler zu überhören schien. Sie zeigte kichernd auf Barnys Halsband. Eddie hatte es speziell für ihn fertigen lassen. Es war ein breites Zugstopphalsband aus Leder mit der Aufschrift *Polizeihund im Einsatz* und Eddies Handynummer.

»Ist er wirklich ein Polizeihund? Das erklärt dann einiges«, zwitscherte sie. »Die sind doch immer ganz besonders gut erzogen, nicht wahr?«

Eddie knurrte ein unwilliges »Hm«, und beeilte sich, seine Suche nach einem geeigneten Ansprechpartner fortzusetzen. Barny blieb bei dem aufgeregten Piet zurück.

»Und, was macht der neue Fall, Chef?«, japste dieser und stemmte sich energisch gegen die Leine, an der Frau Kugler ihn weiterziehen wollte. »Gibt es für mich was zu tun? Ich warte schon seit Sonntag auf einen neuen Auftrag. Es ist so langweilig zuhause.«

Barny beobachtete den Kleinen nachdenklich. Für junge Terrier gab es nichts Schlimmeres als Langeweile. Wenn man nicht aufpasste und sie nicht anständig beschäftigte, kamen sie nur auf dumme Gedanken. Und Piets Frauchen sah nicht so aus, als wüsste sie, wie man einen so kraftstrotzenden, kleinen Kerl anständig beschäftigte. Also musste er sich mal wieder etwas einfallen lassen.

»Nun gut«, brummte er leise. »Es könnte sein, dass ich dich in der nächsten Zeit ganz plötzlich bei mir brauche. Du solltest dir eine Taktik ausdenken, mit der du dich zu jeder Zeit unbemerkt zu mir absetzen kannst. Und dafür solltest du als erstes einmal an deinem Gehorsam arbeiten.« Er deutete auf die zum Zerreißen gespannte Leine, an deren anderem Ende Piets hilfloses Frauchen hing. »Um ungesehen verschwinden zu können, braucht man das Vertrauen der Menschen. Erst wenn sie dich nicht ständig im Auge behalten müssen, weil du ansonsten Quatsch machst, und auch einmal die Leine weglassen können, kannst du dir die nötigen Freiheiten schaffen. Also reiß dich gefälligst zusammen. Wenn du erste Erfolge aufzuweisen hast, kannst du bei mir vorbeischauen. Dann sehen wir weiter. Und jetzt muss ich mich um den neuen Fall kümmern.«

Zufrieden beobachtete Barny, wie Piet sich seine Worte zu Herzen nahm, sich umwandte und dann brav neben Frau Kugler her trippelte.

»Nun, mein Schätzchen«, gurrte diese glücklich, während sie das Regal mit den Hundesnacks ansteuerte, »hast du schön mit deinem neuen Freund gespielt?«

Kopfschüttelnd lief Barny zu seinem Partner, der gerade mit einer Mitarbeiterin des Fachmarkts sprach. Er hielt den Portionsbeutel Katzennassfutter in der Hand, den er aus Rosa Scheibs Truhe entnommen hatte.

»Ich erinnere mich noch an die alte Dame«, sagte die Mitarbeiterin gerade. »Sie hat sich doch um herrenlose Katzen gekümmert. Ihre Katze war auch von einer Katzenhilfe. Das hat sie jedes Mal erzählt, wenn sie hier einkaufte. Sie war eine der wenigen, die ihr Tier ausschließlich mit diesem exklusiven Futter ernährt hat. Aber das ist schon einige Zeit her. Und Sie sagen, sie war es, die hier verschwunden ist? Wir haben mitbekommen, dass da eine groß angelegte Suchaktion nach einer Seniorin durchgeführt wurde. Aber ich hatte ja keine Ahnung, dass es sich um eine unserer Kundinnen handelte. Wie gesagt, sie ist schon seit einiger Zeit nicht mehr hier gewesen.«

»Sie ist vor zwei Jahren in den Seniorenstift gezogen«, erklärte Eddie. »Seither hat sich eine junge Altenpflegerin um den Kauf des Futters gekümmert.«

»Ja, richtig«, nickte sie. »Ein nettes Mädchen. Sie kam regelmäßig und hat dieses Futter gekauft. Ich erinnere mich noch daran, als ich sie das erste Mal bediente. Wie gesagt, es ist ungewöhnlich, dass dieses Futter in so großen Mengen gekauft wird. Die meisten geben es ihren Lieblingen nur als besonderes Festessen zu speziellen

Ereignissen wie Weihnachten oder Geburtstag. Sie erzählte mir damals, dass es nicht für ihre eigene Katze ist.«

»Dann erinnern Sie sich sicher auch daran, ob genau dieses Futter in den letzten drei Wochen von einem neuen Kunden in größerer Menge gekauft wurde, oder?«, erkundigte Eddie sich gespannt.

Die Verkäuferin dachte kurz nach und hob dann die Achseln.

»Vielleicht, ich weiß es nicht. Ich meine, wenn jemand ein paar Portionsbeutel davon und außerdem auch noch andere Sachen kauft, fällt das nicht unbedingt auf. Ich wüsste jedenfalls nichts davon. Außerdem wechseln wir uns ja auch an der Kasse ab. Vielleicht weiß einer meiner Kollegen mehr.«

Eddie nickte und zückte seine Karte.

»Vielen Dank. Wären Sie so freundlich, Ihre Kollegen darauf anzusprechen? Es könnten Leben davon abhängen. Rufen Sie mich unbedingt an, falls Sie etwas erfahren oder wenn ein neuer Kunde auftaucht, der dieses Futter kauft!«

Während Eddie sich den restlichen Nachmittag um Haus und Garten kümmerte, beschäftigte Barny sich mit dem Problem, wie er so schnell wie möglich Kontakt zu Riddick herstellen konnte. Es half wohl alles nichts, er musste dazu an Freddy Dreibein herankommen, was nicht so ganz einfach war. Der Kerl hatte keinerlei feste Zeiten oder Orte, an denen er regelmäßig anzutreffen war. Wenn Barny nicht wieder den kleinen Piet aktivieren wollte, musste er sich wohl selber auf die ermüdende Suche machen. Und Piet wollte er fürs Erste nicht in Gefahr bringen. Hanks Bemerkung über die Hundefänger hatte Barny zu denken gegeben. Er selber konnte das Risiko eingehen, vor allem wenn er für seine Erkundungen in sein spezielles Halsband schlüpfte. Doch Piet war noch zu jung und unerfahren. Und da der Terrier nicht unbedingt sein Halsband mit der

Hundemarke trug, wenn er sich heimlich aus dem Staub machte, war er nicht zu identifizieren, falls er eingefangen wurde. Barny wusste auch nicht, ob die Kuglers schlau genug gewesen waren, ihren Liebling chippen und registrieren zu lassen. Es half alles nichts, so wie es aussah, musste er selber die mühevolle Straßenarbeit übernehmen. Wenn er mehr darüber in Erfahrung gebracht hatte, was es mit den Fängern tatsächlich auf sich hatte, konnte er den Kleinen immer noch aktivieren. Aber heute war er selber gefordert.

Da Eddie Donnerstagabend immer ins Karate-Training des Polizeisportvereins ging, sollte es für ihn kein Problem darstellen, unbemerkt aus dem Haus zu schleichen. Bis kurz vor zehn, wenn Eddie zurückkam, hatte Barny freie Bahn.

Er seufzte schwer. Vor ihm lag ein weiterer Abend, den er nicht gemütlich auf der Couch verbringen durfte. Dieser Fall nahm allmählich ungeahnte Ausmaße an. Wenn das so weiter ging, begann er sich noch nach ihren Zeiten im Polizeidienst zurückzusehnen. Da hatte es wenigstens auch mal einen Feierabend gegeben.

Als Eddie schließlich gegen sieben das Haus verließ, quälte Barny sich eine Viertelstunde später nur sehr ungern aus seiner Sofaecke. Die Aussicht auf einen womöglich erfolglosen Sprint durch die Stadt begeisterte ihn nicht wirklich. Seufzend schlüpfte er in sein Zughalsband, das Eddie immer im Regal neben dem Hauseingang aufbewahrte, und öffnete dann die Terrassentür.

Er bemerkte den inzwischen schon vertrauten Hauch von Kloake, noch bevor Riddick seinen Warnpfiff abgab. Mit einem erleichterten Stöhnen setzte Barny sich auf die Terrasse und blickte seinem Besucher überaus erfreut entgegen. Er hätte es nie für möglich gehalten, dass ihn der Anblick dieses abstoßenden Kerls einmal so begeistern könnte.

»Hast du neben all deinen ganz besonderen Talenten auch noch die Fähigkeit, Gedanken zu lesen?«, grinste er

Riddick entgegen, der ihn angesichts Barnys offensichtlicher Freude über sein Erscheinen misstrauisch beäugte. »Ich war nämlich gerade auf dem Weg zu dir, beziehungsweise zu Freddy«, beeilte Barny sich zu erklären.

»Wieso?« Riddick starrte Barny aus schmalen Augen an. »Wolltest du überprüfen, ob sich das Rattenpack auch an seine Abmachungen hält?«

»Jetzt blas dich mal nicht so auf, Freundchen«, erwiderte Barny kopfschüttelnd. »Selbstverständlich gehe ich davon aus, dass du die Vereinbarung einhältst, also sei nicht gleich so angefressen. Mir ist gestern noch eine neue Idee gekommen. Und ich brauche euch, um sie zu überprüfen. Deshalb wollte ich mich gerade auf den Weg machen. Wir haben Glück, dass ich nicht früher aufgebrochen bin.«

Riddick grinste selbstgefällig und tätschelte seinen narbigen Bauch.

»Ich bin auch nicht gerade unglücklich darüber, dass ich nicht wieder die Klettertour durch euer Fliegengitter machen musste. Hab mir heute Nacht wohl den Ranzen zu voll geschlagen.«

»Dann hat sich der Deal also schon für euch gelohnt?«, hakte Barny interessiert nach.

Riddick schloss genießerisch die Augen und pulte sich mit einer Kralle zwischen den kräftigen Nagezähnen.

»Unsereins bekommt nicht jeden Tag die Gelegenheit, sich Rehnüsschen und Balsamico-Kaviar einzuverleiben.«

»Freut mich, dass die Feliden euch noch etwas übrig gelassen haben«, schmunzelte Barny.

Riddick lachte abfällig. »Wenn sie nicht allesamt dermaßen überfüttert und fett wären, hätten sie die Tonnen leer geräumt. Aber die meisten von ihnen sind so arrogant und verwöhnt, dass sie sich zu schade für Abfälle sind. Doch genug davon. Warum genau hattest du solche Sehnsucht nach mir?«

»Es geht um die Kellerräume im Untergeschoss der Residenz«, erklärte Barny. »Ich muss wissen, ob es da vielleicht einen Ort gibt, an dem die alte Dame versteckt gehalten wird.«

»Verstehe«, nickte Riddick. »Das würde ihr spurloses Verschwinden aus dem Gebäude erklären. An sich keine schlechte Idee, Schnüffler. Ich werde meine Leute verstärkt dort auf Patrouille schicken. Aber ich fürchte, wenn du erstmal weißt, warum ich hier bin, wirst du deine schöne Theorie noch einmal infrage stellen.«

»Tatsächlich?« Barny zog die Stirn kraus. »Was ist passiert?«

»Meine Leute haben etwas gefunden. Etwas, das für dich interessant sein könnte. An der Kreuzung Plattenwaldallee, Stettiner Ring. Solltest dich sputen, bevor andere es finden und entsorgen. Wir sehen uns dort.«

»Und was soll das sein?«, blaffte Barny hinter Riddick her, der sich bereits wieder absetzte.

»Wirst du schon sehen, Schnüffler«, zischte die Ratte ungeduldig. »Aber bring deine Schleicher-Freundin mit. Sie ist die Einzige, die Licht ins Dunkle bringen kann.«

»Und was soll ich ihr sagen, warum sie mit mir durch die Gegend ziehen soll?«, grollte Barny.

Riddick wandte sich noch einmal um.

»Sag ihr, vermutlich liegt dort ihre Schwester. Sie sieht aus wie Hank, nur etwas platter.« Und mit einem fiesen Kichern war er verschwunden.

7

Mit grimmiger Miene sprintete Barny in die Danziger Straße. Wenn Riddick recht hatte, stand ihm eine unangenehme Aufgabe bevor. Dolly erzählte zwar ständig, dass ihr nichts an ihrer Schwester lag, doch er glaubte sie inzwischen etwas besser zu kennen. Sie engagierte sich in diesem Fall nicht einfach nur aus Neugier, wie sie immer so gerne behauptete. Sie war ehrlich besorgt um Molly.

Vor Klaras Haus angekommen überlegte er, wie er Dolly erreichen konnte, ohne dass Craddock etwas mitbekam und wieder so ein Theater veranstaltete wie am Vorabend. Der Abend war trocken und mild, was es sehr wahrscheinlich machte, dass die Katze sich draußen aufhielt. Sie konnte überall sein. Er konnte zwar ihre Witterung aufnehmen, aber das hatte nichts zu sagen. Die ganze unmittelbare Umgebung hier roch nach Dolly und Craddock.

Barny ließ ein dumpfes Grollen hören, gerade noch leise genug, dass der Mops ihn im Haus nicht hören konnte.

»Bist du hier irgendwo in der Nähe, Dolly?« Gespannt wartete er auf eine Reaktion.

Die Katze war ziemlich gut, wie er zugeben musste. Er bemerkte ihre völlig lautlose Annäherung nur daran, dass sich ihr Geruch etwas verstärkte. Und das auch erst in letzter Minute, da sie geschickt die Windrichtung nutzte.

»Was verschafft mir schon wieder die Ehre?«, spottete Dolly mit einem amüsierten Funkeln in den Augen. »Hat es dir mit mir gestern so gut gefallen, dass wir jetzt jeden Abend zusammen abhängen sollen?« Sie musterte ihn aufmerksam und ihre Miene wurde ernst. »Was ist passiert?«

»Vermutlich nichts Gutes«, erwiderte Barny bedächtig. Er hasste es, schlechte Nachrichten zu überbringen.

»Riddick hat eine tote Katze gefunden, höchstwahrscheinlich überfahren. Und er meint, sie sieht aus wie Hank.«

Dolly starrte ihn eine Weile ausdruckslos an. Dann nickte sie langsam.

»Molly. Ihr glaubt, es ist Molly.«

»Wir brauchen dich, um sie zu identifizieren«, brummte Barny nur.

»Und wo soll sie liegen?«, fragte Dolly so beiläufig, als ob sie sich nach dem Wetter erkundigte, doch Barny glaubte Betroffenheit in ihrem Blick zu erkennen.

»Kreuzung Plattenwaldallee, Stettiner Ring. Riddick ist schon dort.« Er betrachtete sie besorgt, woraufhin sie ihn wütend anfunkelte.

»Und worauf warten wir dann noch?« Sie drehte sich um und verschwand lautlos in Richtung Tatort.

Barny folgte ihr vorsichtig. Für ihn war es schwieriger als für eine Katze, keine Aufmerksamkeit zu erregen, wenn er um diese Tageszeit ohne Eddie unterwegs war. Es war noch hell genug, um den Passanten als alleine herumstreunender Hund aufzufallen. Er musste also jede Deckung nutzen, um unbemerkt zu bleiben. Zum Glück gab es auf dieser Strecke ausreichend Büsche und Bäume, hinter denen er sich verbergen konnte. Und es waren nur wenige Fußgänger unterwegs. Autofahrer stellten da kein so großes Problem dar. Sie fuhren meistens so schnell vorbei, dass sie gar nicht bemerkten, dass er keinen menschlichen Begleiter hatte.

Schwieriger wurde es, als er schließlich die Kreuzung Plattenwaldallee, Stettiner Ring erreichte. Hier nahm der Verkehr zu und ihm war klar, dass er bei der Untersuchung der toten Katze besonders umsichtig sein musste. Ein Hund ohne Mensch, der an einem Tierkadaver direkt neben der Straße schnüffelte, war nicht ganz unauffällig.

Ein Stück vor der Kreuzung hielt er an und sondierte erst einmal die Lage. Er sah einen schwarzen Körper, der reglos am Straßenrand lag. Im Schutz der Bäume des unbebauten Eckgrundstücks erkannte er außerdem die vertrauten Silhouetten einer Katze und einer Ratte, die den Kadaver ebenfalls betrachteten. Barny wartete eine größere Verkehrslücke ab, wechselte dann die Straßenseite und gesellte sich zu den beiden.

Ein Blick in Dollys Gesicht genügte ihm, um sicher zu sein, dass Riddicks Verdacht begründet gewesen war. Und der bekannte Geruch, der von der Tierleiche ausging, bestätigte ihm noch, dass es sich bei der Toten um Dollys Schwester handelte. Was ihn jedoch irritierte, war der Zorn, der ihm aus Dollys Augen entgegen blitzte. Er hatte Trauer erwartet, aber nicht diesen blanken Hass, den die Katze ausstrahlte.

»Es tut mir leid, dass du deine Schwester auf diese Weise verloren hast. Tod durch Auto ist immer so besonders sinnlos«, begann er vorsichtig, doch Dolly ließ ihn gar nicht erst aussprechen.

»Ach, hör schon auf mit dem Quatsch«, fauchte sie ungehalten. »Es war klar, dass Molly außerhalb ihrer vertrauten vier Wände keine Chance hatte zu überleben. Sie war dazu viel zu gestört, kopflos und dämlich. Und so wie es aussieht, war sie nach dem Aufprall sofort tot. Sie hat sich nicht einmal mehr von der Straße weggeschleppt. Wegen des Unfalls hat sie jedenfalls nicht gelitten.«

Etwas in Dollys Tonfall ließ Barny stutzen. Und da im Augenblick keine Autos in Sicht waren, lief er zu der toten Katze, packte sie im Genick und zog sie in den Schutz der Sträucher. Jetzt konnte er sie genauer untersuchen, ohne Aufmerksamkeit zu erregen.

Langsam ließ er zunächst seinen Blick, dann seine Nase über die kleine Gestalt wandern. Dem Geruch nach zu urteilen war der Unfall erst vor wenigen Stunden geschehen. Und die Katze war voller Panik gestorben. Er konnte noch deutlich die Witterung von Angst an ihr wahrnehmen. Aber er erkannte auch noch einen anderen Geruch wieder. Einen, den er bereits sehr vage an den Portionsbeuteln in der Futtertruhe wahrgenommen hatte und der weder zu Rosa Scheib, noch zu Lina gehörte. Ein Geruch, den er bisher mit keinem ihm bekannten Menschen in Verbindung bringen konnte. Barny prägte ihn sich besonders gut ein und untersuchte die Katze weiter.

Molly war zum Zeitpunkt ihres Todes nicht ganz so dick gewesen, wie er es sich aufgrund von Linas Bericht vorgestellt hatte. Er schloss daraus, dass sie in den vergangenen Wochen nicht mehr so üppig gefüttert worden war wie vor ihrem Verschwinden. Aber dennoch hatte sie Futter bekommen.

Barnys Blick wanderte weiter zum Kopf. Er bemerkte die bereits geronnenen Blutungen aus Rachen und Ohren – Folgen der Kollision mit einem Auto – und stutzte. Er fasste das ganze Tier vom Schwanz bis zu den Ohren noch einmal genauer ins Auge. Sein Atem stockte. Jetzt kannte er den Grund für Dollys Zorn. Er hob den Kopf und starrte bestürzt in die lodernden Augen der Katze.

»Das ist das Werk eines Monsters«, brach es aus ihm heraus. »Es muss ihr gelungen sein, dem Täter zu entkommen, aber nur, um dann unter ein Auto zu geraten.« Voller Mitgefühl sah er wieder auf den zerschmetterten Körper. »Nicht auszudenken, was die Kleine in ihren letzten Tagen zu erdulden hatte.«

»Ich werde die Bestie finden«, zischte Dolly hasserfüllt. »Das bin ich Molly schuldig. Und wenn es das Letzte ist, was ich tue!«

Barny nickte. »*Wir* werden den Täter finden!« Sein Blick wanderte zu Riddick, in dessen Augen ausnahmsweise kein Spott zu lesen war. »Und wenn bekannt wird, was man ihr angetan hat, werden noch andere auf unserer Seite sein.«

Riddick kratzte sich nachdenklich an der Seite, wodurch ein widerlich schabendes Geräusch erklang.

»Schätze, Hank und sein Schleicherpack werden jetzt eher geneigt sein euch zu unterstützen. Im Gegensatz zu uns ist das Felidengesindel von den Menschen in den letzten Jahren zu sehr verwöhnt worden.« Er deutete auf den Katzenkörper. »So etwas war früher an der Tagesordnung. Da hätte sich keiner groß darüber aufgeregt. Aber heute machen die Hominiden ja so gerne auf Tierschutz. Nur uns gegenüber nicht. Wir sind für sie keine Tiere, sondern Ungeziefer.« Er schnaubte abfällig und machte sich auf den Rückzug. »Also macht was draus. Ich kümmere mich weiter um die Residenz.«

»Einen Moment noch«, blaffte Barny ihm nach. Es gab da noch etwas, das er dringend mit Riddick zu klären hatte.

Die Ratte drehte sich unwillig wieder zu Barny um.

»Was gibt's jetzt noch, Schnüffler?«

»Wir müssen ein Zeichen ausmachen, wie ich Kontakt zu dir aufnehmen kann«, brummte Barny. »Ich habe keine Lust, jedes Mal, wenn ich dich erreichen will, die ganze Stadt nach dir oder Freddy abzusuchen.«

»Schmeiß einfach eines deiner Rinderkaustäbchen, von denen dein Mensch bestimmt 'ne Menge für dich bunkert, in den Lichtschacht im Garten«, grinste Riddick hinterhältig. »Damit schlägst du zwei Fliegen mit einer Klappe. Ich komme jeden Tag einmal vorbei und sehe nach, ob du mir was hinterlassen hast. Falls ja, melde ich mich bei dir. Also, wir sehen uns.« Und schon war er verschwunden.

Barny wandte sich wieder zu Dolly um, die noch immer mit wildem Blick und zuckender Schwanzspitze auf den Körper ihrer Schwester starrte.

»Ich sollte sie noch tiefer in die Büsche ziehen, damit sie niemand findet, bis ich mit Eddie wieder herkomme«, brummte er leise.

»Und wann wird das sein?« Dolly klang seltsam abwesend.

»Er kommt gegen zehn zurück. Dann laufen wir noch eine Runde um den Block. Ich werde es so einrichten, dass wir hier vorbeikommen. Er wird denken, dass ich ihre Witterung aufgenommen habe. Eddie hat in der Residenz dafür gesorgt, dass ich Mollys und Rosas

Geruch kenne. Er wird verstehen, dass das hier nicht irgendeine Katze ist, sondern dass sie zu Rosa gehörte, und entsprechende Maßnahmen ergreifen.«

Dolly nickte langsam. »Ich werde solange hier bei ihr Wache halten.«

»Soll ich dir Gesellschaft leisten?«, erkundigte er sich besorgt.

»Ich brauche jetzt ganz bestimmt keinen Riesenköter an meiner Seite, der mir die Pfote hält und alle Welt darauf aufmerksam macht, dass hier etwas nicht stimmt«, fauchte sie aufgebracht. »Ich bleibe nicht hier, um zu heulen, sondern um sicher zu gehen, dass sie noch da ist, wenn du deinen Menschen hierher schleppst. Also zieh schon Leine!«

Barny atmete tief durch und versuchte sich selber davon zu überzeugen, dass Dolly gerade unter Schock stand und nur deshalb so unerträglich zickig war. Und ganz offensichtlich benötigte sie jetzt ihre Ruhe, um mit der Situation fertig zu werden. Sie war viel zu stolz, um vor den Augen anderer Schwäche zu zeigen.

»Also gut, wie du meinst«, nickte er ihr zu. »Bevor ich nach Hause laufe, werde ich aber noch einen kleinen Umgebungscheck machen. Vielleicht kann ich noch etwas von Mollys Fährte aufstöbern.«

Und da gerade kein Auto in Sicht war, beeilte sich Barny, über die Plattenwaldallee zu kommen. Wenn Molly aus dieser Richtung geflohen war, hatte sie nach Katzenart sicher die Schleichwege durch die Hecken und Gärten genommen, was ihm leider nicht möglich war. Also musste er die Häuserzeilen am Steinrain umgehen und dahinter nach ihrer Spur suchen. Keine einfache Aufgabe. Selbst wenn er nur die dicht bewachsenen Strecken ablief, welche die Katze mit Sicherheit gewählt hatte, war die Zeit bis zu Eddies Rückkehr zu kurz für eine gründliche Suche. Aber ein Versuch schadete ja nicht.

Barny nutzte jede Deckung, während er von der Plattenwaldallee in den Steinrain einbog und von dort hinunter zur Martin-Dietrich-Allee lief. Hier eine Spur aufzunehmen war ein sehr schwieriges Unterfangen. Die Allee entlang der Murr war ein beliebter Spazier- und Radweg der Backnanger Hundebesitzer. Auch der Gestank der Autos überdeckte jede andere Fährte recht effektiv. Und gerade bei einem so wechselhaften Aprilwetter fuhren besonders viele Badegäste zum Erlebnisbad Wonnemar am Ende der Allee.

Dennoch glaubte Barny, einen Hauch der vertrauten Witterung aufzufangen, als er den Fußweg erreichte, der von der Martin-Dietrich-Allee abzweigte, über die Murrbrücke und dann durch ein naturbelassenes Stück Wildnis Richtung Spinnerei verlief. Aufgeregt intensivierte er seine Suche. Wenn Molly aus Richtung Spinnerei geflohen war, war es logisch, dass sie diesen Weg genommen hatte. Die durch hohe Bäume sichtgeschützte Brücke war hier in der Gegend die einzige Möglichkeit, einigermaßen unbemerkt über die Murr zu gelangen. Also nahm auch er die Stufen der Brücke, die im Moment menschenleer war.

Barny war so konzentriert mit seiner Suche beschäftigt, dass er für einen Augenblick seine Umgebung vergaß. Erst als ein Kleintransporter mit quietschenden Bremsen direkt an der Einmündung des Fußweges anhielt, und ein Mann mit Funkgerät auf der Beifahrerseite ausstieg, hob Barny überrumpelt den Kopf. Von oben aus Richtung Spinnerei hörte er nun auch aufgebrachtes Gebell, das sich seiner Position rasch näherte.

Barny musste dem Bellen nicht lange lauschen, um zu erkennen, dass er nun ziemlich in der Patsche saß.

»Scheiße, die Hundefänger!«, knurrte er leise und drückte sich in den Schatten des Brückengeländers.

Ein Funkgerät rauschte, dann ertönte eine blecherne Stimme.

»Wir haben sie aufgestöbert. Sie hauen jetzt ab runter in eure Richtung. Haltet die Stangen bereit!«

Barnys Nackenfell stand aufrecht wie eine Drahtbürste, während er seine Möglichkeiten überdachte. Er befand sich in der Mitte der Brücke. Der Weg zurück war durch die Fänger mit dem Kastenwagen versperrt. Beim Weg nach vorne war es nur noch eine Frage der Zeit, bis auch dieser blockiert war. Spätestens oben am Ende des Pfades würde Barny auf die fliehende Hundemeute treffen. Wenn er nicht sofort von dieser Brücke herunter kam, saß er komplett in der Falle.

Eng an das Geländer gedrückt schlich Barny zum anderen Murrufer, weg von dem Hundefängerwagen und dem quäkenden Funkgerät. Der schmale Fußpfad verlief hier durch dichtes Gestrüpp leicht gewunden hoch zur Spinnerei. Barny hatte nur eine Chance: Er musste den Pfad verlassen, sich durch das Dickicht schlagen und darauf hoffen, dass die Verfolgten nicht denselben Gedanken hatten und bei ihrer Flucht auch noch seine Deckung auffliegen ließen. Also schob er sich rechts in das Meer von Springkraut, Farn und Unterholz. Dabei versuchte er nicht darüber nachzudenken, wie viele Zecken er sich bei dieser Aktion einfing und wie Eddie sich das später erklären würde.

Das Gebell war jetzt so nah, dass der erste Flüchtige in wenigen Sekunden an seiner Position vorbeikommen musste. Fluchend zog Barny sich noch tiefer zurück. Diese verdammte Sache kostete ihn wertvolle Zeit. Wer weiß, wie lange die Fänger hier noch die Gegend unsicher machten, und er befand sich auf der falschen Seite der Murr. Wie sollte er rechtzeitig nach Hause kommen, wenn die Brücke für ihn gesperrt war? Gut, er konnte schwimmen, aber er wollte sich nicht vorstellen, was Eddie zu einem klatschnassen Hund zu sagen hätte, der auf der Couch thronte, wenn er vom Training heimkam.

Wieder tönte es aus einem Funkgerät.

»Passt auf, dass ihr auch alle hertreibt. Hab hier unten glaub ich noch einen Schäferhund gesehen. Lasst keinen ausbüxen!«

Nun stieg doch leise Panik in Barny hoch. Er war auch hier im Gestrüpp nicht sicher. Die Fänger schienen ihr Geschäft zu verstehen. Sie durften ihn auf keinen Fall erwischen, das wäre schrecklich für Eddie. Barny stellte sich die Sorge seines Partners vor, wenn dieser heimkam und erkannte, dass sein Partner fehlte – und dann auch noch die offene Terrassentür bemerkte. Soweit durfte Barny es auf keinen Fall kommen lassen.

Vorsichtig schob er sich rückwärts weiter, während er angestrengt nach vorne sicherte. Ein raues Knurren direkt in seinem Rücken ließ Barny das Blut in den Adern gefrieren. Er fuhr herum und starrte direkt in ein marodes Gebiss, das mehrere Zahnlücken aufwies.

»Na, Bullenheld? Probleme?«

Freddy Dreibein grinste Barny breit an und sah so aus, als hätte er einen Riesenspaß.

»Verdammt, Freddy, da sind Hundefänger«, fuhr Barny ihn scharf an und versuchte, sein bummerndes Herz wieder unter Kontrolle zu bringen. »Da sollte gerade einer wie du schauen, dass er möglichst schnell Land gewinnt! Was, wenn sie dich entdecken? Hau bloß ab und rette deine Haut!«

Freddy schnaubte verächtlich.

»Ich werd doch nicht das Theaterstück verpassen, das ich selber inszeniert habe, Schnüffler!«

Barny stutzte. »Was meinst du damit?«

Der Alte kniff vergnügt die Augen zusammen.

»Was glaubst du wohl, wer die Fänger auf die richtige Spur geführt hat, Grünschnabel?«

Der Pfad bebte, als vier gewaltige Burschen laut bellend Richtung Brücke rannten. Nicht weit hinter ihnen war das Knistern eines Funkgeräts zu hören.

Freddy lachte grimmig auf und verschwand lautlos zwischen dem Springkraut.

»Letzter Akt. Jetzt wird's wohl ernst«, ertönte seine Stimme schon in einigen Metern Entfernung. »Also beweg deinen Hintern und komm mit, Schnüffler! Schätze, heute ist es eher deine Haut, die ich retten muss. Aber versuch wenigstens, hier keine riesige Bresche zu schlagen, wenn du mir folgst. Muss ja nicht gleich jeder auf mein Versteck aufmerksam werden!«

Sprachlos folgte Barny dem gut gelaunten Alten, der sich trotz seiner drei Beine flink und nahezu ohne eine sichtbare Spur zu hinterlassen durch das Gestrüpp schlängelte. Endlich kamen sie zu einer umgestürzten Weide, deren Wurzel beim Umkippen des Baumes einen tiefen Krater geschaffen hatte. Wieder staunte Barny darüber, wie geschickt Freddy über den dicken Stamm und die verwinkelten Äste kletterte, um an sein Ziel zu gelangen. Üppig wucherndes Unkraut tarnte den Zugang zu einer tiefen Erdhöhle zwischen dem Wurzelwerk, die gerade groß genug war, um neben Freddy auch Barny aufzunehmen.

Etwas unbehaglich überprüfte Barny das Versteck. Die Luft roch feucht und modrig, und er schauderte bei dem Gedanken daran, was mit ihnen passieren würde, wenn der Stamm durch die Nässe der vergangenen Wochen ins Rutschen käme und zurück in den Krater sackte. Er bemühte sich, die Erinnerung an einen Einsatz zu verdrängen, bei dem er und Eddie nach Verschütteten gesucht hatten. Das war kein Anblick gewesen, an den man gerne zurückdachte.

»Jetzt mach dir mal nicht gleich ins Hemd, Junge«, knurrte Freddy, dem Barnys Unbehagen nicht entging, amüsiert. »Das Versteck ist astrein. Ich hab da so meine Erfahrung. Und hier findet dich keiner. In spätestens einer Viertelstunde haben die Fänger ihren Job erledigt, dann kannst du dich wieder auf dein weiches Sofa zurückziehen.«

»Warum weißt du so genau Bescheid über diese Aktion?«, fragte Barny den Alten scharf. »Was hast du da ausgeheckt?«

Freddy kicherte schadenfroh.

»Sagen wir mal so: Diese selbst ernannten *StreetDevils* sind mir in letzter Zeit ein bisschen zu sehr auf den Pelz gerückt. Haben ihr Hauptquartier oben in der Spinnerei und organisieren von dort aus ihre Streifzüge. Das war mir definitiv zu nah an meinem neuen Versteck.« Freddys Miene verfinsterte sich. »Seit ich letztens bei dieser blödsinnigen Suchaktion nach der Katzentante im Plattenwald aufgeflogen bin, hab ich mich fürs Erste hier unten einquartiert. Da brauch ich diese Pseudo-Gang nun wirklich nicht in meiner Nähe.« Er schnaubte verächtlich. »Sind alles nur Poser, nix als Angeber. Kein einziger richtiger Freigänger dabei.«

»Wie meinst du das?«, hakte Barny nach.

»Die führen tagsüber alle ein niedliches, warmes Sklavendasein bei ihren Menschen.« Freddy spuckte angewidert aus. »Aber das ist ihnen zu langweilig. Du weißt schon, haben keine richtige Aufgabe, sondern werden nur als Schoßhündchen gehalten. Deshalb nutzen sie jede Möglichkeit, um dicke Backen zu machen. Büxen bei jeder Gelegenheit aus und treffen sich, um einen auf Straßenköter-Gang zu mimen. Meistens so zwischen acht und elf, wenn ihre Sklavenhalter vor diesen Kisten hocken und nix anderes um sich herum wahrnehmen. Oder später in der Nacht, wenn die Hominiden schlafen. Dann spielen sie sich auf, pöbeln rum und nerven jeden, der ihnen über den Weg läuft. Haben ja keine Ahnung vom wahren Leben eines Freigängers. Wir haben keine Zeit zu pöbeln, und vor allem wollen wir nicht auffallen.«

»Also hast du die Fänger auf sie aufmerksam gemacht«, spann Barny kopfschüttelnd den Faden weiter.

Freddy grinste erneut.

»War kein großes Problem. Die Zweibeiner sind leicht zu durchschauen und zu lenken. War ein Kinderspiel, ihnen ein wenig vor der Nase herumzutanzen und sie dann zur Spinnerei zu führen.« Er horchte auf, als das Gebell aus Richtung Brücke nun in ein lautes und ziemlich wehleidiges Jaulen und Winseln überging. Eine Autoklappe schlug zu und die Geräusche waren nur noch gedämpft zu hören. Freddy zwinkerte Barny zu. »Sag ich's nicht? Haben keine Eier, die Burschen. Alles nur Fassade. Geben sofort klein bei. In ein paar Minuten ist die Luft wieder rein. Dann kannst du abziehen. Ich hab heute noch ein paar wichtige Dinge zu erledigen und will mich vorher noch von dem Trubel ausruhen. Da kann ich nicht die ganze Nacht Kindermädchen spielen.«

»Schon klar«, nickte Barny. »Ich bin dir auch echt dankbar. Sag mir nur, wo du deine übliche Belohnung abholen willst.«

Freddy schnaubte unwillig.

»Lass mal gut sein für dieses Mal. Solang du es dir nicht zur Gewohnheit machst, ständig in die Klemme zu geraten, vergessen wir die ganze Sache. Vor allem aber vergisst du die Existenz dieses Verstecks, verstanden? Hab keine Lust mir schon wieder was Neues zu suchen. Wird immer schwieriger heutzutage. Die Hominiden strecken nach jedem ungestörten Plätzchen ihre gierigen Finger aus.« Und damit drehte der Alte sich dreimal im Kreis und kringelte sich mit einem zufriedenen Grunzen im hintersten Winkel der Höhle zusammen.

Barny horchte auf das Geräusch des sich entfernenden Kastenwagens. Dann wartete er noch einige Minuten ab, bis er sicher sein konnte, dass die Fänger nicht mehr zurückkamen. Von Freddy war nur noch ein leises Schnarchen zu hören. Dennoch nickte Barny dem struppigen Bündel dankbar zu.

»Also noch mal Danke, Freddy. Ich mach mich dann mal auf den Weg.«

Das Schnarchen wurde von einem kurzen Grunzen unterbrochen und setzte dann wieder ein. Ansonsten kam keine Reaktion und Barny beeilte sich, aus der muffigen Höhle zu kommen.

Ihm blieb jetzt noch eine knappe halbe Stunde, um unbemerkt zurückzulaufen und sich die schlimmsten Kletten aus dem Fell zu ziehen, bevor Eddie wieder auftauchte. Kurz überlegte er, noch einmal bei Dolly vorbeizuschauen, um sicher zu gehen, dass mit ihr alles in Ordnung war, doch die Zeit war einfach zu knapp.

Als Barny endlich vor dem Kirschlorbeer stand, unter dem er seinen Durchschlupf in den Garten angelegt hatte, atmete er erleichtert auf. Den schlimmsten Schmutz putzte er sich noch auf der Terrasse aus dem Fell. Die Feinarbeit erledigte er auf der Couch, während er angespannt auf Eddie wartete. Doch ausgerechnet heute hatte sein Partner sich wohl entschieden, nach dem Training mal wieder mit der Karatettruppe noch etwas trinken zu gehen, was alle paar Wochen vorkam. Grundsätzlich hatte Barny kein Problem damit, aber ausgerechnet heute, wo er Eddie so dringend brauchte, war es mehr als ärgerlich.

Die Minuten schleppten sich wie in Zeitlupe hin, während Barny auf der Couch lag und die Wanduhr nicht aus den Augen ließ. Er versuchte nicht darüber nachzudenken, was wohl geschah, wenn Mollys Leiche von einem Fremden entdeckt und entsorgt wurde. Es gab nicht viel, was eine Wache haltende Katze dagegen unternehmen konnte, ohne sich zu auffällig zu benehmen oder selber in Gefahr zu geraten.

Ich hätte Dolly dort nicht allein lassen dürfen, haderte Barny mit sich. *Aber sie ist so unglaublich arrogant und unbelehrbar. Und dickköpfig. Und eine echte Nervensäge.* Unruhig stand er auf, drehte sich einige Male im Kreis und legte sich mit einem unzufriedenen Seufzen wieder hin. Der Stundenzeiger stand bereits weit hinter der Zehn und von Eddie war noch immer nichts zu hören.

Aber Dolly kann gut auf sich aufpassen, sie ist schließlich eine Katze, versuchte Barny sich zu beruhigen. Er legte den Kopf auf die Vorderpfoten und schielte weiter zur Uhr.

Und endlich hörte er das vertraute und heiß ersehnte Motorengeräusch, als Eddie vom Zwischenäckerle in die Fritz-Häuser-Straße einbog.

Er musste schwer an sich halten, dass er nicht wie ein unerzogener Welpe von der Couch sprang und kläffend zur Tür rannte, um seinen Menschen zu begrüßen. Stattdessen richtete er sich nur auf und sah Eddie mit einem leichten Schwanzwedeln entgegen, als dieser das Wohnzimmer betrat. Er durfte schließlich auf keinen Fall Verdacht erregen.

Wie erwartet griff Eddie gleich nach Barnys Halsband, um die letzte Runde des Tages mit ihm zu drehen. Erst jetzt sprang Barny von der Couch, streckte sich ausgiebig und gähnte herzhaft, so wie er es an jedem anderen Abend auch tat. Dann ließ er sich das Halsband überstreifen.

Barny hatte Glück. Eddie schlug am Ende der Fritz-Häuser-Straße wie erhofft den Häfnersweg ein und bog dann in den Stettiner Ring ab. Von dort würde er sicher wie üblich in den Ahornweg abzweigen, um wieder nach Hause zu kommen. Dann war für Barny der Augenblick gekommen, in dem er seine *Ich-habe-eine-heiße-Spur*-Nummer abziehen und Eddie Richtung Kreuzung Plattenwaldallee führen musste.

Alles lief wie geschmiert. Es war inzwischen zwar stockdunkel, doch die Straßenlampen leuchteten ihren Weg so gut aus, dass Eddie nicht einmal seine Stirnlampe einschalten musste, die er bei ihrer letzten Runde immer aufsetzte.

Wie geplant lief Barny gemütlich vor seinem Partner her, bis er die Abzweigung zum Ahornweg erreichte. Hier hob er die Nase in die Luft und erstarrte. Dann gab er dieses ganz spezielle, kehlige Brummen von sich, das Zeichen für Eddie, dass er eine Spur aufgenommen hatte, und lief zielstrebig in Richtung Plattenwaldallee. Wenn man gemütlich ging, schaffte man diese Strecke in sieben Minuten. Heute benötigten sie dafür vier.

Eddie war wie immer auf Zack. Er lief ohne groß Fragen zu stellen oder ihn aufhalten zu wollen hinter Barny her und bewies damit wieder einmal, was für ein außergewöhnlicher Partner er für einen Menschen war. Erst als Barny an der Zielkreuzung die Straßenseite wechselte und mit der Nase am Boden die Sträucher des Eckgrundstückes ansteuerte, meldete er sich zu Wort.

»Du hast jetzt nicht ernsthaft schon dort oben eine Spur bis hierher verfolgt, mein Junge«, meinte er kopfschüttelnd und schaltete seine Stirnlampe an, um besser erkennen zu können, wonach sein Partner suchte. Barny steckte nun selber zur Hälfte in dem Gebüsch, in dem er vorhin Mollys Körper versteckt hatte. Erneut gab er Laut, um Eddie zu signalisieren, dass er fündig geworden war.

»Wahnsinns Show, die du da abziehst, Schnüffler«, raunzte eine leise Stimme aus den Tiefen der Sträucher.

»Ging hier alles klar?«, erkundigte Barny sich leise bei Dolly, die sich so gut versteckt hatte, dass sie selbst für ihn unsichtbar war.

»Alles lief glatt«, meinte sie nur. »Aber was war das vorhin für ein Aufruhr unten an der Murr? Hatte das was mit dir zu tun?«

Barny glaubte so etwas wie Sorge in ihrem Raunzen zu hören.

»Nicht wirklich«, erwiderte er möglichst beiläufig. »Ein paar Hundefänger haben einige der *StreetDevils* erwischt. Ist aber eine längere Geschichte.«

Dolly starrte ihn eine Weile ausdruckslos an.

»Na gut«, meinte sie dann gleichmütig. »Ich mach mich dann mal vom Acker, damit ihr eure Arbeit erledigen könnt.«

Barny hörte nicht, wie sie sich entfernte. Vorsichtig packte er die tote Katze im Genick und zog sie aus dem Gestrüpp in den Lichtkegel von Eddies Lampe.

»Da soll mich doch der Teufel holen!« Eddie kniete sich neben Barny in den Dreck und starrte fassungslos auf den Katzenkadaver. Dann hob er den Blick und sah Barny, der seinen Blick erwartungsvoll erwiderte, aus schmalen Augen an. Schließlich nickte Eddie bedächtig. »Das ist nicht irgendeine überfahrene Katze, was, Partner? Du hast ihren Geruch erkannt. Also lass uns mal nachschauen, ob sie tätowiert war. Dann bekommen wir Genaueres heraus. Das wär ja ein Ding!«

Er richtete den Lichtschein seiner Stirnlampe auf den Kopf der Katze, um nach einer Tätowierung in den Ohren zu suchen und fuhr entsetzt zurück.

»Scheiße! Was ist das denn?« Erstaunlich sanft untersuchte er den Kopf der Katze näher. Dann zog er fluchend sein Handy aus der Tasche und gab eine Nummer ein. Barny kannte die knurrige Stimme, die sich meldete, nur zu gut.

»Hör zu, Manfred«, begann Eddie ohne Umschweife.

»Ich weiß, wie spät es ist, aber ich brauche jetzt dringend deine Hilfe. Geh schon mal runter in die Praxis, wir sind in wenigen Minuten bei dir. Nein, es geht nicht um Barny, der ist fit. Ich brauche dich für eine kleine Sektion an einer überfahrenen Katze. Nein, das kann nicht bis morgen warten. Ist inoffiziell, deshalb komm ich zu dir, da weiß ich wenigstens, dass die Sache ernsthaft betrieben wird. Ich erklär dir nachher alles.«

Energisch beendete er das Gespräch, zog seine Jacke aus und wickelte die Katze darin ein.

»Komm, mein Junge, wir haben noch einen Termin bei deinem Lieblingsarzt!«

Keine halbe Stunde später parkte Eddie den Wagen am anderen Ende Backnangs vor dem Haus von Dr. Manfred Tress, in dessen Erdgeschoss sich seine Tierarztpraxis befand. Dr. Tress erwartete sie bereits mit finsterer Miene. Sein grauer Haarkranz stand wirr vom Kopf ab und unter dem weißen Laborkittel, der um die lange, hagere Gestalt schlotterte, schaute eine ausgeleierte Jogginghose hervor.

»Verdammt, Eddie«, polterte er los, als Eddie wortlos den eingewickelten Katzenkadaver auf den Behandlungstisch legte. »Ich bin weder Tierpathologe noch beim CVUA. Wenn du mal wieder an irgendeinem dubiosen Fall arbeitest, solltest du deine Kontakte zu deinen alten Kollegen nutzen und nicht zu dieser Zeit bei mir aufschlagen!«

Eddie grinste seinen langjährigen Freund breit an. Er und Dr. Tress waren ungefähr im selben Alter, doch im Gegensatz zu Eddie hatte der Tierarzt noch ein paar Jährchen bis zur Rente. Die beiden hatten sich kennengelernt, als Eddie vor ungefähr dreißig Jahren als einer der ersten seinen Hund in die neu eröffnete Praxis des jungen Dr. Tress gebracht hatte. Seither ließ er all seine Partner ausschließlich von ihm tierärztlich versorgen.

»Jetzt komm schon«, versuchte Eddie, den aufgebrachten Freund zu besänftigen. »Gib zu, dass du dich brennend dafür interessierst, woran ich arbeite! Und um diese Zeit liegst du nie im Bett. Also hab dich nicht so. Ich muss unbedingt wissen, was das Tier mitgemacht hat, bevor es angefahren wurde. Sieht nach einer ziemlich unschönen Sache aus.«

Eddie wickelte die Katze aus seiner Jacke und überließ Dr. Tress seinen Platz, der grummelnd seine Brille aufsetzte und Mollys Leiche inspizierte.

»Ich kann sie röntgen, dann wissen wir, was der Unfall angerichtet hat. Aber das hier«, der Tierarzt blickte mit finsterer Miene auf den Kopf der Katze, »das hat kein Unfall bewirkt, das kann ich dir auch ohne große Untersuchung sagen. Und es ist in der Tat eine Schweinerei. Haben wir mal wieder einen Tierripper in der Gegend? Ist es das, woran du arbeitest?«

»Eigentlich beschäftigen wir uns mit dem spurlosen Verschwinden einer alten Dame und ihrer Katze aus der Seniorenresidenz.« Eddie deutete auf den toten Körper auf dem Behandlungstisch. »Und wenn Barny sich nicht sehr täuscht, haben wir hier schon mal die Katze gefunden.«

»Verstehe«, knurrte Dr. Tress und beugte sich wieder über das Tier. »Also der Unfall scheint mir noch keine zehn Stunden her zu sein, während die Verletzungen an den Ohren bereits verheilt sind. Ich würde mal sagen, das linke Ohr wurde vor über einer Woche abgeschnitten, das rechte einige Tage später. Und die Wunde am Schwanz ist noch recht frisch, vielleicht zwei Tage alt.« Er untersuchte den Schwanz mit der abgeschnittenen Spitze genauer. »Sie scheint nach der Verletzung versorgt worden zu sein. Sieh mal hier!« Er zeigte auf einige klebrige Überreste im Fell. »Das sieht so aus, als ob jemand einen Verband angebracht hat, der mit medizinischem Klebeband fixiert wurde.«

»Das muss dann entweder der Täter gewesen sein, der verhindern wollte, dass die Wunde alles voll blutet, oder jemand, der es in all dem Elend gut mit der Katze meinte«, sinnierte Eddie.

»Geht es um die alte Dame, die vor ein paar Wochen

überall gesucht wurde?«, erkundigte sich Dr. Tress nun doch interessiert. »Ich dachte, sie ist einfach weggelaufen.«

»Ja, davon ist man bisher wohl ausgegangen«, schnaubte Eddie. »Aber wenn ich mit dieser Katze ankomme, werden sie die Ermittlungen hoffentlich doch noch mal aufnehmen. Vor allem, wenn das mit den Verletzungen bekannt wird. Ich muss die entsprechenden Stellen halt irgendwie davon überzeugen, dass das ein neuer Ermittlungsansatz ist. Deshalb wollte ich mich vorher bei dir rückversichern, ob mein Verdacht berechtigt ist.«

»Verstehe.« Dr. Tress holte aus einer Schublade das Chiplesegerät und fuhr damit über die linke Halsseite der Katze. Ein Signal ertönte. »Gut, sie ist gechipt. Dann kann sie auch identifiziert werden. Die Tätowierung im Ohr hätte jetzt ja nicht mehr dazu ausgereicht, nachdem das halbe Ohr fehlt.« Unwillig sah er auf. »Ich kann dir folgendes Angebot machen: Du lässt das Tier bis morgen hier. Ich mache noch ein paar Untersuchungen und lasse mir beim Tasso-Haustierzentralregister ihre Identität bestätigen. Dann schreibe ich dir einen schönen Untersuchungsbericht, mit dem du deinen Fall wieder neu aufrollen lassen kannst. Morgen Nachmittag holst du die Katze hier ab und übergibst sie der Polizei, damit die ihre Arbeit selber weiter machen kann.«

»Ich wusste, dass ich mich auf dich verlassen kann, Mann«, grinste Eddie zufrieden. »Und wenn du schon dabei bist, versuche gleich noch herauszufinden, ob das Tier unter Beruhigungsmitteln stand. Die Katze muss zu Lebzeiten ziemlich hysterisch gewesen sein. Ich glaube nicht, dass es für einen Fremden so einfach war, sie zu fassen zu bekommen, ganz zu schweigen davon, ihr so etwas anzutun.«

»Lass du mich mal meine Arbeit alleine tun«, knurrte Dr. Tress unwirsch. »Und quatsch mir da nicht rein. Auf die Idee mit dem Sedativum bin ich auch ohne dich gekommen. Und jetzt verschwinde und steh mir mit deinem Riesenköter nicht im Weg herum. Morgen früh hab ich wieder Sprechstunde, bis dahin müssen die Untersuchungen fertig sein.« Er strich Barny leicht über den Kopf und steckte ihm heimlich ein Leckerli zu, während Eddie damit beschäftigt war, seine Jacke wieder aufzusammeln. Barny beeilte sich, die Leckerei möglichst unauffällig zu schlucken. Als Eddie sich umdrehte, sah er ihm mit unschuldigem Blick entgegen.

»Du sollst Barny nicht immer so verwöhnen«, tadelte Eddie seinen Freund dennoch und Barny überlegte nicht zum ersten Mal, ob sein Partner irgendwo im Hinterkopf noch ein zweites Paar Augen versteckt hatte.

»Jetzt wo wir in Rente sind, muss ich besonders darauf achten, dass wir nicht fett und träge werden«, erklärte Eddie weiter.

»Ja, ganz bestimmt«, spottete Dr. Tress gutmütig. »Ausgerechnet ihr beide. Jedes Mal, wenn ich euch sehe, wirkt ihr noch trainierter als beim letzten Mal. Also gönn deinem Partner mal was Gutes und hetz ihn nicht immer nur in der Gegend herum.«

Wie zur Bestätigung reichte er Barny noch ein Leckerli, der fragend zu Eddie blickte.

»Na, dann nimm es halt«, brummte Eddie. »Der Kerl gibt sonst ja doch keine Ruhe.«

»Also eins muss man dir ja lassen«, gab Dr. Tress widerwillig zu, als Barny ihm den Leckerbissen vorsichtig aus der Hand nahm. »Deine Hunde haben immer erstklassige Manieren. Seit dreißig Jahren frage ich mich schon, woher sie die wohl haben.«

»Ich bin halt das ideale schlechte Beispiel«, feixte Eddie. »Und jetzt überlasse ich dich deiner Arbeit, Chef. Gib mir Bescheid, wenn du noch etwas Ungewöhnliches herausfindest!«

»Ja, ja«, winkte Dr. Tress ab und lief bereits zum angrenzenden Zimmer, um das Röntgengerät einzuschalten. Kurz bevor Eddie und Barny die Praxis verließen, wandte er sich noch einmal um. »Ach ja, wenn die Katze tatsächlich so schwierig war, wie du sagst, solltest du dich mal nach Menschen umsehen, die zerkratzte Hände haben. Könnte eventuell eine Spur sein.«

»Lass du mich mal meine Arbeit alleine tun«, knurrte Eddie genauso unwirsch, wie sein Freund es vorhin getan hatte. »Und quatsch mir da nicht rein. Auf die Idee mit den Kratzern bin ich auch ohne dich gekommen. Und jetzt kümmere dich um die Katze.«

Die beiden Männer wechselten einen letzten Blick und grinsten sich dabei an. Dr. Tress gab Barny einen freundschaftlichen Klaps.

»Dann pass mal gut auf deinen Partner auf, mein Junge, sonst bringt er euch noch in Schwierigkeiten. Wäre ja nicht das erste Mal.«

8

Den Freitagvormittag verbrachte Eddie nach einer etwas verkürzten Trainingsrunde mal wieder am Telefon, diesmal allerdings mit mäßigem Erfolg. Barny konnte Eddies Unwillen förmlich riechen, während dieser vergeblich versuchte, einen Termin bei Dr. Herbrecht zu bekommen. Offensichtlich war der Herr zu beschäftigt, um sich mit einem unwichtigen Unbekannten zu unterhalten.

»So, Dr. Herbrecht ist heute also den ganzen Tag nicht zu sprechen«, grollte Eddie ins Telefon. »Auch nicht in der Mittagspause? Aha, die verbringt er freitags also immer mit seinem Bruder. Und wo treffen sich die Herren? Ich denke schon, dass Sie mir das sagen können, es geht schließlich um wichtige Ermittlungen in einem Vermisstenfall. So, so, dann eben nicht.« Wütend knallte Eddie das Telefon in die Ladestation. »Sie können mich auch mal, Gnädigste«, bruddelte er vor sich hin. »Aber so einfach lasse ich mich nicht abspeisen. Mal sehen, was sich da machen lässt.«

Interessiert beobachtete Barny, wie sein Partner sich an den Laptop setzte. Es war immer wieder inspirierend zu sehen, wie Eddie auch in den aussichtslosesten Lagen seinen Kopf durchsetzte. Es dauerte nicht lange und sein Partner legte mit einem gefährlichen Glitzern in den Augen den Laptop zur Seite.

»Na also, da haben wir es ja! Typen wie die nehmen ihren Mittagstisch bestimmt nur in Restaurants mit Bewertungen von mindestens vier Sternen ein.« Triumphierend griff er wieder zum Telefon und wählte eine Nummer.

Eine Frauenstimme meldete sich.

»Notariat Herbrecht, Angelina Meißner am Apparat, was kann ich für Sie tun?«

»Einen schönen guten Tag, Frau Meißner«, flötete Eddie so charmant ins Telefon, dass Barny vor Überraschung aus seiner Sofaecke hochschreckte. Diesen Eddie hatte er bisher noch nie kennengelernt.

»Mir ist da etwas ganz Dummes passiert«, säuselte Eddie weiter. »Und ich hoffe, Sie können mir weiterhelfen. Ich bin heute zum Mittagstisch mit Herrn Herbrecht und seinem Bruder verabredet. Mein Name ist Hartmann. Ich bin ein alter Bekannter von Dr. Herbrecht und nach langer Zeit mal wieder hier in der Gegend. Allerdings nur heute. Und jetzt ist mir doch tatsächlich entfallen, wo wir uns treffen wollten. Es war entweder im Restaurant Koch oder im Bachofer, aber ich bin mir nicht mehr sicher.«

Die Frauenstimme in der Leitung flötete genauso süß zurück und Eddie verdrehte feixend die Augen.

»Nein, das ist außerordentlich freundlich, aber Sie müssen ihn nicht extra stören. Ich weiß doch, wie beschäftigt er ist. Ich habe ja nachher die Gelegenheit mit ihm zu sprechen.« Die Dame schien das zu schlucken, denn Eddies Grinsen vertiefte sich, während er etwas auf einen Zettel kritzelte. »Sie sind ein Engel«, schleimte er weiter und am anderen Ende ertönte ein geziertes Kichern. »Ihr Chef weiß hoffentlich, was er an Ihnen hat. Auf jeden Fall werde ich ihn nachher noch einmal deutlich daran erinnern. Ach ja, 12:30 Uhr war doch die vereinbarte Zeit, nicht wahr? Sehr schön. Ich bin Ihnen sehr dankbar. Dann wünsche ich Ihnen noch einen schönen Tag, Frau Meißner.«

Als er aufgelegt hatte, rieb er sich zufrieden die Hände.

»So leicht kommen mir die Herren nicht davon. An diese Mittagspause werden sie noch eine Weile zurückdenken. Sehr zuvorkommend, dass sie sich heute miteinander treffen. Zwei auf einen Streich, keine schlechte Bilanz für einen Tag.« Er nickte Barny gut gelaunt zu. »In einer halben Stunde geht's los, Junge. Gerade noch Zeit genug, um unserem Doktor ein bisschen auf den Geist zu gehen.«

Wieder gab er eine Nummer ein. Es dauerte eine Weile, bis sich jemand meldete.

»Verdammt, Eddie, ich hab noch Sprechstunde und keine Zeit für deine Mätzchen«, brüllte Dr. Tress ins Telefon. Der Tumult im Hintergrund hörte sich an wie ein Rettungseinsatz auf einer Großbaustelle, neben der gerade eine Zirkusvorstellung stattfand. »Ich sagte doch, dass ich mich bei dir melde.«

»Dann gibt es keine neuen Erkenntnisse im Katzenfall? Du enttäuscht mich, Chef«, erwiderte Eddie, der sich nicht die Bohne um den ungewöhnlichen Radau scherte. Stattdessen blinzelte er Barny zu, während er den Hörer vorsorglich vom Ohr weghielt. Eine Flut unflätiger Worte ergoss sich aus dem Hörer. Barny lauschte interessiert. Einige der Kraftausdrücke kannte er noch nicht einmal von Eddie oder ihren ehemaligen Kollegen.

»Wenn du Erkenntnisse willst, dann beweg heute Nachmittag vor Sprechstundenbeginn deinen Hintern in meine Praxis und hol dir den Untersuchungsbericht«, schimpfte der Tierarzt weiter. »Bis dahin lass mich in Ruhe arbeiten. Ich hab hier gerade eine heulende Großfamilie samt hysterischer Oma und pubertierendem Teenie zu trösten, deren altersschwaches Kaninchen ich einschläfern musste, ganz zu schweigen von den verzogenen Gören, die mir das halbe Sprechzimmer auseinandernehmen und die übrigen Patienten verstören. Das sind Probleme!« Und damit legte er auf.

»Der hat ja eine Stinklaune«, murmelte Eddie kopfschüttelnd und lief ins Schlafzimmer, um sich für den Ausflug nach Waiblingen umzuziehen.

Als sie gegen dreizehn Uhr vor dem historischen Fachwerkhaus in Waiblingen ankamen, in dem die Brüder Herbrecht ihren erlesenen Mittagstisch einnahmen, kostete es Barny einiges an Überwindung, das noble Restaurant zu betreten. Es roch sehr lecker, sehr exklusiv und vor allem so, als ob Hunde hier auf keinen Fall geduldet wurden. Eddie dagegen schien wie immer nicht die geringsten Bedenken oder Hemmungen zu haben und machte keine Anstalten, Barny vor der Tür warten zu lassen. Also trottete dieser ergeben neben seinem Partner her und versuchte sich dabei so unauffällig wie möglich zu verhalten.

Im Gastraum saßen ungefähr zehn Personen an den Tischen, die längs entlang der Wand aufgestellt waren und weitere vier an der Essbar mit Blick auf die vollverglaste Restaurantküche. Eddie steuerte zielstrebig den Tisch am Ende des Raumes an, an dem zwei Männer saßen, wie sie gegensätzlicher nicht sein konnten. Der eine war klein, gedrungen mit Halbglatze, Knollennase und unstetem Blick. Er trug ein senfgelbes Jackett, das schon mal bessere Tage gesehen hatte, eine formlose, graue Anzughose und ein hellblaues Hemd, auf dem bereits einige Soßenspritzer prangten. Während er seinem Gegenüber scheinbar interessiert lauschte und ab und zu mit dem Kopf nickte, häufte er kunstvoll einige Rinderfiletspitzen mit Lauchgemüse auf seine Gabel und versuchte, ein Abrutschen der Köstlichkeiten dadurch zu verhindern, dass er zuletzt noch ein großes Stück Kartoffelrösti aufspießte. Barny beobachtete fasziniert, wie er den Riesenhappen zum Mund führte und zuckte zusammen, als das Gemüse mit einem unfeinen Platsch auf den Teller zurückfiel und einen weiteren Fleck auf dem Hemd hinterließ.

Der andere Mann verzog pikiert das Gesicht ohne dabei seinen Redeschwall zu unterbrechen. Er war groß, hager und wirkte mit den vollen, silbergrauen Haaren, der silbergefassten Brille und dem taubengrauen Anzug sehr distinguiert.

Als Eddie sich auf den Cappuccino beigen Sessel des Nebentisches fallen ließ, sahen die Männer auf.

»Das trifft sich wirklich gut, dass ich Sie beide hier vorfinde«, begann Eddie ohne große Umschweife. »Eine Audienz beim Papst scheint mir auch nicht schwerer zu bekommen zu sein, als ein Gespräch mit Ihnen.«

»Wer sind Sie, und was wollen Sie von uns?«, erkundigte sich der Silbergraue unwillig. Er musterte Eddies alte, speckige Lederjacke, die bequeme Cargohose und die derben Trekkingschuhe und seine Miene verzog sich verächtlich. »Wir möchten beim Mittagessen nicht belästigt werden.« Sein Blick richtete sich auf Barny und er rümpfte angewidert die Nase. »Außerdem ist es nicht angebracht, hier einen Hund zum Essen mitzubringen.«

»Ich habe nicht vor, hier etwas zu essen«, erwiderte Eddie barsch. »Schon gar nicht den Hund. Ich bin hier, um Ihnen ein paar Fragen im Vermisstenfall von Rosa Scheib zu stellen. Ich denke, Sie beide kennen die Dame.«

»Sind Sie von der Polizei?« Der Herr mit den Soßenflecken richtete sich beunruhigt auf. Sein Blick flatterte von Eddie zu Barny. Da er auf dem linken Auge stark schielte, war Barny sich allerdings nicht ganz sicher, ob er ihn auch wirklich ansah.

»Mein Name ist Hartmann, Polizeihauptkommissar Hartmann«, meinte Eddie nur und schaffte es dabei, das angehängte *a. D.* so gekonnt undeutlich zu murmeln, dass keiner der Herren misstrauisch wurde. »Bei der Untersuchung des Falles sind mir einige Ungereimtheiten aufgefallen, die ich gerne aus der Welt räumen möchte.«

»Aber, der Fall wurde doch eingestellt«, meinte der Kleinere nervös und wischte sich mit der Serviette über die Stirn. »Man geht doch davon aus, dass die arme, verwirrte Dame weggelaufen ist.«

»Das war bisher der Stand der Dinge, Dr. Herbrecht«, knurrte Eddie. »Aber wie gesagt, es gibt da einige Ungereimtheiten und neue Erkenntnisse, wodurch die Ermittlungen wohl wieder aufgenommen werden müssen.«

»Neue Erkenntnisse?« Der Silbergraue nestelte fahrig an seiner anthrazitfarbenen Krawatte herum. »Was meinen Sie damit? Hat man die Dame denn inzwischen gefunden?«

Eddie wandte sich nun dem Fragesteller zu und betrachtete ihn mit seinem berüchtigten Laserblick.

»Die Dame selber wurde nicht gefunden, Herr Herbrecht«, erwiderte er ruhig. »Aber ihre Katze, beziehungsweise die Leiche der Katze.«

»Die Katze?« Der Notar wirkte etwas verwirrt. Barny

war sich nicht sicher, ob er Erschrecken oder Erleichterung aus seiner Stimme heraushörte. Aber er war sich sicher, dass beide Männer ziemlich angespannt waren. Er konnte ihre Nervosität riechen.

»Was ist daran so besonders, dass man die Katze gefunden hat?«, erkundigte sich Dr. Herbrecht irritiert. »Bei einer demenzkranken Person, die mit ihrer Katze verschwindet, ist es doch zu erwarten, dass das Tier fortläuft und irgendwann aufgefunden wird.«

»Das kommt auf die Umstände an, unter denen das Tier gefunden wird«, entgegnete Eddie vielsagend. »Aber Sie sprechen von Demenz, Doktor. War Frau Scheib denn tatsächlich dement? Ich habe da schon ganz andere Sachen gehört.«

»So, was wollen Sie denn da gehört haben?«, ereiferte sich der Arzt. Vor Empörung verrutschte sein linkes Auge noch stärker. »Und von wem? Ich sage Ihnen, Frau Scheib befand sich im Übergang vom Früh- ins Mittelstadium der Krankheit. Ihr Kurzzeitgedächtnis ließ allmählich nach und auch ihre Feinmotorik zeigte einige Unsicherheiten.«

»Mit Feinmotorik meinen Sie unter anderem auch die Fähigkeit zu stricken?«, hakte Eddie nach. »Wie ich erfahren habe, war das eine ihrer Lieblingsbeschäftigungen. Sie scheint ihr bis zuletzt gerne und auch gut nachgekommen zu sein.«

Dr. Herbrechts Glatze verfärbte sich rot. Wütend schmiss er die Stoffserviette in sein nur zur Hälfte gegessenes Hauptgericht, was weitere Soßenflecke auf seinem Hemd zur Folge hatte.

»Worauf wollen Sie hinaus? Ich arbeite seit Jahrzehnten sehr erfolgreich als Gutachter für die Pflegekassen. Meine Diagnosen waren immer sachkundig, und da kommen Sie als Laie daher und zweifeln mein Fachwissen an?«

An den Nachbartischen verstummten die Gespräche und mehrere Augenpaare richteten sich auf den Ecktisch. Barny verzog sich noch weiter unter die cappuccinobeige Sitzbank, sodass zumindest er nicht mehr ganz so viel

Aufsehen erregte. Eine vornehme, ältere Dame zwei Tische weiter beugte sich hinunter, um unter die Bank zu sehen. Sie lächelte ihm freundlich zu und warf eine zarte Rinderfiletspitze in seine Richtung.

Barny haderte schwer mit sich. Eddie hatte ihm immer und immer wieder erklärt, dass man kein Futter von fremden Leuten annehmen durfte, man wusste ja nie, was da so alles drin steckte.

Die Filetspitze roch absolut umwerfend.

Die Dame blickte ihn erwartungsvoll an. Sie hatte liebe Augen und einen sehr netten Geruch und sie wäre sicher sehr enttäuscht, wenn Barny ihr Geschenk zurückwies.

Der Duft des Fleisches vor seinen Füßen ließ ihm das Wasser im Maul zusammenlaufen. Die Dame nickte auffordernd. Als Barny weiter zögerte, sah sie auf einmal traurig aus.

Barny schluckte schwer. Eddie hatte ihm auch beigebracht, Menschen nicht zu verletzen. Die Dame wirkte jetzt verletzt. Und das Fleisch war einfach nur Fleisch, das niemandem schadete, schließlich hatte auch die Dame davon gegessen.

Barny warf noch einen Blick auf seinen Partner und traf dann eine Entscheidung. Eddie war gerade viel zu abgelenkt, um ihm eine Genehmigung zu erteilen. Also entschied Barny sich für die Leckerei und nahm das Fleisch behutsam auf.

Die Augen der Dame blickten nun nicht mehr traurig. Sie kicherte erfreut und Barny wedelte leicht mit dem Schwanz. Bevor er den Bissen endgültig herunterschluckte, behielt er ihn noch etwas im Maul, um ihn länger zu genießen.

Das Zeug schmeckte einfach zu gut. Kein Vergleich mit dem Fleisch, dass Klara ihm samstags immer vorsetzte. Beinahe tat ihm dieser Dr. Herbrecht leid, dem Eddie offensichtlich den Appetit verdorben hatte. Es war eine Schande, etwas so Köstliches zurückgehen zu lassen.

Eddie kannte da kein Erbarmen. Nachdem er dem Doktor das Essen gründlich verdorben hatte, wandte er sich nun an den Notar. Barny linste unter der Bank hervor, um seinen Partner weiter bei der Arbeit zuzusehen. Schließlich hatte Eddie ihn mitgenommen, da war es auch seine Aufgabe, ihn bei den Ermittlungen zu unterstützen. Vielleicht fiel ihm ja etwas auf, das Eddie übersah.

»Sie sind einer der ersten freien und selbstständigen Notare im Land, ist das richtig?«, führte Eddie die Befragung fort.

Der Notar nickte zögernd.

»Ziemlich kostspielige Sache, so ein freies Notariat«, sinnierte Eddie. »Sie führen Ihr Büro in eigener Verantwortung und auf eigene Rechnung und werden nicht wie ein Amtsnotar vom Land besoldet und mit Personal und Sachmitteln ausgestattet.«

»Ich weiß nicht, worauf Sie hinauswollen«, murrte Herr Herbrecht.

Eddie ging nicht auf die Frage ein und zog seine alte Kladde aus der Tasche, um einige Zeit darin herumzublättern.

»Sie haben vor zwei Jahren den Verkauf von Rosa Scheibs Haus beglaubigt, ist das richtig?«

»Was hat das mit dem Verschwinden der Alten zu tun?«, schnappte Herr Herbrecht zurück. »Ich sehe keinen Grund, warum Sie mich diesem Verhör unterziehen sollten. Überhaupt ist es eine Unverschämtheit, wie Sie hier auftauchen und Ihre unangebrachten Fragen stellen. Das müssen wir uns nicht bieten lassen. Ich werde mich bei Ihrem Vorgesetzten beschweren. Das sind unmögliche Ermittlungsmethoden!«

Eddie grinste den empörten Mann an.

»Tun Sie das. Beschweren Sie sich bei wem auch immer Sie wollen. Aber denken Sie daran, dass Ihr Verhalten und Ihre mangelnde Bereitschaft, an der Auflösung des Falles mitzuarbeiten, Sie nicht unbedingt in einem guten Licht dastehen lassen.« Er blätterte erneut intensiv in der Kladde herum, während die Herbrecht-Brüder ihn fassungslos anstarrten. Dann hob Eddie den Blick und sah den Notar streng an. »Sowie ich das sehe, sind Sie bisher noch nicht zu dem Fall befragt worden. Anscheinend war der Polizei Ihre Verbindung zu Dr. Herbrecht und Frau Scheib nicht bekannt.«

Barny hörte die Missbilligung in Eddies Stimme heraus. Wenn Eddie etwas verabscheute, dann war es schlampige Ermittlungsarbeit.

»Vielleicht war sie ja doch bekannt, aber Ihre Kollegen waren intelligent genug zu erkennen, dass ich rein gar nichts mit dem Verschwinden der Frau zu tun habe«, zischte Herbrecht böse zurück.

»Meinen Sie«, entgegnete Eddie trügerisch ruhig. »Dann sollte es Ihnen ja auch nichts ausmachen, wenn ich die Ermittler auf diese Verbindung aufmerksam mache. Sie werden dann sicher auch einen Blick auf Ihre anderen Immobiliengeschäfte werfen wollen. Ach ja, da fällt mir ein, dass Sie ja auch entsprechende vertragliche Beziehungen zu Herrn Weisshaar pflegen, nicht wahr? Netter Zufall. Herr Weisshaar steht nämlich auch in einer engen Beziehung zu Frau Scheib.«

Jetzt warf auch der Notar seine Serviette in den Teller und sprang zornig auf.

»Was fällt Ihnen ein? Ich werde dafür sorgen, dass Sie ein Disziplinarverfahren angehängt bekommen, Mann. So schnell wird man Sie keine Ermittlungen mehr durchführen lassen!«

Barny ließ ein dumpfes Grollen hören. Niemand hatte das Recht, Eddie zu bedrohen. Herr Herbrecht fiel eingeschüchtert wieder auf seinen Platz zurück.

»Gibt es hier ein Problem, meine Herren?«, erklang eine beunruhigte Stimme. Ein Mitarbeiter des Hauses fand es wohl an der Zeit, einzugreifen. »Es tut mir leid, wenn Sie Probleme miteinander haben, aber könnten Sie diese nicht woanders lösen? Sie beunruhigen unsere anderen Gäste.«

»Kein Problem«, nickte Eddie dem Herrn freundlich zu und erhob sich. »Wir sind hier sowieso fertig. Ich denke, ich habe alles erfahren, was ich wissen wollte.« Er wandte sich noch einmal mit funkelnden Augen an Herrn Herbrecht. »Ach ja, ich weiß im Übrigen nicht, wie Sie auf die Idee gekommen sind, dass ich diese Ermittlungen im Auftrag der Polizei durchführe. Habe ich Ihnen etwa einen Dienstausweis gezeigt? Ich arbeite nicht mehr für die Polizei und schon gar nicht bei der Kripo. Ich bin hier als Privatmann unterwegs, beauftragt durch einen anderen Privatmann. Das mit dem Disziplinarverfahren wäre also vergebliche Mühe. Aber ich denke, ich werde meine Erkenntnisse an die offiziellen Stellen weitergeben. Und von dort wird man sicher noch einmal auf Sie zukommen. Dann sollten Sie sich aber sicherheitshalber die Kriminaldienstmarke zeigen lassen.«

Er nickte den beiden Männern, die nun wie erstarrt auf ihren Plätzen saßen, und dem Mitarbeiter höflich zu, gab Barny das Zeichen zum Aufbruch und stapfte aus dem Restaurant.

Die freundliche Dame winkte Barny noch einmal zu.

»So ein netter Hund«, hörte er sie den Männern begeistert mitteilen. »Und so brav.«

Draußen angekommen strich Eddie seinem Partner kurz über den Kopf.

»Ich denke, wir haben dort ziemlich Aufsehen erregt, was, mein Junge? Es war jedenfalls interessant zu beobachten, wie die beiden auf meine Fragen reagiert haben.« Er warf Barny einen amüsierten Blick zu. »Und ich hoffe, dir hat der Leckerbissen geschmeckt, du alter Charmeur. Die Dame war ja ganz entzückt von dir. Ich wusste gar nicht, dass du einen so exklusiven Geschmack hast. Aber lass dir das nicht zur Gewohnheit werden, sonst muss ich mal wieder ein paar Übungseinheiten in Sachen Selbstdisziplin einlegen. Das Essen sah auf jeden Fall ziemlich gut aus. Ich werde mir den Laden merken, für den Fall, dass wir irgendwann mal was richtig Großes zu feiern haben. Man könnte es schlechter treffen als dort. Aber jetzt suchen wir uns etwas weniger Exklusives zu Essen und dann ist es auch schon Zeit für unseren Doktor.«

Als sie zwei Stunden später bei Dr. Tress ankamen, schien sich dessen Ärger gelegt zu haben. Er führte sie in die Praxis und deutete auf einen Karton, der auf dem Behandlungstisch bereitstand.

»Da habt ihr euer Beweismaterial. Hat mich die halbe Nacht gekostet.«

»Und?«, fragte Eddie gespannt. »Was hast du herausgefunden?«

»Steht alles im Untersuchungsbericht, der mich die andere Hälfte der Nacht beschäftigt hat«, knurrte Dr. Tress unwirsch. »Ziemlich unschöne Geschichte. Sieht tatsächlich so aus, als ob das Tier in den letzten drei Wochen systematisch gefoltert wurde. Kleine, bereits vernarbte Schnitte am ganzen Körper. Damit hat der Mistkerl wohl angefangen. Dann kamen die Ohren dran und zuletzt der Schwanz. Irgendwie muss es der Katze dann aber gelungen sein abzuhauen. Muss sich dabei durch etwas Enges gequetscht haben. Frische Hämatome an Schultern und Flanken, Fellabschürfungen am Kopf. Seltsam ist, dass man sich trotzdem um das Tier gekümmert zu haben scheint. Es hat ausreichend Futter bekommen und sieht auch so aus, als ob es gebürstet wurde. Und dann sind die Wunden mit Salben behandelt worden, Reste davon kleben noch im Fell.« Er strich sich mit finsterer Miene über die Stirn. »Kommt mir so vor, als ob der Täter nicht ganz klar im Kopf ist, vielleicht eine gespaltene Persönlichkeit. Was mich aber nicht wundert. Wer so etwas macht, der muss einen an der Waffel haben.«

»Oder es handelt sich um zwei Personen«, erklärte Eddie. »Jemand, der die Katze liebt und für ihr Wohlergehen sorgt und jemand, der sie quält, um irgendetwas dadurch zu erreichen.«

»Was deine Theorie, dass die alte Dame entführt wurde und nicht weggelaufen ist, erhärtet«, nickte Dr. Tress. »Und die Katze hat der Entführer mitgenommen, um Druck auf die Alte auszuüben. Aber warum? Gibt es jemand in ihrer Familie, der sie hasst und sich für irgendetwas an ihr rächen möchte?«

»Das ist es ja gerade«, entgegnete Eddie. »Sie hat wohl keine Familie mehr. Aber sie ist ziemlich betucht. Und keiner weiß, wer sie beerbt. Bislang ist jedenfalls noch kein Testament aufgetaucht. Klara meint, die alte Dame hat es sich alle Rutsch lang anders überlegt, wen sie als Erben einsetzen will.«

»Und Lösegeld wurde auch nicht gefordert?« Dr. Tress schien jetzt ebenfalls Blut geleckt zu haben. Ihm lag sichtlich daran, dass ein Täter, der ein Tier auf so abscheuliche Art quälte, seine gerechte Strafe erhielt. Sein Unwille über die gestörte Nachtruhe schien jedenfalls verflogen zu sein.

Eddie schüttelte grimmig den Kopf.

»Kein Ton, kein Schreiben, kein Anruf. Also keine Erpressung. Dafür hätte der Entführer auch die Katze nicht benötigt. Nein, ich habe eine ganz andere Theorie. Und jetzt nach der Sache mit der Katze bin ich noch überzeugter davon, dass ich richtig vermute. Ich glaube, es geht um das Testament. Man will die alte Dame zwingen, ein Testament zu unterschreiben. Und wenn es so ist, kommt eigentlich so gut wie jeder als Täter oder Täterin in Frage.«

Dr. Tress starrte grübelnd auf den Karton.

»Also ganz ehrlich, Eddie. Das, was dieser Katze angetan wurde, trägt eine ganz bestimmte Handschrift. Ich kenne die Menschen und ihr Verhältnis zu Tieren berufsbedingt einigermaßen gut. Und ich sage dir eins: Zu so etwas ist eher ein Mann fähig als eine Frau, glaub mir. Eine ganz bestimmte Sorte Mann, die Spaß daran hat, schwächere Geschöpfe zu quälen.«

»Den Gedanken hatte ich auch schon«, gab Eddie widerwillig zu. »Aber man darf nie voreilige Schlüsse ziehen. Außerdem kann es auch mehrere Täter geben. Einer oder eine, der oder die den Auftrag gegeben hat und einer, der die Drecksarbeit macht. Und der Auftraggeber einer solchen Sache kann durchaus eine Frau sein. Jedenfalls würde ich jetzt, wo ich das alles weiß, vom Gefühl her einen der Verdächtigen als möglichen Täter ausschließen. Ich kann mir nicht vorstellen, dass dieser schmierige Katzenfreund Weisshaar fähig ist, zuzulassen, dass einer Katze so etwas angetan wird. Auch nicht, wenn er selber gar nicht dabei sein muss. Man kann von dem Kerl sagen, was man will, aber der liebt Katzen wirklich.«

»Also ein Tierfreund ist es gewiss nicht gewesen«, brummte Dr. Tress bestätigend. Er griff nach dem Untersuchungsbericht, der auf dem Karton lag und blätterte ihn noch einmal durch. »Ich habe heute früh etwas vom Mageninhalt sowie Blutproben des Tieres ins Labor eingeschickt. Die Ergebnisse müssten Anfang nächster Woche vorliegen. Aber ich bin mir auch so ziemlich sicher, dass die Katze Beruhigungsmittel gespritzt bekommen hat. Jedenfalls habe ich mehrere Einstiche gefunden, nachdem ich sie rasiert habe.«

Eddie nickte. »Aber auch um sie zu spritzen, hat der Täter das Tier erst einmal einfangen müssen. Die Sache mit den zerkratzten Händen ist also auch dadurch noch nicht aus der Welt. Wir werden die Augen offen halten. Bisher habe ich noch an keinem der Befragten entsprechende Spuren festgestellt. Aber das hat nichts zu sagen. Der Täter kann Handschuhe getragen haben. Außerdem glaube ich sowieso, dass bei einer solchen Entführung mehr als eine einzige Person beteiligt sein muss. Die Frau ist jetzt schon seit vier Wochen verschwunden. Wenn sie irgendwo festgehalten wird, muss sich irgendwer um sie kümmern. Und das ist nicht so einfach für jemanden, der einen Vollzeitjob hat. Seine Abwesenheit würde auffallen.«

»Hatte keiner der Verdächtigen in letzter Zeit Urlaub?«, erkundigte sich Dr. Tress interessiert.

Eddie schüttelte missmutig den Kopf.

»Jedenfalls keiner von denen, die ich mir bisher vorgenommen habe. Und aus den Polizeiberichten geht auch nichts Entsprechendes hervor. Aber irgendwie glaube ich sowieso, dass mir noch ein wichtiges

Puzzleteil fehlt. Dieses spurlose Verschwinden aus der Residenz ist schon merkwürdig. Irgendjemandem hätte doch irgendetwas auffallen müssen.«

Im Behandlungsraum nebenan schlug eine Tür zu.

»Wo ist der Idiot?«, krächzte eine laute Stimme.

Dr. Tress sah auf seine Armbanduhr und stöhnte.

»Nicht schon wieder *Lafitte*! Was hat das dämliche Vieh denn jetzt schon wieder gefressen?« Als er Eddies verständnisloses Gesicht sah, zuckte er die Achseln. »Lafitte ist ein Patient und der blödeste Papagei, den die Welt je gesehen hat. Er frisst einfach alles und leidet dann furchtbar unter Magenverstimmung. Und er kann mich noch weniger ausstehen als ich ihn. Auf meine Sprechstundenhilfe fährt er dagegen total ab. Blöd nur, dass die sich heute einen freien Tag genommen hat und ich das Viech jetzt allein an der Backe habe.« Er drückte Eddie den Karton und den Bericht in die Hand und schob ihn aus dem Behandlungsraum. »Tut mir leid, Mann, aber die Arbeit ruft. Die Sprechzeit hat vor fünf Minuten begonnen. Halt mich auf dem Laufenden. Und sobald ich den Laborbericht habe, gebe ich dir Bescheid.«

Barny schob sich hinter seinem Partner aus dem Zimmer und wurde von einer Flut wüster Beschimpfungen empfangen. Ein riesiger, bunter Papagei saß auf der Schulter einer kleinen, schlanken Person, deren hochgestylter Doppel-Iro genauso farbenfroh schillerte wie das Gefieder des Vogels. Als Barny an dem exotischen Pärchen vorbei lief, ließ die Punkerin trotz diverser Lippenpiercings gekonnt eine riesige Kaugummiblase platzen. Ein zweiter Knall ertönte, als der Papagei das Geräusch täuschend echt imitierte. Eddie warf den beiden im Vorübergehen einen entnervten Blick zu, woraufhin ihn das Mädchen giftig anfunkelte.

»Was, Alter! Hat halt nich jeder so'n Spießerhund.«

»Verzieh dich!«, bekräftigte der Papagei und schlug aufgeregt mit den Flügeln.

Vor der Praxis schüttelte Eddie nur den Kopf.

»Und ich dachte immer, ich hätte einen stressigen Job!«

9

Eddie brachte die Katze und den Untersuchungsbericht persönlich zur K1 in die Vermisstenstelle nach Waiblingen. Hier arbeitete Eddies Kumpel Bernd Messerschmidt. Eddie kannte ihn noch aus den Zeiten, in denen er mit einem seiner ersten Partner – einem Belgier mit einer ausgezeichneten Spürnase – oft genug bei der Personenfahndung im Einsatz gewesen war. Bernd Messerschmidt war einer der Kollegen, mit denen sich Eddie regelmäßig zum Sonntagabend-Stammtisch in der Pilsbar traf. Natürlich wusste er bereits Bescheid, dass Eddie sich mit einem neuen Fall beschäftigte, und war daher nicht allzu erstaunt darüber, von seinem Kumpel einen Karton mit einer sezierten Katze ausgehändigt zu bekommen. Jeder, der schon einmal mit Eddie zusammengearbeitet hatte, kannte die oft ungewöhnlichen Methoden, mit denen er ungeklärten Fragen auf den Grund ging.

Bernd versprach, den Untersuchungsbericht an die richtigen Stellen weiterzuleiten und zu veranlassen, dass der Katzenkadaver auch noch einmal offiziell vom Chemischen und Veterinäruntersuchungsamt begutachtet wurde. Auch er war der Meinung, dass die Fakten im Untersuchungsbericht einen neuen Ermittlungsansatz darstellten und die Wiederaufnahme des Falles zur Folge haben sollten. Die beiden Männer verabschiedeten sich in bestem Einvernehmen und Eddie lief pfeifend zum Auto zurück.

Gerade als sie einsteigen wollten, ertönte eine Polizeisirene und Eddie zog sein lärmendes Handy aus der Tasche.

»Was gibt's?«

Barny erkannte Klaras Stimme, die eindringlich auf Eddie einredete. Eddie unterbrach den Redeschwall unwirsch.

»Pass auf, wir sind gerade auf dem Heimweg und

kommen vorher bei dir vorbei. Dann kannst du mir das alles persönlich erzählen. Wir sind in einer guten halben Stunde bei dir.« Er beendete das Gespräch und grinste hinterhältig zu Barny hinunter. »Sieht so aus, als ob du deine Freunde schon früher siehst. Der Mops wird sich vor Freude überschlagen.«

Barny gab ein frustriertes Schnaufen von sich und sprang in seine Transportbox.

Craddock war tatsächlich außer sich vor Freude. Er begrüßte Barny mit euphorischem Gebell und hüpfte dabei herum wie ein Geißbock auf Speed. Als er sich wieder einigermaßen beruhigt hatte, sah sich Barny besorgt um.

»Wo ist Dolly? Wie geht es ihr?«

Sofort füllten sich die schwarzen Knopfaugen mit Tränen.

»Oh, sie ist ja so tapfer«, winselte Craddock jämmerlich. Selbst sein Ringelschwanz, der nun beinahe bis auf den Boden herunterhing, wirkte bekümmert. »Sie versucht, sich nichts anmerken zu lassen, aber sie ist sehr, sehr traurig. Sie wollte mir erst gar nicht erzählen, was passiert ist, aber ich hab doch gemerkt, dass es was richtig Schlimmes sein musste. Also hab ich nicht locker gelassen, bis sie mich angefaucht hat, dass ihre Schwester überfahren wurde. Mehr hat sie nicht gesagt. Und seither kommt sie fast nicht mehr heim. Die ganze Nacht war sie fort. Und heute Morgen hat sie ihr Futter stehen gelassen! Du musst sie irgendwie aufmuntern und ihr sagen, dass sie wieder fressen soll. Auf dich wird sie hören.«

Barny nickte dem aufgewühlten Mops beruhigend zu.

»Das wird schon wieder, Moppel. Eine kleine Diät hat noch niemandem geschadet. Und ich helfe ihr am besten, indem ich Eddie dabei unterstütze, diesen Fall so schnell wie möglich aufzuklären.«

»Und ich werde dich dabei unterstützen, deinen Eddie bei unserer Operation Nadelspiel zu unterstützen«, versicherte Craddock inbrünstig.

»Hm«, brummte Barny nur und lief in die Stube, in der Klara ihrem Bruder bereits einen Kaffee und ein ziemlich matschiges Stück Buttercremetorte aufgenötigt hatte. Während sie nun auf ihn einredete, formte Eddie gedankenverloren mit der Kuchengabel bizarre Creme-Muster auf den Tellerrand.

»...also habe ich ihr versprochen, dass du morgen die Sachen dort abholst und zu mir bringst. Ich lagere sie dann einstweilen bei mir auf dem Dachboden. Das macht dir doch nichts aus, oder?« Klara räumte beim Sprechen geschäftig auf dem Tisch herum.

»Ich wollte mir die Residenz sowieso noch einmal ansehen.« Eddie sah von seinem Kunstwerk aus Buttercreme auf und runzelte die Stirn. »Dieses spurlose Verschwinden deiner Freundin irritiert mich nach wie vor. Irgendwie glaube ich, dass das nur mit Unterstützung von innen möglich war. Beim Stammtisch am Sonntag bekomme ich Einblick in die Berichte über die Befragung der Beschäftigten dort. Ich werde sie mit der Personalliste vergleichen. Bis dahin wird es auf jeden Fall interessant sein, die persönlichen Sachen der alten Dame durchzusehen. Vielleicht finden wir ja etwas, das den Kollegen entgangen ist. Da man von Anfang an davon ausgegangen ist, dass sie in ihrer Verwirrung weggelaufen ist, hat man ihre Habseligkeiten offensichtlich nicht so wahnsinnig genau durchsucht.«

»Das sicher nicht«, schnaubte Klara unwirsch. »Die haben sogar mich nur ganz kurz befragt, obwohl ich Rosa noch am besten kannte! Ganz unverschämt unterbrochen haben die mich, als ich ihnen ausgiebig geschildert habe, welche komplizierten Strickmuster Rosa noch beherrschte. Das wollten die nicht hören, obwohl das ja deutlich zeigt, dass Rosa nicht dement war. Junge, eingebildete Burschen waren das, die keinen Respekt vor dem Alter haben. Das sagt ja schon alles.« Sie wischte energisch einen fetten Kuchenkrümel vom Tisch, sodass er direkt vor Barny und Craddock landete. Ein Beben lief durch den Körper des Mopses, doch er blieb eisern neben Barny sitzen. Klara runzelte besorgt die Stirn.

»Ich weiß nicht, was in meine Tiere gefahren ist. Dolly frisst gar nichts mehr und Craddock nur noch sein Futter aus dem Napf. Ich habe schon befürchtet, dass sie sich einen Magen-Darm-Virus eingefangen haben. Aber ansonsten sind sie fit. Pass trotzdem auf, dass dein Barny sich nicht ansteckt.«

Eddie warf Craddock einen flüchtigen Blick zu.

»Dein Hund ist sowieso viel zu fett. Vielleicht hat er einfach mehr Grips als du und achtet nun selber auf seine Gesundheit, nachdem du das nicht tust. Und die Katze findet jetzt, wo es endlich Frühling wird, draußen wieder genug zu fressen. Ich würde mir mal keine Sorgen machen.«

»Trotzdem.« Klara schüttelte besorgt den Kopf. »Craddock verhält sich insgesamt so komisch in letzter Zeit. Rennt ständig im Garten rum und weigert sich seit Neuestem auch noch, im Haus seine Jäckchen anzuziehen. Dabei hat er die früher immer so geliebt!«

»Ich sag ja, der hat mehr Verstand als du«, brummte Eddie nur und damit war das Thema für ihn erledigt.

Craddock seufzte verzückt auf.

»Hast du das gehört?« Andächtig sah er zu Barny hoch. »Dein Eddie findet, ich habe Verstand! Ob er mich wohl auch zum Polizeihund ausbilden wird?«

Barny musterte den Mops ausgiebig. Craddock trug heute tatsächlich keins seiner albernen Jäckchen. Und irgendwie wirkte er dadurch nicht mehr ganz so fett und untrainiert.

»Was steckt tatsächlich hinter deiner plötzlichen Jacken-Phobie?«, erkundigte er sich und überging damit die unpassende Frage des Mopses.

Craddock strahlte ihn an.

»Ich hab doch versprochen, dir zu helfen. Und dazu muss ich jederzeit bereit sein, mit dir mitzukommen. Aber das geht nicht mit diesen Jäckchen, da bleibe ich vielleicht wieder in der Klappe hängen, wie letztens, du weißt schon. Also lasse ich sie weg. Dann kann ich dich in Zukunft besser begleiten. So wie heute Nacht. Da hättest du mich auch mitnehmen sollen. Wir sind doch Partner. Was genau ist da überhaupt passiert?« Craddock setzte eine wichtige Miene auf. »Ich kann dir doch nur helfen, wenn ich alle Tatzustände kenne. So heißt das doch, oder? So nennen es jedenfalls immer die Ermittler in den Krimis, die Mama Klara uns vorliest.«

Barny seufzte. Aber der Mops sah ihn so erwartungsvoll an, dass ihm kaum eine andere Wahl blieb.

»Dollys Schwester ist tatsächlich überfahren worden. Aber das ist noch nicht das Schlimmste. So wie es aussieht, ist sie vor ihrem Tod gefoltert worden. Ziemlich unschöne Geschichte. Eddie geht davon aus, dass der Entführer der alten Dame die Katze mitgenommen hat, um Rosa Scheib mit ihrer Katze zu erpressen. Vermutlich möchte er sie auf diese Weise zwingen, ihr Testament zu seinen Gunsten zu verfassen. So, jetzt kennst du alle Tat*be*stände.«

Craddock hörte mit weit aufgerissenen Augen zu. Als Barny fertig war, gab er ein so erbärmliches Jaulen von sich, dass Klara sich besorgt zu ihm herunter beugte.

»Was ist los, mein Moppelchen? Hast du wieder Bauchweh? Oder hat Barny dich geärgert? Aber sowas macht er doch eigentlich nie.«

»Lass die das mal schön unter sich regeln«, brummte Eddie und räumte seinen verschmierten Kuchenteller in die Küche. »Dem Dicken tut es ganz gut, wenn er mal lernt, sich wie ein richtiger Hund zu benehmen. Er hängt hier ja immer nur mit alten Weibern und Katzen rum.«

»Also wirklich, Eddie!« Klara stemmte empört die Hände in die üppigen Hüften. »Du kannst ein echtes Ekel sein. Kein Wunder, dass du nie geheiratet hast. Du hast einfach kein Herz und kein Mitgefühl. Meinem Kleinen geht es nicht gut, das sieht doch ein Blinder.«

»Verdammt, reiß dich endlich zusammen, Moppel«, knurrte Barny dem noch immer jammernden Craddock zu. »Regel Nummer eins bei unserer Ermittlungsarbeit ist, dass die Menschen nichts davon mitbekommen dürfen. Das würde sie nur verstören und uns die Arbeit erschweren. Wenn du jetzt so ein Theater veranstaltest, lässt sie dich gar nicht mehr aus den Augen und das war's dann für dich.«

»Du hast ja recht«, schniefte der Mops und bemühte sich tapfer, eine fröhliche Miene aufzusetzen und mit dem Ringelschwanz zu wedeln. »Aber es ist ja so schrecklich! Kein Wunder, dass Dolly so fertig ist. Du musst diesen grausamen Menschen zur Strecke bringen, Barny!«

»Genau daran arbeiten wir ja«, knurrte Barny und folgte seinem Partner zur Haustür.

»Du holst morgen Nachmittag also Rosas Sachen und bringst sie her«, schärfte Klara ihrem Bruder zum Abschied noch einmal ein. »Dann könnt ihr gleich zum Essen bleiben. Ich hab uns schon einen schönen Sauerbraten eingelegt.«

Als Eddie am Samstagnachmittag mit seinem Kombi die Pforte der Seniorenresidenz passierte, um Rosa Scheibs Habseligkeiten abzuholen, thronte Barny stolz auf dem Beifahrersitz neben seinem Partner. Eddie hatte die Hundetransportkiste ausgebaut, um Platz für die Umzugskartons zu haben, und Barny genoss den ungewohnt freien Ausblick aus der Frontscheibe ungemein. Er musste unbedingt daran arbeiten, auch in Zukunft in der Fahrerkabine sitzen zu können. Dafür nahm er sogar das lästige Geschirr mit dem Anschnallgurt in Kauf. Der Ausblick war jedenfalls phänomenal.

Als sie die Seniorenresidenz betraten, wurden sie bereits von der Dame am Empfang erwartet. Es war zwar eine andere als bei ihrem letzten Besuch, aber offensichtlich hatte man sie vorgewarnt, dass Eddie keiner war, der sich gerne anmelden ließ. Auf jeden Fall beeilte sie sich Eddie mitzuteilen, dass die Umzugskartons in der ehemaligen Suite von Frau Scheib fertig gepackt zur Abholung bereit standen. Eddie nahm das stirnrunzelnd zur Kenntnis und stürmte die Treppe in den dritten Stock hoch.

Die Erkersuite stand weit offen. Sechs vollgepackte Umzugskartons waren sauber in der Mitte des Wohnraums neben einem kleinen Transportwagen aufgestapelt. Eddie musterte sie aus schmalen Augen. Er lief zielstrebig zu dem Stapel und riss einen der in der Mitte geschichteten Kartons mit einem entschlossenen Ruck am Handloch ein.

»Na, dann«, meinte er grinsend und betätigte das Klingelband am Eingang der Suite.

Keine fünf Minuten später hörte Barny das bekannte Klappern von Linas Schritten auf dem Gang. Gespannt wartete er ab, was Eddie nun schon wieder vorhatte.

»Hallo, Herr Hartmann. Und der schöne Junge«, strahlte die junge Pflegerin und kraulte Barny den Nacken.

»Ich sollte hier die Sachen von Frau Scheib abholen«, bemerkte Eddie. »Aber so wie es aussieht, ist zumindest einer der Kartons schadhaft. Wir sollten ihn umpacken, bevor er noch ganz auseinanderfällt. Wo lagern Sie die Umzugskartons?«

Lina runzelte verwirrt die Stirn.

»Das ist seltsam. Ich habe die Sachen heute Morgen selber eingepackt. Da waren die Kartons noch ganz.«

»Jetzt sind sie es aber nicht mehr«, knurrte Eddie. »Und es hilft uns nicht weiter, darüber zu sinnieren, wieso. Also, wo finde ich einen Ersatz? Ich vermute, Sie lagern die Sachen im Untergeschoss.«

»Ja, richtig«, nickte Lina verunsichert. »Ich werde Ihnen gleich welche holen.«

»Nicht nötig«, winkte Eddie ab. »Das kann ich alleine erledigen, wenn Sie mir sagen, wo genau die Dinger liegen. Sie haben bestimmt noch anderes zu erledigen.«

»Um ins Untergeschoss zu kommen, benötigt man aber einen Schlüssel«, erklärte Lina etwas verlegen. »Wir wollen so verhindern, dass unsere Senioren vielleicht aus Versehen dort landen und dann verwirrt zwischen den Lagerräumen herumirren.«

»Na, dann gehen wir eben gemeinsam runter«, brummte Eddie missmutig und lief bereits zum Fahrstuhl, sodass Lina ihm wohl oder übel folgen musste. Barny lief aufgeregt hinterher. Dank Eddies genialer Unverfrorenheit hatten sie nun die einmalige Gelegenheit, das Kellergeschoss der Seniorenresidenz zu überprüfen. Nun würde sich herausstellen, ob Barny mit seinem Verdacht richtig lag.

In der Fahrstuhlkabine steckte Lina einen kleinen Schlüssel in das Innentableau und drückte dann auf die UG-Taste. Barny beobachtete sie interessiert, als sich plötzlich seine Nackenhaare aufrichteten. Sein Herzschlag beschleunigte sich. Er hielt die Nase in die Luft und schnüffelte geräuschvoll. Ein ganz vager, seltsam vertrauter Geruch lag hier in der Luft, einer, den er sich nur zu gut gemerkt hatte.

Eddie starrte alarmiert zu ihm herunter. Sie kannten sich eben einfach zu gut. Barny spürte, wie sich nun auch der Körper seines Partners anspannte. Als sich die Fahrstuhltür öffnete, wirkte Eddie wie ein Raubtier kurz vor dem Sprung. Er schob sich aus der Kabine und sah sich wachsam um.

Barny nahm noch einen tiefen Atemzug und seufzte frustriert. Die feine Geruchsspur hatte sich in Wohlgefallen aufgelöst. Wer auch immer die Ursache dafür gewesen war, hatte sich schon eine ganze Weile nicht mehr hier aufgehalten.

Dafür erkannte Barny nun aber einen anderen Geruch wieder. Aufmerksam durchforschte er die schattigen Winkel der Gänge, die zu verschiedenen, geschlossenen Lagerräumen führten.

Er ließ Eddie und Lina vorausgehen und schob sich leise in einen kleinen Nebengang, in dem er die Ursache des Kloakengestanks vermutete.

»Was soll das? Machst du jetzt auch noch meine Arbeit?«, zischte ihm eine raue Stimme wütend zu. »Warum schickst du mich hier runter, wenn du dann selber nach dem Rechten schaust?«

»Freu mich auch, dich zu sehen, Riddick«, grinste Barny den zornigen Clanführer der Ratten an. Der Kerl war aber auch zu ehrenkäsig. »Mein Partner ist auf denselben Gedanken gekommen wie ich. Deshalb sind wir jetzt hier. Er macht es eben auf seine Weise.«

»Und das brave Schoßhündchen muss seinem Herrchen halt immer folgen«, spottete Riddick boshaft. »Mann, was für ein ätzendes Leben. Dann schon lieber frei und geächtet.« Der Gedanke an Barnys Lebensumstände schien ihn so aufzuheitern, dass er seinen Zorn vergaß.

Barny ließ den Spott ungerührt über sich ergehen. Mit Riddick über Partnerschaft zu diskutieren wäre, als wollte man einer Forelle Musik erklären.

»Und, was haben deine Erkundungen bisher ergeben?«, kam er wieder auf den Fall zu sprechen.

»Hier unten gibt's nix, was nicht hierher gehört«, entgegnete Riddick. »Und auch sonst nix, was sich für mich lohnen könnte, näher anzusehen. Ihre Vorräte bewahren sie in einem Kühlraum neben der Küche auf. Hier unten stehen nur Möbel, Kisten und so'n Kram rum. Gibt kein Eck, in dem man eine Gefangene verstecken könnte. Hast dir also völlig umsonst ins Fell gemacht.«

»Das habe ich schon befürchtet, als du die Katze gefunden hast«, brummte Barny nachdenklich. »Warum hätte sie zum Stettiner Ring rennen sollen, wenn sie von hier geflohen ist? Hat keinen Sinn ergeben. Aber sie war wohl so durchgeknallt, dass sie sowieso nie normal reagiert hat. Einen Versuch war es jedenfalls wert.«

»Dann ist mein Auftrag hier also erledigt?«, erkundigte sich Riddick.

»Was die Kellerräume betrifft schon«, meinte Barny. »Aber die Residenz und ihre Menschen solltest du weiter beobachten. Wir sind ziemlich sicher, dass einer von ihnen bei der Entführung die Finger mit im Spiel hatte. Die Frau konnte nicht ohne Hilfe so spurlos von hier verschwinden. Halt einfach die Ohren offen und achte auf verdächtiges Verhalten. Schätze, einer wie du kennt sich mit den Gepflogenheiten der Menschen bestens aus. Ich könnte mir keinen besseren Agenten für diese Aufgabe vorstellen.«

»Es bringt nix, mir Honig ums Maul zu schmieren, Bulle«, zischte Riddick unwillig. Dennoch schien ihn Barnys Bemerkung zu schmeicheln. Etwas verlegen kratzte er sich hinterm Ohr. »Ich mach das hier nur, weil wir eine Abmachung haben. Solange die Bezahlung stimmt, bin ich dabei. Darüber hinaus interessiert es mich nicht, was mit der Alten, der Katze oder mit euch geschieht, das ist alles.«

»Das reicht mir völlig aus«, nickte Barny. »Gib mir Bescheid, wenn dir was auffällt. Man sieht sich.«

Er lief zurück zum Hauptgang, wo Eddie mit zwei Umzugskartons im Arm und Lina im Schlepptau sichtlich enttäuscht von seiner Erkundungstour zurückkam. Er warf Barny einen scharfen Blick zu und linste dann aufmerksam in den Nebengang, aus dem dieser gerade kam. Barny deutete mit einem leichten Schwanzwedeln an, dass auch in diesem Gang alles sauber war, und Eddie lief weiter zum Fahrstuhl.

»Und Ihnen ist seit unserem letzten Besuch hier nichts mehr eingefallen, was hilfreich für die Ermittlungen sein könnte?«, wandte Eddie sich so abrupt an Lina, dass diese erschreckt zusammenzuckte. »Kollegen, die sich seltsam verhalten oder sehr lange im Urlaub waren, und die vielleicht noch gar nicht von der Polizei befragt wurden?«

Lina hob verunsichert die Schultern.

»Ich weiß nicht. Ich meine, jeder benimmt sich doch mal komisch. Und hier gibt es so viele Beschäftigte, zu denen ich nicht besonders viel Kontakt habe, weil sie andere Schichtpläne haben als ich, dass ich nichts über sie sagen kann. Und wer von der Polizei alles vernommen wurde, ist mir auch nicht bekannt.« Sie zögerte kurz. »Ich dachte, der Fall wäre eingestellt. Man sagte uns, es sei wohl klar, dass Frau Scheib in ihrer Verwirrung fortgelaufen ist.«

»So, sagte man das«, knurrte Eddie. »Wer behauptet

denn solchen Müll? Und nur zu Ihrer Information, junge Dame: Ein Vermisstenfall wird frühestens nach dreißig Jahren eingestellt, oder wenn man den Vermissten gefunden hat. Tot oder lebendig.« Er warf ihr seinen berüchtigten Laserblick zu, sodass sie erbleichte. »Und inzwischen wurde zwar nicht Frau Scheib gefunden, dafür aber ihre Katze. Und das unter sehr unschönen Umständen. Für Sie als selbst ernannte Tierfreundin ist es vielleicht interessant zu erfahren, dass die arme Kreatur aufs Grausamste gequält und verstümmelt wurde. Ganz offensichtlich von einem ziemlich skrupellosen Täter. Einem, von dem ich vermute, dass er auch Frau Scheib in seiner Gewalt hat. Also überlegen Sie es sich noch einmal sehr gründlich, ob Ihnen hier irgendetwas Ungewöhnliches aufgefallen ist oder noch auffällt. Und falls ja, ob Sie das nicht doch lieber der Polizei mitteilen sollten. Denn alles, was dieser armen Frau zustößt, geht auch auf die Rechnung derer, die es versäumen, bei der Aufklärung des Falles mitzuhelfen.«

Lina lehnte kraftlos an der Wand der Fahrstuhlkabine und nickte mit großen Augen. Eddies Worte hatten sie sichtlich getroffen.

Barny sah seinen Partner fassungslos an. Eddie konnte griesgrämig, barsch und ungeduldig sein, aber er war normalerweise nie boshaft. Zumindest nicht grundlos. Dass er jetzt so rüde mit Lina umging, war ungewöhnlich. Irgendetwas steckte dahinter.

Als sie im dritten Stock ankamen und Lina mit ihnen zur Erkersuite gehen wollte, winkte Eddie ungeduldig ab.

»Lassen Sie mal. Den Rest erledige ich besser allein. Sie können dann wieder an Ihre Arbeit gehen. Nur eins noch«, wieder musterte er sie streng. »Dieser junge Bursche unten an der Pforte, Kevin hieß er doch, hat er heute keinen Dienst? Es ist doch Wochenende.«

»Nein, heute ist Herr Albrecht da«, entgegnete sie leise. »Aber morgen kommt Kevin. Ich glaube von neun bis siebzehn Uhr.«

»Gut, danke.« Mit einem knappen Nicken entließ Eddie

das Mädchen und trug die Kartons in die Erkersuite, wo er sorgfältig die Tür verschloss.

»Macht solche Rehaugen, das Mädel«, murmelte er vor sich hin, während er den beschädigten Karton aus dem Stapel zog und damit begann, die Sachen darin in einen neuen Karton umzustapeln. »Ganz liebenswerte Unschuld. Aber ich sag dir eins, mein Junge, Mädchen wie die ziehen Schwierigkeiten an wie ein Misthaufen die Fliegen. Die Kleine verheimlicht etwas, da bin ich mir ganz sicher. Schaut einem viel zu offen in die Augen, da ist was faul dran. Wenn Mädchen in ihrem Alter wirklich so unschuldig sind, wie sie tut, schauen sie einem nicht so in die Augen. Passt nicht zusammen, glaub mir. Das wirkt antrainiert. Und warum trainiert man sowas an? Richtig, um was zu verbergen. Nein, die Kleine weiß etwas, da bin ich mir sicher. Zumindest ist ihr irgendetwas an der Sache aufgefallen, aber sie will nicht darüber sprechen.« Energisch stopfte er eine letzte Tüte bonbonrosa Wolle in den Karton und verschloss ihn. »Und irgendwie hat das was mit diesem jungen Burschen an der Pforte zu tun. Hast du das bemerkt? Immer, wenn ich den erwähne, zieht sie so eine Schnute. Als ob ihr ein fauler Gestank in die Nase sticht. Irgendwas ist zwischen den beiden gelaufen. Entweder die hatten mal was miteinander und er hat sie sitzen lassen, oder sie kann ihn aus anderen Gründen nicht leiden.« Eddie hielt kurz inne und starrte mit gerunzelter Stirn aus dem Fenster. Dann schüttelte er den Kopf. »Nein, ich glaub nicht, dass die beiden was miteinander hatten. Ist ein zu kleiner Fisch für die Dame. Viel zu jung. Stellt nix dar. Eine wie die strebt nach Höherem. Und das kann sie auch, so wie sie aussieht. Und dann dieser süße Ausdruck in den Augen. Männer stehen auf sowas.« Er warf Barny einen vorwurfsvollen Blick zu. »Sogar dich hat sie um den Finger gewickelt! Wirst wohl langsam alt und weich, mein Junge. Fällst auf ein hübsches Gesichtchen herein. Wie dieser Weisshaar. War ja ganz verzückt von der Kleinen. Vielleicht ist das die Verbindung, die ich suche?

Aber, nein, die Sache mit der Katze trägt nicht seine Handschrift. Sowas würde eher zu diesem Herbrecht passen. Kalt wie ein schleimiger, silbergrauer Fisch, der Kerl. Kann mir vorstellen, dass der ein Tier schon misshandelt, wenn es ihm nur ein Härchen auf seinen gebügelten Anzughosen hinterlässt.«

Barny lauschte den Ausführungen seines Partners ein wenig schuldbewusst. Eddie hatte recht. Lina hatte ihm von Anfang an gefallen. Aber sie schien wirklich nett zu sein. Und sie roch nicht, als ob sie bei so etwas Grausamen wie Tierquälerei mitmachen könnte. Andererseits hatte Eddie immer einen unfehlbaren Riecher, wenn es um das Einschätzen von Menschen ging. Er konnte sich nicht so sehr irren. Der ganze Fall wurde immer verworrener.

Energische Schritte näherten sich der Erkersuite und Barny richtete sich wachsam auf.

Die Tür öffnete sich und Frau Gehring betrat den Raum, eingehüllt in eine Wolke exklusiven Parfums, das Barny in der Nase kitzelte. Heute trug sie ein elegantes, sandfarbenes Businesskostüm.

»Herr Hartmann«, begann sie wichtig. »Meine Mitarbeiterin hat mir eben berichtet, dass es neue Erkenntnisse im Fall Frau Scheib gibt.«

»So, hat sie das«, murmelte Eddie, ohne von den Kartons aufzusehen. Er richtete sich gemächlich auf und klopfte ausgiebig den nicht vorhandenen Staub von der Hose. Dann erst hob er den Kopf und warf Frau Gehring einen scharfen Blick zu. »Das ging ja noch schneller als erwartet.«

»Ich will doch meinen, dass solche Dinge zuerst mit mir besprochen werden sollten, bevor Sie meine Mitarbeiter in Verwirrung stürzen«, fuhr sie indigniert fort.

»Habe ich das denn, die Kleine in Verwirrung gestürzt?«, fragte Eddie mit blitzenden Augen. »Ich wüsste allerdings nicht, warum es eine unbeteiligte, junge Dame so durcheinanderbringen sollte, wenn sie erfährt, dass ein Vermisstenfall bei der Polizei noch nicht abgeschlossen wurde. Ebenso wenig wie mir bewusst war, dass Sie irgendeinen Anspruch darauf haben, von mir immer als Erste über neue Erkenntnisse informiert zu werden.«

»Es geht hier nicht um Ansprüche, Herr Hartmann«, zischte sie erzürnt, »sondern vielmehr um Anstand. Aber darauf legen Sie ja offensichtlich keinen besonderen Wert, wie ich bereits bei unserer ersten Begegnung feststellen musste.«

»Da haben Sie allerdings recht, gnädige Frau«, erwiderte Eddie gefährlich ruhig. »Mit dem, was Sie Anstand nennen, kommt man nicht sehr weit, wenn man es sich zur Aufgabe gemacht hat, Verbrechen zu bekämpfen. Denn die Menschen, mit denen man es dabei zu tun bekommt, mögen auf den ersten Blick ja kultiviert und wohlerzogen erscheinen, doch wenn man weiter bohrt, findet man unter all dem Anstand viel zu oft Skrupellosigkeit, Grausamkeit und Gier. Darum pfeife ich darauf und mache es auf meine Weise. Und für jemanden, der sich nichts zuschulden hat kommen lassen, gibt es keinen Grund, sich von mir durcheinanderbringen zu lassen.«

Frau Gehring verzog angewidert das Gesicht.

»Ich sehe schon, mit Ihnen ist nicht zu reden. Ich denke, Sie haben hier alles überprüft, was Ihnen wichtig war, sodass Sie nun keinen Grund mehr haben, noch einmal zu kommen. Rosa Scheibs Verschwinden hat bereits genug Unruhe in die Residenz gebracht. Es wird Zeit, dass wieder Ruhe eintritt. Nichtsdestotrotz ist es sehr zuvorkommend, dass Sie sich bereit erklärt haben, Frau Scheibs Habseligkeiten zu Ihrer Schwester zu bringen. Dafür bin ich Ihnen dankbar. Bitte richten Sie Ihrer Schwester einen Gruß aus. Leben Sie wohl, Herr Hartmann.« Und damit rauschte sie aus der Suite.

»Hört sich verdammt nach Platzverweis an«, schnaubte Eddie. »Aber nach einem sehr kultivierten, was, mein Junge? Man kann sagen, was man will, die Dame ist zwar eine eingebildete Schnepfe, aber sie hat Stil.« Er grinste Barny zu und hievte den ersten der Kartons auf den Transportwagen. »Jedenfalls gibt es heute Abend eine Menge bei Klara zu sichten. Zumindest verdaut sich dabei der angedrohte Sauerbraten schon besser.«

10

Eddie fuhr direkt von der Seniorenresidenz zu seiner Schwester, wo er gleich damit begann die Umzugskartons auszuladen und trotz Klaras Protest mitten in ihrer Stube aufzustapeln.

Craddock war wieder einmal außer sich vor Begeisterung und rannte allen laut kläffend zwischen den Beinen herum, bis Eddie, der den letzten Karton schleppte, ins Straucheln geriet und derbe Flüche von sich gab.

Bevor sein Partner dem Mops versehentlich noch einen Tritt versetzte oder sich womöglich das Genick brach, gelang es Barny, den überschwänglichen Craddock an der speckigen Nackenfalte zu packen und in eine ruhigere Ecke zu ziehen.

»Jetscht beruhige disch erschtmal, Moppel, vorher lasch isch disch nisch losch«, nuschelte er dem zappelnden Mops zu, der wie wild strampelte, um sich aus Barnys Fängen zu befreien.

»Aber das sind doch die Kartons von Tante Rosa, Barny!«, japste Craddock und schüttelte sich lautstark, als Barny ihn schließlich losließ. »Mama Klara hat erzählt, dass wir die alle durchschauen dürfen, um Indieschen zu finden. Ist das nicht toll? Ich frage mich, wie Indieschen riechen. Kann man die essen? Hast du sie schon mal probiert? Ist das sowas wie Radieschen? Die mag ich nämlich nicht. Die zwicken mich immer so in der Nase.«

»Indizien, du Dussel«, stöhnte Barny und spuckte angewidert einige Mopshaare aus. »Sie hat von Indizien gesprochen. Das sind Hinweise, durch die man eventuell einen Täter überführen kann. Die kann man weder riechen, noch essen. Also krieg dich wieder ein. Indizien in diesen Kartons zu suchen ist eine langweilige und bestimmt ziemlich staubige Angelegenheit. Kein Grund also, dermaßen auszurasten.«

Craddock ließ sich auf sein gut gepolstertes Hinterteil fallen und starrte Barny bewundernd an.

»Was du alles weißt!«, flüsterte er andächtig. »Du bist bestimmt der schlaueste Schnüffler, den es gibt. Noch viel schlauer als Schillerlocken Holms, die Miesmarpel oder dieser Herr Kühlporo.«

Barny seufzte innerlich und lief wieder in die Stube, wo Klara gerade lautstark mit Eddie darüber diskutierte, ob er die Kartons nicht doch lieber während des Essens in der Diele stapeln sollte.

»Ich breche mir noch alle Knochen, wenn ich im Slalom das Essen auftragen muss«, murrte Klara. »Und außerdem ist es ungemütlich, wenn die Kisten hier überall herumstehen.«

»Ich räume die Dinger nicht noch mal um«, brummte Eddie, und schob die Kisten näher zusammen. »So, das ist jetzt gemütlich genug. Wir haben heute sowieso keine Zeit, stundenlang zu essen. Es gibt eine Menge Zeug zu sichten.«

»Wozu stehe ich den ganzen Nachmittag in der Küche, wenn du das gute Essen dann in dich hineinschlingst, nur um möglichst schnell wieder an die Arbeit zu kommen«, nörgelte Klara und reichte Eddie Teller und Besteck. Dann stapfte sie in die Küche, um den Braten zu holen.

»Erinnere dich bitte mal daran, weshalb ich die ganze Arbeit überhaupt mache«, bruddelte Eddie ihr hinterher. »Wer hat letzten Samstag so ein Theater veranstaltet, damit ich mich um den Fall kümmere? Ich hätte die vergangene Woche wirklich gemütlicher verbringen können, als irgendwelche dubiosen Leute zu befragen.«

»So ein Quatsch«, schimpfte es aus der Küche zurück. »Gib doch zu, dass dir diese Detektivspielchen Spaß machen. Da kannst du den Leuten nach Herzenslust auf die Nerven gehen.«

»Ich weiß nicht, was Spaß daran machen sollte, sich mit arroganten Weibern und schmierigen Geschäftsleuten herumzuärgern. Oder nachts tote Katzen aufzusammeln und durch die Gegend zu fahren«, schnauzte Eddie seine

Schwester an und knallte ungehalten das Besteck auf den Tisch. Ein Messer prallte von der Tischplatte, flog in hohem Bogen durch die Luft und landete nur wenige Millimeter vor Craddock auf dem Boden. Der Mops jaulte laut auf und quetschte sich panisch unter Klaras Lehnstuhl.

Barny blickte beunruhigt zu seinem Partner hoch. Es sah Eddie überhaupt nicht ähnlich, so außer sich zu geraten. Auch Klara, die gerade den Braten auftrug, war sichtlich schockiert.

»Eduard Maximilian Hartmann! Was ist nur in dich gefahren? Du hast den armen kleinen Craddock völlig verschreckt.«

Eddie atmete tief durch und rieb sich über die Stirn.

»Tut mir leid, Klara.« Er ließ sich schwer auf einen Stuhl fallen. »Ich weiß auch nicht. Ich habe bei diesem Fall ein ganz mieses Gefühl. Irgendwo da draußen wird eine alte Frau festgehalten. Und glaub mir, ihr Entführer ist kein netter Kerl. Wer weiß, was er ihr schon alles angetan hat. Mit jedem Tag werden ihre Chancen die Sache zu überleben, geringer. Himmel, es sind jetzt schon vier Wochen! Kannst du dir vorstellen, was die Frau in dieser Zeit alles durchgemacht hat? Du hättest die Katze sehen müssen!« Er schüttelte frustriert den Kopf. »Mir zerrinnt die Zeit zwischen den Fingern und ich habe noch immer keine richtig heiße Spur. Irgendetwas habe ich bisher übersehen. Verdammt, was, wenn ich zu spät komme? Ich hab schon jede Nacht Albträume, dass ihre Leiche gefunden wird.«

Klara stellte den Topf ab, setzte sich neben ihren Bruder und legte ihm den Arm um die Schultern.

»Ich hatte ja keine Ahnung, dass dir die Sache so an die Nieren geht. Wenn ich das gewusst hätte, hätte ich letzte Woche den Mund gehalten. Aber jetzt hör mir mal zu, Eddie! Wenn Rosa die Sache nicht überlebt, ist das bestimmt nicht deine Schuld. Ohne dich würde sowieso kein Hahn mehr nach ihr krähen. Die haben sie doch schon nach ein paar Tagen abgeschrieben.« Sie zögerte kurz. »War das mit der Katze wirklich so schlimm?«

Wie auf ein Stichwort klapperte in diesem Augenblick die Katzenklappe und Dolly kam in die Stube geschlichen. Bei ihrem Anblick zuckte Barny zusammen. Die Katze sah überhaupt nicht gut aus. Ihr Fell wirkte stumpf und ihre Augen blickten trüb. Sie sprang auf die Ofenbank und rollte sich dort eng zusammen, ohne Barny auch nur eines einzigen Blickes zu würdigen. Nur ihre Ohren und die Schwanzspitze zuckten, als Eddie seiner Schwester berichtete, wie sie in der Nacht die verstümmelte Katze gefunden hatten. Danach herrschte eine Weile Stille.

Schließlich stand Klara auf und holte die Kartoffelklöße aus der Küche.

»Es nützt niemandem etwas, wenn das gute Essen kalt wird. Und du musst auf jeden Fall bei Kräften bleiben. Also wird jetzt erst einmal anständig gegessen und dann schauen wir uns die Sachen gründlich an. Vielleicht findest du dabei endlich den Hinweis, den du noch brauchst.«

Sie füllte Eddies Teller großzügig mit einigen Scheiben Sauerbraten und gab noch zwei Kartoffelklöße dazu, die mit einem satten Platsch in der Soße landeten und von dort wie zwei Gummibälle unternehmungslustig Richtung Tellerrand hüpften. Eddie, der noch immer in Gedanken versunken war, fing sie ganz nebenbei mit seiner Gabel ein, bevor sie ihre Reise über den Tisch fortsetzen konnten.

Währenddessen stellte Klara für Barny den üblichen Teller mit dem rohen Rindersteak auf den Boden.

»So, mein Guter, damit du auch nicht vom Fleisch fällst. Du bist sowieso viel zu schlank. Und du musst ja auch bei Kräften bleiben, um Eddie dabei zu helfen, die gute Rosa zu finden.«

Barny bedankte sich artig mit einem kleinen Schwanzwedeln und machte sich mit nicht allzu großem Elan über das Fleisch her. Eddies Stimmung machte ihm Sorgen. Und Dollys Zustand hatte ihm auch gründlich den Appetit verdorben. Lieber sollte sie ihm wie üblich verächtlich beim Fressen zuschauen, als so teilnahmslos auf der Bank zu liegen. Nicht einmal Craddock leistete ihm Gesellschaft. Der Mops lag noch immer laut schnaufend unter dem Sessel.

»Wie sieht's aus, Moppel«, brummte Barny ihm zu. »Ein Stück Steak? Das macht nicht fett und hilft beim Muskelaufbau.«

Das Schnaufen verstärkte sich und ging dann in ein klägliches Wimmern über.

»Ich glaube, ich klemme fest, Barny. Ich komme alleine nicht mehr hier raus.«

»Dann solltest du jetzt mal Laut geben, damit Eddie dich rauszieht«, stöhnte Barny entnervt. »Sonst hast du doch auch keine Hemmungen herumzuschreien.«

»Aber dann wird dein Eddie vielleicht wieder so wütend«, flüsterte Craddock mit bebender Stimme. »Und wirft noch mal ein Messer nach mir.«

»Das war ein Versehen!«, grollte Barny entrüstet. »Eddie würde niemals mit Absicht ein Tier verletzen. Also sei kein Idiot und melde dich endlich!«

Craddock jaulte daraufhin so jämmerlich auf, dass Klara der Soßenlöffel aus der Hand fiel und Eddie aus seiner Grübelei aufschreckte.

»Oh, mein Kleiner hat sich eingeklemmt«, rief Klara und Eddie sprang in die Höhe. Mit zwei Schritten war er beim Sessel und half dem Mops in die Freiheit. Er setzte Craddock auf seinen Schoß und untersuchte den zitternden Hund gründlich.

»Scheint keinen Schaden erlitten zu haben, dein Dicker«, meinte er dann und kraulte den Mops schuldbewusst hinter den Ohren. Craddock hörte auf zu beben und gab ein verzücktes Röcheln von sich. »Tut mir leid, Kleiner, ich wollte dich nicht erschrecken«, brummte Eddie. Craddock hob die Pfote und leckte einmal quer über Eddies Gesicht. Barny beobachtete erstaunt, wie sich die Miene seines Partners daraufhin aufhellte. Eddie grinste den Mops breit an.

»Du bist ja ein lustiger, kleiner Kerl. Ein paar Pfund weniger auf den Rippen und jeden Morgen die Runde mit uns drehen, dann könnte noch ein richtiger Hund aus dir werden, was, mein Freund?«

Craddock gab ein zustimmendes Bellen von sich und wedelte euphorisch mit dem Ringelschwanz.

Klara schnäuzte sich gerührt in die Küchenschürze.

»Ich weiß auch nicht, Eddie. Du kannst so ein grober Klotz sein, aber bei Tieren bist du ein echtes Weichei. Versprich mir, dass du dich um meine Lieblinge kümmerst, wenn ich mal nicht mehr bin.«

»Jetzt hör schon mit dem Unsinn auf«, fuhr Eddie seine Schwester an. »Du überlebst uns noch alle. Und jetzt lass uns endlich essen, damit wir heute noch zu den Kartons kommen!«

Er setzte Craddock ab, der sofort zu Barny lief.

»Hast du das gehört, Barny?« Der ganze Körper des Mopses bebte vor Glück. »Dein Eddie mag mich. Er ist ja so toll! Ich wusste gar nicht, wie toll er ist. Er hat mich gekrault und richtig mit mir gesprochen, wie ein Onkel. Das war das erste Mal, dass er mit mir gesprochen hat. Du hast so ein Glück mit ihm. Ich werde jetzt noch mehr trainieren und dann wird er einen Polizeihund aus mir machen und wir drei werden ganz viele Fälle zusammen lösen. Ob er mir dann auch so ein schönes Halsband schenkt, wie du eins hast? Eins, wo *Polizeihund im Einsatz* drauf steht? Das ist noch viel besser als die Strickjäckchen.«

»Wir werden sehen«, schmunzelte Barny. Craddocks Begeisterung war so ansteckend, dass sogar Barny bessere Laune bekam. Immerhin hatte der Mops es geschafft, dass Eddie jetzt nicht mehr so frustriert war. Stattdessen saß sein Partner nun mit Klara am Tisch und kämpfte tapfer mit den Gummiklößen, die fröhlich auf dem Teller herum flutschten und sich kaum zerteilen ließen.

Zum Dank riss Barny ein Stück von seinem Steak ab und überließ es Craddock, der sich schmatzend darüber her machte. Als der Teller schließlich geleert war, hielt Barny es nicht länger aus und wandte sich besorgt an Dolly, die noch immer teilnahmslos am Ofen lag.

»Hey, alles klar bei dir?«

Irgendwo in dem graublauen Fellknäuel öffnete sich ein Auge, das Barny ungehalten anfunkelte.

»Ich war die ganze Nacht unterwegs und bin einfach nur müde.«

Barny erwiderte den Blick nachdenklich.

»Du hast versucht, Mollys Weg zurückzuverfolgen, stimmt's?«

»Was sind wir heute aber wieder scharfsinnig«, fauchte Dolly und Barny grinste erleichtert. Eine zickige Dolly war ihm erheblich lieber als eine traurige.

»Und, warst du erfolgreich? Irgendwas Interessantes gefunden?«, bohrte er nach.

Dolly seufzte und richtete sich auf.

»Nein, du Nervensäge. Sie hätte von überall herkommen können. Ich habe stundenlang herumgefragt, aber keiner der anderen Nachtgänger hat sie gesehen.«

»Der Unfall war auch nicht in der Nacht«, erwiderte Barny nachdenklich. »Er muss schon am Nachmittag passiert sein. Da waren keine Nachtgänger unterwegs.«

Dolly seufzte. »Dann sollte ich die Gegend noch einmal am Nachmittag ablaufen und schauen, wer sich dann alles so auf den Straßen dort herumtreibt. Vielleicht haben die ja etwas gesehen. Das Revier auf der anderen Seite der Plattenwaldallee ist nicht gerade die Gegend, in der ich mich oft aufhalte. Die Straßenüberquerung ist einfach zu riskant.«

»Kann ich mir vorstellen«, nickte Barny. »Ich habe übrigens eine leise Ahnung, aus welcher Richtung sie gekommen ist. Du weißt doch, dass ich noch mal die Gegend abgesucht habe, nachdem wir sie gefunden haben.«

Dolly nickte und Barny bemerkte erleichtert, dass der müde Ausdruck in ihren Augen wieder der üblichen Arroganz gewichen war.

»Kommt jetzt die dramatische Geschichte, die du mir letztens nicht erzählen konntest, weil sie zu lang war?«

Barny überhörte den Spott in ihrer Stimme und berichtete von seinen Erlebnissen mit den Hundefängern und Freddy Dreibein. Craddock, der sich wieder einmal möglichst nah bei Barny zusammengerollt hatte, das Steak verdaute und glückselig über seine Ausbildung bei Eddie nachsann, richtete sich mit schreckgeweiteten Augen auf.

»Sie hätten dich beinahe erwischt, Barny! Das wäre ja schrecklich gewesen. Wie gut, dass der nette Freddy dir geholfen hat. Und der Arme muss wirklich in einer schmutzigen Erdhöhle leben?« Seine Augen waren voller Mitleid. »Er könnte doch hier bei uns wohnen. Wir haben Platz genug und immer leckere Sachen zu essen. Mama Klara wird ihn sicher aufnehmen, wenn sie sieht, dass der Ärmste nur noch drei Beine hat.«

»Ja, genau, Barny«, spottete Dolly. »Lauf nachher gleich zu diesem alten Penner und sag ihm, dass er auf meiner Ofenbank schlafen darf!«

»Das würdest du wirklich erlauben, Dolly?«, flüsterte Craddock gerührt.

»Aber sicher, du Trottel«, fauchte die Katze zurück. »Und dann massiere ich ihm noch seine verbliebenen, alten Rheumaknochen!« Genervt legte sie sich wieder auf die Bank zurück und schloss die Augen. »Und jetzt geht mir nicht weiter auf den Geist! Ich brauche meine Ruhe, damit ich morgen weitersuchen kann. Werde mich dann eben im Gebiet bei der Spinnerei durchfragen.«

»Lass uns mal abwarten, ob es bis dahin nicht neue Erkenntnisse gibt.« Barny blickte zu den aufgetürmten Schachteln. »Vielleicht findet Eddie ja endlich den erhofften Hinweis in den Kartons. Außerdem bin ich noch immer davon überzeugt, dass jemand aus der Residenz die Finger mit im Spiel hat.«

Er erzählte Craddock und Dolly, die sich tatsächlich dazu herabließ, noch einmal ihre Augen zu öffnen, von der verdächtigen Geruchsspur, die er heute im Aufzug der Seniorenresidenz wahrgenommen hatte, und von seinem Treffen mit Riddick. Als er von Eddies Verdacht Lina gegenüber berichtete, quietschte Craddock entsetzt auf.

»Doch nicht die nette Lina! Sie hat Tiere doch so lieb. Ich glaube nicht, dass sie dabei helfen könnte, ein Tier zu quälen. Aber Onkel Eddie ist doch so schlau, er täuscht sich bestimmt nicht. Das ist alles so verwirrend.« Craddock war sichtlich hin und her gerissen zwischen seiner Zuneigung zu der jungen Altenpflegerin und der eben erst frisch erwachten Heldenverehrung Eddies.

»Eddie glaubt ja nicht, dass Lina an dem Verbrechen aktiv beteiligt ist«, beruhigte Barny den Mops, der Eddie nun offensichtlich in den Onkel-Status erhoben hatte. »Er vermutet nur, dass ihr irgendetwas aufgefallen sein könnte, was sie der Polizei bisher noch nicht gesagt hat, das ist alles. Ich kann mir auch nicht vorstellen, dass sie ihre Tierliebe nur vortäuscht. Sie riecht nicht so, als würde sie sich verstellen.«

»Bei den Menschen weiß man nie«, meinte Dolly bitter. »Sie sind Meister der Täuschung. Vor allem, wenn sie so krank sind wie diejenigen, die Molly so etwas angetan haben.«

»Riddick hat weiter ein Auge auf die Menschen in der Residenz«, versuchte Barny, die Katze zu besänftigen. »Ich kenne keinen, der so misstrauisch ist wie dieser Kerl. Der lässt sich bestimmt nicht durch ein nettes Lächeln oder geschicktes Theaterspiel täuschen. Und er ist verdammt gerissen. Wenn einer etwas herausfindet, dann er.«

»Sieh mal an, der ehrenwerte Schnüffler ist plötzlich ganz begeistert von diesem Abschaum«, spottete Dolly. »Ist das Rattenpack nicht weit unter deinem reinrassigen Niveau?«

»Stammbäume haben mich noch nie interessiert«, grollte Barny. »Aber ich weiß es zu schätzen, wenn sich jemand an Abmachungen hält. Und das tut Riddick. Tatsächlich habe ich noch keinen kennengelernt, der so ehrenkäsig ist wie dieser Kerl.«

»Er ist bestimmt oft nur so böse, weil ihn niemand mag«, mischte Craddock sich wichtig in das Gespräch ein. »Er riecht ja auch nicht sehr gut. Und er sieht so hässlich aus. Vielleicht ist er darum immer so schlecht gelaunt. Aber es ist doch sehr nett, wie er Barny hilft. Vielleicht braucht er nur ein paar richtige Freunde, die ihn mögen.«

»Und du wärst natürlich bereit, sein Freund zu sein«, schnaubte Dolly verächtlich. »Da wäre er sicher enorm begeistert.«

»Jetzt lass mal den Kleinen in Ruhe«, brummte Barny. »Das bringt uns auch nicht weiter. Und so ganz dumm ist es nicht, was Moppel da sagt. Wir haben außerdem wichtigere Dinge zu erledigen.« Er wies mit der Schnauze rüber zu Eddie, der sich gerade daran machte den ersten Karton zu öffnen, während Klara den Tisch abräumte. »Es ist so weit. Ich werde meinem Partner dann mal zur Hand gehen.«

Barny setzte sich neben Eddie und konzentrierte sich auf die verschiedenen Gerüche, die dem Karton entströmten, während sein Partner Stück für Stück ausräumte.

»Hat deine Freundin denn nichts anderes gesammelt als Wolle und Strickmuster?«, murrte Eddie nach dem dritten Karton, während er in einem bunten Haufen angebrochener Wollknäuel saß. »Sie muss doch Fotos und alte Briefe aufgehoben haben. Was ist mit ihren Kleidern und Büchern?«

»Nun ja«, meinte Klara, die sich gleich zu Beginn der Suche eine der Zeitschriften mit Strickanleitungen gegriffen hatte und nun ganz versunken darin herumblätterte. »Rosas Kleider wollte ich nicht auch noch haben. Die lagert Frau Gehring erstmal bei sich, um sie später, wenn die Nachlasssache geregelt ist, vielleicht an die anderen Seniorinnen verteilen zu können. Rosa hatte immer sehr exklusive Kleider, viel zu schade, um sie in die Altkleidersammlung zu geben. Fotos und Briefe sind vielleicht noch in einem der anderen Kartons. Die alten Bücher von Rosa wollte ich auch nicht unbedingt haben. Stell dir vor, Rosa hat in ihrem ganzen Leben nicht einen einzigen Krimi gelesen! Nur Gedichtbände und Liebesromane. Die kann Frau Gehring gerne für das Bücherregal im Gemeinschaftsraum behalten, wenn alles geregelt ist. Aber die ganzen Stricksachen wollte ich nicht an die anderen verteilt haben. Das wäre zu schade.«

Eddie starrte seine Schwester fassungslos an.

»Das ist das Blödeste, das ich je gehört habe! Du wusstest doch, dass ich die Sachen der Vermissten noch einmal gründlich durchsuchen wollte. Gerade in den Taschen der Kleider oder vielleicht auch in einem ihrer Bücher hätten wir vielleicht einen Hinweis auf ihr Verschwinden finden können. Eine Rechnung, einen Brief, eine Adresse. Aber nein, die Wolle und diese bescheuerten Strickhefte sind ja viel wichtiger! Gott behüte mich vor alten Weibern!«

Aufgebracht warf er Klara ein weiteres Buch mit Strickmustern vor die Füße, sodass es aufgeschlagen direkt vor ihr liegen blieb.

»Oh!« Klara, die gerade tief Luft holen wollte, um auf Eddies Vorwürfe zu reagieren, beugte sich nun interessiert nach vorne. »Ein Ajourmuster mit Diamantrippen! Das wollte ich immer schon mal ausprobieren. Das gäbe ein hübsches Sommerjäckchen für Craddock.«

Eddie schnaubte gereizt.

»Bei dir ist echt Hopfen und Malz verloren!« Kopfschüttelnd griff er nach dem nächsten Karton, während Klara eifrig in der Strickanleitung schmökerte.

In diesem Karton befanden sich jede Menge Figürchen, Parfümflakons und Teller mit Katzenmotiven. Alles roch nach Rosa und Molly und ganz stark nach Lina, was kein Wunder war, da die junge Pflegerin die Sachen erst am Morgen eingepackt hatte.

Der Inhalt des fünften Kartons war da schon interessanter. Eddie fand darin eine Dokumentenmappe mit alten Briefen, die Rosas Ehemann an seine Frau geschrieben hatte. Er entdeckte außerdem ein altes Familienbuch und einige Schwarz-Weiß-Fotos,auf denen Rosa Scheib und ihr verstorbener Ehemann zu sehen waren, sowie einige Farbfotos jüngeren Datums von Rosa und Molly – und einen Zeitungsausschnitt über einen ganz besonderen Friedhof, auf dem man sich mit seinen Haustieren bestatten lassen konnte.

Barny dagegen bemerkte etwas völlig anderes. Die ganze Mappe war durchtränkt von diesem ganz speziellen Geruch, den er bereits dreimal wahrgenommen hatte. Sein Nackenfell stellte sich auf und er gab ein dumpfes Grollen von sich.

Eddie stellte sofort seine Untersuchung ein und warf Barny einen scharfen Blick zu.

»Was hast du, Partner?«

Barny stieß mit der Nase an die Mappe und gab das spezielle kehlige Geräusch von sich, mit dem er Eddie immer anzeigte, wenn er eine Spur aufgenommen oder die gesuchte Sache gefunden hatte.

»Was könnte mit der Mappe sein?«, sinnierte Eddie und blätterte die Dokumente durch. Der Geruch verstärkte sich. Es bestand kein Zweifel. Derjenige, der sich an dem Katzenfutter in der Truhe zu schaffen gemacht und Molly vor ihrem Tod berührt hatte, hatte auch in den Dokumenten geblättert – oder etwas aus der Mappe entnommen. Barnys Grollen verstärkte sich.

Eddie runzelte die Stirn. Er blickte zu Barny, der in Alarmbereitschaft neben ihm saß.

»Verdammt! Deine Nase sollte ich haben! Du hast hier irgendeinen Geruch erkannt. Genau wie heute Mittag im Aufzug. Aber diese Lina und Frau Gehring waren es nicht. Auch keiner von den anderen, die wir befragt haben. Dennoch muss es jemand sein, der zumindest Zugang zur Residenz hat.«

Er legte die Mappe weg und stieg über die bunten Wollknäuel, um im Zimmer auf und ab zu laufen. Klara, die vor lauter Strickanleitungen nichts mitbekommen hatte, blickte irritiert auf.

»Hast du schon alle Kartons durch? Dann solltest du die gute Wolle wieder einpacken. Du zerdrückst sie ja noch, wenn du hier so herumtigerst.«

Der Blick, den Eddie seiner Schwester zuwarf, hätte Wände zum Erbeben bringen können, doch Klara schnaubte nur und begann nun selber damit, die Wolle wieder liebevoll in die Schachteln zu stapeln. Dabei fiel ihr Blick auf den letzten, noch verschlossenen Karton.

»Du bist ja doch noch nicht fertig. Vielleicht findest du hier noch was Wichtiges.« Eifrig zog sie die Kiste zu sich her, um sie zu öffnen.

Barny wusste schon vorher, was sich in dem Karton befand. Der Katzengestank, der ihm entströmte, war einfach zu stark. Und tatsächlich befand sich darin ein buntes Sammelsurium an Futternäpfen in allen Farben und Materialien, Strickmäusen, Decken und Kissen, Halsbändern mit Strasssteinchen, bunten Anhängern und Stickereien, sowie allen Arten von Katzenspielsachen. Craddock, der sich inzwischen zu Klara gesellt hatte, geriet bei diesem Anblick außer sich vor Begeisterung.

Eddie beendete seine rastlose Wanderung durch das Zimmer und beugte sich mit finster gerunzelter Stirn über die letzte Schachtel.

Als er sich den Inhalt des Kartons gründlich angesehen hatte, strich er sich frustriert über die Augen.

»Also bringt uns das hier auch nicht weiter.« Er seufzte. »Irgendwie hatte ich die Hoffnung, dass wir wenigstens einen winzigen Hinweis finden könnten. Ich muss mir morgen Abend unbedingt die Protokolle der Befragungen ansehen. Vielleicht auch noch ein Gespräch mit dem Abwesenheitspfleger führen. Der sollte doch die wichtigen Dokumente der Vermissten sicher verwahren. Vielleicht finde ich da eine Spur. Es kann doch nicht sein, dass niemand etwas Genaues über die alte Dame weiß. War sie wirklich so allein?«

Klara seufzte. »Sieht ganz so aus, nicht wahr? Mir war das selber gar nicht so bewusst. Aber wenn du so gar keine Familie mehr hast, und alle deine besten Freunde schon vor dir verstorben sind, stehst du plötzlich wirklich ganz alleine da.« Sie schniefte leise. »Darum bin ich ja so froh, dass ich dich noch habe, auch wenn du meistens ein richtiger Brummbart bist.«

»Ich bin kein Brummbart«, brummte Eddie verstimmt. »Es frustriert mich nur, dass ich diese Geschichte noch immer nicht in den Griff bekommen habe.« Er blieb stehen und nickte entschlossen. »Es hilft alles nichts. Ich werde den Leuten in der Residenz wohl selber noch einmal auf den Zahn fühlen müssen, wenn ich nichts Näheres aus den Protokollen erfahre. Aber auf jeden Fall sehe ich mir diesen jungen Aushilfspförtner noch persönlich an. Irgendetwas sagt mir, dass der Kerl irgendwie in der Sache mit drin steckt.«

11

Wie üblich setzte Eddie seine Pläne so schnell wie möglich in die Tat um und so fand Barny sich am nächsten Vormittag vor der schneeweißen Pforte der Seniorenresidenz wieder. Wie bereits am vergangenen Sonntag war das Pförtnerhaus auch heute von dem Aushilfspförtner Kevin besetzt. Und wie beim letzten Mal war er eifrig damit beschäftigt, möglichst viele Gegner auf seinem Bildschirm abzuschießen.

Als Eddie gegen die Scheibe klopfte, erwachte der Junge aus seinem Ballerrausch und starrte den unerwarteten Störenfried entgeistert an.

»Ich habe noch ein paar Fragen in der Vermisstensache Rosa Scheib an Sie«, knurrte Eddie und fixierte den Jungen mit seinem strengsten Ermittlerblick. »Wir müssen Ihrer letzten Aussage noch einige Fragen hinzufügen.«

Der Junge schluckte, sodass sein übergroßer Adamsapfel hektisch auf und ab hüpfte. Dann schob er sich mit unruhigem Blick aus dem Pförtnerhaus. Auf dem Bildschirm hinter ihm wurde seine Spielfigur tödlich getroffen und verschwand für einige Strafsekunden von der Oberfläche.

»Aber die Polizei hat mich doch schon befragt«, stammelte der Junge und zupfte nervös am Kragen seiner dunklen Uniformjacke, die locker um seine dürre Gestalt schlotterte. »Ich habe überhaupt nichts vom Verschwinden der Alten mitbekommen, das habe ich damals schon gesagt.«

»Es gibt inzwischen neue Erkenntnisse, die es erforderlich machen, die Angelegenheit noch einmal zu überprüfen«, erwiderte Eddie barsch. Er zog seine Kladde aus der Tasche und blätterte wichtig darin herum. »Also, was können Sie mir über die Mitarbeiter sagen, die sich um Frau Scheib gekümmert haben? Fangen wir doch mit Lina Bauer an.«

»Lina?« Kevin verzog das Gesicht, als ob er einen schlechten Geruch in die Nase bekommen hätte. »Die kann es besonders gut mit den alten Leuten. Schleimt immer mit so einem seligen Lächeln um die herum und spielt das liebe Mädchen. Dabei ist die knallhart. Und tierisch eingebildet. Lässt jeden abblitzen, der unter ihrer Würde ist.«

»Aha«, meinte Eddie und kritzelte etwas in die Kladde. »Hat Lina Bauer Sie auch schon mal ... *abblitzen* lassen?« Er warf Kevin einen scharfen Blick zu.

»Mich?« Der Junge lachte höhnisch auf und schüttelte die fettigen Haarsträhnen, die dringend einen Friseur benötigten, aus dem Gesicht. »Hätte sie ganz bestimmt, wenn ich ihr die Gelegenheit dazu gegeben hätte. Aber so bescheuert bin ich nicht, dass ich mich auf so eine einlasse.«

»Und wen hat sie dann abgewiesen?«, hakte Eddie nach.

»Was weiß ich.« Kevin zuckte die Achseln und pulte gedankenverloren an einem der unzähligen Pickel an seinem Kinn herum. »Hier waren alle Typen schon mal hinter ihr her. Erst ist sie immer ganz freundlich, doch wenn es dann ernst wird, wird sie zickig. Ein einfacher Altenpfleger oder Gärtner oder sonstiger Angestellter ist nix für die feine Dame. Jedem, der blöd genug ist, sich in sie zu verknallen, sagt die doch glatt ins Gesicht, dass sie sich nur mit einem Typen abgibt, der was im Leben darstellt. Ich glaube, die arbeitet nur deshalb hier in diesem noblen Laden, weil sie darauf hofft mit ihrem Herumschleimen so viel Eindruck bei den reichen Alten zu schinden, dass die sie in ihrem Testament berücksichtigen.«

»Nun, Sie scheinen ja wirklich nicht viel von dem Mädchen zu halten«, brummte Eddie. »Trauen Sie ihr etwa auch zu, dass sie Gewalt anwenden könnte, um ihre Ziele zu erreichen?«

»Die ganz bestimmt nicht«, spottete Kevin. »Die macht sich ihre feinen Finger nicht selber schmutzig. Braucht so eine auch nicht. Da gibt es immer einen Idioten, der die

Drecksarbeit für sie macht.«

Auf dem Bildschirm im Hintergrund erwachte die Spielfigur nun wieder zu neuem Leben und erschien auf einem anderen Level, um das Deathmatch weiter fortzusetzen. Doch da Kevin anderweitig beschäftigt war, wurde sie erneut abgeschossen. Bei dem dabei entstehenden Ballergeräusch zuckte Kevin zusammen und warf einen gequälten Blick auf den Bildschirm. »Alter, ich verlier noch meine ganzen Punkte!« Er stürmte in das Pförtnerhaus und hielt das Spiel an. »War es das jetzt mit den Fragen?«, erkundigte er sich mürrisch, als er wieder herauskam. »Ich hab das Spiel nur geliehen und muss es morgen wieder zurückgeben.«

»Frau Gehring hat kein Problem damit, dass Sie in Ihrer Arbeitszeit diese Spielchen spielen?«, erkundigte sich Eddie streng.

»Warum sollte sie?«, schnappte Kevin zurück. »Ich mach ja trotzdem meine Arbeit. Wenn jemand an der Pforte klingelt, mach ich auf und melde die Besucher an, mehr ist da nicht zu tun. Ist echt nicht die spannendste Art, seinen Sonntag zu verbringen. Da muss man es sich halt selber interessanter machen.«

»Verstehe«, nickte Eddie nachdenklich. »Und was machen Sie mit den Leuten, die aus der Residenz nach draußen wollen? Müssen die auch klingeln?«

»Die Besucher schon. Unsere Angestellten haben eine Zutrittskarte. Wenn die sich mit der Karte nähern, öffnet sich die Pforte automatisch.«

»Das ist ja sehr interessant«, murmelte Eddie vor sich hin. Dann deutete er auf den aufwendigen 3D-Bildschirmschoner, auf dem jetzt imperiale Sternenzerstörer majestätisch ihre Kreise zogen. »Wo leihen Sie sich denn diese Spiele aus?«

»Wir tauschen alle unsere Spiele untereinander aus«, beantwortete Kevin diese Frage mit sichtlich mehr Begeisterung als die bisherigen. »Hier gibt es ein paar Kumpel, die sich dafür interessieren. Wir kaufen die Spiele abwechselnd, dann ist das nicht so teuer. Und dann verleihen wir sie untereinander. Ist 'ne echt gute Sache.«

»Und an dem Tag, an dem Frau Scheib verschwand, also am Ostersamstag, da haben Sie sicher auch eines dieser Spiele gegen die Langeweile dabei gehabt, stimmt's?«, erkundigte sich Eddie beiläufig, aber Barny ließ sich nicht von dem sanften Tonfall täuschen. Dafür kannte er seinen Partner schon zu lange. Eddie verfolgte mal wieder eine heiße Fährte und wartete gespannt auf die Antwort.

»Ja, klar, wie immer halt«, nickte Kevin eifrig. Seine Augen glänzten. »Da hab ich sogar einen Superhammer ganz frisch ausgeliehen bekommen. Die Jungs meinten, den hab ich verdient, weil ich über Ostern in dieser ätzenden Pforte sitzen musste.«

»Das war ja wirklich nett von den Jungs«, nickte Eddie scheinbar verständnisvoll, doch Barny spürte den Sarkasmus hinter dem freundlichen Ton. »Wer genau ist denn alles in dieser tollen Truppe dabei?«

»Oh je, 'ne ganze Menge«, erzählte Kevin arglos. Er schien nichts von der Anspannung zu spüren, unter der Eddie stand. »Da sind mal die Jungs von der Pflege, also Thomas, Peter, Fabian und Sven, dann die beiden Grünen, Basti und Michel. Und Freddy, der in der Küche arbeitet. Das müssten alle sein.«

»Und sicher erinnern Sie sich auch noch daran, wer genau von denen Ihnen diesen Superhammer gegeben hat, und um wie viel Uhr das war?«

»Das war Basti, so gegen zwei«, nickte Kevin. »Er sagte, die anderen haben ihm das Spiel am Freitag schon mitgegeben, weil er Samstag Frühschicht hatte. Er hat es mir vorbeigebracht, als er nach Hause gegangen ist.«

»Sehr interessant«, meinte Eddie und notierte eine weitere Bemerkung in sein Heft. Dann sah er auf. »Sie haben mir sehr geholfen, junger Mann. Vielen Dank. Und jetzt werde ich Sie nicht länger von Ihrer ... *Arbeit* abhalten.«

»Schon okay, Mann«, winkte Kevin ab und verschwand

wieder im Pförtnerhaus, wo er seine Spielfigur zu neuem Leben erwachen ließ.

Gedankenverloren und ungewöhnlich schweigsam lief Eddie nach Hause. Normalerweise hielt sein Partner immer Selbstgespräche, wenn er an der Lösung eines Falles arbeitet. Dass er das heute unterließ, zeigte Barny deutlicher als alles andere, wie schwierig das Puzzle aus Indizien und Vermutungen war, das Eddie zusammenzufügen versuchte, um das Verbrechen aufzuklären.

Erst als sie vor ihrem Haus auf Frau Herzig stießen, die sich gerade energisch an den Ästen des Kirschlorbeers, die durch den Zaun auf die Straße wuchsen, zu schaffen machte, schreckte Eddie aus seiner Versunkenheit auf.

»Himmel, Frau Herzig, das müssen Sie doch nicht machen«, brüllte er der alten Dame lautstark zu. »Warum haben Sie mir nicht Bescheid gegeben, damit ich mich darum kümmere wie jedes Jahr?«

»Pah!« Frau Herzig wedelte aufgebracht mit der Gartenschere vor Eddies Gesicht herum. »Sie sind zurzeit ja anderweitig immer so stark eingespannt, dass ich Sie nicht wieder belästigen möchte. Etwa so wie mit meiner Bitte, doch mal mit diesen ... *Nachbarn* zu sprechen.«

Eddie stöhnte auf und fasste sich an die Stirn.

»Tut mir leid, das habe ich tatsächlich vergessen. Aber ich hole es nach, versprochen. Nicht gerade heute am Sonntag, aber nächste Woche bevor der Abfall wieder geleert wird. Und jetzt legen Sie die Schere weg und gehen wieder ins Haus. Heute bläst ein eisiger Wind, da sollten Sie nicht hier draußen im Zug stehen.« Er nahm ihr das Werkzeug aus der Hand und schob die kleine Gestalt sanft zum Hauseingang.

Barny atmete erleichtert auf und überprüfte mit einem kurzen Blick, ob Frau Herzigs gärtnerische Tätigkeit seinen Tunnel unter dem Kirschlorbeer freigelegt hatte, was glücklicherweise nicht der Fall war. Dennoch nahm er sich vor, bei nächster Gelegenheit den Ausgang noch besser durch Steine zu tarnen. Dann folgte er seinem Partner ins Haus, wo Eddie sich gerade auf möglichst höfliche Art bemühte, einer Einladung zum sonntäglichen Kuchenessen zu entgehen.

Das Heulen der Polizeisirene unterbrach Frau Herzig bei ihrer Schilderung des Gugelhupfs, dessen Rezept sie heute erstmalig ausprobiert hatte. Eddie zog das Handy aus der Tasche und lächelte der Vermieterin entschuldigend zu. Dann wurde seine Miene ernst.

»Ist das dein Ernst?« Sein Blick wurde stahlhart. »Wir sind in fünf Minuten bei dir. Lass alles so, wie es ist!« Er wandte sich an die alte Dame. »Tut mir leid, Frau Herzig. Ich habe eben einen sehr wichtigen Hinweis erhalten, dem ich sofort folgen muss. Aber heben Sie mir doch ein Stück Kuchen auf, das würde mich sehr freuen. Und um den Strauch kümmere ich mich morgen.« Er winkte Barny zu sich und lief mit Riesenschritten wieder aus dem Haus in Richtung Danziger Straße. »Sieht so aus, als ob es jetzt endlich die heiße Spur gibt, nach der ich die ganze Zeit gesucht habe«, unterrichtete er Barny im Laufen. Er schüttelte den Kopf. »Und ausgerechnet Klara hat sie gefunden. Nicht zu glauben. Das werde ich mir die nächsten Jahre wieder endlos anhören müssen.«

Keine drei Minuten später standen sie vor Klaras Haustür und wehrten den vor Freude völlig durchgeknallten Craddock ab.

Klara stand mit triumphierender Miene in der Tür.

»Von wegen, es war eine dumme Idee, die Strickanleitungen zu sichern«, trompete sie durch Craddocks Geschrei hindurch.

»Wir haben Indizien entdeckt«, japste Craddock hysterisch. »Onkel Eddie wird begeistert sein. Und ich habe dabei geholfen, sie zu finden!«

»Und wie hast du das geschafft?«, erkundigte Barny sich neugierig.

»Von wegen geschafft«, erklang Dollys spöttische Stimme aus dem Hintergrund. »Etwas zu schaffen bedeutet, gezielt auf etwas hinzuarbeiten, und nicht, aus Blödheit einen Tisch umzustoßen, sodass alles, was drauf liegt, auf den Boden knallt.«

»Du hast also einen Tisch umgestoßen und dadurch Indizien entdeckt, Moppel«, versuchte sich Barny, Klarheit zu verschaffen.

»Genau!« Craddock hopste wie ein Gummiball vor Barny in die Stube. »Ich habe heute Nachmittag mit meinem Training begonnen und bin einige Runden durch das Zimmer gerannt. Du weißt schon, weil ich ja noch nicht mit Onkel Eddie auf eure Morgenrunde mitgehen kann. Er hat doch gesagt, wenn ich auf eure Morgenrunde mitkommen könnte, würde ich bald ein richtiger Polizeihund werden. Darum will ich jetzt jeden Tag meine eigene Morgenrunde machen. Also nicht gerade am Morgen, da ist es immer so gemütlich in meinem Körbchen. Aber am Nachmittag, wenn Mama Klara ihren Mittagsschlaf macht. Das ist dann ja auch so ähnlich wie am Morgen.«

»Dazu musst du wissen, dass *Training* für Moppel bedeutet, fünf Runden wild schnaufend durch die Stube rennen«, stöhnte Dolly entnervt. »Und dabei ein Spektakel zu veranstalten, dass man ganz sicher nicht mehr schlafen kann.«

»Es war doch nicht meine Schuld, dass Mama Klara gestern den Boden so glatt gemacht hat«, jaulte Craddock empört auf.

»Sie hat vor eurem Besuch gestern den Holzboden gewienert«, erklärte Dolly auf Barnys verständnislosen Blick hin.

»Und da bin ich eben ein bisschen ins Rutschen gekommen«, ergänzte Craddock etwas kleinlaut.

»Ein bisschen?« Dolly schnaubte abfällig. »Der Kerl ist mit seiner ganzen Masse quer durchs Zimmer geschlittert und mit einem Riesenkrach gegen Klaras Stricktischchen gedonnert. Mich hat es beinahe von der Ofenbank gehauen. Und sogar Klara ist davon wach geworden, was echt was heißen will. Das Theater hättest du nicht erleben wollen.«

»Aber am Ende war alles gut so«, kläffte Craddock jetzt wieder begeistert. »Dabei ist nämlich eins dieser Bücher heruntergefallen. Und da waren dann die Indizien drin.«

»Und um welche Indizien handelt es sich dabei?«, versuchte Barny endlich auf das Wesentliche zu kommen.

»Keine Ahnung«, strahlte Craddock ihn überglücklich an. »Ich weiß nur, dass Mama Klara ganz aufgeregt war und gleich Onkel Eddie angerufen hat.«

Barny verdrehte entnervt die Augen und Dolly grinste ihn schadenfroh an.

»Hast du wirklich geglaubt, du bekommst von dem kleinen Trottel eine zufriedenstellende Antwort?«

»Die Hoffnung stirbt bekanntlich zuletzt«, brummte Barny nur und lief zu Eddie, der von Klara soeben einen etwas aufschlussreicheren Bericht erhielt.

»Du kannst dir vorstellen, wie mein Herz raste«, erzählte sie gerade und fasste sich theatralisch an die Brust. »Ich dachte, es wären Einbrecher. Also habe ich mir Vaters alten Krückstock geholt – den habe ich nämlich genau für solche Notfälle neben meinem Bett liegen – und bin in die Stube geschlichen. Aber da waren keine Einbrecher!« Klara machte eine dramatische Pause und Eddie fuhr sie ungeduldig an.

»Kannst du jetzt endlich mal zum Punkt kommen? Was hast du gefunden?«

»Einen Brief!«, rief Klara aus. »In diesem Buch mit den Strickanleitungen, das du mir gestern so grob zugeworfen hast. Du weißt schon, das mit diesem allerliebsten Ajourmuster.«

»Klara!« Eddie sah aus, als ob er seine Schwester jeden Augenblick durchschütteln wollte. Klara ließ sich dadurch nicht einschüchtern. In aller Ruhe lief sie zu dem kleinen, runden Tisch neben ihrem Lehnsessel und klappte das besagte Buch am Ende auf, wo im Einband eine Tasche für die Strickmuster angebracht war. Dann zog sie einen ziemlich zerknitterten Briefumschlag daraus hervor.

»Da, lies selber! Er war im Buch versteckt und ist herausgefallen, als mein Stricktischchen umgefallen ist. Ich weiß noch immer nicht genau, wie das geschehen konnte.« Ungeduldig nahm Eddie den Brief entgegen.

Barny beobachtete gespannt, wie sich die Miene seines Partners beim Lesen veränderte. Als er aufsah, war die Ungeduld aus seinen Augen verschwunden, stattdessen funkelten sie begeistert.

»Das ist es! Das könnte Stoff für ein Motiv sein. Kaum zu glauben, dass davon nichts bekannt war. Und Rosa hat dir gegenüber nie etwas davon erwähnt?«

»Nicht ein Wort«, empörte sich Klara. »Ich hatte keine Ahnung.«

»Lass mal sehen«, murmelte Eddie und überflog den Brief noch einmal. »Rosa Scheib hat den Brief vor zweieinhalb Jahren bekommen. Dieser Ramon Barreto schreibt darin, dass seine Mutter Paola Barreto drei Monate zuvor verstorben sei.«

»Das war ihr Name«, rief Klara aufgeregt dazwischen. »Das Hausmädchen, mit dem Konrad diese Affäre hatte, hieß Paola und kam aus Portugal. Aber ihr Nachname war nicht Barreto, glaube ich.«

Eddie nickte. »Ich weiß. Er behauptet, sie hat ihm einen Brief hinterlassen, in dem sie ihm eröffnet hat, dass er gar nicht der eheliche Sohn von ihrem Ehemann Alfonso Barreto war, sondern dass sein richtiger Vater der Sohn des Arbeitgebers war, bei dem sie zwei Jahre in Deutschland gearbeitet hat. Diesen Barreto hat sie kurze Zeit später geheiratet, nachdem sie wieder nach Hause zurückgekehrt war. Da wusste sie schon von der Schwangerschaft.« Eddie rieb sich nachdenklich das Kinn. »Insoweit passt alles zusammen. Und dieser Ramon findet auch sehr schöne Worte, von wegen, er möchte nun seine wahre Verwandtschaft kennenlernen, natürlich ganz ohne Hintergedanken, was finanzielle Unterstützung betrifft. Sehr wortgewandt, der gute Mann. Ob er dazu einen Übersetzer engagiert hat?«

»Glaubst du, dass er etwas mit Rosas Verschwinden zu tun hat?«, fragte Klara aufgeregt.

»Wenn er tatsächlich Rosas Neffe ist, wäre er als einziger lebender Angehöriger sowieso Alleinerbe ihres

Vermögens. Dann würde er auf jeden Fall von ihrem Tod profitieren. Eine Entführung würde ihm dagegen nichts einbringen«, sinnierte Eddie. »Aber wenn es ein Testament gäbe, in dem sie einen anderen als Erben eingesetzt hat, bekäme er gar nichts. Für Neffen und Nichten gibt es so etwas wie einen Pflichtteilsanspruch nicht. In diesem Fall könnte er versuchen, sie durch ihre Entführung zu erpressen, dass sie ihn als Erben bestätigt. Nur, woher sollte gerade er wissen, ob es ein Testament gibt, nachdem hier kein anderer darüber Bescheid weiß?«

»Vielleicht geht er auch einfach nur auf Nummer sicher«, meinte Klara. »Wenn er Rosa dazu bringt, ein entsprechendes Testament zu seinen Gunsten aufzusetzen, hat er das Erbe auf jeden Fall in der Tasche, egal ob es da vorher schon ein anderes Testament gab oder nicht.«

»Hm.« Eddie wanderte wieder einmal unruhig im Zimmer herum. »Irgendwie finde ich das zu mager. Da muss noch mehr dahinter stecken. Warum hat Rosa nie etwas von dem Brief und ihrem Neffen erzählt? Und hat der Kerl sich wirklich damit zufriedengegeben, nur diesen einen Brief zu schreiben? Man möchte meinen, dass er sich bei einer so großen Sache auch mal persönlich um die alte Dame bemüht hat. Hatte Rosa im Seniorenstift denn nie irgendwelchen Besuch, von dem keiner wusste, wer er war?«

Klara schüttelte den Kopf.

»Ich besuche Rosa regelmäßig, seit sie vor zwei Jahren dorthin gezogen ist. Glaub mir, die Seniorinnen dort tratschen für ihr Leben gerne. Wenn Rosa dort einen ungewöhnlichen Besucher gehabt hätte, hätten sie mir das in unserer Strickrunde brühwarm erzählt.«

»Ja, schon«, brummte Eddie. »Aber was war vor zwei Jahren, als sie noch in ihrem Haus gelebt hat? Dieser Brief ist zweieinhalb Jahre alt. Der angebliche Neffe hatte also noch ein halbes Jahr zur Verfügung, um sie zu besuchen, bevor sie in den Stift kam.«

»Dann wirst du aber auch niemanden finden, der etwas

darüber wüsste«, seufzte Klara. »Rosa ist nicht gern unter Menschen gegangen und hatte auch keine großartigen Kontakte zu ihren Nachbarn. Ich war eine der wenigen, mit denen sie sich noch abgegeben hat, weil wir uns schon seit der Kindheit kennen und beide Katzen und Stricken lieben. Ansonsten hat sie es nach dem Tod ihres Mannes vorgezogen, ihr Leben sehr zurückgezogen in Gesellschaft ihrer Katzen zu verbringen. Sie war sehr misstrauisch und verdächtigte alle, nur hinter ihrem Geld her zu sein.«

»Da kam ihr dieser Neffe ja sicher sehr gelegen«, bemerkte Eddie sarkastisch. »Ich kann mir nicht vorstellen, dass sie so einen mit offenen Armen aufgenommen hätte. Kein Wunder, dass sie niemandem von dem Brief erzählt hat.«

»Aber wir können ihn doch auf jeden Fall auf die Liste mit den Verdächtigen setzen, oder?«, erkundigte sich Klara besorgt.

»Aber natürlich. Auch wenn mir noch nicht ganz klar ist, wie er die Sache bewerkstelligt haben könnte. Er müsste Hilfe gehabt haben. Und einen Ort, an dem er die alte Dame verstecken kann. Ich werde auf jeden Fall meine Pläne für morgen ändern«, murmelte Eddie und faltete den Brief sorgfältig zusammen. »Ich denke, ich muss ein paar alte Bekannte aufsuchen, um etwas über diesen Ramon Barreto herauszufinden. Ein paar Kontakte spielen lassen. Und vielleicht noch ein kleiner Besuch bei der K1. Die Jungs dort sollten dringend ein Amtshilfeersuchen nach Portugal schicken. Außerdem werde ich mich nachher beim Stammtisch mit den anderen absprechen. Bernd ist sowieso schon auf den Fall angesetzt. Er hat immer ganz nützliche Tipps.« Eddie blickte nachdenklich zu Barny, der es mit stoischer Ruhe ertrug, dass Craddock sich wieder ganz eng an ihn herangekuschelt hatte. »Die beiden verstehen sich erstaunlich gut. Wäre es in Ordnung für dich, wenn ich Barny morgen zu dir bringe? Ich denke, das wäre angenehmer für ihn, als den ganzen Tag in der

Transportbox zu sitzen, während ich in der Weltgeschichte herumfahre. Ich hab den Eindruck, dass er es nicht mehr so gut verträgt, stundenlang eingesperrt zu sein. Wir werden halt beide nicht jünger.«

Barny fuhr in die Höhe und starrte seinen Partner entrüstet an. Eddie schien jedoch ausnahmsweise nicht zu bemerken, welche Wirkung dieser unmögliche Vorschlag auf ihn hatte.

»Aber natürlich!«, rief Klara begeistert aus. »Craddock mag deinen Barny so gerne. Es ist immer eine Freude zu sehen, wie nett die beiden miteinander umgehen.«

»Gut«, nickte Eddie und überhörte nun auch noch Barnys empörtes Grummeln. »Dann bringe ich ihn dir vorbei, wenn ich losfahre. Wird so gegen acht sein. Aber jetzt muss ich los, damit ich nicht zu spät zum Stammtisch komme. Ich hab dort einige Berichte durchzusehen.«

Die Aussicht auf einen ganzen Tag ohne seinen Partner, dafür aber in Gesellschaft Craddocks, verursachte Barny so nachhaltig schlechte Laune, dass er Eddie den Rest des Abends mit Verachtung strafte. Selbst als Eddie ungewöhnlich spät, aber bester Laune, vom Stammtisch zurückkehrte, blieb er beleidigt auf der Couch liegen. Allerdings schien sich Eddie nicht besonders daran zu stören. Stattdessen machte er sich eifrig an der Steckwand zu schaffen.

»Da haben wir also noch ein paar Kandidaten für die Tafel«, murmelte er vor sich hin, während er einige Kärtchen beschriftete. Barny vergaß einen Teil seines Ärgers und hob neugierig den Kopf, als Eddie sieben weitere Namen neben den von Lina steckte.

»Das sind jetzt alle Angestellten aus der Ballerspiel-Truppe, die dieser Kevin heute genannt hat.« Eddie steckte drei der Karten näher an die Namen von Rosa Scheib und Kevin heran. »Da haben wir einmal diesen Basti, der Kevin das Ballerspiel am Ostersamstag gebracht hat, was es dem Entführer sicher erleichtert hat, unbemerkt aus dem Stift zu fahren. Und dann sind da noch Peter und Freddy, die einzigen aus der Gruppe, die zur Zeit des Verschwindens und auch noch zwei Wochen danach nicht in der Seniorenresidenz waren, also genug Möglichkeiten gehabt hätten, die alte Dame während ihrer Gefangenschaft zu versorgen. Der eine angeblich längere Zeit krank, der andere in einem ausgiebigen Osterurlaub. Und weil sie im gesamten Zeitraum der Ermittlungen nicht anwesend waren, wurden auch beide nicht über die alte Dame befragt, was absolut inakzeptabel ist. Das muss so schnell wie möglich nachgeholt werden. Bernd wird sich darum kümmern, ebenso wie um diesen Herbrecht, der bei den Ermittlungen ebenfalls durch die Maschen geschlüpft ist.« Er tippte stirnrunzelnd gegen ein Kärtchen, das direkt über dem von Rosa Scheib schwebte. »Dieser Ramon Barreto ist da eine viel härtere Nuss. Wenn der in Portugal lebt, wird es schwer sein, etwas über ihn zu erfahren. Er hätte dutzende Male nach Deutschland einreisen können, ohne dass irgendeiner Wind davon bekommen hätte. Außer er ist bei seinem Aufenthalt hier irgendwie auffällig geworden, was ich mir nicht vorstellen kann. Wenn der etwas mit der Sache zu tun hat, hat er sich bestimmt ganz besonders umsichtig verhalten. Ich denke, an ihn kommt man nur heran, wenn er hier Mittäter hat, die sich bei ihren Aussagen ungeschickt verhalten.« Eddie seufzte betrübt und Barny sah seinen Partner beunruhigt an. Diesmal erwiderte Eddie seinen Blick und lächelte gequält. »Die Sache ist die, Kumpel, jetzt wo die Ermittlungen offiziell wieder aufgenommen wurden, müssen wir beide uns etwas zurückhalten. Wir können den Ermittlern nicht in die Arbeit pfuschen. Bisher hat sich keiner darum gekümmert, dass wir den bereits befragten Herrschaften privat noch ein paar weitere Fragen gestellt haben, nachdem der Fall nicht mehr verfolgt wurde. Aber die Erstbefragung möglicher neuer Verdächtigen müssen wir den Aktiven überlassen. Das Einzige, was ich jetzt noch machen kann, ist neue Indizien zu sammeln und dann an die zuständigen

Stellen weiterzugeben.« Er fuhr sich frustriert durch die Haare. »Und natürlich die Berichte über die neuesten Vernehmungen zu lesen.« Plötzlich schlug Eddie sich mit der Hand gegen die Stirn und begann übers ganze Gesicht zu grinsen. »Ja, natürlich! Warum bin ich da nicht gleich drauf gekommen? Fernao, unser alter Hundepfleger von der Staffel! Den hast du schon nicht mehr kennengelernt. War ein netter Kerl, du hättest ihn gemocht. Außerdem war er Portugiese. Ist dann auch als Rentner hiergeblieben, weil er in der Nähe seiner Kinder und Enkel leben wollte, und kommt jedes Jahr zum Rentnertreff. Ich könnte wetten, dass der mir weiterhelfen kann. Er hat sicher nichts dagegen, für mich ein paar Telefonate in sein Heimatland zu machen. So wie ich Fernao kenne, hat er dort ein paar patente Freunde und Kontakte, durch die er etwas über diesen Barreto in Erfahrung bringen kann.« Eddie grinste Barny schief an. »Ich will verdammt sein, wenn wir uns jetzt aus dem Rennen werfen lassen, nur weil die anderen auch endlich kapiert haben, dass mehr hinter der ganzen Sache steckt, als anfangs vermutet.«

12

Barny hoffte bis zuletzt, dass Eddie spätestens am nächsten Morgen erkannte, was für eine blödsinnige Idee es war, ihn den ganzen Montag bei Klara zu lassen. Allerdings hoffte er vergeblich.

Nach einer besonders ausgiebigen Morgenrunde und einem sehr verkürzten Frühstück standen die beiden Punkt acht Uhr vor Klaras Haustür. Ausnahmsweise folgte auf ihr Klingeln kein hysterisches Gebell. Barny vermutete, dass Craddock es vorzog, zu dieser nachtschlafenden Zeit noch gemütlich in seinem Körbchen zu liegen. Die lauten Schnarchgeräusche, die aus der Ecke schallten, in der ein mit himmelblauem Plüsch bezogenes Hundekörbchen stand, bestätigten diese Vermutung.

Erst als Eddie seiner Schwester genau erklärte, was sie bei Barny alles zu beachten hatte, verstummte das Schnorcheln und ein ziemlich verschlafener Craddock glubschte für wenige Sekunden verwirrt aus dem Körbchen, um gleich darauf wieder weiter zu schnarchen.

»Also kein zusätzliches Füttern!«, ermahnte Eddie Klara streng. »Er hatte bereits sein Futter. Und heute Abend bekommt er den Rest. Zwischenmahlzeiten gibt es bei uns nicht, sonst kommt er bald daher wie dein Moppel. Wenn du mit ihm und Craddock rausgehst, überleg dir das mit den Leinen. Barny horcht aufs Wort, der macht keine Dummheiten. Ist vielleicht besser, wenn du ihn ausnahmsweise mal ohne mitnimmst. Ich denke, du bist mit deinem Chaoten genug beschäftigt. Nicht dass es noch einen Unfall gibt, weil sich die Leinen verwickeln. Auf Barny kannst du dich verlassen. Er weiß, dass er auf dich aufpassen soll, also wird er bei dir bleiben.« Er blickte zu Barny, der mürrisch vor sich hin starrte. »Nicht wahr, Kumpel?«

Barny strafte seinen Partner mit Verachtung und lief mit hängendem Schwanz in die Ecke, wo wie üblich eine

Decke für ihn ausgebreitet lag. Eddie seufzte und zuckte dann die Achseln.

»Glaub mir, mein Junge, so ist es besser für dich. Heute Abend hole ich dich wieder, und dann drehen wir noch eine schöne Runde.« Nach einem letzten Blick auf seinen beleidigten Partner wandte er sich wieder seiner Schwester zu. »Dann macht's mal gut miteinander«, brummte er und verschwand.

Barny rollte sich zusammen und kniff die Augen zu. Er nahm sich vor, diesen unerfreulichen Tag zumindest dafür zu nutzen, nach den Anstrengungen der vergangenen Woche endlich wieder einmal so richtig auszuruhen. Und da Craddock offensichtlich ein ausgesprochener Langschläfer war und Klara sich die nächsten beiden Stunden mit einem umfangreichen Frühstück und der ausgiebigen Lektüre der Backnanger Zeitung vergnügte, stand seinem Vorhaben nichts im Weg.

Kurz vor zehn – Klara war mittlerweile beim Anzeigenteil angekommen – stieß sie einen lauten Ruf aus und sprang auf. Barny schreckte schuldbewusst hoch und checkte die Lage, ob ihm irgendeine Gefahr entgangen war.

»Das passt ja hervorragend!«, nickte Klara der Zeitung zu. Barny schnaufte erleichtert auf und ließ sich wieder auf die Decke zurückfallen. »Ich wollte heute sowieso noch zum Rossmann und jetzt haben die dort sogar noch mein Lieblingsshampoo im Angebot«, begeisterte sich Klara und stürmte aus der Stube.

»Was ist denn los?«, erklang eine verschlafene Stimme aus dem himmelblauen Körbchen und Craddock schob sich unbeholfen über den breiten Plüschrand. Bei Barnys Anblick glättete sich sein zerknautschtes Gesicht auf das Normalmaß an Falten und der Ringelschwanz nahm langsam Fahrt auf. »Hallo Barny! Dann hat dich Onkel Eddie ja schon hergebracht.« Stolz warf er sich in die Brust. »Wusste ich doch, dass das kein Traum gewesen ist. Was machen wir heute den ganzen Tag? Gibt es wieder was zu ermitteln?«

Barny seufzte und nickte zur Tür hin, durch die Klara eben verschwunden war.

»Heute wird nicht ermittelt. Stattdessen werden wir wohl einkaufen gehen. Klara hat irgendetwas von einem Shampoo gesagt.«

»Oh weh!« Der Ringelschwanz klappte Richtung Boden. »Das mag ich gar nicht. Da bindet Mama Klara mich immer ganz allein vor den Läden an und ich muss auf dem harten Boden sitzen und auf sie warten. Meistens trifft sie dabei Bekannte und dann redet sie so lange, dass mir ganz kalt wird. Hoffentlich zieht sie mir ein warmes Jäckchen an.«

Barny verdrehte die Augen und blickte zum Fenster, durch das ein wolkenloser Himmel zu sehen war.

»Wir haben Frühling, Moppel, und die Sonne scheint. Ich denke, bei diesen Temperaturen friert nicht einmal ein Mops.«

»Du hast recht.« Glücklich schaute Craddock zu Barny hoch. »Und außerdem bin ich heute auch nicht allein. Du bist ja bei mir. Da wird mir bestimmt nicht kalt.« Sichtlich zufrieden drehte er sich um und wackelte zu Klara.

Als die beiden wieder in die Stube zurückkehrten, trug Craddock ein weinrotes Strickjäckchen mit aufgestickten Hundeknochen, passend zu dem ebenfalls weinroten Schultertuch, das Klara sich umgelegt hatte.

Schicksalsergeben trottete Barny neben den beiden den Berg hinunter Richtung Murr. Für die Strecke zum Rossmann, die er und Eddie locker in fünf Minuten schafften, benötigten sie heute fast eine halbe Stunde, da Craddock mit wichtiger Miene und laut schnaufend jedes Hälmchen und jeden Strauch, der ihren Weg kreuzte, beschnuppern musste. Klara schien damit kein Problem zu haben. Stattdessen nutzte sie die Gelegenheit, um in den Schnüffelpausen ausgiebig die Vorgärten der Anwohner zu inspizieren, deren Sträucher Craddock so überaus interessant fand. Als sie endlich vor der Drogerie in der Sulzbacher Straße ankamen, fühlte Barny sich erschöpfter als nach einer Stunde Gewaltmarsch mit Eddie.

Wie Craddock vorausgesagt hatte, band Klara ihn vor dem Eingang an. Bei Barny zögerte sie kurz, doch als sie seinen empörten Blick sah, ließ sie ihn ohne Leine vor dem Eingang sitzen.

Wie Craddock ebenfalls angekündigt hatte, schien Klara im Drogeriemarkt tatsächlich auf Bekannte zu treffen, sodass sich ihr Aufenthalt dort unerfreulich lang zog.

Barny ertrug es inzwischen mit Fassung, dass Craddock sich wieder einmal eng an ihn kuschelte. Selbst die begeisterten Ausrufe einiger Passanten, die sich über das ungleiche Paar amüsierten, ließ er mit ungerührter Miene über sich ergehen, während Craddock vor Freude über so viel Aufmerksamkeit zu sabbern begann.

Als ein schwarzer Audi A1 auf dem Parkplatz hielt, nahm Barny das zunächst nur ganz nebenbei zur Kenntnis. Doch als sich die Fahrzeugtür öffnete und ein bekannter Geruch zu ihm herüberschwappte, schrillten in seinem Kopf sämtliche Alarmglocken. Sofort stand Barnys Körper unter Strom und sein Nackenfell richtete sich zu einer drohenden Bürste auf. Ein dumpfes Grollen klang aus seiner Kehle.

Craddock, der gerade damit beschäftigt war, mit feuchtem Augenaufschlag einem kleinen Mädchen mit einer Brezel in der Hand klar zu machen, dass er völlig ausgehungert war, hörte auf zu sabbern und sah verwirrt zu Barny auf. Dann folgte er Barnys Blick und bemerkte den jungen Mann, der mit eiligen Schritten in den Drogeriemarkt stürmte.

»Oh je, den Menschen kenne ich«, winselte er kläglich.

Sofort hatte er Barnys ganze Aufmerksamkeit.

»Woher? Was weißt du über ihn?«

»Der arbeitet in Tante Rosas Seniorenheim. Ich weiß nicht, wie er heißt, aber ich habe ihn schon ein paar Mal gesehen, wenn wir Tante Rosa besucht haben. Er ist nicht nett. Nicht so wie Lina, die mich immer krault, wenn sie mich sieht. Und sie hat auch immer ein Leckerchen für mich in ihrer Schürze.« Craddock seufzte mit verklärtem Blick.

»Und weiter?«, knurrte Barny. »Was weißt du noch von dem Jungen?«

»Ich glaube, er mag mich nicht«, flüsterte Craddock und ließ bekümmert die Ohren hängen. »Einmal ist er an mir vorbeigegangen und hat mich getreten. Ich denke, das war kein Versehen. Und dann hat er etwas von einem hässlichen Köter gesagt.«

»Also, das hilft jetzt nicht wirklich weiter«, seufzte Barny, während er den jungen Mann, der nun den Eingang erreicht hatte, mit seinem Blick verfolgte.

Irgendetwas an dem Kerl irritierte ihn. Er fasste ihn noch genauer ins Auge, um eine Erklärung für dieses Gefühl zu finden. Es war, als ob sein Geruch nicht so richtig zu seinem Äußeren passte.

Der Kerl wirkte ziemlich grobschlächtig und sein Gesichtsausdruck vermittelte nicht gerade den Eindruck hervorragender Intelligenz. Er schien nun wirklich nicht der Typ zu sein, der sich einen ausgeklügelten Entführungsplan ausdachte. Doch die Rolle eines Handlangers für die groben Arbeiten passte recht gut zu ihm.

Die grüne Arbeitshose, die er trug, ließ Barny weiter schlussfolgern, dass er einer der beiden jungen Gärtner war, die Kevin am Vortag erwähnt hatte, vielleicht sogar der, von dem der Aushilfspförtner am Tag der Entführung das ablenkende Ballerspiel erhalten hatte. Insofern passte die Sache. Was so gar nicht passte, war das Auto, das er fuhr.

Barny hatte in den letzten Jahren ein ganz gutes Gespür für Menschen entwickelt. Und dieser Typ Mann bevorzugte nach seiner Erfahrung eher einen großen, schweren Wagen, am besten einen Pick-up. Für ein Auto wie den kleinen, schnittigen A1 entschied sich eine ganz andere Sorte Mann. Aber Barny hatte auch gelernt, dass Menschen oft unberechenbar waren und der Geruch, der von dem Mann ausging, war unverkennbar der, den

Barny bereits mehrfach wahrgenommen hatte. Dieser Kerl musste seine Finger sowohl in der Futtertruhe, als auch in der Dokumententasche und an der verstümmelten Katze gehabt haben. Und auch wenn Barny mit seiner Einschätzung richtig lag, und der Kerl nicht der eigentliche Drahtzieher war, so hing er doch in der Sache mit drin und konnte Barny auf die Spur des richtigen Täters führen.

»Verdammt, ich muss wissen, wie er heißt«, knurrte er unwillig. »Und ich muss mir das Auto näher ansehen.« Er wollte sich gerade auf den Weg machen, als Klara aus dem Drogeriemarkt kam. Barny stieß einen Fluch aus und setzte sich wieder neben Craddock. »Hör zu, Moppel«, brummte er dem Mops leise zu. »Wir müssen Klara so schnell wie möglich nach Hause bringen, damit ich noch einmal allein hierherkommen kann, bevor der Kerl verschwunden ist. Also nicht wieder diese stundenlangen Schnüffelpausen. Kriegst du das hin?«

Craddock gab ein begeistertes Jauchzen von sich.

»Aber klar doch! Du wirst sehen, ich bringe Mama Klara ganz schnell wieder heim. Du kannst dich auf mich verlassen!«

Und diesmal hielt er Wort. Sobald Klara ihn losgebunden hatte, warf Craddock sich wild schnaufend in sein Geschirr und trippelte eilig Richtung Heimat. Klara folgte ihm mit verdutzter Miene.

»Was hast du denn, Moppelchen?«, wunderte sie sich, während sie sich von dem Mops den Berg hochziehen ließ. »Warum hast du es plötzlich so eilig? Willst wohl dein Mittagessen heute ein bisschen früher haben, was?«

Craddock reagierte darauf nur mit einem energischen Schwanzwackeln und stemmte sich noch eifriger in sein Geschirr. Bis zur Einmündung ins Zwischenäckerle lief er sehr zu Barnys Verwunderung im Rekordtempo, doch als die Steigung zunahm, ging dem Mops sichtlich die Puste aus. Dennoch hielt er sich wacker und kämpfte sich bis zum Häfnersweg durch. Dort wurde aus dem Schweinsgalopp ein schwerfälliger Trab und Barny bekam langsam Mitleid mit dem Kleinen, der nicht nur seine, sondern auch einen Teil von Klaras Masse den Berg hoch schleppte. Klara selber war inzwischen so außer Atem, dass sie ihre besorgten Ausrufe, was denn nur in ihren Moppel gefahren sei, vollkommen eingestellt hatte. Nur ab und zu entfuhr ihr ein gequältes Ächzen. Mit hochrotem, schweißüberströmten Gesicht zockelte sie hinter Craddock her. Eine Hand umklammerte die zum Zerreißen gespannte Hundeleine, während sie mit der anderen versuchte, das Schultertuch festzuhalten, dessen Knoten sich inzwischen gelöst hatte. Die Tasche mit den Einkäufen baumelte im Takt zu ihren Schritten von ihrem Ellbogen herab.

Als sie schließlich in einer neuen Rekordzeit in der Danziger Straße ankamen, röchelten Klara und Craddock um die Wette. Craddock sah aus, als ob er jeden Moment kollabieren müsste und Klara, deren Schultertuch mittlerweile wie eine Fahne hinter ihr her flatterte, wirkte völlig aufgelöst.

Dolly, die sich gerade nach ihrer nächtlichen Runde vor der Katzenklappe eingefunden hatte, starrte Barny fragend an.

»Was ist denn mit den beiden los? Weitet Moppel sein idiotisches Trainingsprogramm jetzt auch noch auf Klara aus?«

Barny grinste. »Na ja, das hier ist diesmal auf meinem Mist gewachsen. Er führt nur meinen Auftrag aus, Klara so schnell wie möglich ins Haus zu bringen, damit ich freie Bahn für weitere Ermittlungen habe. Und erstaunlicherweise macht er das ziemlich gut.«

»Welche Ermittlungen?« Ausnahmsweise kaschierte Dolly ihr Interesse nicht hinter scheinbarer Gleichgültigkeit.

»Ich denke, ich habe einen der Täter gefunden«, erwiderte Barny etwas zögernd. »Unten beim Rossmann. Und ich muss schnellstens wieder dorthin zurück, bevor der Kerl mir durch die Pfoten schlüpft. Moppel meint, er sei aus dem Seniorenstift. Er kennt aber nicht seinen

Namen. Wenn ich Riddick auf ihn ansetzen will, brauche ich zumindest eine Autonummer und nähere Angaben über den Typen. Ich hoffe, es ist nicht schon zu spät.«

Dolly betrachtete ihn nachdenklich.

»Du kannst Türen öffnen, nicht wahr?«

Barny nickte. »Wenn sie nicht abgeschlossen sind.«

»Klara schließt tagsüber nie ab«, versicherte Dolly und lief ins Haus. Barny folgte ihr.

»Ich lenke Klara ab und du verschwindest wieder«, wies sie ihn an. »Wenn ich genug Chaos angerichtet habe, dass Klara eine Weile beschäftigt ist, komme ich nach. Den Mistkerl werde ich mir persönlich ansehen!«

Barny kniff besorgt die Augen zusammen.

»Tu aber nichts Unüberlegtes. Nicht, dass der Kerl misstrauisch wird und dadurch die weiteren Ermittlungen erschwert werden.«

Dolly schnaufte verächtlich.

»Pah! Ich bin eine Katze. Ich tue nie etwas Unüberlegtes. Also beobachte und lerne. Und dann mach, dass du hier wegkommst. Pass gut auf, die Show beginnt.«

Und damit schlüpfte sie hinter der völlig erschöpften Klara in die Stube und marschierte zielstrebig zu dem großen Strickkorb neben dem Lehnsessel. Barny reckte den Kopf und beobachtete, wie Dolly den Korb umwarf und geschickt einige Wollknäuel aus dem dabei entstehenden Chaos heraus angelte. Er hörte ihren Ruf: »Los, Moppel, bediene dich und hilf mir dabei Klara abzulenken!«, und dann Klaras entsetzten Aufschrei.

Schnell lief er zur Haustür, die er mit geübtem Sprung öffnete. Aus dem Augenwinkel sah er Craddock und Dolly mit mehreren Wollknäuel im Maul in verschiedene Richtungen stürmen. Er hörte Klaras kurzatmige Schimpftirade und das begeisterte Jauchzen des Mopses, der angesichts dieses neuen, tollen Spiels seine Erschöpfung in Sekundenschnelle vergaß und seine flauschige, bonbonfarbene Wolle im Wegrennen wie ein Beutetier wild schüttelte. Dann war Barny auch schon im

Vorgarten und hechtete mit einem eleganten Satz über den Zaun.

Keine drei Minuten später stand Barny wieder auf dem Parkplatz des Drogeriemarkts. Er keuchte erleichtert, als er den schwarzen Wagen sah. Der Verdächtige hatte seine Besorgungen also noch nicht beendet. So unauffällig wie möglich schlich Barny zwischen den geparkten Autos zum Wagen des Verdächtigen. Zwischen all dem Gestank nach Gummi, Benzin und Öl erkannte er zweifelsfrei den erwarteten Geruch des mutmaßlichen Täters wieder. Ein Blick auf das Nummernschild ließ seine Laune weiter steigen. Der Kerl hatte ein BK-Kennzeichen. Das wurde immer besser. Die Wahrscheinlichkeit, dass sich sein Opfer hier in der näheren Umgebung befand, wurde dadurch deutlich erhöht.

»Das ist dann also das Auto des Dreckskerls.« Dollys böses Zischen dämpfte Barnys Freude über den Erfolg seiner Nachforschungen. Für einen kurzen Augenblick hatte er völlig vergessen, dass er diese Ermittlungen nicht nur aus Spaß an der Jagd betrieb, sondern um weitere Grausamkeiten zu verhindern. Schuldbewusst wandte er sich der Katze zu, deren Augen voller Hass an dem Auto klebten.

»Sieht so aus«, nickte er. »Aber ich habe dich nicht so schnell hier erwartet, nach dem Tumult, den du bei Klara angezettelt hast.«

Dolly schenkte ihm ein kleines, boshaftes Lächeln.

»Ich musste nur den Anstoß dafür geben. Für den vollendeten Wirrwarr sorgt nun Moppel. Du kennst den kleinen Chaoten doch inzwischen gut genug. Nichts kann er besser, als eine konfuse Situation noch mehr zu verwirren.« Sie wandte ihre Aufmerksamkeit wieder dem Auto zu. »Und was jetzt?«

»Wie wäre es, wenn du dir die Karre mal etwas näher ansiehst«, forderte Barny die Katze auf. »Ein Schleicher auf 'nem warmen Wagendach fällt hier sicher weniger auf, als ein Kerl wie ich, der Männchen macht, um durch ein Autofenster zu schauen.«

Dolly lachte kurz auf und sprang mit einem eleganten Satz auf die Motorhaube des Audis. Gespannt beobachtete Barny, wie sie das Innere des Wagens in Augenschein nahm.

»Und?«

Dolly wiegte leicht den Kopf.

»Mir fällt nichts Besonderes auf. Ist halt ein Auto wie jedes andere.«

»Liegen dort irgendwelche Zettel, Briefe oder Rechnungen?«, knurrte Barny ungeduldig. »Irgendetwas, was auf seine Adresse schließen lässt? Oder Tickets, Parkscheine, Eintrittskarten, durch die man was über seine Angewohnheiten erfahren könnte?«

»Nerv nicht, Schnüffler! Hier gibt es rein gar nichts zu sehen«, maulte Dolly. »Der Kerl scheint ein bescheuerter Pedant zu sein. Die Karre blitzt und blinkt wie neu. Kein Stäubchen, kein Härchen, nix.«

»Hm, so kam mir der Typ gar nicht vor«, brummte Barny.

Dolly sprang nun auf das Dach und setzte ihre Inspektion durch die Heckscheibe fort. Ein scharfes Zischen entfuhr ihr und Barny horchte auf.

»Volltreffer!« Dollys Schwanz nahm doppelte Ausmaße an.

»Was?« Barny musste sich beherrschen, um nicht doch noch selber durch die Fenster zu schauen und dadurch seine Deckung aufzugeben.

»Er ist es!«, geiferte Dolly. »Er ist der Mistkerl! Sie muss in diesem Auto gesessen haben.«

»Was siehst du, verdammt noch mal?« Barnys Körper befand sich in höchster Alarmbereitschaft.

Die Augen der Katze verschossen bernsteinfarbene Blitze.

»Erinnerst du dich noch an die Strickmaus, die Moppel dir letzte Woche vor die Füße gespuckt hat?«

»Die, die er von Rosa bekommen hat?«, vergewisserte sich Barny. Dolly nickte grimmig.

»Eine davon liegt hinten unter dem Beifahrersitz. Ich

sehe ein Stück des Kopfes mit dem Klingelhalsband. Sie muss Rosa aus dem Strickkorb gefallen sein, als der Drecksack sie in seinem Auto entführt hat!«

»Vielleicht ist sie beim Fahren dann ganz unter den Sitz gerutscht, sodass er es nicht bemerkt hat, obwohl er sonst so ein Pedant ist«, sinnierte Barny. »Und später ist sie dann wieder etwas nach hinten gerollt.« Barny war so damit beschäftigt, die Situation zu rekonstruieren, dass er die Annäherung des Verdächtigen, der völlig unerwartet aus Richtung Schweizerbau anstatt vom Rossmann kam, erst bemerkte, als eine wütende Stimme ertönte.

»Was zum Teufel machst du Scheißvieh auf der Karre?«

Barny brachte sich mit einem Satz hinter dem nebenstehenden Auto in Sicherheit und betrachtete den sehr zornigen jungen Mann, der mit einer großen Intersport-Tüte auf den Audi zueilte. Dann blickte er aus seiner Deckung besorgt zu Dolly hoch, die mit bewundernswerter Ruhe auf dem Autodach thronte und dem heranstürmenden Mann aus zusammengekniffenen Augen entgegen sah.

»Mach jetzt bloß keinen Unsinn«, brummte Barny ihr warnend zu. »Komm sofort da runter und dann nichts wie weg!«

Dolly gab ein trügerisch sanftes Gurren von sich, streckte sich wohlig auf dem warmen Dach – und fuhr ihre Krallen aus. Ein ekelhaft durchdringendes Geräusch ertönte, als sie die Krallen genüsslich über den blitzenden, schwarzen Lack kratzen ließ. Dann sprang sie elegant in die entgegengesetzte Richtung von Barnys Versteck und verschwand blitzschnell zwischen den parkenden Autos.

Barny hörte ein Aufjaulen, das einem Wolf alle Ehre gemacht hätte. Rosas mutmaßlicher Entführer hatte inzwischen das Auto erreicht und die tiefen Rillen im Lack entdeckt, die nun das Dach zierten. Zornentbrannt ließ er die Tüte fallen, deren Inhalt sich über den Boden ergoss.

»Ich bring dich um!«, kreischte er in den höchsten Tönen. »Irgendwann erwisch ich dich, und dann mach ich dich platt, das schwör ich dir, dich und deine ganze Scheißbrut, die mir immer die Gärten vollscheißt! Aber vorher sorg ich dafür, dass es so richtig wehtut!«

Barnys Nackenhaare stellten sich auf, als er den gehässigen Ton in der Stimme des Mannes hörte.

Das Bild der verstümmelten Katze erschien wieder vor seinem inneren Auge. Dann fiel sein Blick auf die verschütteten Einkäufe des Mannes. Er erkannte Kletterseile in verschiedenen Ausführungen und Stärken. Jedes Einzelne davon bestens dafür geeignet, einen Menschen zu fesseln.

Ein dumpfes Grollen stieg in Barnys Kehle auf. Es kostete ihn seine ganze Beherrschung, nicht aus seiner Deckung zu stürmen und den Kerl zu stellen. Allein der Gedanke an seinen Partner hielt ihn davon ab, diesem Impuls zu folgen. Eddie verließ sich darauf, dass Barny nichts Unüberlegtes tat. Und noch gab es keinen unwiderlegbaren Beweis dafür, dass dieser Bursche etwas mit der Entführung zu tun hatte, also musste Barny sich zurückhalten, bis er diesen Beweis liefern konnte. Und dazu brauchte er Riddick.

Leise zog er sich weiter zurück. Der Typ war im Augenblick völlig von Sinnen. Wenn der ihn jetzt in diesem Zustand sah, würde Blut fließen – allerdings nicht das von Barny. Ganz entgegen seiner sonst eher ausgeglichenen Natur konnte Barny sich im Moment nichts Befriedigenderes vorstellen, als den Kerl genau dort zu beißen, wo es am meisten wehtat. Und dazu benötigte er nicht unbedingt die Ausbildung zum Schutzhund.

Vorsichtig wandte sich Barny ab und schlich ans Ende der Reihe parkender Autos. Dort musste er seine Deckung verlassen. Er gab Gas, sprintete über den Parkplatz am Rossmann vorbei die Treppe hoch in die Gartenstraße und von dort weiter zu Klaras Haus.

Er hatte Glück. Die Haustür stand noch immer offen

und aus dem Inneren erklang das wüste Gezeter von Klara. Dolly erwartete ihn im Flur und wirkte mehr als zufrieden mit sich.

»Alles klar, Großer«, schnurrte sie. »Klara hat nichts bemerkt. Sie ist noch immer mit der Schadensbegrenzung beschäftigt.« Sie nickte in Richtung Stube, wo Klara mit dem Rücken zu ihnen vor dem Lehnsessel auf dem Boden kniete und laut vor sich hin schimpfend unzählige bunte, vollkommen ineinander verwickelte Wollknäuel auseinander zu sortieren versuchte.

Craddock hatte sich offensichtlich in die tiefsten Tiefen seines Körbchens zurückgezogen und wagte nicht einmal mehr laut zu schnaufen.

Leise schlich Barny zu seiner Decke in der Ecke des Zimmers und legte sich möglichst unauffällig hin.

Dolly nickte ihm noch einmal zu und verschwand lautlos durch die Katzenklappe. Barny grinste in sich hinein. Die Katze war schlau genug, sich von Klara fernzuhalten, solange diese in einer so miesen Stimmung war. Bis zum Abend hatten sich die Wogen sicher wieder geglättet.

Klara benötigte über eine Stunde, um in ihrem Strickkorb wieder für die richtige Ordnung zu sorgen. Danach verzog sie sich in die Küche und bereitete sich einen kleinen Mittagsimbiss zu. Die Hunde würdigte sie dabei keines Blickes. Craddock blieb die ganze Zeit über unsichtbar. Erst als Klara sich immer noch fluchend für ihr Mittagsschläfchen zurückzog, kroch er mit hängenden Ohren aus seinem Körbchen und legte sich eng neben Barny.

»Alles klar, Kleiner?«, erkundigte sich Barny besorgt. Er hatte Craddock noch nie so traurig erlebt und fühlte sich nun irgendwie schuldig.

»Mama Klara ist ja so böse auf mich«, winselte Craddock unglücklich. »Noch nie hat sie so schlimm mit mir geschimpft. Nicht einmal damals, als sie den Sonntagsbraten fallen gelassen hat, weil ich an ihr hochgesprungen bin.«

»Sie wird sich schon wieder beruhigen«, versuchte Barny, den Mops zu trösten. »Wart's ab, wenn sie erst mal eine Runde geschlafen hat, ist alles wieder vergessen.«

»Glaubst du wirklich?« Ein kleiner Hoffnungsfunke glomm in den feuchten Augen auf. »Sie hat mir nicht einmal mein Mittagessen gemacht. Bestimmt bekomme ich auch keinen Nachmittagsimbiss.«

Barny seufzte. »Du wolltest doch sowieso abnehmen, um fit zu werden, Moppel.« Er stieß ihn gutmütig an. »Dann kommst du den Berg noch schneller hoch, obwohl das heute schon eine ganz ordentliche Leistung war.«

»Findest du?« Die dicken Sorgenfalten glätteten sich ein wenig.

»Auf jeden Fall«, nickte Barny entschieden. »Du hast mir heute sehr geholfen. Das war einsame Spitze. Nur weil du dich so selbstlos für den Fall eingesetzt hast, bin ich mit meinen Ermittlungen ein ganzes Stück weiter gekommen. Du hast dich verhalten wie ein echter Partner.«

»Wirklich?«, quiekte Craddock fassungslos. Als Barny nickte, bebte der Mops vor Glück. »Dann bin ich jetzt fast schon ein richtiger Polizeihund! Wenn das nur Onkel Eddie erfahren könnte! Du musst mir alles erzählen, was du ermittelt hast. Ich muss jetzt auf dem Laufenden sein, wenn ich dir weiter helfen soll.«

Also berichtete Barny ihm von den Geschehnissen auf dem Parkplatz, von der Strickmaus im Auto und dem Auftauchen des Verdächtigen. Der Mops hörte ihm atemlos zu. Als Barny schließlich fertig war, holte Craddock tief Luft.

»Dolly ist ja so mutig! Wie sie dem bösen Mann so ruhig begegnen konnte! Ich wäre vor Angst gestorben. Und sie hat ihm wirklich das Auto kaputtgemacht? Oh je, da wird er jetzt noch viel böser sein als vorher. Hoffentlich tut er Tante Rosa nicht weh. Was wirst du jetzt machen, Barny?«

»Nun ja.« Barny kniff nachdenklich die Augen

zusammen. »Wir müssen so schnell wie möglich herausfinden, wo der Kerl die alte Dame versteckt hält und hoffen, dass sie noch am Leben ist. Ihre Leiche wurde jedenfalls noch nicht gefunden. Aber dazu muss man den Kerl beschatten. Und der Einzige, der dafür in Frage kommt, ist Riddick. Ich versuche, ihn noch heute Abend zu kontaktieren und auf den Verdächtigen anzusetzen.«

»Und Onkel Eddie?« Craddock sah Barny groß an. »Wie willst du ihm zeigen, was du herausgefunden hast?«

Barny seufzte schwer.

»Genau das ist mein Hauptproblem. Irgendwie muss ich es schaffen, dem Kerl über den Weg zu laufen, wenn Eddie bei mir ist. Nur so kann ich ihm klarmachen, dass der Typ in der Sache mit drin steckt. Aber vielleicht hat Eddie bei seinen Ermittlungen heute selber eine Spur entdeckt, die zu dem Täter führt.«

»Ganz bestimmt!« Craddock nickte eifrig. »Onkel Eddie ist der schlaueste Mensch, den ich kenne. Wenn jemand was herausfindet, dann er. Und du bist auch so schlau. Ihr seid das beste Ermittler-Team, das es gibt. Und ich darf euch helfen.« Glücklich kuschelte Craddock sich wieder neben Barny auf die Decke und war innerhalb von Sekunden eingeschlafen. Bald füllte sein wohliges Schnarchen den ganzen Raum.

Barny schüttelte grinsend den Kopf und legte sich so um, dass Craddocks Atem ihm nicht ständig ins Gesicht blies.

13

Eddies Ermittlungen waren offensichtlich ebenfalls recht erfolgreich gewesen.

Als er bereits am frühen Abend vor Klaras Haustür stand, spürte Barny sofort, dass sein Partner vor Tatendrang nur so strotzte. Er begrüßte den überschwänglichen Craddock ungewöhnlich ausgiebig, was diesen zu wahren Verzückungsorgien verleitete, und hörte sich geduldig Klaras dramatische Schilderung der ‚Wollknäuelschandtat' an.

Grinsend klopfte er Barny die Seite.

»Na, mein Junge, ich wusste gar nicht, dass du ein Faible für Wolle hast. Vielleicht sollte ich dir ja doch mal eins von Klaras Jäckchen anziehen.«

»Nein, der gute Barny hatte keine Schuld daran«, stellte Klara entschieden richtig. »Das waren meine beiden Untiere. Barny hat sich wie ein echter Gentleman aus der Sache herausgehalten. Er hat sich quasi unsichtbar gemacht. Den kannst du mir ruhig noch mal bringen.« Sie nickte Barny wohlwollend zu und wandte sich dann wieder an ihren Bruder. »Aber warst du heute wenigstens erfolgreich? Gibt es Neuigkeiten?«

»Nun ja.« Eddie fuhr sich nachdenklich durch die Haare. »Zumindest konnte ich einige vielversprechende Informanten aktivieren. Was diesen Portugiesen betrifft, sollte ich in den nächsten beiden Tagen mehr erfahren. Mein Kontaktmann versucht über seine Verwandtschaft in Portugal, an ein paar Telefonnummern von Leuten heranzukommen, die sich in der unmittelbaren Umgebung dieses Ramon Barreto befinden, und denen dann einige Fragen zu stellen. Und dann hatte ich noch einige interessante Gespräche mit den jetzt zuständigen Ermittlern im Vermisstenfall Scheib. Sind zwar ziemlich von sich eingenommen, scheinen aber wenigstens was auf dem Kasten zu haben. Haben sich jedenfalls alles angehört, was wir bisher herausfinden konnten. Sie nehmen sich ab morgen mal alle vor, die bei den letzten Vernehmungen vergessen wurden. Haben mir zugesagt, mich auf dem Laufenden zu halten.« Er seufzte. »Ich denke, wir haben nun alles auf den richtigen Weg gebracht. Jetzt ist es nur noch eine Frage der Zeit. Aber genau das ist das Problem. Ich habe keine Ahnung, wie viel Zeit der alten Dame noch bleibt. Das hätte schon vor Wochen so laufen müssen, vielleicht wäre die Sache dann längst abgeschlossen.«

»Du hast dir jedenfalls überhaupt nichts vorzuwerfen«, erwiderte Klara energisch. »Das hab ich dir schon am Samstag gesagt. Du hast deine Arbeit getan. Alles Weitere müssen nun die anderen regeln.«

»Ich weiß«, nickte Eddie nicht sehr überzeugt. »Jedenfalls danke, dass du auf Barny aufgepasst hast. Dann drehen wir jetzt noch unsere Runde. Ich gebe dir Bescheid, wenn es was Neues gibt.«

Er winkte Barny zu sich und verließ das Haus, natürlich in Richtung Seniorenresidenz, was Barny deutlich zeigte, dass Eddie weit davon entfernt war, den Fall nun ganz allein den anderen Ermittlern zu überlassen, egal wie kompetent sie ihm auch erschienen.

Barny grinste in sich hinein. So kannte er seinen Partner. Eddie hatte schon immer die Eigenheit gehabt, sich wie eine Zecke in einen Fall zu verbeißen und erst lockerzulassen, wenn er ihn komplett gelöst hatte. Ihm kam das sehr gelegen. Er hoffte auf den Zufall, der ihnen vielleicht den Typen vom Rossmann vor die Nase laufen ließ, damit er Eddie klarmachen konnte, dass der Kerl knietief in der Sache mit drin steckte.

Als sie jedoch vor der weißen Mauer standen, deutete nichts darauf hin, dass dahinter ein psychopathischer Tierquäler und Seniorenentführer sein Unwesen trieb. Barny entdeckte nicht die geringste Geruchsspur des mutmaßlichen Täters. Nur im Pförtnerhäuschen saß der Hauptpförtner Albrecht, der die beiden mit missmutigem Gesicht beobachtete und nicht so aussah, als ob er sie jemals wieder in die Seniorenresidenz einlassen wollte.

Eddie schien nichts vom Unwillen des Mannes zu bemerken. Er schlappte mit hoch konzentrierter Miene, die Hände tief in den Taschen der Lederjacke vergraben, an der Mauer entlang am Pförtnerhaus vorbei und brummte irgendetwas in seinen nicht vorhandenen Bart.

Als sie schließlich die Runde beendeten und endlich wieder zuhause ankamen, konnte Barny es kaum erwarten, seinen Platz auf dem Sofa einzunehmen. Allerdings hatte er vorher noch etwas Wichtiges zu erledigen. Sobald Eddie im Schlafzimmer verschwunden war, um sich umzuziehen, stürzte Barny zum Regal im Flur, in dem Eddie neben Barnys Halsband auch eine Kiste mit Kaustäbchen aufbewahrte. Vorsichtig zog er eins davon aus der Packung und lief durch die zum Lüften geöffnete Terrassentür in den Garten, wo er das Stäbchen wie mit Riddick vereinbart durch das Gitter in den Lichtschacht fallen ließ.

Jetzt konnte er nur noch darauf warten, dass der Clanführer der Ratten sein Versprechen einhielt und seinen täglichen Rundgang heute nicht schon beendet hatte. Und das ließ sich glücklicherweise sehr gut auch von der Couch aus tun. Alles in allem also gar kein so schlechter Abschluss eines recht erfolgreichen Tages, der so unschön begonnen hatte.

Tatsächlich wurde es Mitternacht, bis Barnys Warterei ein Ende hatte. Eddie war vor einer guten Stunde ins Bett gegangen und Barny versuchte seither ebenfalls vergeblich, zur Ruhe zu kommen.

Frau Herzig über ihm hatte sich wohl in Ermangelung eines passenden Boxkampfs im Fernsehen für die Ausstrahlung von Rambo III entschieden. Und da sie die Batterien ihres Hörgeräts offensichtlich noch immer nicht ausgewechselt hatte, kam Barny unfreiwillig in den Genuss, den Kampf des Superhelden und seinen Einsatz von Flugabwehrkanonen und russischen Kampfpanzern hautnah mitzuerleben.

Barny war nie schussscheu gewesen, das hätte ihn für den Polizeidienst untauglich gemacht. Aber die penetrante Ballerei über ihm ließ vergessen geglaubte Erinnerungen wieder aufleben und raubte ihm den Schlaf. Was ihn allerdings noch stärker beunruhigte, war die Wirkung, welche die durchdringenden Kampfgeräusche auf seinen Partner hatten.

Eddie hatte nicht übertrieben, als er Klara erzählte, dass er bereits Albträume wegen der vermissten Seniorin hatte. Jede Nacht schreckte er mehrmals hoch und erteilte unverständliche Kommandos. Und heute war es besonders schlimm. Bei jedem Schusswechsel warf Eddie sich im Nebenzimmer in seinem Bett herum und murmelte vor sich hin.

Aus diesem Grund war Barny ziemlich erleichtert, als er endlich Riddicks vertrauten Pfiff im Garten vernahm.

Schnell öffnete er die Terrassentür, bevor Riddick womöglich noch auf die Idee kam, wieder einmal ins Haus einzudringen. Sein penetranter Geruch war unter freiem Himmel gerade noch erträglich, in geschlossenen Räumen konnte Barny jedoch gerne darauf verzichten.

Der Clanführer der Ratten stand lässig auf das Kaustäbchen gestützt vor der Terrasse und blickte Barny mit spöttischem Blick entgegen.

»Du hältst es wohl keine zwei Tage ohne mich aus, Schnüffler«, griente er fies und wetzte seinen Nagezahn genüsslich an der getrockneten Rinderhaut. »Was sollen wir denn jetzt schon wieder für den großen Bullenhelden herausfinden?«

»Ich freu mich auch, dich zu sehen, Riddick«, erwiderte Barny trocken. Im Stock über ihm flogen die Sowjets gerade einen Luftangriff auf ein afghanisches Dorf und bombardierten die wehrlosen Einwohner. »Es tut gut, mit Informanten zu tun zu haben, auf die Verlass ist. Ich denke, mir hat der Zufall heute Morgen einen möglichen Entführer vor die Nase geweht.«

»Und wir sollen jetzt für dich herausfinden, wo der Kerl die Alte versteckt hält«, ergänzte Riddick spöttisch. »Also, wer ist der Bursche und wo finde ich ihn?«

»Na ja.« Barny bewegte entschuldigend die Rute. »So

ganz genau kann ich dir das nicht sagen. Aber ich kenne das Auto, das er fährt. Und Craddock meint, er arbeitet im Seniorenstift. Ich vermute, er ist einer der Gärtner.«

Riddick schnaubte höhnisch.

»Also langsam frage ich mich, ob das bisschen Müll mittwochs diesen ganzen Stress wert ist. Vielleicht müssen wir noch mal in Verhandlung treten.«

»Ach, komm schon«, brummte Barny gutmütig. »So schlimm war es bisher doch noch gar nicht für dich. Und die Ermittlungen für mich koppelst du doch immer ganz geschickt mit Erkundungsgängen für deinen Clan, nicht wahr?« Er gab Riddick eine kurze Beschreibung des Verdächtigen und des Autos. »Also, kann ich mich auf dich verlassen?«

»Hm.« Riddick starrte ihn aus zusammengekniffenen Augen an. Dann tippte er bezeichnend auf das Kaustäbchen. »Wie wäre es mit einem kleinen Entgegenkommen unabhängig von der Vereinbarung?«

»Und das wäre?« Barny setzte seinen berüchtigten Alpha-Blick auf und erwiderte Riddicks Starren, ohne zu blinzeln.

Rambo versuchte inzwischen, mit einem gekaperten Hubschrauber aus der sowjetischen Basis zu fliehen, wurde dabei jedoch lautstark beschossen. Der Hubschrauber stürzte mit einem hässlichen Getöse ab.

»Ich werde die Überwachung nicht alleine durchführen können«, ließ sich Riddick schließlich zu einer Erklärung herab. »Und meine Leute arbeiten mit einer zusätzlichen Motivation sicher besser. So ein paar dieser Stäbchen mehr oder weniger, ist für dich ja keine große Sache. Also lass noch ein halbes Dutzend davon rüberwachsen und ich garantiere dir eine eins a Rundumüberwachung. Was meinst du?«

Barny entspannte sich wieder und nickte dem Clan-Chef zu.

»Damit kann ich leben. Soll ich sie dir gleich übergeben?«

Riddick winkte ab.

»Mach mal keinen Stress, Schnüffler. Es reicht, wenn du sie mir bis morgen Abend in den Schacht wirfst. Meine Leute bekommen keine Vorschusslorbeeren, das wirkt sich verheerend auf ihre Motivation aus. Belohnungen gibt es bei uns immer nur nach gutgetaner Arbeit.« Er nickte Barny zu. »Ist immer wieder eine Freude, Geschäfte mit flexiblen Verhandlungspartnern zu machen«, zischte er und wandte sich ab, während Rambo, der inzwischen von einer gepanzerten Brigade abgefangen worden war, nun zum finalen Gefecht ausholte und einen russischen Panzer mit einem weiteren Kampfhubschrauber, den er wer weiß woher aufgetrieben hatte, rammte.

Aus dem Schlafzimmer ertönte ein lauter Ruf von Eddie. Barny beeilte sich, wieder ins Haus zu kommen und die Terrassentür zu schließen, bevor sein Partner doch noch von dem Kampfgetümmel in Frau Herzigs Wohnzimmer erwachte.

Da Rambo inzwischen der Befreiungsschlag gelungen war und Frau Herzig von der ganzen Knallerei endlich müde genug war, um nun ebenfalls ihr Bett aufzusuchen, blieben Barny wenigstens noch ein paar Stunden Schlaf, bevor Eddie ihn wieder vom Sofa jagte, um das morgendliche Backnang unsicher zu machen.

Nach der Tagesaktion vom Vortag hatte Eddie für den Dienstag einen etwas ruhigeren Tag geplant, an dem er endlich wieder einmal die notwendigen diversen Haushaltsdinge erledigen wollte, die in der vergangenen Woche durch die Ermittlungen zu kurz gekommen waren. Als das Telefon dann gegen zwölf Uhr klingelte, hatte er die Wohnung bereits einer intensiven Grundreinigung unterzogen und den längst fälligen Großeinkauf getätigt, während Barny es geschafft hatte, seine Kaustäbchen zu plündern und eine Ladung davon unauffällig in den Lichtschacht zu werfen.

»... und? Gibt's endlich was Neues?«, blaffte Eddie ins Telefon. Barny spitzte die Ohren. Eddie war nie besonders leutselig am Telefon, aber in diesem Ton sprach er nur zu besonders ausgewählten Freunden.

»Was heißt hier ‚endlich'?«, knurrte Dr. Tress aufgebracht zurück. »Die Labore legen eben keine Sonderschichten ein, nur weil irgend so ein übermotivierter Ex-Bulle glaubt, eine heiße Spur gefunden zu haben. Dazu hättest du dich an eure Spurensicherung wenden müssen, oder wer auch immer in so einem Fall zuständig ist.«

»Jetzt mach es nicht so spannend, Mann«, stöhnte Eddie entnervt. »Was haben die Proben ergeben?«

»Wie ich schon vermutet habe, hat man dem Tier ein Sedativum gespritzt«, brummte Dr. Tress angewidert. »Damit war ja zu rechnen. Aber das eigentlich Interessante ist die Art des Sedativums.«

»Und?«, drängte Eddie, als sein Freund eine Kunstpause einlegte.

»Es handelt sich dabei um ein Neuroleptikum, wie es in der Humanmedizin zur Behandlung von Wahnvorstellungen und Halluzinationen eingesetzt wird, die bei psychischen Störungen wie etwa der Schizophrenie oder Manie auftreten können,« berichtete Dr. Tress weiter. »Es wird aber auch als Beruhigungsmittel verwendet, etwa bei Unruhe, Ängsten oder Erregungszuständen, und zwar – und jetzt halt dich fest – ganz besonders häufig in Altenheimen.«

Eddie atmete tief durch.

»Ich wusste es! Das erhärtet meinen Verdacht. Jemand vom Seniorenstift hat da die Finger mit drin. Wer dort arbeitet, findet sicher eine Möglichkeit, an dieses Zeug heranzukommen.« Er überlegte kurz. »Genauso wie ein Arzt, selbst wenn er nur beim MDK arbeitet.«

»Da muss ich dir ausnahmsweise recht geben«, meinte Dr. Tress. »Du hattest wohl mal wieder den richtigen Riecher. Soll ich dir die Laborberichte mailen, damit du sie direkt an die Polizei weiterleiten kannst? Ist wohl der schnellste Weg. So wie ich die Sache sehe, darf man hier keine Zeit mehr vergeuden.«

»Ganz meine Meinung«, knurrte Eddie bitter. »Ich könnte mir vorstellen, dass der Scheißkerl mit dem Giftzeug nicht nur die Katze, sondern auch die alte Dame ruhiggestellt hat. Und wenn er leichtsinnig mit der Dosierung herumpfuscht, verringern sich ihre Chancen noch mehr. Also schick mir den Kram gleich zu.« Er zögerte kurz. »Und danke, Chef. Du hast was gut bei mir.«

»War ja kein großes Ding, Mann«, wehrte der Tierarzt ab. »Halt mich einfach auf dem Laufenden, wie die Sache noch weitergeht.«

Nachdem Eddie die Laborberichte per Mail erhalten hatte, verbrachte er den Nachmittag hinter seinem Laptop und leitete sie an alle Stellen weiter, die seiner Meinung nach davon wissen mussten. Und da die zuständigen Ermittler telefonisch nicht erreichbar waren – Barny unterstellte ihnen, dass sie beim Anblick von Eddies Nummer den Anruf sicherheitshalber gar nicht erst entgegennahmen – schickte er auch ihnen noch einige Mails mit seinen neuesten Erkenntnissen und entsprechenden Ratschlägen.

Gegen Abend erhielt Eddie dann tatsächlich eine erste Reaktion auf die Informationsflut, die er auf seine ehemaligen Kollegen losgelassen hatte.

Bernd Messerschmidt, sein langjähriger Kumpel bei der K1 rief ziemlich amüsiert an.

»Verdammt,Eddie, kannst du bitte mal damit aufhören, unsere Leute hier ständig zu beschäftigen? Es ist ja nicht so, dass wir ohne dich gar nichts zu tun hätten. Und ich hab dir doch versprochen, dich auf dem Laufenden zu halten.«

»Ich wollte nicht informiert werden, sondern neue Erkenntnisse durchgeben«, bruddelte Eddie zurück. »Also, konntet ihr was damit anfangen?«

»War tatsächlich der eine oder andere gute Hinweis dabei«, gab Bernd zu und Barny konnte förmlich hören, wie er dabei grinste.

»Und was haben die Vernehmungen ergeben?«, hakte

Eddie sofort nach. »Heute wollten sie sich doch ein paar der Typen vornehmen, die beim letzten Mal durchs Netz gerutscht sind.«

»Hm.« Das Grinsen war jetzt noch deutlicher zu hören. »Was hältst du davon, jetzt noch schnell auf einen Sprung in der Pilsbar vorbei zu schauen? Ich hab da so ganz zufällig ein paar der Berichte bei mir. Gegen ein Bierchen würde ich dich mal kurz reinschauen lassen.«

»In dreißig Minuten in der Pilsbar. Das müsstest du schaffen«, meinte Eddie nur und legte auf. Zufrieden rieb er sich die Hände. »Na, wer sagt's denn, geht doch, was, mein Junge?« Er blickte zu Barny, der daraufhin leicht mit der Schwanzspitze zuckte. »Ich geh mal davon aus, dass du wie üblich nicht so wild darauf bist, mit zur Bar zu kommen. Aber danach drehen wir noch unsere Runde, in Ordnung?« Ein erneutes Schwanzzucken und Eddie verschwand im Schlafzimmer, um sich umzuziehen.

Barny atmete erleichtert auf. Da war er ja gerade noch mal so davon gekommen. Er hasste den Gestank von Bars. Wenn er Eddie früher dorthin begleitet hatte, hatte er es immer vorgezogen, draußen vor der Kneipe auf seinen Partner zu warten, was ungleich unkomfortabler war, als die Zeit hier auf der Couch zu verbringen. Eddie hatte das natürlich spitz gekriegt und ließ ihn seither lieber ganz zuhause, wenn er sonntags zu seinem Stammtisch ging.

Natürlich war Barny immer etwas ruhelos, wenn Eddie ohne ihn loszog, doch da die Pilsbar gerade mal um die Ecke lag, machte er sich nicht allzu große Sorgen um seinen Partner. Zum einen konnte Eddie schon ganz gut auf sich aufpassen, zum anderen hatte Barny sich angewöhnt, immer die Terrassentür zu öffnen, bis Eddie wieder zurückkam, sodass er besser hören konnte, ob es in der Umgebung irgendwelche beunruhigenden Geräusche gab.

Das tat er auch an diesem Abend, sobald Eddie mit beschwingtem Schritt die Wohnung verlassen hatte. Allerdings bereute Barny diese Entscheidung eine knappe halbe Stunde später, da Riddick die Gelegenheit nutzte, um blitzschnell in die Wohnung zu schlüpfen und sie einmal mehr mit seinem Kloakengestank zu verseuchen.

Barny hatte Riddicks Ankunft im Garten zwar rechtzeitig bemerkt, musste aber neidlos zugeben, dass er es weder mit der Geschwindigkeit, noch mit der Geschicklichkeit der Ratte aufnehmen konnte. Also blieb ihm nichts anderes übrig, als die Terrassentür noch weiter aufzustoßen, um für eine möglichst effektive Belüftung zu sorgen. Als er dazu an der Ratte vorbeilief, stellten sich seine Nackenhaare auf, ohne dass ihm sofort bewusst war, warum.

»Sag bloß, du hast schon etwas herausgefunden«, erkundigte sich Barny, während er den Anführer der Ratten aufmerksam betrachtete. Riddick wirkte heute nicht ganz so selbstzufrieden wie sonst.

»Ich fürchte nichts, was dir gefallen könnte«, zischte Riddick grimmig. »Eine tolle Aufgabe hast du mir da gestellt, Bulle. *Ich kenne das Auto, das er fährt und vermute, er ist ein Gärtner*«, äffte er Barny böse nach. »Wie blöd, dass die Karre, die du mir beschrieben hast, ganz sicher keinem der Gärtner gehört!«

»Was soll das heißen?«, grollte Barny. Die Unruhe, in die ihn Riddicks Auftauchen versetzt hatte, verstärkte sich. Zwischen all dem Gestank nach Kanalisation und Verwesung hatte sich noch eine ganz andere Duftnote eingeschlichen. Eine, die bei ihm alle Alarmglocken schrillen ließ.

»Das soll heißen, dass der Besitzer des Wagens ein junger Schicki-Micki-Schnösel ist, der in seinem ganzen Leben sicher noch nie Gartenerde unter den Fingernägeln hatte«, spuckte Riddick angewidert aus. »Warum gerade so einer als Altenpfleger arbeitet, ist mir schleierhaft. Passt absolut nicht. Ich vermute, der wartet nur auf eine Gelegenheit, die Alten abzuzocken.«

»Von wem redest du?«, versuchte Barny, sich Klarheit zu verschaffen. »Was genau hast du herausgefunden?«

»Also noch einmal zum Mitschreiben: Der Typ, dem die

Karre gehört, ist einer der jungen Altenpfleger. Er ist also absolut kein Gärtner und sieht auch nicht im Geringsten so aus, wie du ihn gestern beschrieben hast«, wiederholte Riddick mit einer Stimme, als ob er es mit einem Gehirnamputierten zu tun hätte. Barny ignorierte den beißenden Tonfall und nickte der schlecht gelaunten Ratte zu.

»Und weiter?«

»Und weiter?«, fauchte Riddick. »Also habe ich mich den Tag über nicht nur damit vergnügt herauszufinden, wem die idiotische Karre tatsächlich gehört, sondern auch noch die Augen aufgehalten nach einem Gärtnerjungen, der so ätzend aussieht, wie du es beschrieben hast. Das macht aus einem Auftrag zwei, wenn du zählen kannst. Dein Glück, dass du mit den Kaustäbchen nicht geknausert hast.«

»Und weiter?«, wiederholte Barny ungerührt. Riddick sah aus, als ob er ihm jeden Moment an die Kehle gehen wollte.

»Noch so ein bescheuertes *Und weiter*, und du kannst dir unseren Deal ins Fell schmieren«, tobte die Ratte und Barny war jetzt richtig beunruhigt. Es sah Riddick überhaupt nicht ähnlich, so aus der Haut zu fahren.

»Was ist los, verdammt?«, knurrte er. »Ich sehe bisher keinen Grund für dich, so auszuticken. Eigentlich kann es dir doch egal sein, ob du einen Gärtner oder einen Altenpfleger beschattest. Da steckt doch noch was anderes dahinter, das dich beunruhigt. Ein Problem, das nicht nur mit dem Fall zu tun hat. Also komm schon, spuck's aus. Wir finden eine Lösung.«

Riddick stand eine Weile wie erstarrt, dann sackte er in sich zusammen wie ein Luftballon, aus dem jede Luft entwichen war.

»Sie ist mir nachgeschlichen, die kleine Range«, stöhnte er verzweifelt. »Ich hätte sie wieder zurückbringen sollen, aber dieser bescheuerte Auftrag schien mir dringender zu sein. Also hab ich sie bei mir gelassen. Und jetzt ist sie verschwunden.«

»Werist verschwunden?«, hakte Barny vorsichtig nach.

»Die kleine Lilith«, ächzte Riddick. »Sie ist meine jüngste Urenkelin und frech für zehn. Seit sie von dem Abfall-Deal Wind bekommen hat, und dass ich jetzt für einen Bullenschnüffler Informationen sammle, ist sie ganz aus dem Häuschen. Hat immer erzählt, dass sie später mal Clanführerin und meine Nachfolgerin sein wird, so wie Junge das halt tun, aber seit Neuestem will sie doch lieber Bullenschnüfflerin werden, das dumme Gör.«

»Dann war deine Urenkelin also heute bei deinem Erkundungsgang im Seniorenstift dabei«, versuchte Barny den verstörten Clanführer wieder auf die Spur zu bringen. »Und dort ist sie verschwunden. Aber wie? Ist ihr etwas zugestoßen?«

»Ich hoffe nicht«, zischte Riddick. »Wir haben zuerst nach dem Gärtner Ausschau gehalten, den du beschrieben hast. Soweit war alles gut. Wir haben ihn auch gefunden und beschattet. Sie nennen ihn Basti. Ein unangenehmer Kerl. Wirkt ziemlich brutal. Hat einen der Schleicher, die dort überall herumlungern, eine ordentliche Abreibung verpasst, womit ich eigentlich kein Problem habe. Ekelhaftes Viehzeug, das mir die Ermittlungen dort unnötig erschwert. Vor allem wenn ich so eine unerfahrene, kleine Nervensäge dabei habe. Obwohl Lilith sich erstaunlich geschickt angestellt hat. Trotzdem wollte ich sie aus der Gefahrenzone bringen und bin mit ihr zum Parkplatz geschlichen. Dort stand auch die schwarze Karre, genau, wie du sie geschildert hast. Ja, und dann kam dieser Schnöseltyp und wollte mit der Karre losfahren. Hatte ein Mädchen bei sich, ganz hübsch für einen Menschen. Ihr Name war Lina. Hat versucht sie zu überreden, eine Runde mitzufahren und dabei angegeben, was ihn die Karre gekostet hätte. Aber sie hat nur die Nase hochgezogen und ihn stehen lassen. Also ist er allein abgezogen. Ich hab ziemlich geflucht, weil er mir durch die Lappen gegangen ist. Ich hatte mich im Motorraum verstecken wollen, um zu erfahren, wohin der Kerl fährt.« Riddick raufte sich die mottenstichigen Haare. »Das war mein Fehler. Natürlich hat die Kleine spitze Ohren gemacht. Hatte danach diesen ganz besonderen Gesichtsausdruck, den sie immer aufsetzt, wenn sie eine Dummheit plant. Aber ich hab mir nix dabei gedacht. Also sind wir wieder zum Gärtner, um möglichst viel über den herauszufinden.« Riddick stöhnte erneut. »Dann ist der Schnösel wieder aufgetaucht. Hat wohl nur eine Kleinigkeit eingekauft. Ich dachte mir, dass es dir helfen könnte, Klarheit in die Sache zu bringen, wenn ich dir etwas bringe, das nach dem Kerl stinkt. Als Geruchsvergleich. Also bin ich ihm nachgeschlichen und hab Lilith befohlen, solange in Deckung zu bleiben. Hat sie erstaunlicherweise auch ohne Murren gemacht, was mich wieder hätte stutzig machen müssen. Aber nein, ich war so besessen von dem bescheuerten Auftrag, dass ich nicht weiter nachgedacht habe. Es hat ein bisschen gedauert, bis ich was Passendes von dem Typen abstauben konnte. Und dann hat er einen Anruf bekommen, der ihn ziemlich beunruhigt hat und ist aus dem Stift zum Auto gerannt und losgebrettert, bevor ich mich im Motorraum einnisten konnte. Danach war sie weg.«

»Scheiße«, knurrte Barny entsetzt. »So wie du sie schilderst, hat sie sich an deiner Stelle in den Wagen geschlichen.«

Riddick blickte verblüfft zu Barny hoch.

»Nicht schlecht, Schnüffler. Hätte ich dir gar nicht zugetraut.«

»Ich hatte auch schon das Vergnügen, den einen oder anderen Welpen kennenzulernen«, brummte Barny nur. »Es sind die Mutigen, auf die man besonders Acht geben muss. Bringen sich gern in Schwierigkeiten. Aber oft sind sie auch schlau genug, um sich selber wieder herauszuhelfen. Und deine Lilith hört sich nach einem klugen Mädchen an. Nur, wie sind ihre Chancen während so einer Fahrt im Motorraum? Wird es da nicht unerträglich heiß?«

Ein Anflug des alten Grinsens zeigte sich auf Riddicks vernarbtem Gesicht. »Da mach ich mir noch die wenigsten Sorgen. Das Karren-Trampen lernen unsere Jungen schon sehr früh. Ist die schnellste Art auf längeren Strecken voranzukommen. Jedes Auto hat in seinem Motorraum ein, zwei ganz bequeme Ecken, in denen man es eine Weile aushalten kann. Und Lilith ist eine besonders geschickte Tramperin. Dafür hab ich schon gesorgt. Nein, deshalb mache ich mir keine Sorgen um die Kleine. Aber wer weiß, wohin der Typ fährt und wann er wieder in bekanntes Gefilde kommt. Sie muss zumindest die Nacht irgendwo ganz allein überstehen. Und die Rattenclans haben sehr strenge Revierregeln. Wenn sie in die Fänge eines fremden Clans gerät, wird sie getötet oder versklavt. Oder sie wird von einem Marder gefunden. Da nützt ihr, anders als bei den Eulen, auch ihr Versteckim Auto nix.«

»Wie weit reicht euer Revier?«, erkundigte sich Barny besorgt. »Der Kerl hat ein BK-Kennzeichen, also können wir davon ausgehen, dass er hier irgendwo im Umkreis wohnt.«

»Das ist Clanwissen, Schnüffler«, zischte Riddick, der allmählich wieder zu seinem alten Selbst zurückfand. »Das hat dich nicht zu interessieren. Ich hab sowieso schon zu viel gequatscht. Also konzentrieren wir beide uns jetzt wieder auf den Auftrag.«

Er rannte blitzschnell in den Garten und kehrte nach wenigen Sekunden mit einem offensichtlich gebrauchten Papiertaschentuch zurück, das wie eine Friedensfahne hinter ihm her flatterte. Der Geruch traf Barny wie eine Keule und da wusste er, was ihn die ganze Zeit über alarmiert hatte.

»Ist das von dem Typen, dem das Auto gehört?«, presste Barny hervor und verzichtete darauf, Riddick weiter mit seiner offensichtlich unerwünschten Hilfe bei der Suche nach der kleinen Lilith zu nerven.

Riddick nickte befriedigt, als er Barnys Reaktion beobachtete.

»Wusste ich doch, dass dir das was helfen könnte. Das ist der Geruch, den du suchst, richtig?«

»Erzähl mir alles, was du über den Typen herausgefunden hast«, drängte Barny.

»Sein Name ist Peter«, kam Riddick der Aufforderung nach. »Der Bursche sieht gar nicht mal so übel aus. Legt offensichtlich viel Wert auf ein gepflegtes Äußeres und teure Markenklamotten. Ich schätzte ihn mal auf Mitte zwanzig. Ist, wie ich schon sagte, eher der Typ Mann, den ich als Banker gesehen hätte, anstatt in der Rolle eines einfachen Altenpflegers. Und er benutzt ein echt widerlich aufdringliches Aftershave, wie du sicher an dem Tuch erkennen kannst.«

»Das kann man wohl sagen«, schnaufte Barny zustimmend. Der penetrante Geruch ekelte ihn schon seit der ersten Geruchsspur in der Futtertruhe an. Kein Wunder, dass er sich beim Rossmann davon hatte täuschen lassen.

Dieser Peter musste das Auto an seinen Ballerspiel-Kumpel Basti ausgeliehen haben. Und der Aftershave-Gestank, von dem sicher das ganze Auto durchtränkt war, hatte den Geruch des Gärtners ziemlich wirkungsvoll überdeckt.

»Du sagst, der Kerl hat sich um Lina bemüht«, forschte Barny weiter. »Was ist dir dabei noch so aufgefallen?«

Riddick kratzte nachdenklich seinen vernarbten Bauch.

»Wie gesagt, das Mädchen ist nicht wirklich darauf eingegangen. Obwohl ich den Eindruck hatte, dass sie den Typen nicht ganz so übel fand, wie sie vorgeben wollte, und seine Protz-Karre hat ihr durchaus imponiert.« Er schnaubte abfällig. »Wer versteht schon die Weiber? Ihre Absage hat ihn jedenfalls ziemlich gekränkt. Hat danach so einen fiesen, wildentschlossenen Gesichtsausdruck gehabt. Und dann war da noch der Anruf, der ihn so aus der Fassung gebracht hat. Muss was ziemlich Unangenehmes gewesen sein. Alles in allem hatte der Typ heute wohl keinen so tollen Tag.« Grimmig schaute er zu Barny auf. »Reicht dir das jetzt, oder ist das

Verhör noch nicht beendet?«

»Das war wirklich sehr hilfreich«, brummte Barny. »Ich kann verstehen, wenn du die nächsten Tage andere Sachen zu erledigen hast, als dich mit meinen Ermittlungen herumzuschlagen.«

Riddick stieß einen unwilligen Pfiff aus.

»Wir haben nach wie vor unseren Deal, und ich werde nicht derjenige sein, der ihn bricht. Also spuck's aus, Schnüffler. Du willst, dass ich den Typen weiter im Auge behalte.«

»Ich muss wissen, wo die alte Dame versteckt gehalten wird«, nickte Barny.

»Dann werde ich das auch herausfinden«, zischte Riddick und wandte sich zum Gehen.

Barny zögerte kurz, doch dann gab er sich einen Ruck. Mehr als eine weitere Abfuhr konnte er sich schließlich nicht einholen.

»Riddick!«

Der Clanführer der Ratten drehte sich mit genervten Gesichtsausdruck zu ihm um. Barny sah ihm fest in die schwarzen Augen.

»Wenn deine Kleine in Gefahr ist, wenn sie zum Beispiel von einem fremden Clan gefangen gehalten wird, gib mir Bescheid! Ich helfe dir dabei, sie wieder rauszuhauen. Und ich denke, ich kenne noch ein paar andere, die auch kein Problem damit haben, dir zu helfen.«

Riddick blinzelte überrumpelt. Dann nickte er zögernd.

»Wir hören voneinander, Schnüffler.«

14

Als Eddie ihn am Mittwochmorgen aus unruhigen Träumen riss, in denen er im Motorraum eines rumpelnden Panzers vor laut knatternden Hubschraubern floh, wusste Barny sofort, dass dies einer der Tage werden würde, an denen man seine Couch lieber gar nicht erst verlassen sollte.

Nach dem frühlingshaft milden Wetter der Vorwoche hatte es nun einen ekelhaften Temperatursturz gegeben und ein widerlicher Schneegraupel klatschte gegen das Fenster. Sogar Eddie schien sich durch das Sauwetter die Laune verhageln zu lassen, vielleicht war er aber einfach nur deshalb noch so mies gelaunt, weil ihm das Gespräch mit Bernd am Vorabend nicht den erhofften Durchbruch verschafft hatte. Seiner Meinung nach arbeiteten die Ermittler noch immer viel zu langsam. Sie hatten nicht einmal die Hälfte der Leute befragt, die Eddie ihnen auf ihre To-do-Liste gesetzt hatte, vor allem nicht Herrn Herbrecht. Und die Berichte, in die Bernd ihn hatte blicken lassen, enthielten absolut nichts Aufregendes.

Als Barny sich auf Eddies Aufforderung hin mürrisch aus seiner Sofaecke quälte, musste er zu allem Übel auch noch feststellen, dass ihm der ganze Stress und der Schlafmangel der vergangenen Tage auf den Magen geschlagen waren. Er fühlte sich hundeelend, und die Vorstellung, jetzt eine Stunde lang in der Kälte durch den Schneeregen zu rennen, trug nicht unbedingt dazu bei, seine Laune zu heben.

Natürlich wählte Eddie ausgerechnet heute eine Runde über Asphalt, sodass Barny nicht einmal die Chance hatte, sich ein paar Grasspitzen einzuverleiben, mit denen er die Unordnung in seinem Bauch etwas aufräumen konnte.

Also rannten sie beide nur schweigend und mit finsterer Miene im Slalom um die zahlreichen Pfützen herum. Das Einzige, was Eddie von sich gab, waren einige derbe

Flüche, wenn mal wieder ein Auto zu nah an ihnen vorbeifuhr und sie noch zusätzlich vollspritzte.

Als sie schließlich wieder zuhause ankamen, fühlte sich Barny einfach nur elend und pudelnass. Sobald Eddie ihn gründlich abfrottiert hatte, zog er sich leidend auf seine Couch zurück und haderte mit seinem Schicksal, das ihm einen so sturen Fitnessfanatiker an die Seite gegeben hatte, anstelle einer netten älteren Dame, die das Haus nicht vor zehn Uhr verließ und deren größte Freude darin bestand, ihrem Vierbeiner leckere Mahlzeiten zu kochen. Er musste an Craddock denken, der zu dieser Zeit bestimmt noch gemütlich in seinem Körbchen vor sich hin schnarchte. Barny hatte es bisher nicht für möglich gehalten, aber für einen kurzen Augenblick beneidete er den Mops um sein geruhsames Leben.

Dass Frau Herzig dann auch noch für ihre Verhältnisse ungewöhnlich früh gegen sieben lautstark an ihre Tür pochte, trug auch nicht dazu bei, den Tag zu verschönern.

Eddie hatte gerade seine Dusche beendet und damit begonnen sich zu rasieren. Bei dem Getöse an der Haustür rannte er alarmiert aus dem Bad und Barny folgte ihm pflichtschuldig. Der Rasierschaum, der noch eine Hälfte von Eddies Gesicht zierte, sowie der in die Jahre gekommene, verschlissene Bademantel in dem nicht sehr kleidsamen Schlammgrün der alten Polizeifarben, verlieh ihm nicht gerade ein seriöses Aussehen, was Frau Herzig auch gleich mit einem missbilligenden Schnauben quittierte.

»Also wirklich, junger Mann«, brüllte sie kopfschüttelnd. »Sie können doch nicht einfach so … halbangezogen vor die Türe gehen!«

Sie selber trug eine verwaschene, gestreifte Kittelschürze über einer ausgebeulten Trainingshose, die um ihre dünnen Beine schlotterte, Filzpantoffeln und ein froschgrünes, transparentes Tuch über den Lockenwicklern, mit denen sie ihre spärlichen Haare in Form zu bringen versuchte. Offensichtlich war sie auch noch nicht dazu gekommen, ihr Gebiss einzusetzen.

Eddie musterte die Nachbarin besorgt.

»Ist alles in Ordnung bei Ihnen, Frau Herzig? Um diese Zeit sind Sie doch sonst noch nicht unterwegs.«

»Was wissen Sie schon über meine Zeiten, junger Mann«, schmetterte sie. »Und nichts ist in Ordnung, weil Sie sich einfach nicht darum kümmern! Deshalb habe ich das jetzt selber in die Hand genommen.« Triumphierend wedelte sie mit ihrem Stock. »Ich habe nämlich von meinem Schlafzimmerfenster aus genau gesehen, dass dieses liederliche Weibsstück wieder ihre Katzenstreu in die Biotonne gekippt hat! Genau wie ich es Ihnen schon letzte Woche gesagt habe. Aber nein! Der Herr Polizist ist ja zu beschäftigt, um sich darum zu kümmern. Also bin ich vorhin selber zu diesem Lumpenpack gegangen. Und stellen Sie sich vor, was die gesagt hat!«

Eddie seufzte. »Was hat sie denn gesagt?«

»Dass sie jetzt keine Zeit für sowas hat, weil sie die Kinder wegbringen und dann selber zur Arbeit gehen muss! Und wissen Sie was? Ihr Kerl ist auf und davon und hat sie und die Bälger sitzen lassen!« Frau Herzig nickte mit funkelnden Augen. »Ich wusste gleich, dass sowas passieren würde. Asoziales Pack, das. Jetzt hat sie allein die vier Gören am Hals. Sie können sich ja vorstellen, wie das noch weitergeht. Bestimmt muss sie jetzt auch bald wegziehen, das wäre gut für die ganze Nachbarschaft. Solche wie die brauchen wir hier nicht. Sie hat jedenfalls große Augen gemacht, als ich ihr gesagt habe, dass bei mir ein Polizist wohnt, der schon auf sie und ihre Brut aufmerksam geworden ist. Und dass sie ruckzuck eine Anzeige am Hals hat, wenn sie sich in Zukunft nicht vorsieht!«

»Sie haben was?« Eddie starrte seine Vermieterin fassungslos an. »Das können Sie doch nicht machen, Frau Herzig! Die arme Frau hat sich überhaupt nichts zuschulden kommen lassen und jetzt sowieso schon genug Probleme am Hals, wenn das stimmt, was Sie da sagen. Außerdem können Sie doch nicht einfach in meinem Namen solche Sachen behaupten!«

»Wir werden ja sehen«, grölte Frau Herzig gut gelaunt, ohne auf Eddies Einwände einzugehen.

Barny zog sich wieder auf seine Couch zurück. Im Augenblick fühlte er sich nicht imstande, sich mit der Torheit der Menschen auseinanderzusetzen.

Keine fünf Minuten später schloss Eddie mit einem sehr nachhaltigen Schlag die Haustür und lief mit blitzenden Augen ins Bad zurück, um seine unterbrochene Rasur zu beenden. Barny zuckte zusammen, als eine Flut übler Flüche erklang. Er seufzte. Vielleicht hätte sein Partner das Hantieren mit scharfen Rasierklingen doch besser auf später verschieben sollen, wenn sein Zorn etwas verraucht war.

Als Eddie schließlich wieder auf der Bildfläche erschien, zierten zwei fiese Schnitte seine linke Gesichtshälfte und sein Blick war finsterer denn je.

»So eine alte Hexe«, murmelte er erbost vor sich hin, während er den Kaffeeautomaten einschaltete. »Vielleicht sollten wir uns doch langsam nach einer anderen Bleibe umsehen. Sie kommt ja ganz gut ohne uns zurecht, zumindest, wenn es darum geht, die Nachbarn zu schikanieren. So eine Unverschämtheit, in meinem Namen zu sprechen!« Wütend zerrte er den Wasserbehälter aus der Maschine, dessen Inhalt nur noch für eine halbe Tasse Kaffee gereicht hatte.

Barny verzog sich noch tiefer in seine Ecke und legte die Ohren an. Er mochte es gar nicht, wenn sein Partner so schlechter Laune war. Die Tatsache, dass das Brot über Nacht Schimmel angesetzt hatte und Eddies Kaffee nun dünner als sonst war, weil der Automat nach der Unterbrechung die übliche Wassermenge einfach ein zweites Mal hatte einlaufen lassen, ließ das Stimmungsbarometer seines Partners noch weiter in den Keller sinken. Als dann auch noch der Toaster den Geist aufgab, nachdem Eddie ihn aus einer Ecke des Küchenschranks geräumt hatte, um sich zumindest eine tiefgekühlte Scheibe Toast aus der Notfallreserve aufzubacken, sank das Raumklima um weitere Grade.

Grummelnd rührte Eddie sich ein Müsli zusammen, kippte den wässrigen Kaffee in den Abguss und startete einen zweiten Versuch. Dann stellte er Barny wie jeden Morgen das Futter bereit. Als er bemerkte, dass sein Partner den Futternapf ignorierte, runzelte er besorgt die Stirn. Barny reagierte mit einem entschuldigenden Wedeln, bewegte sich ansonsten aber keinen Millimeter von der Couch.

»Das hat ja gerade noch gefehlt«, brummte Eddie. Er beugte sich zu Barny herunter und berührte leicht seine Nase. »Kalt und nass, immerhin«, murmelte er. »Ein bisschen Ruhe und das wird schon wieder, was, alter Junge?«

Barny atmete erleichtert auf, als Eddy sich schließlich an den Tisch setzte und sich seiner Zeitung und dem Frühstück widmete. Vielleicht konnte er sich nun wirklich endlich mal wieder richtig ausruhen.

Nach zwei faulen Stunden auf der Couch spürte Barny tatsächlich eine leichte Besserung. Und als Eddie ihn dann gegen elf in den Garten ließ, wo er sich trotz des miesen Wetters eine Ladung Grasspitzen einverleibte, fühlte Barny sich fast schon wieder ganz hergestellt.

Eine Stunde später klingelte Eddies Handy und eine bekannte, weibliche Stimme schluchzte ins Telefon. Barny spitzte beunruhigt die Ohren.

»Polizeihauptkommissar Hartmann?« Lina hörte sich ziemlich verzweifelt an.

Eddie, der gerade über einem wilden Durcheinander von Einzelteilen saß, die auf dem ganzen Tisch verstreut lagen und früher einmal einen Toaster dargestellt hatten, richtete sich alarmiert auf.

»Ja, was gibt's?«

»Ich weiß nicht, ob es richtig ist, dass ich Sie anrufe«, schniefte die junge Altenpflegerin. »Aber Sie haben mir doch Ihre Nummer gegeben. Und beim letzten Mal haben Sie gesagt, dass jeder, der den Mund hält, obwohl ihm vielleicht etwas komisch vorkommt, mit Schuld daran hat, wenn der armen Frau Scheib etwas zustößt. Und ich will nicht Schuld daran sein. Aber ich will auch niemanden verdächtigen, der dann doch nichts mit der Sache zu tun hat.«

Eddie verdrehte genervt die Augen.

»Das mit dem Verdächtigen überlassen Sie mal schön der Polizei. Ihre Aufgabe ist es nur, alles zu erzählen, was Ihnen merkwürdig vorkommt. Also, worum geht es genau?«

»Können wir uns vielleicht irgendwo treffen?«, fragte Lina unsicher. »Aber ich möchte nicht, dass hier irgendjemand etwas davon mitbekommt. Ich habe in einer halben Stunde Mittag.«

»Ich hole Sie um 12:30 Uhr an der Bushaltestelle Föhrenbühl ab, dann sehen wir weiter«, entschied Eddie kurz entschlossen und beendete das Gespräch. Nachdenklich blickte er aus dem Fenster. Ein weiterer Graupelschauer klatschte gerade gegen die Scheiben und die Bäume wurden von einem eisigen Wind gebeutelt.

»Wir werden also das Auto nehmen müssen«, brummte er verstimmt. »Damit das Fräulein keine kalten Füße bekommt. Sie klappert ja so schon mit den Zähnen. Bin mal gespannt, was das Mädchen so Schreckliches zu erzählen hat. Ich wusste doch, das da mehr dahinter steckt als ein niedliches Lächeln.«

Lina wartete bereits an der Bushaltestelle, das blasse Gesicht tief im Kragen ihres Parkas vergraben. Sie zögerte kurz, als Eddie neben ihr anhielt, doch dann gab sie sich einen Ruck und stieg ein.

»Ich fahre am besten hoch zum Parkplatz im Plattenwald«, brummte Eddie mit einem knappen Nicken. »Da sollten wir bei dem Sauwetter einigermaßen ungestört sein, nachdem Sie dieses Gespräch ja so gerne geheim halten wollen.«

Ohne eine Antwort abzuwarten fuhr er los, während Lina sich noch tiefer in den Autositz drückte.

»Also«, begann Eddie, nachdem er auf dem Parkplatz angekommen war. Außer ihnen war tatsächlich niemand anderes zu sehen. Selbst die unerschrockensten Hundebesitzer zogen es heute offensichtlich vor, bei einem solchen Sauwetter im Haus zu bleiben. »Ich gehe mal davon aus, dass Sie mit Ihrer Aussage einen Kollegen belasten und deshalb so lange gezögert haben.«

Lina nickte leicht und ihre Augen füllten sich mit Tränen.

»Ich kann es eigentlich immer noch nicht glauben, dass er zu so etwas fähig ist, dass überhaupt jemand zu so etwas fähig sein kann. Aber in letzter Zeit hat er sich immer so seltsam benommen. Und jetzt«, sie schniefte verzweifelt, »jetzt hat er sogar noch gekündigt. Heute Morgen, fristlos.«

»Gut.« Aus Eddies Tonfall konnte Barny deutlich heraushören, dass er schwer mit sich kämpfte, um ruhig zu bleiben. »Fangen wir doch ganz am Anfang an. Zunächst einmal: Von wem sprechen Sie?«

»Von Peter«, stieß Lina hervor und Barny fuhr in die Höhe.

Also doch!, frohlockte er, während Lina nun endgültig die Fassung verlor. Es war, als ob die Nennung des Namens einen ganzen Staudamm zum Einstürzen brachte. Ehe Eddie sich versah, hatte er ein in Tränen aufgelöstes Mädchen neben sich im Auto sitzen.

Barny, der innerlich immer noch triumphierte, dass er mit seinem Verdächtigen offensichtlich genau ins Schwarze getroffen hatte, konnte die Panik riechen, die in seinem Partner aufstieg. Eddie hatte kein Problem damit, sich mit fiesen Drogendealern, harten Schlägertypen oder betrunkenen Unruhestiftern herumzuschlagen, aber Frauen behandelte er grundsätzlich mit größter Vorsicht. Und eine weinende Frau war für ihn der absolute Super-GAU. Barny spürte die Hilflosigkeit seines Partners. Und wenn Eddie sich hilflos fühlte, wurde er in der Regel immer besonders übellaunig. Im Moment kramte er hektisch im Seitenfach der Autotür herum und warf der schluchzenden Lina schließlich einen ganzen Packen Taschentücher in den Schoß.

»Jetzt reiß dich mal zusammen, Mädchen«, knurrte er aufgebracht und vergaß dabei das förmliche *Sie.* »Die Heulerei führt doch zu gar nichts! So kommen wir nicht weiter. Ich brauche Fakten.«

Barny gab ein empörtes Grummeln von sich, doch zu seinem Erstaunen schien Eddies Taktik zu wirken. Lina schnäuzte sich geräuschvoll die Nase und der Tränenstrom versiegte.

»Tut mir leid«, nuschelte sie in das Tuch. »Ich bin völlig durcheinander, aber jetzt geht's wieder.«

Eddie atmete erleichtert auf.

»Dann noch mal ganz von vorne: Dieser Peter hat heute also seine Kündigung eingereicht, nachdem er sich in letzter Zeit komisch verhalten hat. Was genau verstehst du unter komischem Verhalten?«

»Na ja, letzten Monat hat er sich dieses Auto gekauft, obwohl er vorher immer herumgejammert hat, dass er kein Geld hat, weil er im Seniorenstift viel zu wenig verdient. Danach kam er dann zu mir und ...« Lina stockte kurz und wurde rot.

Eddie beobachtete sie mit gerunzelter Stirn.

»Jetzt drucks nicht so rum, Mädchen. Ich kann es mir schon denken. Er wollte was von dir, nicht wahr?«

Linas Gesicht färbte sich noch einen Ton dunkler, als sie nickte.

»Er versucht es schon, seit er hier angefangen hat zu arbeiten. Aber diesmal ließ er überhaupt nicht mehr locker. Er sagte, dass er bald genug Geld hätte, um mir alle meine Wünsche zu erfüllen. Er wollte tolle Reisen mit mir machen und meinte, dass ich dann nicht mehr in diesem öden Altenheim arbeiten müsste. Dabei arbeite ich doch gern hier!«

»Und hat er auch gesagt, woher er das Geld bekommen wollte?«, hakte Eddie nach.

»Nicht direkt«, erwiderte Lina unglücklich. »Er hat nur ganz vage Andeutungen gemacht von einem Super-Deal im Ausland oder so was Ähnlichem. Deshalb hat er ja über Ostern so lange Urlaub genommen, um dorthin zu reisen. Ich habe ihm nicht richtig zugehört, weil ich dachte, das ist nur eine Masche, um mich herumzubekommen. Außerdem hatte ich anderes im Kopf. Das war die Woche vor Ostern, in der wir immer besonders viel zu tun haben mit den ganzen Vorbereitungen für den Besuchstag und die Tombola.«

»Also war er dann im Urlaub, als Frau Scheib verschwunden ist«, fasste Eddie zusammen.

»Er hatte zumindest Urlaub eingereicht«, erwiderte sie zögernd. »Aber dann hat er doch noch einmal kurz im Stift vorbei geschaut, vielleicht weil er irgendetwas vergessen hat. Ich hab ihn an irgendeinem der Feiertage mal ganz kurz auf dem Gang gesehen, bin aber schnell weggegangen, damit er mich nicht wieder nervt. Es war so viel zu tun, dass ich nicht genau weiß, welcher Tag das war. Und es schien mir auch nicht wichtig zu sein, ich hatte es eigentlich schon vergessen, bis Sie mir dann beim letzten Mal klar gemacht haben, wie wichtig es ist, dass Sie alles, auch solche Kleinigkeiten, erfahren.«

»Das ist richtig«, nickte Eddie. »Und wie ging es weiter?«

»Er war dann vier Wochen lang weg«, erzählte Lina, die allmählich ihre Fassung wiedererlangte. »Am Montag war sein erster Arbeitstag. Aber er war richtig mies drauf. Ich dachte noch, dass dieses dubiose Geschäft im Ausland anscheinend nicht so gut gelaufen ist, wie er erwartet hatte. Er hat auch nicht mehr versucht, mich anzumachen, worüber ich ziemlich erleichtert war. Aber er hat seine Arbeit vernachlässigt. Ständig drückte er sich mit seinem Handy in irgendwelchen Ecken herum und führte lange Telefongespräche, während wir anderen seine Arbeit mitmachen mussten. Und am Dienstag kam er dann doch wieder zu mir und fragte mich aus, wer Sie überhaupt sind und was Sie mir alles für Fragen gestellt haben.«

»Verstehe«,murmelte Eddie und kritzelte etwas in seine Kladde. »Und heute hat er dann gekündigt?«

»Genau«, nickte Lina. »Er kam ganz normal, wie jeden

Morgen zur Arbeit. Aber dann rief uns Frau Gehring zusammen und teilte uns mit, dass später noch mal die Polizei käme, um einige Aussagen aufzunehmen. Daraufhin ist Peter erst mal wieder verschwunden, um zu telefonieren. Und dann hat er seine Kündigung eingereicht und ist gegangen. Einfach so, ohne Erklärung.«

»Das stinkt nach schlechtem Gewissen«, brummte Eddie und zückte sein Handy. »Sieht so aus, als dürfte man da keine Zeit verlieren. Wann genau hat sich der Kerl verpisst?«

»So gegen elf, denke ich«, erwiderte Lina unsicher.

Eddie gab eine Nummer ein und kurz darauf meldete sich Bernd Messerschmidt.

»Hör mir gut zu«, bellte Eddie seinen Freund an, bevor dieser Luft holen konnte. »Ihr müsst sofort eine Fahndung nach diesem Peter Söhnle rauslassen! Frag nicht lange rum, der Kerl ist seit knapp zwei Stunden verschwunden. Hatte die Hosen voll, als er erfahren hat, dass er heute vernommen werden soll. Wenn der euch durch die Lappen geht, war's das mit der alten Dame. Woher ich das weiß?« Eddie blickte zu Lina, die ihn mit aufgerissenen Augen anstarrte. »Ist ein Tipp aus dem Kollegium des Seniorenstifts. Keine Sorge, ihr bekommt noch genauere Angaben und könnt dann selber noch eine Aussage aufnehmen. Aber vorher müsst ihr den Kerl finden! Er ist unsere einzige Spur zu der Vermissten. Und halte mich auf dem Laufenden! Ich schick dir gleich einen ausführlichen Bericht und dann sorge ich dafür, dass ich die ganze Zeit über Handy zu erreichen bin.« Er beendete das Gespräch und wandte sich wieder Lina zu. »Es war gut, dass du mir alles erzählt hast. Aber du wirst deine Aussage noch einmal vor den offiziellen Ermittlern machen müssen, das ist dir doch klar?«

Lina nickte mit bebender Unterlippe.

Eddie, der einen weiteren Tränenstrom fürchtete, beobachtete sie beunruhigt.

»Die werden dir schon nicht den Kopf abreißen, Mädchen! Ich hab dir einen kleinen Aufschub verschafft, damit du dich mental drauf einstellen kannst. Aber wenn ich nach Hause komme, muss ich ihnen meinen Bericht mailen und deinen Namen nennen.«

»Glauben Sie, man wird die arme Frau Scheib jetzt endlich finden?«, flüsterte Lina.

Eddie seufzte. »Ich hoffe es. Und ich hoffe auch, dass es dann nicht doch schon zu spät ist für die alte Dame. Aber darüber machen wir uns Gedanken, wenn es soweit ist. Jetzt bringe ich dich jedenfalls erstmal wieder zurück zur Arbeit.«

Eddie setzte Lina eine Querstraße vor der Seniorenresidenz ab.

»Du hast meine Nummer, Mädchen. Wenn dir noch etwas einfällt, oder die Jungs von der Ermittlung dich erschrecken, ruf mich an. Ich kümmere mich dann darum.«

Er nickte ihr noch einmal zu und fuhr weiter. Barny beobachtete die schmale Gestalt, die unglücklich am Straßenrand stand, aus dem Heckfenster, bis sie aus seinem Blickfeld verschwand. Dann legte er sich mit einem tiefen Seufzer wieder hin.

»Na gut«, wandte sich Eddie daraufhin an Barny. »Vielleicht hattest du doch nicht so ganz Unrecht, alter Junge. Ist ja doch ein ganz nettes Mädel, wenn auch ein bisschen zu nah am Wasser gebaut. Scheint aber ehrlich betroffen zu sein wegen der alten Dame. So viel Rückgrat hätte ich der Kleinen gar nicht zugetraut. Wird nicht einfach für sie, wenn die anderen erfahren, dass sie diesen Peter beschuldigt hat. Jedenfalls bin ich gespannt, wie das noch weitergeht.« Er stöhnte unwillig. »Läuft mir so gar nicht rein, dass ich heute Abend schon verplant bin.«

Jeden letzten Mittwoch des Monats traf Eddie sich mit einigen ebenfalls pensionierten Kollegen aus der Gegend im Gasthaus Krone in Unterweissach. Und heute war es mal wieder so weit. Barny konnte sich nicht erinnern, dass Eddie jemals eines dieser Treffen geschwänzt hätte, außer er war im Urlaub. Doch heute schien sein Partner schwer mit sich zu ringen, ob er nicht doch besser absagen sollte.

Nachdem Eddie den versprochenen Bericht an die Kripo geschickt hatte, verbrachte er den Nachmittag ruhelos mit allerlei Hausarbeiten, das Handy immer an seiner Seite. Die Reparatur des Toasters hatte Eddie verschoben, da er dazu viel zu rastlos war.

Barny spürte einmal mehr, wie schwer es für seinen Partner war, nun nicht mehr mitten im Geschehen zu stecken, sondern durch seine Pensionierung auf die Ersatzbank verbannt zu sein.

Als dann am späten Nachmittag das Handy klingelte, stand Eddie vollends unter Strom.

»Und, habt ihr ihn?«, brüllte er Bernd ins Ohr.

»Scheiße, nein«, knurrte dieser zurück. »Der Mistkerl hat sich komplett vom Acker gemacht. Die Wohnung ist verlassen. Er hat nur das Nötigste zusammengepackt und ist abgehauen.«

»Aber das Auto, verdammt! Das muss doch zu finden sein«, donnerte Eddie.

»Ach, ehrlich?«, gab Bernd bissig zurück. Auch er schien ziemlich unter Spannung zu stehen. »Was glaubst du, wie es hier abgeht? Wir haben eine Kommission für den Fall aufgebaut. Alle arbeiten auf Hochtouren. Natürlich haben wir nach der Karre gesucht. Und wir haben sie auch gefunden. Bei einem ziemlich zwielichtigen Autohändler in Waiblingen. Hat sie heute Mittag zu einem Spottpreis gegen Barzahlung von einem jungen Kerl gekauft, auf den die Beschreibung dieses Söhnles passt. Gehört sicher nicht zu denen, die viele Fragen stellen und wusste daher natürlich nicht, wohin der Kerl danach verschwunden ist. Ist zu Fuß wegmarschiert. Und das war‘s. Keiner hat ihn in irgendeinen Bus oder eine Bahn einsteigen sehen. Hatte entweder irgendwo ein anderes Auto stehen, oder einen Helfer, der ihn deckt.«

»Waiblingen, sagst du?« Barny konnte beinahe sehen, wie es hinter Eddies Stirn arbeitete. »Überprüft diesen Herbrecht, Mann. Der wohnt und arbeitet dort. Für den wäre es ein Leichtes, den Jungen verschwinden zu lassen. Ich hab Euch doch gleich gesagt, dass ihr ein Auge auf den haben sollt. Aber nein, man musste sich ja zuerst den Hilfskoch vornehmen!« Wütend rannte Eddie mit dem Handy am Ohr im Zimmer auf und ab. »Und wie soll es jetzt weitergehen, nachdem ihr die einzige Spur zu der alten Dame verloren habt? Wenn er sie tatsächlich irgendwo festhält, war's das mit ihr.«

»Jetzt beruhige dich mal«, versuchte Bernd, den aufgebrachten Freund zu beschwichtigen. »Die Fahndung läuft auf Hochtouren. Der Fall hat jetzt oberste Priorität. Und selbstverständlich nehmen sie sich auch diesen Herbrecht vor. Wir werden den Kerl finden. Früher oder später finden wir sie immer.«

»Später könnte aber zu spät sein«, murmelte Eddie nur und ließ sich frustriert aufs Sofa fallen.

»Versuchdich zu entspannen«, seufzte Bernd. »Ich weiß, wie schwer dir das fällt, aber du hast alles getan, was du konntest. Jetzt musst du den Rest den anderen überlassen. Ich halte dich weiter auf dem Laufenden, okay?«

»Schon klar, Mann«, brummte Eddie müde. »Man hört sich.«

Besorgt beobachtete Barny seinen Partner, der das Handy auf den Couchtisch knallte und sich dann resigniert mit beiden Händen durch die Haare fuhr.

»Dann entspannen wir uns also mal 'ne Runde«, knurrte er bissig. »Keine Ahnung, warum ich mich da so reinsteigere. Bernd hat recht. Das geht mich alles überhaupt nichts mehr an. Ich bin schließlich Rentner. Also werde ich mich jetzt gleich mit den anderen Rentnern treffen, wie es sich gehört. Und dann werden wir uns von unseren vergangenen Heldentaten erzählen und uns gegenseitig auf die Schulter klopfen, während draußen das wahre Leben weitergeht.«

Barny gab ein tröstendes Brummen von sich und Eddie strich ihm kurz durchs Fell.

»Genau, Partner, es könnte schlimmer sein. Also lass uns unseren Ruhestand genießen. Immerhin scheint es dir wieder besser zu gehen. Aber keine Angst, du musst heute Abend nicht mitkommen. Ruh dich noch mal so richtig aus.« Eddie blickte nachdenklich aus dem Fenster, wo jetzt blauer Himmel zu sehen war. Nach dem Sauwetter schien es nun endlich wieder aufzuklaren. »Ich denke, ich werde das Fahrrad nehmen. Hab wegen dem bescheuerten Fall in den letzten Tagen mein Training viel zu kurz kommen lassen. Die zwanzig Minuten Radfahren werden mir guttun und meinen Kopf endlich mal wieder freipusten. Außerdem habe ich heute sowieso nicht den Nerv, zu lange in der Wirtschaft zu versumpfen und zum x-ten Mal die alten Geschichten durchzukauen. Du musst dich also nicht zu lange allein vergnügen, mein Junge.«

15

Eddie schwang sich gegen halb sieben auf sein Rad. Die Temperaturen waren zwar nach wie vor viel zu kalt für diese Jahreszeit, doch zumindest versprach es nach den eisigen Schauern des Tages ein ruhiger, trockener Abend zu werden.

Da Eddie so rücksichtsvoll gewesen war, Barny noch zu schonen und nicht auf eine verhasste Radtour mitzuschleppen, nahm dieser sich vor, den Abend in wohlverdienter Ruhe zu genießen. Zufrieden registrierte er, dass auch langsam sein Appetit wieder erwachte und er sich nach dem ausgefallenen Frühstück so richtig auf die abendliche Futterration zu freuen begann.

Eine himmlische halbe Stunde lang war Barnys Welt vollkommen perfekt. Dann ertönte ein schrilles Bellen vor dem Haus. Barny dachte sich zunächst nichts dabei. Bestimmt waren draußen beim abendlichen Gassigang mal wieder zwei seiner Artgenossen mit unangenehm niedriger Aggressionsschwelle aufeinander getroffen. Das kam oft genug vor und kümmerte Barny schon lange nicht mehr. Doch das penetrante und irgendwie vertraute Gebell wollte diesmal so gar nicht aufhören und stammte auch nur von einem einzelnen Hund.

Unwillig richtete sich Barny auf und lauschte intensiver. Aus dem hysterischen Gekläffe konnte er nun seinen Namen heraushören. Er stöhnte genervt und beeilte sich in den Garten zu kommen, bevor Frau Herzig trotz ihrer Taubheit etwas mitbekam.

»Was veranstaltest du denn hier für ein Spektakel?«, knurrte er den kleinen Piet Fox an, der mit blitzenden Augen und bebendem Körper wie ein Gummiball vor dem Gartenzaun auf und ab sprang.

»Ich hab's geschafft, Chef! Genau wie du gesagt hast«, japste der Terrier euphorisch, ohne Barnys Unmut zu bemerken. »Meine Leute haben nix bemerkt. Hab einen super Ausgang durchs Klofenster im ersten Stock entdeckt. Das ist immer gekippt. Hab jetzt herausbekommen, wie ich mich da durchwinden kann. Und von dort geht's dann keine zwei Meter runter auf die Regentonne. Da kommen die nie drauf. Ich hab Ausgang bis mindestens zehn, solange sitzen die bestimmt vor der Glotze und denken, ich liege brav in meinem Körbchen oben im Schlafzimmer. Gut, was? Was machen wir solange?«

Barny stöhnte. Das war es dann mit dem ruhigen Abend. Er kämpfte mit sich, ob er den Kleinen nicht einfach wieder nach Hause schicken sollte, doch Piet stand so unter Strom, dass er bestimmt irgendeinen Unsinn anstellte, wenn man kein Auge auf ihn hatte. Also zeigte er ihm seinen Geheimtunnel in den Garten.

»Dann komm halt kurz mit rein«, brummte er. »Du hast Glück, dass Eddie nicht da ist, sonst hätte es Ärger gegeben. Aber schreib dir eins hinter die Ohren: Mach nicht immer gleich so einen Lärm. Such lieber nach anderen Möglichkeiten, auf dich aufmerksam zu machen! Das dauert vielleicht etwas länger und ist anstrengender, lohnt sich auf Dauer aber auf jeden Fall.«

»Ja, Chef«, kläffte Piet alles andere als leise und Barny verdrehte die Augen.

»Was gibt es Neues in deinem Fall?«, erkundigte sich Piet unternehmungslustig. »Hast du ihn schon gelöst? Kann ich irgendwie helfen? Ich glaube, ich bin jetzt wirklich so weit, ein Ermittler zu werden!«

»Träum weiter, Kleiner«, knurrte Barny unwirsch und nahm wieder seinen Platz auf dem Sofa ein. Die Terrassentür ließ er sicherheitshalber weit geöffnet. Piet setzte sich mit erwartungsvollem Blick vor die Couch.

»Und jetzt?«, fragte er aufgeregt.

»Jetzt üben wir uns mal eine Weile in Geduld«, grinste Barny. »Geduld ist nämlich eine der wichtigsten Eigenschaften, die ein Ermittler braucht.«

Piet starrte Barny fassungslos an.

»Echt jetzt? Aber das ist doch so langweilig!«

»Langeweile ertragen zu können ist eine noch

wichtigere Eigenschaft eines Ermittlers«, belehrte ihn Barny, der allmählich Spaß an der Sache fand. »Gerade die langweiligen Phasen sind wichtig, weil man sich da alle Tatbestände in Ruhe durch den Kopf gehen lassen kann und so den möglichen Tathergang rekonstruiert bekommt, verstanden?«

Piet wirkte alles andere als zufrieden. »Das hört sich aber echt öde an. Ich dachte immer, zum Ermitteln muss man rumlaufen und Dinge herausfinden.«

Bevor Barny seine Belehrung fortführen konnte, stach ihm ein bekannter Geruch in die Nase. Danach überschlugen sich die Ereignisse.

Piet fuhr mit irrem Blick und hektisch zuckender Nase in die Höhe. Barny, der Riddicks Gewohnheiten kannte, nutzte den winzigen Vorteil und sprang von der Couch über den Terrier hinweg in Richtung Terrassentür, von wo der Kloakengestank kam. Piet rannte inzwischen böse knurrend mit der Nase in der Luft durch das Zimmer und versuchte sich schließlich an Barny vorbei in den Garten zu drängen.

»Ratte, Ratte, Ratte«, japste der völlig außer Kontrolle geratene Terrier und rammte Barny wie ein wildgewordener Stier.

Aus dem Augenwinkel sah Barny eine schwarze Gestalt wieder in Richtung Lichtschacht verschwinden. Er packte Piet nicht besonders sanft im Genick, schüttelte ihn einmal kräftig durch und spuckte ihn dann angewidert ins Zimmer zurück.

»Reiß dich jetzt sofort zusammen!«, donnerte er dem kopflosen Fox entgegen. Piet schüttelte sich und erwachte langsam aus seiner Raserei.

»Aber da war eine Ratte«, kläffte er empört. »Eine Ratte! Die wollte hier reinkommen!«

»Ja, genau, du Trottel«, wetterte Barny. »Das war mein bester Informant. Ich kann nur hoffen, dass du ihn nicht vollkommen vergrault hast, du Idiot. Was fällt dir ein, hier in meiner Gegenwart so ein Theater zu veranstalten? Glaubst du etwa, ich bin selber nicht in der Lage, mit ungewollten Eindringlingen fertig zu werden? Du hast wirklich noch eine ganze Menge zu lernen, Kleiner!«

»Aber eine Ratte«, jammerte Piet nun ziemlich geknickt. »Seit wann hast du Ratten unter deinen Informanten? Freddy ist dein Informant. Und ich bin einer. Aber eine Ratte! Wir verkehren nicht mit dem Rattenpack, wir jagen es.«

»Hier wird überhaupt niemand gejagt, verstanden?«, knurrte Barny böse. »Und wer sich nicht an diese Regel hält, mit dem habe ich auch nichts weiter zu schaffen. Also, wie sieht's aus?«

Er fixierte Piet mit seinem Alpha-Blick und der Kleine legte sich flach auf den Boden.

»Bitte, Chef«, winselte der Terrier. »Ich werde keine Ratten mehr jagen, wenn du das nicht willst. Aber darf ich weiter dein Informant sein?«

Barny seufzte. »In Ordnung, Kleiner. Aber arbeite an deinem Temperament. Bis zum nächsten Mal weißt du, wie man sich in Geduld übt, verstanden? Bevor du diese Lektion nicht gelernt hast, brauchst du gar nicht mehr bei mir aufkreuzen, geschweige denn darüber nachdenken, Ermittler zu werden.«

»Was für eine Ansage!«, erklang eine höhnische Stimme in Barnys Rücken. Barny warf dem bebenden Piet noch einen warnenden Blick zu und wandte sich dann gemächlich zu Riddick um, der mit einem fiesen Grinsen und herausforderndem Blick an der offenen Terrassentür lehnte.

»Guten Abend, Riddick«, brummte er. »Freut mich, dass du dich doch noch mal her getraut hast.«

Riddick schnaubte abfällig und überhörte das unterdrückte Knurren, das aus Piets Richtung herüberklang. Der Terrier drückte sich noch immer flach auf den Boden, doch sein struppiges Fell stand in die Höhe, als ob er mit der Nase in eine Steckdose geraten wäre.

»Ist eine Weile her, dass ich mir wegen so einem kleinen Hosenscheißer ins Fell gemacht hätte«, knurrte

Riddick verächtlich. »Außerdem habe ich neue Informationen für dich. Die können nicht länger warten.«

»Ich höre«, nickte Barny. »Aber vorher noch das Wichtigste: Was ist mit deiner Kleinen? Habt ihr sie wiedergefunden?«

»Von wegen wir! Sie hat uns gefunden!«, grinste Riddick mit stolzgeschwellter Brust. »Der kleine Racker hat sich selber übertroffen. Tatsächlich konnte ich diese Informationen nur durch ihr kleines Abenteuer sammeln.«

»Was genau ist passiert?«, fragte Barny gespannt.

»Lilith hat sich gestern wie vermutet tatsächlich in der schwarzen Karre eingenistet, während ich deinen Verdächtigen beschattet habe«, begann Riddick mit funkelndem Blick. »Als der Schnösel dann davon gebraust ist, saß sie gemütlich im Motorraum. War keine zehn Minuten mit ihm unterwegs, dann hat er auf einem ziemlich runtergekommenen Firmengelände gehalten, seine Karre in einem alten Schuppen abgestellt und ist ausgestiegen. Neugierig wie sie nun mal ist, das kleine Luder, konnte sie es sich nicht verkneifen nachzuschauen, wohin der Typ ging. Und da hat sie dann was ziemlich Interessantes gesehen. Der Typ hatte dort nämlich noch eine Karre abgestellt. Einen ziemlich ollen Geländewagen, mit dem er dann weitergefahren ist. Zum Glück war die Kleine schlau genug, wieder in die schwarze Karre zu schlüpfen und abzuwarten, bis der Typ zurückkommt, was dann auch nach einer guten Stunde der Fall war. Also ist sie mit ihm wieder weitergefahren. Diesmal ging es direkt zu ihm nach Hause, wo sie die Nacht ganz gemütlich in seiner warmen Garage verbracht hat. Am nächsten Morgen hat sie sich von ihm dann wieder zum Seniorenstift kutschieren lassen, wo meine Leute schon auf Patrouille waren und nach ihr Ausschau gehalten haben.« Riddick kratzte sich versonnen den Bauch, bevor er fortfuhr. »War ziemlich erschöpft, die Kleine, als sie dann endlich vor mir stand. Konnte kaum noch die Augen offen halten, hat mir aber trotzdem einen astreinen Bericht erstattet. Wusste sogar noch, wo der Schuppen mit dem Geländewagen ist. Unten bei der Spinnerei. Also bin ich los, um mir die Sache selber anzusehen. Hab auch alles so vorgefunden, wie sie es geschildert hat.« Er machte eine Kunstpause und grinste Barny an. Dann flog sein Blick zu Piet Fox, der während seines Berichts an Barnys Seite gekrochen war und ihm mit offenem Maul wie gebannt lauschte. Das Grinsen wurde noch eine Spur selbstgefälliger.

»Aber das ist noch nicht alles, nicht wahr?« Barny nickte dem Clanführer auffordernd zu.

»Richtig«, feixte dieser. »Das Beste kommt noch. Ich schau mir also gerade diese verbeulte, grüne Riesenkarre an, als so ein fetter, silberner BMW auf dem Gelände auftaucht. Und dreimal darfst du raten, wer auf der Beifahrerseite aussteigt? Genau! Dieser Peter, der Schnöseltyp. Sah aber irgendwie überhaupt nicht mehr schnöselig aus. War ziemlich bleich um die Nase. Hat zwei große Reisetaschen aus dem Kofferraum gezogen und den Fahrer angeplärrt, dass dieser allein Schuld an seiner Misere hätte. War ein echt unangenehmer Typ, der Fahrer. Ganz in Grau mit so einem richtig arroganten Sackgesicht. Herbrecht hat ihn dieser Peter genannt. Der Graue meinte daraufhin, er würde schon dafür sorgen, dass alles klar ginge, wenn der Schnösel auch weiter genau das täte, was er ihm auftrug. Und als Erstes müsste er sich bis zur Dunkelheit im Haus versteckt halten und die Alte dann wie besprochen entsorgen.« Riddick holte tief Luft. »Dann ist er wieder abgezogen und der Schnösel kommt mit seinem Dreitage-Regenwetter-Gesicht zu seiner Karre geschlichen. Ich dachte *jetzt oder nie* und krieche in den Motorraum, während er die Taschen verstaut und dann ging es schon los …«, wieder machte Riddick eine Kunstpause, die keiner der beiden Zuhörer zu unterbrechen wagte. »… direkt zum Versteck, wo die Alte gefangen gehalten wird!«

Die Neuigkeit schlug ein wie eine Bombe.

Piet sprang hysterisch fiepend in die Höhe und selbst Barny gab ein erleichtertes Bellen von sich. Riddicks Grinsen war nun so breit, dass sein Gesicht jeden Moment in zwei Hälften zu zerfallen drohte.

»Wo ist es?«, blaffte Barny, als sich die erste Aufregung etwas gelegt hatte. »Wie komme ich da hin? Ich muss es mir selber ansehen.«

»Tja.« Riddick kratzte sich den Bauch. »Das Hinkommen dürfte dir keine Schwierigkeiten bereiten. Es ist in Sachsenweiler. Ein Haus mit undefinierbarem Putz, irgendwas zwischen Kackgelb und Schlammgrün. Steht etwas abseits am Waldrand unten Richtung Dresselbach. Fett eingezäunt wie eine Festung. Kannst du nicht verfehlen.«

Misstrauisch beäugte Barny die Ratte. Er kannte Riddick inzwischen gut genug, um zu erkennen, dass das noch nicht alles war.

»Spuck's aus, Riddick!«, knurrte er. »Was gibt's dabei für ein Problem?«

»Nun ja.« Riddick zog angewidert die Nase kraus. »Ich würde mal behaupten, dass dieser psychopathische Wächter auf dem Grundstück tatsächlich ein gewisses Problem darstellen könnte. Ein Riesenvieh, völlig außer Rand und Band geraten. Mit dem ist nicht zu verhandeln. Schätze mal, das ist einer von denen, die von den Hominiden so gründlich durch die Mangel gedreht wurden, bis ihr Hirn total abgeschaltet hat. An dem musst du erst mal vorbei kommen, wenn du an die Alte heranwillst.«

»Scheiße!« Barny kannte diese Art fehlgeleiteter Schutz- und Wachhunde, die oft bei der Bewachung von Depots eingesetzt wurden. Mit denen konnte man tatsächlich nicht verhandeln. »Wie hat der Altenpfleger das Vieh im Griff? Ich kann mir nicht vorstellen, dass der ihn ausgebildet hat.«

»Ganz bestimmt nicht«, lachte Riddick fies. »Den hat er bestimmt irgendwo billig als ausgemusterten Wachhund erstanden. Das Vieh wirkt, als ob es schon einiges hinter sich hätte, was es nur um so gefährlicher macht. Aber der Schnösel ist halt der, der das Biest füttert. Und er benutzt ein Elektrohalsband«, zischte Riddick angewidert. »Kennt man ja: Zuckerbrot und Peitsche. Wirkt bei euch Caniden meistens.«

Barny blickte besorgt nach draußen. Noch war es hell. Sie hatten vielleicht noch zwei Stunden, bis es dunkel wurde. Erst dann sollte die alte Dame laut Riddicks Informationen »entsorgt« werden, was auch immer das hieß.

Wenn er sich beeilte, konnte er in gut zehn Minuten die zwei Kilometer nach Sachsenweiler zurücklegen, die Lage sondieren und eine Möglichkeit finden, Eddie zu informieren.

Barnys Gehirn arbeitete auf Hochtouren. Dann traf er eine Entscheidung.

»Ich schau mir die Sache selber an und Piet kommt mit.« Er nickte dem Terrier, der vor Aufregung kaum still sitzen konnte, zu. »Du bist einer der schnellsten Läufer, die ich kenne. Ich werde dich brauchen, um Eddie zu alarmieren, wenn wir allein keine Lösung finden. Aber vorher muss ich noch einer ... Freundin Bescheid geben. Sie hat ein Recht darauf, das Ende der Geschichte mitzuerleben.« Er wandte sich wieder an den Clanführer der Ratten. »Das war einwandfreie Arbeit, Riddick. Ich bin dir sehr dankbar. Ich gehe mal davon aus, dass für dich die Sache jetzt erledigt ist, obwohl ich deine Hilfe sicher noch gut gebrauchen könnte.«

Riddick schüttelte feixend den Kopf.

»Ich hab meinen Teil des Deals erfüllt. Also werd ich mich nun vom Acker machen und die Belohnung genießen. Du weißt doch, Schnüffler, heute ist Mittwoch, also Schlemmernacht fürs Rattenpack.« Er lief in den Garten und wandte sich noch einmal um. »Viel Glück noch. War eine Freude, mit dir Geschäfte zu machen. Lass von dir hören, wenn du mal wieder in der Klemme steckst. Ich denke, mir fällt dann schon wieder ein neuer Deal ein.«

Barny hörte noch ein hohles Kichern, als Riddick im Lichtschacht verschwand, und schüttelte amüsiert den Kopf. Er hätte es nie für möglich gehalten, aber er würde die nächtlichen Besuche dieses Kerls irgendwie vermissen.

Entschlossen wandte er sich an Piet, der bereits im Garten stand und begierig auf das Zeichen zum Aufbruch wartete.

»Dann mal los, Kleiner«, knurrte er, streifte sich sein Halsband über und zog die Terrassentür hinter sich zu. »Wir machen noch einen kleinen Abstecher über die Danziger Straße zu einer ganz besonderen Freundin.«

Piet schaffte es, neben Barny her zu rennen, ohne ihn mit Fragen zu bombardieren, bis sie vor Klaras Haus standen. Auch als Barny leise Dollys Namen rief, wartete Piet gespannt ab und versuchte sichtlich, sich wie befohlen in Geduld zu üben. Als er dann jedoch den blaugrauen Schatten zwischen den Sträuchern von Klaras Vorgarten bemerkte, war es mit seiner erzwungenen Ruhe vorbei.

»Katze, Katze, Katze«, japste er hysterisch und rannte gegen den Zaun an, bis Barny ihn am Nacken packte und grob zu Boden drückte.

»Halt sofort die Klappe, du Volltrottel!«, knurrte Barny den zappelnden Terrier an. »Das ist die Freundin, um die es geht!«

»Freundin?« In Dollys Stimme klang ein samtiges Lachen mit. »Da fühle ich mich ja direkt geschmeichelt, Großer. Aber warum bringst du dann so einen kleinen, unerzogenen Kläffer mit auf unser Date?«

Barny entließ Piet aus seinen Fängen, drückte ihn aber weiter mit einer Pfote zu Boden.

»Das hier ist kein Date«, brummte er und spuckte angewidert einige Terrierhaare aus. Grimmig wandte er sich an den zappelnden Piet. »Beruhigst du dich jetzt vielleicht mal, oder muss ich noch deutlicher werden? Du wirst auch keine Katzen jagen, wenn du mit mir unterwegs bist, genauso wenig wie Ratten! Geht das endlich in dein mickriges Idiotenhirn?«

»Aber eine Katze!«, hechelte Piet unglücklich. »Katzen müssen doch gejagt werden. Sie brauchen das, deshalb laufen sie doch immer weg.«

Dolly sprang mit einem eleganten Satz über den Zaun und setzte sich direkt vor Piets Nase. Der Terrier wirkte, als würde er jeden Augenblick hyperventilieren.

»Und, mein Kleiner«, säuselte sie trügerisch sanft. »Laufe ich gerade weg? Oder sehe ich etwa so aus, als ob ich von dir gejagt werden wollte?«

Der Terrier fiel in eine Art Schockstarre und Barny zog grinsend seine Pfote weg.

»Ich denke, der Kleine wird es schon noch lernen.«

»Und du bist dabei sein Lehrmeister«, spottete Dolly, ohne Piet weiter zu beachten. »Du überrascht mich immer wieder aufs Neue mit deinen vielfältigen Talenten. Aber was führt dich und deinen hyperaktiven Begleiter zu mir?«

»Riddick hat es tatsächlich geschafft, das Versteck des Entführers ausfindig zu machen«, kam Barny gleich zur Sache. »Und so wie es aussieht, bleibt uns nicht mehr viel Zeit zu handeln. Es war die Rede davon, die alte Dame heute Nacht noch verschwinden zu lassen. Offensichtlich bekommt man jetzt kalte Füße, nachdem Eddie die Ermittlungen wieder neu hat aufleben lassen.«

»Alle Achtung!« Dolly wirkte sichtlich beeindruckt. »Hätte ich einem vom Rattenpack gar nicht zugetraut, dass er sich an Vereinbarungen hält und so brav seine Hausaufgaben macht. So kann man sich irren. Und wo befindet sich die Frau gerade?«

»In Sachsenweiler«, erwiderte Barny.

Dolly kniff die Augen zusammen.

»Das passt. Darum hat Molly versucht, die Plattenwaldallee zu überqueren. Verdammt, ich hab die Gegend um die Spinnerei herum abgesucht. Bis Sachsenweiler bin ich nicht gekommen. Wie ist die Ratte dahinter gekommen?«

»Riddick hat sich im Auto des Typen versteckt. War

übrigens nicht der, den wir beim Rossmann beobachtet haben. Der hatte die Karre nur geliehen.« Barny zog verärgert die Lefzen hoch. »Mein Fehler, dass ich nicht bemerkt habe, dass der Geruch zum Wagen und nicht zum Typen gehörte, aber egal. Riddick hat den richtigen Täter ermittelt. Es ist ein Altenpfleger aus dem Seniorenstift, der wohl der Meinung ist, ihm steht mehr zu, als er dort verdient. Und rate mal, wer der Drahtzieher hinter der ganzen Sauerei zu sein scheint?«

»Du wirst es mir sicher gleich verraten«, schnurrte Dolly samtig.

»Dieser widerlich arrogante, silbergraue Notar«, knurrte Barny. »Du weißt doch, der Bruder von diesem Dr. Herbrecht, der so gerne bei der Gehring herumgammelt. Ich wüsste gerne, ob der seine Finger auch mit drin hat.« Er richtete sich entschlossen auf. »Aber das werden wir schon noch erfahren. Zuerst mal muss die Sache beendet werden. Also, wie sieht's aus? Bist du dabei und bereit für einen kleinen Sprint, bevor es dunkel wird?«

»Was für eine Frage«, raunzte Dolly pikiert. »Ich denke, ich kann dir ein paar nette Schleichwege zeigen, auf denen du und dein temperamentvoller Lehrling«, sie warf Piet einen verächtlichen Blick zu, »nicht gleich so viel Aufmerksamkeit erregen. Also dann mal los!«

»Warte mal!« Barny blickte unschlüssig zur Katzenklappe. »Was ist mit Craddock? Müssten wir dem Kleinen nicht auch Bescheid geben?«

Dolly starrte ihn fassungslos an.

»Das ist jetzt nicht dein Ernst, oder? Du kannst unmöglich einen ganzen Kindergarten mit dir mitschleppen wollen! Schlimm genug, dass wir diesen hechelnden Heißsporn an der Backe haben, da können wir nicht auch noch einen tollpatschigen Volltrottel gebrauchen! Also vergiss mal deine soziale Ader und sieh zu, dass wir endlich loskommen!«

Barny seufzte und folgte dem blaugrauen Schatten, der bereits lautlos hinter der nächsten Straßenecke verschwand. Dolly hatte natürlich recht und er selber war auch nicht gerade scharf darauf, den Mops hinter sich her schnaufen zu lassen. Aber andererseits konnte er sich nur zu gut vorstellen, wie traurig Craddock sein würde, wenn er erfuhr, dass sein ‚Partner' ihn in der spannendsten Phase der Ermittlung außen vor gelassen hatte.

»Wie kannst du es zulassen, dass eine *Katze* so mit dir spricht?«, riss ihn Piets fassungsloses Kläffen aus seinen Überlegungen. »Und jetzt hat sie auch noch die Führung übernommen!«

Barny warf dem empörten Terrier einen nachsichtigen Blick zu.

»Schreib dir Folgendes als nächste Lektion hinter die Ohren, Kleiner: Ein richtig guter Ermittler kann sich keine Engstirnigkeit und Intoleranz leisten. Ebenso wenig wie Borniertheit. Ein guter Ermittler beurteilt einen Informanten oder Helfer nicht nach seiner Rasse, sondern allein nach seinen Kenntnissen und Fähigkeiten. Ohne diese Katze, die du so gerne jagen würdest, oder die Ratte, die du so verachtest, wäre ich mit meinen Ermittlungen noch lange nicht so weit, wie ich es jetzt bin.«

Piet rannte eine Weile stumm neben Barny her und versuchte diese neuen Erkenntnisse zu verarbeiten. Dann wandte er sich ziemlich verstört an sein großes Vorbild.

»Lernt man das bei der Polizeihundeausbildung? Dass man nicht mehr jagen darf?«

»Nun.« Barny überlegte kurz. »Ganz so ist das nicht. Gerade bei der Schutzhundeausbildung darf man nicht zimperlich sein. Da muss man hinter Verdächtigen herjagen und sie auf Kommando mit allen Mitteln stellen. Da ist es ganz praktisch, wenn man einen ausgeprägten Hetztrieb hat. Aber als Suchhund muss man eher seinen Verstand beisammen haben. Und das hat mir Eddie beigebracht. Wenn du hetzt oder jagst, schaltest du dein Hirn aus. Und ein Ermittler ohne Hirn taugt eben nichts. Eddie hat mich sehr gründlich in jeder Art von Suche ausgebildet. Und er verlässt sich dabei immer hundertprozentig auf mich. Genauso, wie ich mich immer auf ihn verlassen kann. Wenn ich mich nicht jederzeit im Griff hätte und bei jeder Katze oder Ratte, die unseren Weg kreuzt, ein Riesentheater veranstalten müsste, wäre er ziemlich enttäuscht. Also habe ich mir das selber abgewöhnt.«

»Das hört sich ziemlich kompliziert an«, stöhnte Piet. »Ich weiß nicht, ob ich das könnte. Vermisst du das denn nie, dieses prickelnde Gefühl, wenn eine Katze vor dir wegrennt?«

Bei Piets Frage musste Barny unwillkürlich an ihren Besuch bei dem Architekten Weisshaar denken. Er sah wieder die geifernden Schleicher vor sich, die ihn von ihren Kratzbäumen aus anfauchten. Und er erinnerte sich an das selbstgefällige Gesicht von Hank.

Barny seufzte und grinste Piet schief an.

»Doch, Kleiner. Manchmal vermisse ich das. Und dann kostet es mich ganz schön Kraft, auf meinen Verstand zu hören. Aber im Endeffekt ist es das alles wert, wenn ich meinem Partner damit einen Gefallen tun kann.«

»Puh!« Piet wirkte nicht besonders überzeugt. »Dein Partner muss ja schon ein ganz toller Typ sein. Ich kenne keinen, für den ich das alles in Kauf nehmen wollte. Ich dachte immer, ermitteln macht Spaß und ist nicht so furchtbar anstrengend.« Piet kniff nachdenklich die Augen zusammen. Dann japste er begeistert auf. »Ich glaube, ich bin eher der geborene Schutzhund. Ich hätte echt Bock, einen Verdächtigen zu hetzen und schließlich zu stellen. Ich würde dabei dann auch ganz böse knurren, sodass der Verbrecher furchtbar Angst bekommt.« Piet machte sich gleich daran, seine Fähigkeiten im Böse-Knurren zu demonstrieren.

»Wie wäre es, wenn ihr Jungs eure nette, kleine Plauderei auf später verschiebt und zuseht, dass wir noch etwas zügiger vorankommen?«, mischte sich Dolly, die bisher schweigend vor ihnen her gerannt war, spitz in das Gespräch ein. »Ich dachte, die Sache eilt. Außerdem solltet ihr ab jetzt eure Sinne beieinander haben, sonst verlieren wir uns noch. Wir werden nämlich gleich einige ganz besondere Pfade nutzen.«

Ohne eine Antwort abzuwarten, zwängte sie sich durch eine Lücke in einem verfallenen Lattenzaun, der ein ziemlich verwildertes Grundstück umschloss, und verschwand hinter einer Strauchgruppe. Barny hatte anders als Piet einige Schwierigkeiten damit, der Katze zu folgen, da er aufgrund seiner Körpergröße seinen beiden Begleitern gegenüber eindeutig im Nachteil war. Kurz musste er an den Abend denken, an dem Craddock in der Katzenklappe stecken geblieben war. Die Erinnerung daran war noch so klar, dass er sogar das vertraute Schnaufen des Mopses zu hören glaubte.

Barny schüttelte belustigt den Kopf und beeilte sich Dollys Fährte zu folgen.

16

Die nächsten Minuten rannten sie schweigend hinter der Katze her. Dolly führte sie auf so verschlungenen Pfaden in Richtung Sachsenweiler, dass Barny tatsächlich alle Sinne beieinander halten musste, um sie nicht aus den Augen zu verlieren.

Er selber hätte die gerade Strecke die Straßen entlang gewählt und wäre auf diese Weise schneller ans Ziel gekommen. Aber dabei hätte natürlich auch die Gefahr bestanden, unerwünschte Aufmerksamkeit zu erregen.

Dolly dagegen bewegte sich nur im Schutz der Bäume und Sträucher. Dazu nahm sie einen längeren Weg in Kauf und folgte dem Bachlauf der Weißach südwestlich von Sachsenweiler bis zur Einmündung Dresselbach.

Die Pfade, die Dolly wählte, waren so versteckt, dass ihr ungewöhnliches Trio niemandem auffallen konnte. Dennoch spürte Barny ein merkwürdiges Prickeln im Nacken, was normalerweise ein sicheres Zeichen dafür war, dass irgendetwas nicht stimmte.

Als sie sich durch ein besonders unwegsames Stück Dickicht am Ufer des Dresselbachs schlugen, war Barny sich dann endgültig sicher, dass sie verfolgt wurden. Er erstarrte und hielt die Nase in die Luft, doch da ein strammer Gegenwind blies, konnte er keine Witterung aufnehmen. Die Geräusche, die er hinter sich wahrnahm, ließen jedoch keine Zweifel aufkommen.

»Wartet einen Moment«, rief er seinen Begleitern zu. »Wir sind nicht allein.«

Und mit einem abgrundtiefen Seufzer wandte er sich an das wackelnde Gestrüpp in fünfzig Metern Entfernung hinter ihnen, aus dem ein gequältes Schnaufen ertönte.

»Alle Achtung, Moppel, das war eine echte Glanzleistung! Ich würde sagen, damit hast du dich fast schon für die Ausbildung zum Spürhund qualifiziert.«

Das Schnaufen verstummte für wenige Sekunden, um dann in ein begeistertes Kläffen überzugehen. Kurz darauf brach ein überglücklicher Craddock aus dem Gebüsch.

»Also war das eine Prüfung, Barny?« Der Mops hüpfte mit enthusiastisch wackelndem Ringelschwanz auf Barny zu. »Ich wusste doch, dass du mich nicht einfach so aus unseren Ermittlungen ausschließen würdest! Schließlich sind wir doch Partner. Du wusstest, dass ich euch belauscht habe, nicht wahr? Und dass ich durch die Katzenklappe schlüpfen und euch folgen würde. Und du wolltest sehen, ob ich diese Aufgabe lösen kann. Das gehört also schon zu meiner Ausbildung. Das ist ja so toll! Hat Eddie das mit dir auch so gemacht?«

Barny blickte etwas verlegen auf den freudestrahlenden Mops hinunter und überlegte, wie er ihm möglichst schonend beibringen konnte, dass er ihn in Wirklichkeit nicht geprüft, sondern schlicht und einfach übergangen hatte, als sich Piet mit gesträubtem Fell neben ihm aufbaute.

»Was bist du denn für ein Loser und was willst du hier? Du störst unsere Mission. Also zieh Leine, Alter!«

Craddock starrte den Terrier gekränkt an.

»Warum bist du so gemein zu mir? Ich hab dir doch gar nichts getan. Ich bin Barnys Partner. Hat er dir nichts von mir erzählt? Wir ermitteln gemeinsam in diesem Fall.«

Piet zog böse die Lefzen hoch.

»Wenn hier einer Barnys Partner ist, dann bin das wohl ich!«

»Du hältst jetzt mal schön die Luft an, Kleiner«, knurrte Barny den aufgebrachten Piet an. »Noch hat keiner von euch das Zeug zu einem Partner. Außerdem brauche ich keinen weiteren Partner mehr, schließlich hab ich Eddie. Also reißt euch zusammen und haltet uns nicht noch länger auf! Wir sind gleich da und wenn Riddick recht hat, müssen wir dann ganz besonders auf der Hut sein.«

Er drehte sich um und überließ die beiden Junghunde sich selber.

»Du siehst überhaupt nicht so aus, als ob du das Zeug

zu einem guten Polizeihund hättest«, hörte er Piet den Mops verächtlich anblaffen. »Viel zu schwammig. Ich wette, du hast noch nie eine Katze gejagt.«

»Aber Katzen darf man nicht jagen«, schnappte Craddock empört zurück. »Dolly zum Beispiel gehört zu meiner Familie. Sie ist nett. Außerdem muss ein Polizeihund sowieso nicht jagen, sondern ermitteln. Und dazu braucht er eine gute Spürnase.« Er schnüffelte geräuschvoll. »Und die hab ich. Schließlich bin ich euch gefolgt.«

»Dann wirst du wohl eher so ein langweiliger Suchhund werden, was?«, meinte Piet gönnerhaft. »Und kein gefährlicher Schutzhund.«

»Ich will wirklich nicht gefährlich sein«, stimmte Craddock ihm zu. »Ich will Indizien suchen und verschwundene Leute finden.«

»Gut«, nickte Piet zufrieden. »Von mir aus kannst du der Suchhund-Partner vom Chef werden. Ich bleibe weiter sein Informant und später sein Schutzhund.« Der Gedanke schien ihm sichtlich zu gefallen. »Das kann richtig aufregend werden. Jeder hat seine Aufgabe und hilft dem Chef damit bei der Ermittlung. Wenn es dir nix ausmacht, dass du den langweiligen Teil der Ermittlung übernimmst, während ich mich um die gefährlichen Sachen kümmere, sind wir im Geschäft.«

»Ehrlich?« Craddock klang richtig gerührt. »Das ist nett von dir. Dann sind wir jetzt zusammen mit Dolly nicht mehr nur die drei, sondern sogar die vier Muskeltiere!«

»Still jetzt!«, zischte Barny. »Wir sind da.«

Er starrte angestrengt auf ein eingezäuntes Grundstück, das etwas abseits lag. Das freistehende Haus darauf hatte tatsächlich eine undefinierbare Farbe.

»Das muss es sein«, brummte Barny. »Ihr bleibt vorerst hier, damit der Wächter eure Witterung nicht auffängt. Ich schau mich mal etwas genauer um, verstanden?« Er warf Piet, der gerade Luft holte, um seiner Empörung Ausdruck zu verleihen, einen scharfen Blick zu. »Keine Widerrede! Spar dir deine Kräfte für nachher auf. Du wirst sie brauchen!« Dann folgte er Dolly, die bereits lautlos in Richtung Haus verschwunden war.

Barny achtete genau auf den Wind, der ihnen aus Richtung Norden entgegen blies, während er sich dem Haus von Süden her geduckt näherte. Glücklicherweise wuchsen überall genügend Sträucher, hinter denen er Deckung fand. In einem Gebüsch vor dem Zaun hielt er an und sondierte die Lage.

Von dem Wachhund, vor dem Riddick ihn gewarnt hatte, sah er keine Spur, allerdings stank es überall nach riesigem, schlecht gelauntem und ziemlich ungepflegtem Hund. Barny zog unbehaglich die Lefzen hoch.

»Er ist auf der anderen Grundstückseite, dort wo die Auffahrt ist«, raunzte Dolly. »Riddick hat nicht übertrieben. Ein ekelhaft riesiges Vieh, das einem richtig Ärger machen kann. Aber dafür steht die grüne Karre in der Garage. Sie ist so lang, dass das Garagentor offenbleiben muss.«

»Wie bist du so schnell ums Grundstück geschlichen, ohne dass er deine Witterung aufgenommen hat?«, erkundigte sich Barny interessiert.

Dolly lächelte selbstgefällig. »Es war gar nicht nötig, so weit zu laufen.« Sie deutete auf eine hohe Fichte, die seitlich des Grundstücks stand und das Haus überragte. »Ein Blick von oben genügt in der Regel, um das Wesentliche auszukundschaften.«

»Verstehe«, nickte Barny. »Hat doch eindeutig ein paar Vorteile, ein Schleicher zu sein. Ich muss mir das aber selber ansehen, um mir ein Bild zu machen.«

Sehr vorsichtig bewegte sich Barny in nordwestlicher Richtung am Zaun entlang, bis er die Vorderseite des Hauses überblicken konnte.

Er fand alles so vor, wie Dolly es beschrieben hatte. Ein großer, grüner Pick-up stand in der offenen Garage und ein großer, schwarzbrauner Wachhund lag seitlich der Zufahrt und nagte hingebungsvoll an einem Knochen, der aussah, als hätte er einmal zu einem Mammut gehört.

Barny fasste den Wächter genauer ins Auge und konnte ein leises Schaudern nicht unterdrücken. Der Kerl war eine ziemlich unattraktive Mischung aus verschiedenen Rassen mit besonders niedriger Aggressionsschwelle. Er vermutete, dass sich unter seinen Vorfahren zumindest ein Dobermann, ein Riesenschnauzer und ganz bestimmt auch der eine oder andere Molosser befunden hatten. Er war zwar nicht besonders schön, aber ganz gewiss enorm effektiv, wenn es darum ging, unerwünschte Besucher vom Grundstück fernzuhalten, und Barny wäre schlecht beraten, sich mit so einem anzulegen. Der Typ wog mindestens sechzig Kilo und hatte mit Sicherheit eine ganze Menge richtig fieser Tricks auf Lager.

Diese Art Killer war eher etwas für Barnys Ex-Kollegen Jago, den schwarzen Belgier. Der arbeitete beim Spezialeinsatzkommando und war darauf trainiert, mit den ganz schweren Jungs aufzuräumen. Bei so einem Job musste man einfach einen an der Waffel haben, was auf Jago hundertprozentig zutraf. Wenn er nicht gerade im Alleingang Drogendealer-Verstecke aushob oder Amok laufende Geiselnehmer überwältigte, ließ er sich mit Vorliebe von seinem Partner auf dem Hetztisch anheizen.

Barny war unter den Kollegen der Einzige, der mit Jago Umgang pflegen konnte, ohne gleich Gefahr zu laufen, in seine Einzelteile zerlegt zu werden. Er hatte ihm nämlich bei ihrem ersten gemeinsamen Fall einen lebensrettenden Tipp gegeben.

Jagos Spürnase war nicht unbedingt seine größte Stärke und er hätte ohne Barnys Warnung übersehen, dass der Kerl, auf den ihn sein Partner angesetzt hatte, einen Sprengstoffgürtel trug.

Als Revanche hatte Jago Barny dann ein paar seiner besonders effektiven Tricks gezeigt. Barny hatte sie allerdings noch nie ausprobiert, da er sich von der Art Aufregung, die solche Tricks erforderte, dann doch lieber fernhielt. Er konnte nur hoffen, dass er diesem Grundsatz heute nicht untreu werden musste.

»Und? Sieht nicht gut aus, was?«, raunzte Dolly in

Barnys Ohr. »Also wenn du dich mit dem anlegen willst, bin ich raus aus der Nummer.«

»Ich werd mich hüten, mich mit so einem anzulegen«, brummte Barny leise zurück. »Glaubst du, ich bin lebensmüde? Ich werde Piet jetzt zu Eddie schicken und ganz ruhig hier die Stellung halten, bis mein Partner auf der Bildfläche erscheint. Also komm weg hier, bevor der doch noch was mitbekommt!«

Vorsichtig zogen sich die beiden zurück zu der Stelle, an der Craddock und Piet noch immer in eine hitzige Diskussion über die zukünftige Aufgabenverteilung als Barnys Partner verwickelt waren.

Barny fuhr grob dazwischen.

»Seid ihr eigentlich von allen guten Geistern verlassen? Euch hört man ja fünf Meter gegen den Wind! Wenn ihr Euch nicht endlich zusammenreißt, könnt ihr gleich nach Hause zurückrennen.«

Craddock verzog seine Falten zu einer angemessen schuldbewussten Grimasse, während Piet empört fiepte.

»Aber der Dicke behauptet, dass eine gute Spürnase für einen Polizeihund viel wichtiger ist als eine gute Kondition! Was sagst du dazu?«

Barny seufzte. »Beides ist wichtig, aber jeder von uns hat seine Stärken und Schwächen. Deine Stärke ist die Kondition, deshalb bekommst du jetzt auch einen ganz besonderen Auftrag von mir.«

»Ich wusste es«, kläffte Piet begeistert und warf Craddock einen triumphierenden Blick zu. »Was soll ich tun, Chef?«

Barny streifte sich geschickt das Zughalsband ab und legte es Piet um den Hals. Es war für den Terrier so groß, dass der Ring beinahe am Boden schleifte. »Du rennst jetzt ohne dich durch irgendetwas ablenken zu lassen nach Unterweissach zum Gasthaus Krone. Aber bleib in Deckung, damit du nicht auffällst! In der Krone ist Eddie. Du musst ihn unbedingt auftreiben und hierher bringen. Er wollte heute nicht so lange bleiben, vielleicht ist er schon im Aufbruch, wenn du kommst. Finde ihn, du kennst ja seinen Geruch. Versuch, nicht so viel Radau zu machen, damit du nicht auffällst. Allein Eddie sollte auf dich aufmerksam werden. Lass nicht locker, dann zeigst du ihm dieses Halsband. Er wird verstehen, dass du ihn dringend zu mir bringen sollst. Führ ihn auf geradem Weg hierher zurück. In Eddies Begleitung musst du nicht mehr befürchten, aufzufallen. Eddie ist mit dem Fahrrad da, nimm also befestigte Wege. Hast du alles verstanden?«

Piet nickte eifrig und das Zughalsband klingelte im Takt. Barny schnappte nach dem Ende mit dem Ring und schob es dem Terrier zwischen die Zähne.

»Verlier es bloß nicht, das ist deine einzige Chance, Eddie herzubringen! Und jetzt renn los! In spätestens einer halben Stunde müsst ihr wieder hier sein, dann ist es dunkel.«

Piet gab noch ein enthusiastisches Japsen von sich und startete los Richtung Unterweissach. Barny sah ihm besorgt hinterher, dann fiel sein Blick auf den tief betrübten Craddock.

»Welcher Floh beißt dich denn jetzt schon wieder, Moppel?«, stöhnte er.

»Dann hat er also recht. Es ist wichtiger Kondition zu haben als Spürsinn«, jammerte Craddock unglücklich. »Darum hat er von dir so einen coolen Auftrag bekommen – und sogar dein Halsband! – und ich nicht.«

»Himmel, Moppel«, fauchte Dolly entnervt. »Was ist schon cool daran, blödsinnig durch die Gegend zu rennen und den Botenjungen zu spielen? Hier, direkt am Tatort des Geschehens ist es doch viel spannender. Wer weiß, was noch alles passiert, bis der kleine Angeber wieder zurückkommt.«

»Ich hoffe doch, nicht viel«, brummte Barny trocken. Als er Dollys auffordernden Blick in Richtung Craddock auffing, schenkte er dem Mops ein gequältes Lächeln. »Aber wenn doch was schiefgehen sollte, brauche ich hier einen Kerl wie dich, auf den ich mich verlassen kann und der sein Temperament im Griff hat. Dann müssen meine

Anordnungen sofort und ohne Diskussionen ausgeführt werden.«

»Ehrlich?« Die Kummerfalten glätteten sich etwas. »Also, wenn das so ist, weißt du doch, dass du immer auf mich zählen kannst! Was genau sollen wir denn jetzt machen?«

»Wir schleichen wieder zum Versteck an der Vorderseite des Hauses und observieren die Zielpersonen«, erwiderte Barny. »Dazu müssen wir unbedingt im Windschatten bleiben. Und du darfst kein lautes Schnaufen von dir geben, sonst bekommt der Wächter Wind von uns.«

»Zielpersonen observieren«, seufzte Craddock glücklich. »Dolly hat recht. Das hört sich viel spannender an, als nach Unterweissach zu rennen. Und ich werde ganz still sein, versprochen.«

Also führte Barny den Mops vorsichtig zu dem Gebüsch, in dessen Schutz sie die Auffahrt unbemerkt im Blick behalten konnten. Die Lage schien sich hier nicht verändert zu haben, wenn man mal davon absah, dass der Mammutknochen inzwischen in zwei Teile geknackt worden war und der Wächter nun genüsslich und sehr lautstark das Knochenmark heraus schleckte.

Bei seinem Anblick begannen Craddocks Speckschwarten zu wackeln wie Götterspeise.

»Oh weh!«, winselte er leise. »Das ist aber ein schrecklich großer Wachhund! Und er riecht so, als ob er andere Hunde gar nicht mag. Bestimmt will er seinen Knochen nicht teilen. Vielleicht sollten wir ihm sagen, dass wir nur der armen Tante Rosa helfen wollen und nichts von seinem Knochen abhaben wollen.«

»Der will nicht nur seinen Knochen nicht teilen«, brummte Barny grimmig zurück. »Dieser Kerl will auch ganz bestimmt sein Revier nicht teilen. Nicht einmal, wenn man es nur überqueren will. Der ist ganz gewiss nicht der Typ, mit dem man deshalb in Verhandlungen treten kann. Und das Schicksal deiner Tante Rosa ist dem vollkommen egal, das kann ich dir garantieren. Also schreib dir eins hinter die Ohren: Du wirst unter gar keinen Umständen versuchen, mit ihm ein freundliches Gespräch anzufangen! Du wirst nicht einmal daran denken, in seine Nähe zu kommen. Denk am besten gar nichts, sondern tu einfach, was ich dir sage! Hab ich dein Wort darauf?«

Craddock nickte eifrig und Barny wandte sich wieder dem Grundstück zu.

Es war gerade noch hell genug, dass er die Situation gut überblicken konnte. Alles schien ruhig zu sein. Aus dem Haus waren keine Geräusche zu hören. Solange es so still war, konnte er sich einigermaßen entspannen und auf die Ankunft seines Partners warten.

Barny zweifelte keine Sekunde daran, dass Piet es schaffte, Eddie zu erreichen. Der Kleine war zwar ein Heißsporn und ein ziemlicher Angeber, aber er hatte seine Stärken. Und Hartnäckigkeit und Einfallsreichtum standen da zweifellos an oberster Stelle.

Eine Viertelstunde verging, in der Dolly die Gegend erkundete und dabei wie ein Schatten immer wieder verschwand und wieder auftauchte. Der Mammutknochen war nahezu pulverisiert und wenn alles gut gegangen war, musste Piet inzwischen beim Gasthof in Unterweissach angekommen sein. Barny begann langsam daran zu glauben, dass sich die Sache zu einem einigermaßen unproblematischen Abschluss bringen ließ, als er Schritte aus dem Haus hörte. Aufmerksam spitzte er die Ohren.

Die Tür, die vom Haus direkt in die Garage führte, öffnete sich und ein dunkel gekleideter, junger Mann erschien. Bei seinem Anblick gab Craddock ein leises Winseln von sich.

»Den kenne ich. Der arbeitet in Tante Rosas Seniorenstift. Und sieh doch, was er bei sich trägt! Tante Rosas Strickkorb!«

»Riddick hat doch tatsächlich ganze Arbeit geleistet. Das wird dann ja wohl dieser Peter sein«, brummte Barny. »Aber was hat er mit dem Korb vor? Was ist so wichtig daran, dass er ihn die ganze Zeit bei sich behält?«

»Du solltest dich besser fragen, was so Wichtiges *darin* ist, dass er ihn mit sich herum trägt«, fauchte Dolly. »Molly kann jetzt ja nicht mehr drin stecken, dafür hat der Mistkerl gesorgt. Aber warte, Freundchen, das wird dir noch leidtun!« Sie hatte die Augen zu schmalen Schlitzen zusammengekniffen und sah aus, als ob sie dem Mann gleich an die Kehle springen wollte. An den monströsen Wächter schien sie in diesem Moment keinen Gedanken mehr zu verschwenden.

»Bau jetzt bloß keinen Mist«, knurrte Barny besorgt und schob sich vorsichtshalber etwas vor die zornbebende Katze. »Der Kerl wird seine Strafe bekommen. Aber wir müssen auf Eddie warten.«

»Bist du dir da so sicher?«, zischte Dolly zurück. »So wie es aussieht, könnte es dann schon zu spät sein. Der Typ macht mir nämlich den Eindruck, als ob er jeden Augenblick aufbrechen will.«

Barny folgte ihrem Blick und musste ihr recht geben. Der Mann hatte nicht nur den riesigen Strickkorb auf dem Beifahrersitz verstaut, sondern packte nun auch noch zwei große Reisetaschen dazu. Dann öffnete er eine der Fondtüren und schmiss eine Decke auf die Rückbank.

»Mist!«, fluchte Barny leise. »Ich glaube, du hast recht. Verdammt, es ist doch noch gar nicht richtig dunkel! Der muss die Hosen gestrichen voll haben, dass er sich so beeilt.«

»Ich habe dahinten im Zaun eine Schwachstelle gefunden. Dort ist der Draht etwas aufgebogen«, raunzte Dolly. »Müsste für Moppel und mich reichen, um durchzukommen. Für dich wird es zu eng sein, außer du willst dir das Fell in Streifen abziehen.«

Barny warf einen verächtlichen Blick auf den Zaun. »Diese Höhe schaffe ich spielend. Dazu brauch ich nicht einmal groß Anlauf zu nehmen. Wir werden da auf ganz andere Hürden trainiert, glaub mir.«

Dolly schnaubte belustigt.

»Also bleibt nur noch die Riesentöle. Die ist ein echtes Problem.«

Barny nickte und zog die Lefzen hoch, während er ihre Möglichkeiten durchging. Er fand keine, die ihm so richtig gefallen wollte. Aber eins war klar, sie durften den Kerl auf gar keinen Fall mit der alten Dame losfahren lassen, sonst war alles verloren. Also mussten sie ihn aufhalten, bis Piet mit Eddie erschien.

Sein Blick flog zu dem Wächter, der sich inzwischen aufgesetzt hatte und nun mit dumpfer, finsterer Miene zur Garage starrte. Er schluckte. Wenn sie den Entführer aufhalten wollten, musste sich einer von ihnen mit dem Riesenvieh anlegen und es irgendwie von den anderen beiden ablenken. Und wer das sein würde, war ja wohl klar.

Barny überlegte kurz, wie lange er gegen so einen wohl standhalten konnte. Wenn er Glück hatte, schaffte er fünf, maximal zehn Minuten. In welchem Zustand er sich danach befand, darüber wollte er lieber nicht nachdenken.

Der Mann war inzwischen wieder ins Haus zurückgekehrt und blieb für einige Minuten verschwunden. Da hörte Barny ein Geräusch, bei dem sich ihm das Nackenfell aufstellte. Ein kaum wahrnehmbares, aber umso erbärmlicheres Stöhnen erklang aus dem Haus und der Kerl erschien wieder auf der Bildfläche. Diesmal hatte er sich ein schmales, längliches Bündel lieblos über die Schulter geworfen. Unsanft lud er es auf der Rückbank ab. Auch ohne die giftige Bemerkung, die er von sich gab, hätte Barny gewusst, was das für ein besonderes Bündel war.

»Das war‘s dann, du alte Hexe! Du machst mir keinen Ärger mehr!«

»Wir müssen sofort handeln!«, knurrte Barny entschlossen, ohne weiter über die möglichen Folgen nachzudenken. »Dolly, Craddock, ihr nehmt euch den Typen vor! Er darf unter gar keinen Umständen losfahren. Tut, was getan werden muss, ich kümmere mich um den Wächter. Schert euch nicht um mich, egal was ihr hört, der Mann ist wichtiger. Moppel, du folgst

Dolly und machst, was sie sagt! Komm mir auf gar keinen Fall zu Hilfe, verstanden? Sollte mich der Wächter überwältigen, bevor Eddie da ist, räumt ihr das Feld. Legt euch nicht mit ihm an, ihr habt keine Chance gegen so einen. Dolly, du sorgst dafür, dass sich der Kleine in Sicherheit bringt. Keine Heldentaten! Und noch was: Ich weiß, dass man Menschen nicht beißen darf, Moppel, aber das hier ist eine absolute Ausnahme. Wenn wir deine Tante Rosa retten wollen, müssen wir jede Art von Gewalt anwenden. Beiß den Mistkerl überall dorthin, wo es richtig wehtut! Also los!«

»Aber Barny!«, jammerte Craddock. »Du kannst dich doch nicht ganz allein mit diesem großen Kerl anlegen. Deinen Plan mag ich gar nicht. Wenn der dich sieht, bekommt er vielleicht einen Schreck, weil du doch ein Polizeihund bist und dann wird er noch böser.« Craddock holte tief Luft. Mit vor Angst bebender Stimme, aber heldenhaftem Mut baute er sich so groß wie möglich vor Barny auf. »Überlass ihn mir, Barny! Vor mir wird er keinen Schreck bekommen. Mich wird er bestimmt nicht gleich anfallen, ich bin doch viel kleiner als er. Und dann kann ich mit ihm reden. Ich werde ihm meine Lieblingsspielmaus anbieten, die mit dem ganz großen Glöckchen. Bestimmt hat er noch nie ein so schönes Spielzeug geschenkt bekommen.«

»Wir haben keine Zeit für sowas, Moppel«, grunzte Barny ungeduldig. In der Garage griff der Mann gerade nach der Decke, und beugte sich damit über sein Opfer. »Also keine Diskussionen mehr. Macht, was ich sage!«

»Aber der Wächter wird dir wehtun!«, klagte Craddock jämmerlich.

»Manchmal ist eine Sache es wert, dass einem wehgetan wird, Kleiner.« Barny gab dem betrübten Mops einen Stups. »Aber hey! Es wird schon gut gehen. Eddie müsste jeden Moment auftauchen. Und jetzt ab mit dir! Das ist dein erster richtiger Auftrag, setz ihn nicht in den Sand!«

Er wollte sich schon umdrehen und zum Zaun durchstarten, als auch Dolly ihn noch einmal zurückhielt.

»Warte, Großer! Lass uns einen kleinen Vorsprung. Vielleicht checkt die Riesentöle es nicht gleich, dass wir in sein Reich schlüpfen. Dämlich genug sieht der ja aus. Wär doch schön blöd, wenn du hier viel zu früh einen Aufstand veranstaltest. Du kannst dich immer noch um ihn kümmern, sobald er auf uns aufmerksam geworden ist, was spätestens dann der Fall sein wird, wenn ich mir diesen Dreckskerl vornehme.«

Barny nickte zögernd. Er war sich zwar ziemlich sicher, dass so einem nichts entging, was auf seinem Grundstück passierte, aber einen Versuch war es wert. Und jede Minute, um die er die Auseinandersetzung verkürzte, konnte ihm die eine oder andere Schramme ersparen.

Gespannt beobachtete er, wie Dolly und Craddock im Schutz der Sträucher zu der Stelle mit der Lücke im Zaun schlichen und sich durch die Maschen zwängten. Dann wandte er sich dem Wächter zu, der noch immer wie gebannt in die Garage starrte.

Dort hatte der Altenpfleger sein Opfer inzwischen mit der Decke zugedeckt, damit es von außen nicht gesehen werden konnte. Die alte Dame schien so schwach zu sein, dass sie nicht einmal mehr stöhnte. Barny konnte nur hoffen, dass sie noch lange genug durchhielt und unter der Decke ausreichend Luft bekam.

Dolly und Craddock machten ihre Sache erstaunlich gut. Sie kamen bis knapp vor die Garagenwand, bevor der Wächter sie entdeckte. Mit einem donnernden Grollen und gesträubtem Nackenfell richtete er sich auf.

Barny holte noch einmal tief Luft und setzte zum Sprung über den Zaun an.

17

Dolly hatte mit ihrer Einschätzung der Intelligenz des Wächters offensichtlich wieder einmal voll ins Schwarze getroffen. Die Tatsache, dass es gleich drei Fremde auf verschiedenen Wegen wagten, so dreist in sein Revier einzudringen, überforderte ihn so sehr, dass er mehrere Sekunden verstreichen ließ, bevor er reagierte.

Barny nutzte die Zeit und startete einen Versuch, die Sache unblutig zu regeln, indem er sich dem Gegner erst einmal freundlich näherte.

»Pass auf, Mann«, begann er, während er darauf achtete, die Rute möglichst gesenkt zu halten. »Wir wollen keinen Ärger mit dir. Wir sind nur hier, um der armen, alten Dame zu helfen. Sie hat keinem was getan und soll beseitigt werden. Sie hat schon ihr ganzes Rudel verloren und steht völlig allein auf der Welt. Sicher kannst du dir vorstellen, wie schrecklich das ist.«

»Mein Revier!«, grollte der Wächter, dem angesichts solcher Unverfrorenheit beinahe die Augen aus den Höhlen quollen. Barny konnte sich des Eindrucks nicht erwehren, dass absolut nichts von dem, was er gerade gesagt hatte, in das Gehirn seines Gegenübers eingedrungen war.

»Schon klar, das bestreitet hier auch keiner«, versuchte er es dennoch erneut. Zumindest konnte er auf diese Weise weitere kostbare Sekunden schinden. Er fasste den Kerl noch einmal genauer ins Auge. Der Bursche schien nicht mehr der Jüngste zu sein und war körperlich nicht gerade in Höchstform, was Barny kaum wunderte. Sicher war er von den Menschen sein Leben lang nur hinter Zäunen gehalten worden, um irgendwelche Objekte zu bewachen. Und sicher hatte er nicht das beste Futter zu fressen bekommen. Barny bezweifelte, dass sein Gegenüber jemals die Chance erhalten hatte, eine feste Bindung zu einem Partner einzugehen. Er war sicher niemals spazieren geführt oder richtig gepflegt worden.

Sein Körper war zwar massig, aber völlig untrainiert, das Fell stumpf und verzottelt und die Augen glanzlos und ohne jede Spur von Intelligenz.

Barny musste aufpassen, dass er nicht aus Mitleid den fatalen Fehler beging, sein Gegenüber zu unterschätzen. Ein frustrierter, dummer Gegner war manchmal gefährlicher, als ein selbstzufriedener, intelligenter. Vor allem, wenn er in einem dermaßen gewaltigen Körper steckte.

Beschwichtigend bewegte er die Rute.

»Glaub mir, Kumpel, wir sind auch gleich wieder weg, sobald die alte Dame in Sicherheit ist.«

»Mein Revier!!«, wiederholte die schwarzbraune Dumpfbacke donnernd und begann nun auch noch lange Speichelfäden zu produzieren.

Barny beobachtete angewidert, wie sich der Sabber langsam in Richtung Boden ausdehnte, als aus der Garage ein gellender Schmerzensschrei, wildes Fauchen und hysterisches Gekläffe ertönten.

Der Sabber landete mit einem ekelhaften Platsch auf dem Boden.

»Mein Revier!!!«, brüllte der Riese ein letztes Mal mit blutunterlaufenen Augen und setzte seine Masse in Bewegung.

Barnys Körper spannte sich an. Er durfte dem Kerl auf keinen Fall die Gelegenheit geben, ihn mit seinem Gewicht zu Boden zu drücken, sonst hatte er verloren. Er musste in Bewegung bleiben und darauf hoffen, dass seinem Gegner irgendwann die Puste ausging.

Die schwarzbraune Masse walzte schwerfällig auf ihn zu. Kurz bevor sie ihn rammte, sprang Barny blitzschnell zur Seite. Der Riese kam zwei Meter hinter ihm schlitternd zum Stehen, schüttelte sich verwirrt, warf sich dann grollend herum und visierte Barny erneut an.

Aus der Garage erklangen indessen Geräusche, bei denen einem empfindsamen Gemüt das Blut in den Adern gerinnen musste.

Diesmal näherte sich der Koloss etwas bedächtiger. Er

schien tatsächlich so etwas wie Lernfähigkeit zu besitzen. Ein zweites Mal konnte Barny ihn nicht mehr ins Leere laufen lassen. Also duckte er sich und zog sich Schritt für Schritt zurück, um den Wächter aus der Nähe seiner beiden Gefährten zu locken, die offensichtlich einen guten Job machten. Barny konnte kurz einen Blick auf einen wild gestikulierenden Mann erhaschen, der aussah, als hätte er sich über seinem schwarzen Markenhemd einen kleidsamen, blaugrauen Pelzkragen umgelegt.

Dann musste er sich wieder auf seinen geifernden Gegner konzentrieren, dessen kräftiges Gebiss nach seinem Nacken schnappte. Barny konnte knapp ausweichen und ließ nur wenige Haare. Wieder zog er sich etwas zurück, doch der Riese schien jetzt warmgelaufen zu sein und folgte ihm unmittelbar. Diesmal erwischte er ein Büschel Fell von der Schulter.

Es war höchste Zeit, sich noch einmal Jagos Instruktionen ins Gedächtnis zu rufen.

»Ganz wichtig, Alter: Schalte bei einem Kampf das Schmerzempfinden ab!«, klang Barny das raue Knurren des schwarzen Belgiers im Ohr. »Du denkst nicht mal darüber nach, wo du erwischt wirst und was das für Folgen haben könnte. Du siehst nur den Gegner. Ist er kleiner, leichter oder schwächer als du, pack ihn im Genick und drück ihn zu Boden. Die Kleinen sind meistens beweglicher als du. Wenn du ihnen im Rücken liegst, können sie nicht einmal mehr kratzen. Und ist es ein Mensch, kann er dich dann nicht mehr mit einer Waffe erwischen. Ist der Gegner aber größer und schwerer, musst du ihn an der Kehle packen. Direkt oberhalb des Kehlkopfs, fast schon im Rachenbereich, gibt es eine Stelle, die du erwischen musst. Dort ist die Luftröhre nur von der weichen Wamme geschützt. Da beiß dich fest! Der Biss muss sitzen, dann schnürt es dem Gegner die Luft ab. Er wird schwächer durch den Luftmangel und nach ein paar Minuten bewusstlos. Dann hast du gewonnen.«

Wieder schnappte das Gebiss zu und erwischte die

Spitze seines linken Ohrs, während Barny sich auf die Kehle des Wächters konzentrierte. Er hatte nur einen Versuch. Wenn er nicht richtig zielte, gab er dem Gegner die Gelegenheit, sich mit seinem ganzen Gewicht auf ihn zu werfen.

Das breite Halsband, das der Kerl trug, war ein weiterer Nachteil. Barny durfte auf keinen Fall daran hängen bleiben. Riddick hatte erneut recht behalten mit der Vermutung, dass der Wächter durch ein Elektrohalsband in Schach gehalten wurde. Diese Art Halsbänder waren zwar verboten, aber ein Kerl, der kaltblütig eine alte Frau entführte, ihre Katze quälte und einen Mord plante, schreckte sicher nicht davor zurück, ein verbotenes Trainingsgerät zu benutzen.

Die kräftigen, gelben Zähne stießen wieder vor und rissen ihm einen Streifen Fell mitsamt der Haut aus dem Rücken, bevor Barny sich mit einem gewagten Sprung aus der unmittelbaren Reichweite des Gegners bringen konnte. Barny stieß ein lautes Grollen aus.

Verdammt! Er hatte keine Ahnung, wie Jago es schaffte, sein Schmerzempfinden auszuschalten. Seine Wunde brannte jedenfalls wie Feuer. Außerdem schien der riesige Kerl dieselben Lektionen gelernt zu haben wie der schwarze Belgier. Er versuchte definitiv, Barny im Genick zu erwischen. Und zu allem Übel schien der Kampf für ihn eine willkommene Abwechslung in seinem langweiligen Leben darzustellen, denn der Ausdruck seiner Augen war nun alles andere als stumpfsinnig.

In der Nachbarschaft schien man inzwischen durch den Lärm auf das Haus aufmerksam geworden zu sein. Einige Türen schlugen und mehrere aufgebrachte Stimmen waren zu hören. Aus der Garage ertönten ein ziemlich jämmerliches Heulen und ein mörderisches Knurren, von dem Barny nie vermutet hätte, dass es aus einer Mopskehle stammen könnte. Barny glaubte, einen Ruf zu vernehmen: »Halt weiter die Stellung, Moppel, ich bin gleich wieder da!«, dann musste er die nächste Attacke parieren.

Diesmal zielte der Koloss auf seine Kehle, doch Barny schaffte es gerade noch rechtzeitig, sich auf die Hinterbeine zu stellen, sodass sein Angreifer nur den linken Oberarmmuskel erwischte. Barny hörte ein ekelhaftes Reißen und etwas Warmes, Klebriges lief sein Bein hinunter.

Langsam begann er richtig wütend zu werden. Für einen Moment vergaß er die ganze Taktiererei. Nachdem er bisher nur ausgewichen war, um Zeit zu schinden, überraschte Barny sich ebenso wie seinen Gegner mit einem völlig ungeplanten Gegenangriff.

Knurrend stürzte er sich auf den Riesen und schlitzte dessen Ohr in zwei saubere Hälften. Er schmeckte das Blut des Gegners und plötzlich war es genauso, wie Jago gesagt hatte. Barny schaltete jedes Schmerzempfinden aus und fiel nun ebenfalls geifernd über den völlig überrumpelten Wächter her.

Es war zugegebenermaßen eine enorme Befriedigung, dem Riesenkerl ein noch längeres Stück Fell vom Körper zu ziehen, als dieser es bei ihm getan hatte. Das war es sogar wert, dass ihm dafür ein Stück des Jochmuskels aufgeschlitzt wurde. Mit einer blitzschnellen Wendung schnappte Barny nach der Kehle des Gegners, rutschte allerdings ab, da dessen Fell an der Wamme inzwischen blut- und speichelgetränkt war.

Kurz zog Barny sich zurück, um die Lage neu zu sondieren. Sein Widersacher war inzwischen mächtig aus der Puste geraten, wirkte aber nach wie vor tödlich entschlossen, ihm den Garaus zu machen. Barny musste ihn unbedingt so schnell wie möglich an der Kehle zu packen bekommen, denn – wenn er ganz ehrlich war – kam er nun auch allmählich ins Schwitzen. Ganz abgesehen davon, dass sein verletztes Bein drohte, unter ihm nachzugeben.

Wo, zum Donnerwetter, blieben Piet und Eddie? Visionen von Hundefängern, denen der kleine Piet ins Netz gegangen war, erschienen vor seinem inneren Auge. Barny hatte alle Mühe, diese verstörenden Bilder zu verdrängen und sich weiter auf den Kampf zu konzentrieren.

Der Wächter nahm nun schwer keuchend erneut Anlauf. Den Kopf hielt er dabei gesenkt wie ein angreifender Stier, was es Barny unmöglich machte, an seine Kehle zu kommen. Also sammelte er seine verbliebenen Kräfte, um den Gegner durch eine Scheinattacke aus dem Gleichgewicht zu bringen, obwohl er selber am Gelingen dieser Taktik zweifelte. Das Gehirn des Kerls arbeitete höchstwahrscheinlich zu langsam, um auf eine schnelle Finte reagieren zu können.

Barny holte noch einmal tief Luft und setzte mit zitternden Muskeln zum Sprung an, als ein blaugrauer Schatten wie aus dem Nichts angeflogen kam und punktgenau im fleischigen Nacken seines Kontrahenten landete.

Dolly setzte ihre Krallen so effektiv ein, dass sogar das träge Hirn des Riesen in Sekundenschnelle reagierte. Mit einem fassungslosen Aufjaulen kam er zum Stehen und riss den Kopf in die Höhe, um seine kratzende und geifernde Angreiferin gepackt zu bekommen. Das war Barnys Chance. Blitzschnell sprang er dem Wächter an die nun ungeschützte Kehle und spürte voller Triumph, dass er auf Anhieb genau die richtige Stelle erwischt hatte. Diesmal kam ihm die Schwerfälligkeit seines Gegners zugute. Bevor dieser auf die überraschende Wendung des Kampfes reagierte, setzte bereits der Sauerstoffmangel ein und sein Gehirn arbeitete – sofern möglich – noch langsamer als sonst. Mit einem geschickten Wurf und unter Einsatz seines ganzen Körpergewichts wuchtete Barny den Kontrahenten erst auf die Seite und dann auf den Rücken, ohne seinen Biss um die Luftröhre zu lockern. Der Wächter gab nur noch ein mattes Röcheln von sich und zuckte mit den Beinen.

Außen am Zaun hatten sich inzwischen einige entsetzte Nachbarn versammelt, die nun hitzig miteinander berieten, was da zu tun sei. Einer von ihnen benachrichtigte gerade die Polizei, während zwei besonders wagemutige Typen mit ihren Frauen darüber diskutierten, ob sie nicht eingreifen und die Bestien voneinander trennen sollten.

Der Altenpfleger gab in der Garage nur noch ein leises, aber stetes Wimmern von sich, das ab und zu von dem bösen Knurren eines blutrünstigen Mopses unterbrochen wurde, sobald der Mann sich bewegte.

Die Sekunden verstrichen und der Koloss zuckte nicht einmal mehr, war aber noch immer bei Bewusstsein. Da endlich hörte Barny das lang ersehnte, nervtötende Kläffen eines Terriers im vollen Sprint, und das vertraute Geräusch von Eddies Rad.

Weitere zehn Sekunden später landete ein Fahrrad krachend am Boden und Eddie schob sich rücksichtslos durch die versammelte Nachbarschaft an den Zaun.

»Lassen Sie mich durch, ich bin von der Polizei!«, donnerte er die Gaffer an.

Barny wagte einen kurzen Blick auf seinen aufgebrachten Partner und versuchte, ihm das Lautzeichen für die Stellung eines Verdächtigen zu geben, was durch Piet, der hysterisch kläffend am Zaun herumtobte, gehörig erschwert wurde.

»Du bist jetzt still!«, fuhr Eddie den völlig überreizten Terrier grob an, woraufhin dieser tatsächlich die Schnauze hielt und entschuldigend mit dem Schwanz wedelte.

Barny startete einen zweiten Versuch der Kommunikation und Eddie nickte ihm mit zusammengekniffenen Augen zu. Dann wandte er sich ab, lief zurück zum Fahrrad und löste das Kettenschloss. Er ignorierte die Fragen der Umstehenden, die auf ihn einprasselten, und schwang sich mit einem für sein Alter ziemlich beeindruckenden Satz über den Zaun.

»Was hast du uns denn da eingebrockt, mein Junge?«, raunte er Barny zu, während er das Kettenschloss seines Fahrrads durch das Halsband des regungslosen Wächters fädelte und den Riesenkerl zum nächsten Baum zerrte, wo er ihn festmachte. »Ich hoffe, dafür gibt es einen guten Grund, sonst sitzen wir ganz schön in der Klemme.«

Barny stupste seinen Partner kurz an und humpelte mit letzter Kraft zur Garage. Von Dolly war keine Spur zu sehen, aber Moppel bewachte noch immer mit gesträubtem Fell den Altenpfleger, der wimmernd in einer Ecke der Garage kauerte und beide Hände auf sein blutüberströmtes Gesicht presste.

»Scheiße!«, entfuhr es Eddie, als er den Kerl, der bisher durch die grüne Riesenkarre verborgen gewesen war, entdeckte. Er warf Barny einen fassungslosen Blick zu.

Barny wedelte mit dem Schwanz, wankte zur Fronttür des Pick-ups und gab Laut für die erfolgreiche Suche eines Vermissten.

»Das glaub ich jetzt echt nicht!«, murmelte Eddie und folgte seinem Partner. Er öffnete die Autotür und erstarrte. Dann zog er die Decke über der schmächtigen, regungslosen Gestalt zurück. Ein weiterer Fluch ertönte.

»Ich mach mich dann mal von Acker«, raunte eine leise Stimme unter dem Auto hervor. »Ist besser, wenn dein Mensch mich nicht auch noch mit der Sache in Zusammenhang bringt. Mich hat er zum Glück noch nicht gesehen. Es reicht, wenn er eine Erklärung für dich, Piet und Moppel finden muss.«

Barny nickte. »Aber nimm Piet auf jeden Fall mit zurück und bring ihn sicher nach Hause. Eddie kennt ihn nicht und muss auch nicht unbedingt erfahren, woher er kommt. Es ist, wie du sagst, auch so schon kompliziert genug.« Er seufzte. »Schätze, mit meinem Freilauf ist es in Zukunft dann vorbei. Aber wenn wir der alten Dame dadurch helfen konnten, war es das wert. Und Dolly«, er zögerte kurz, dann nickte er der Katze mit einem breiten Grinsen zu. »Danke! Ohne dich hätt ich ziemlich alt ausgesehen. War saubere Arbeit. Auch von Moppel.«

Dolly gab ein leises Schnurren von sich. Sie sah aus, als hätte sie einen ganzen Topf Sahne ausgeschleckt.

»War mir ein Vergnügen, Großer. Wüsste nichts, was mir in letzter Zeit mehr Spaß gemacht hätte, als dem

Dreckskerl und der Idiotentöle meine Krallen durch die hässlichen Visagen zu ziehen. Schätze, der Typ wird sich noch eine ganze Weile an mich erinnern.« Sie nickte ihm ein letztes Mal zu. »Und mach dir keine Sorgen. Um den kläffenden, kleinen Angeber kümmere ich mich. Ich werde das Bürschchen sicher bei seinen Menschen abliefern.«

Barny sah ihrem Schatten hinterher, der lautlos aus seinem Blick entschwand. Er zweifelte keine Sekunde daran, dass Dolly es fertig bringen würde, sich und sogar den kleinen Piet trotz des Aufruhrs da draußen unbemerkt aus der Gefahrenzone zu bringen. Wenigstens diese Sorge war er los.

Beruhigt wandte er sich seinem Partner zu, der die alte Dame inzwischen behutsam untersucht hatte. Sie schien noch am Leben zu sein, wie Barny dem Gespräch entnahm, das Eddie gerade unter der Notrufnummer führte.

»Ja, genau. Es handelt sich um die seit Wochen vermisste Rosa Scheib. Wir brauchen sofort einen Notarzt. Die alte Dame ist völlig dehydriert und hat in den letzten Tagen offensichtlich keinerlei Nahrung zu sich genommen, wurde vermutlich regelrecht ausgehungert. Nur noch schwache Lebenszeichen, also setzt eure Hintern in Bewegung! Jede Minute länger könnte zu spät sein.«

Wieder beugte sich Eddie zu Rosa Scheib hinunter, der nun doch noch ein leises Stöhnen entwich, als ob sie spürte, dass ihr Leidensweg nun dem Ende entgegen ging. Er hielt das Ohr dicht an ihren Mund. Barny glaubte, das Wort »Molly« zu verstehen.

Eddie nickte mit bitter verzogenem Mund.

»Alles wird gut, Frau Scheib, machen Sie sich keine Sorgen. Ihre Molly hat es geschafft, sie hat jetzt keine Schmerzen mehr. Wir haben sie gefunden. Nun müssen Sie all Ihre Kräfte zusammennehmen, um selber wieder auf die Beine zu kommen. Sie sind eine sehr tapfere Frau. Halten Sie durch, der Notarzt ist jeden Moment hier!«

Tatsächlich konnte Barny in der Ferne bereits ein Martinshorn hören, das sich schnell näherte. Aber auch das Wimmern in der Garagenecke verstärkte sich, ebenso wie Craddocks Knurren.

»Oh bitte, helfen Sie mir! Halten Sie mir diese Bestien vom Leib«, stammelte der junge Altenpfleger. Er hielt noch immer die Hände auf die Augen gepresst und schluchzte verzweifelt. »Ich glaube, ich bin blind. Diese Monster haben mir die Augen ausgekratzt!«

Eddie fuhr mit einem mörderischen Ausdruck im Gesicht herum und fixierte den zusammengekrümmten Mann in der Ecke.

»Schätze, Ihre Augen werden bald Ihr kleinstes Problem sein, Mann«, knurrte er erbarmungslos. »Beten Sie lieber in Ihrem eigenen Interesse darum, dass die alte Dame überlebt, anstatt hier herumzujammern!« Dann nickte er Craddock, der vor lauter Anstrengung böse zu erscheinen, völlig erschöpft war, freundlich zu. »Das hast du gut gemacht, Kleiner! Aber nun kannst du dich entspannen. Ich übernehme ab jetzt.« Und zu Barny gewandt fügte er hinzu: »So wie es aussieht, habt ihr hier sowieso schon einen ziemlich guten Job gemacht, der eigentlich von ganz anderen hätte erledigt werden müssen, wie auch immer ihr das angestellt habt.«

Er beugte sich zu Barny hinunter, und untersuchte mit finsterer Miene dessen linken Vorderlauf, als der Klang des Martinshorns sich nun zu einem wahren Sirenenkonzert steigerte. Der Lautstärke nach zu schließen kamen in diesem Augenblick mindestens drei Polizei- und zwei Rettungsfahrzeuge vor dem Grundstück an.

Eddie beeilte sich, ihnen die Zufahrt zum Grundstück zu öffnen. Bereits im Gehen warf er noch einen Blick zurück.

»Du sorgst dafür, dass der Mistkerl in seiner Ecke bleibt, Partner. In ein paar Minuten ist der Spuk hier vorüber, dann schauen wir uns deine Blessuren mal etwas genauer an.«

»Ist Onkel Eddie jetzt böse mit uns?«, krächzte Craddock verunsichert. Sein anhaltendes Knurren schien ihm auf die Stimmbänder geschlagen zu sein.

Barny betrachtete den Mops, der sich erschöpft zu ihm geschleppt hatte und nun wie ein Häufchen Elend neben ihm saß, mit neuem Respekt.

»Alle Achtung, Moppel«, brummte er anerkennend. »Das war wirklich eine reife Leistung! Du hast ja richtig Biss.«

»Oh weh«, seufzte der Mops. »Ich habe ihn wirklich gebissen. Gleich dreimal! Mama Klara wird entsetzt sein. Sie sagt immer, dass man Menschen nicht beißen darf. Aber das ist doch ein ganz böser Mensch, nicht wahr, Barny?«

»Ein wirklich richtig böser Mensch«, bestätigte Barny nachdrücklich. »Bei so einem gelten die Regeln nicht. Den darf man ausnahmsweise beißen, wenn man ihn damit davon abhalten kann, etwas Böses zu tun. Keiner wird dir das übel nehmen, versprochen. Du hast das heute alles richtig gut gemacht. Ich bin stolz auf meinen neuen Nachwuchs-Partner. Und Eddie ist ganz bestimmt auch nicht böse auf dich. Im Gegenteil. Ich denke, den hast du heute mächtig beeindruckt.« Er stupste den Mops gutmütig an und blickte dann auf die Zufahrt, die nun von blinkenden Blaulichtern geisterhaft beleuchtet wurde.

»Komm mit«, forderte er Craddock auf und humpelte erschöpft aus der Garage in den Schatten der Außenwand. »Wir sind jetzt nur im Weg, wenn sie die alte Dame und den Mistkerl einladen.«

Einträchtig beobachteten sie, wie Rosa Scheib vorsichtig auf eine Trage gehoben und dann im Rettungsfahrzeug abtransportiert wurde. Der noch immer jammernde Peter Söhnle wurde etwas unsanfter in den zweiten Krankenwagen gebracht.

Craddock gab noch ein Seufzen von sich, doch diesmal klang es zufrieden.

»Dolly hatte recht. Das hier war viel aufregender, als

nach Unterweissach zu rennen. Und es war mindestens genauso anstrengend. Ich glaube, ich muss jetzt erstmal schlafen.«

Und damit drehte er sich dicht neben Barny zu einer kleinen, drallen Rolle zusammen und begann laut zu schnarchen. Barny starrte einigermaßen fassungslos auf das beige Bündel hinunter, dann begann er die tiefe Fleischwunde an seinem Oberarm zu lecken. Als Eddie sich schließlich wieder zu ihm gesellte, hatte er das meiste Blut und den schlimmsten Dreck entfernt, sodass sein Partner sich die Verletzung besser ansehen konnte.

»Da hat es dich ja ganz schön erwischt, mein Junge«, murmelte Eddie kopfschüttelnd. »So wie es aussieht, muss das getackert werden.« Als Barny daraufhin wenig begeistert die Ohren anlegte, hellte sich Eddies finsterer Gesichtsausdruck auf. Grinsend rubbelte er mit seinen Knöcheln über Barnys Stirn. »Ja, genau. Das wird kein Spaziergang. Aber wer unbedingt den Helden spielen will und auf eigene Faust loszieht, um die Welt zu retten, der muss eben auch die Konsequenzen ertragen wie ein echter Kerl. Wir werden also mal wieder deinen ganz besonderen Freund bemühen müssen. Schätze, der gute Doktor wird uns beiden gehörig den Marsch blasen, wenn er sieht, wie schlimm du zugerichtet wurdest.«

Wie vor einer knappen Woche zog er sein Handy und gab eine Nummer ein.

»Manfred? Wir brauchen wieder mal deine Hilfe. Nein, heute keine verstümmelte Katze. Diesmal geht es um Barny. Hat sich mit einem Mordsvieh angelegt und muss zusammengeflickt werden. Aber du musst uns abholen. Ich sitze hier in Sachsenweiler ohne Auto, mit einem fußkranken Hund, einem Fahrrad und einem schnarchenden Mops. Nein, der Mops scheint unverletzt zu sein, ist nur völlig erschöpft.« Eddie hielt das Handy etwas von seinem Ohr weg und unterbrach den aufgebrachten Redeschwall seines Freundes. »Schau dir Barny erst einmal an, bevor du mir den Tierschutz auf den Hals jagst. Ich erzähl dir dann alles – zumindest, soweit ich es selber erklären kann. Ja, ist eine lange und ziemlich merkwürdige Geschichte. Vielleicht kannst du mir dabei helfen, sie zu rekonstruieren. Nur eins vorab: Barny hat die vermisste Frau aufgestöbert. Im Alleingang.« Sein Blick fiel auf das röchelnde, beige Päckchen an Barnys Seite. »Oder zumindest ohne *meine* Hilfe.« Er seufzte und nickte dann. »Danke Mann, ich wusste, auf dich ist Verlass. Du kannst das Haus nicht verfehlen. Hier leuchtet es wie auf einem Jahrmarkt – und hört sich auch so ähnlich an. Du musst nur der Spur der Gaffer folgen.«

Eddie beendete das Gespräch und wandte sich nun zu den beiden Kollegen von der Kripo um, die gerade am Tatort eingetroffen waren und zielstrebig auf ihn zusteuerten.

Der Ältere der beiden fixierte Eddie mit gerunzelter Stirn.

»Hartmann, verraten Sie uns doch bitte, wie es Ihnen gelungen ist, dieses Versteck aufzuspüren. Hatten Sie mal wieder Kenntnisse, die Sie nicht an uns weitergegeben haben? Ich dachte, wir hätten die Zuständigkeiten geklärt.«

Barny verdrehte innerlich die Augen und legte leicht die Ohren an.

Ganz böser Fehler, dachte er. Auf diese Weise kam man bei seinem Partner nicht weit. Tatsächlich ließ Eddies Blick, mit dem er den Fragesteller musterte, die Umgebungstemperatur gefühlt unter den Gefrierpunkt sinken.

»Ich will es mal so ausdrücken«, knurrte er den Beamten an. »Seit Sie die Ermittlungen in diesem Fall – aufgrund der Informationen, die ich sammeln konnte – endlich wieder aufgenommen haben, habe ich Sie über jeden meiner Schritte schriftlich auf dem Laufenden gehalten, was bei einigen von Ihnen nicht immer auf Begeisterung gestoßen ist. Und, ob Sie mir das nun glauben oder nicht, wie genau es heute zum Auffinden der vermissten Person gekommen ist, ist mir momentan noch genauso schleierhaft wie Ihnen. Und deshalb werde ich jetzt erstmal von hier verschwinden, meinen verletzten Partner medizinisch versorgen lassen und danach versuchen, die ganze Sache zu rekonstruieren. Sie erhalten einen entsprechenden Bericht von mir, sobald ich ihn fertiggestellt habe. Ich denke, Sie haben in der Zwischenzeit selber genug damit zu tun, den Tathergang aufzuklären.« Er wollte sich schon zu Barny umdrehen, als ihm noch etwas einfiel. Mit immer noch finsterer Miene zog er einen Schlüssel aus der Jackentasche und warf ihn dem verdutzten Beamten zu. »Das ist der Schlüssel für das Kettenschloss, mit dem der Wachhund am Baum fixiert ist. Ich denke, den werden Sie brauchen, wenn gleich der Tiernotdienst vom Gemeindevollzugsdienst auftaucht, um sich um das Tier zu kümmern.«

Und damit drehte er sich endgültig von den beiden Beamten weg, nahm den noch immer friedlich schnarchenden Craddock behutsam auf den Arm und nickte Barny zu.

»Komm, Partner, die paar Meter bekommst du noch hin, was? Die Blöße, dass ich dich tragen muss, willst du dir sicher nicht vor diesen Amateuren geben.«

Sehr langsam, aber mit hocherhobenem Kopf humpelte Barny mit seinem Partner an den mürrischen Beamten, den blinkenden Einsatzfahrzeugen und dem nun wieder aus seiner Starre erwachten Wächter vorbei, der wild an seiner Kette zerrte.

»Mein Revier!«, tobte er lautstark und warf Barny noch einige nicht besonders einfallsreiche Beleidigungen an den Kopf.

Als sie schließlich vor der Auffahrt des Hauses ankamen, atmete Barny beim Anblick eines ihm wohlbekannten Kombis erleichtert auf. Dr. Tress hatte sich rücksichtslos durch die gaffende Nachbarschaft gekämpft und öffnete nun mit vorwurfsvoller Miene die Fondtür. Mit letzter Kraft sprang Barny auf die Rückbank. Eddie legte den noch immer friedlich schnarchenden Craddock neben ihm ab und lief dann zurück, um das Fahrrad zu holen.

Dr. Tress warf inzwischen einen Blick auf die Wunde an Barnys Vorderbein.

»Hab ich dir letzte Woche nicht gesagt, du sollst aufpassen, dass dein Partner euch nicht in Schwierigkeiten bringt, Junge?« Kopfschüttelnd strich er ihm durch das schmutz- und blutverkrustete Fell. »Auf jeden Fall bin ich schon sehr gespannt auf Eddies Bericht.«

18

Wieder einmal standen Barny und Eddie vor Klaras Haustür. Und wieder einmal waren sie nass bis auf die Knochen, denn der April setzte auch heute, an seinem letzten Tag, alle Hebel in Bewegung, um seinem Namen alle Ehre zu machen. Diesmal waren sie bei ihrem Weg in die Danziger Straße zwar nicht wie vor zwei Wochen in einen Schneegraupel geraten, dafür hatte sie aber ein heftiger Regenguss erwischt.

Als auf ihr Klingeln hin Craddocks hysterisches Freudengebell auf der anderen Seite der Tür erschallte, blickte Eddie schmunzelnd zu Barny hinunter. So wie es sich anhörte, hatte sich der Mops in den letzten drei Tagen gut von den Strapazen seines ersten Einsatzes als Nachwuchs-Polizeihund erholt und verfügte nun auch wieder über seine volle Stimmkraft.

Barny selber war ebenfalls wieder fit. Die getackerten Wunden juckten zwar noch, verheilten aber gut, und an den kahlen Stellen wuchs bereits neues Fell nach.

Eddie hatte sein Laufprogramm in den letzten Tagen aus Rücksicht auf die Beinverletzung seines Partners etwas eingeschränkt und stattdessen verstärkt im Fitnesscenter trainiert, sodass Barny endlich wieder einmal ausgiebig auf seiner Couch hatte herumlümmeln können. Und da er die vergangenen Nächte völlig ungestört ohne heimliche Besucher, wichtige Erkundungsgänge oder geheime Treffen verbracht hatte, fühlte er sich nun so richtig ausgeruht.

Wenn er ganz ehrlich war, freute er sich auf diesen Besuch, der wieder etwas Abwechslung in das ungewohnt geruhsame Leben brachte. Er freute sich auf das Steak, das Klara bestimmt für ihn bereithielt, auf Craddock, der sicher schon ganz begierig darauf war, zu erfahren, ob es in ihrem Fall neue Erkenntnisse gab – und sogar auf Dolly und ihre hochnäsigen Bemerkungen.

Die Tür wurde aufgerissen und der vertraute Geruch

nach Hund, Katze und Lavendel umfing ihn, heute vermischt mit dem Duft von Linsen, Spätzle und Saitenwürstle, Eddies absolutem Lieblingsgericht.

Craddock hüpfte schrill kläffend zwischen Barny und Eddie hin und her und konnte sich nicht entscheiden, über wen von beiden er sich am meisten freuen sollte.

»Wie gut, dass du endlich da bist«, übertönte Klara Craddocks Geschrei und fasste sich theatralisch an die Brust. »Ich hätte die Ungewissheit keine Minute länger ertragen. Stell dir vor: Niemand will mir sagen, was genau mit der armen Rosa los ist. Ich durfte sie nicht einmal im Krankenhaus besuchen! Und mein lieber Bruder ist ja auch nie zu erreichen. Dabei war ich es doch, durch die diese ganze Sache erst ins Rollen kam.« Sie schnaubte empört.

Eddie putzte sich in aller Ruhe die Schuhe ab und trat dann ins Haus.

»Ich hab dir doch das Wichtigste erzählt, als ich dir deinen Dicken gebracht habe«, brummte er nur und warf seine klatschnasse Jacke über das Treppengeländer.

Barny sah sich inzwischen verstohlen nach einer blaugrauen Gestalt um. Normalerweise passte Dolly Barnys Ankunft am Samstagabend immer schon im Treppenhaus ab, wo sie ihm die ersten Beleidigungen an den Kopf warf. Doch heute war nichts von ihr zu sehen. Dafür tanzte Craddock umso freudiger um ihn herum.

»Geht es dir wieder gut, Barny?« Ehrfürchtig betrachtete der Mops den langen Riss in Barnys Bein, in dem noch die Klammern steckten. »Das sieht mächtig gefährlich aus. Das gibt bestimmt eine richtige Narbe.«

Barny setzte eine möglichst gleichmütige Miene auf.

»Das ist gar nichts, Moppel. Tut nicht einmal mehr weh.«

»Und macht sich ziemlich gut, wenn man jemanden beeindrucken will, was, Großer?« Dolly kam lautlos in den Flur geschlendert und strich einmal um Barny herum.

Barny blickte etwas verlegen auf die Katze, die mit

amüsiert blitzenden Augen zu ihm aufschaute. Sie konnte doch nicht ernsthaft wissen, dass er selber ebenfalls genau diesen Gedanken gehabt hatte? Nämlich als er sich vorgestellt hatte, was wohl die reizende weiße Schäferhündin vom Fressnapf zu so einer Narbe sagen würde ...

»Dann hast du unser Abenteuer also gut überstanden«, brummte er nur und überging ihre unpassende Bemerkung. »Und den kleinen Piet hast du auch heil heimgebracht, wie ich gehört habe.«

»War anfangs ein wenig aufmüpfig, das Bürschchen«, schnurrte Dolly und betrachtete versonnen die Krallen ihrer rechten Pfote. »Ich konnte ihn dann aber davon überzeugen, dass er sich keinen Gefallen täte, wenn er deinen – und meinen – Anweisungen nicht folgte.«

»Ich habe keine Sekunde an deiner Überzeugungskraft gezweifelt«, grinste Barny.

»Und gibt es schon etwas Neues bei Operation Nadelspiel?«, japste Craddock euphorisch dazwischen. »Wie hat Onkel Eddie unsere Ermittlungen erklärt? Hast du noch Ärger bekommen?«

»Überhaupt nicht«, brummte Barny. »Eddie hat sich für die anderen irgendeine Erklärung ausgedacht, die sie akzeptieren können, aber ich denke, er selber weiß, dass es mehr als ein Zufall war, wie wir das Versteck gefunden haben.« Er nickte in Richtung seines Partners. »Hören wir doch einfach zu, was er zu berichten hat.«

Eddie war inzwischen in Klaras Stube angekommen, wo er nun genüsslich schnupperte. Seine Miene hellte sich merklich auf.

»Rieche ich hier etwa Linsen?« Er sah seine Schwester begeistert an. »Das hatten wir schon lange nicht mehr. Lass uns erstmal essen, dann berichte ich dir alles, was du wissen willst.«

»Nix da!«, fuhr Klara ihn unwirsch an. »Bevor du mir nicht erzählt hast, was mit Rosa ist und wer hinter dieser ganzen Teufelei gesteckt hat, kommst du nicht mal in die Nähe meiner Töpfe! Also schieß schon los!« Sie stemmte die Hände in die Hüften und verstellte ihrem Bruder den Weg zum Esstisch.

Eddie seufzte resigniert.

»Rosa liegt, wie du weißt, im Krankenhaus. Sie sagen dort, sie befindet sich in einem Zustand der völligen Entkräftung. Es sieht nicht sehr gut aus für sie. Ihr Kreislauf ist zusammengebrochen und ... na ja, sie ist halt nicht mehr die Jüngste.«

Klara nickte mit zusammengepressten Lippen.

»Und der Täter? Du hast letztens gesagt, dass es dieser junge Altenpfleger war.«

»Peter Söhnle«, erwiderte Eddie grimmig. »Aber er war im Grunde nur der Handlanger. Der Mann für das Drecksgeschäft. Die Fäden haben ganz andere gezogen. Söhnle hat in den letzten Tagen richtig ausgepackt, war fast nicht zu stoppen. Ist ziemlich zugerichtet, der Bursche. Hat einige fiese Verletzungen im Gesicht davongetragen. Es ist noch nicht sicher, ob er nicht auf einem Auge blind bleibt. Na, jedenfalls hat er erzählt, dass er die Anweisungen von diesem miesen Schwein Herbrecht erhalten hat. Der hat auch das Haus besorgt, in dem die alte Dame gefangen gehalten wurde. Natürlich unter falschem Namen. Aber der eigentliche Drahtzieher war – und jetzt halt dich fest! – dieser Ramon Barreto, wie wir es vermutet haben.«

»Ich wusste es!«, stieß Klara mit glänzenden Augen hervor. »Er wollte das Erbe, nicht wahr?«

Eddie nickte. »Nachdem er Rosa Scheib vor über zwei Jahren diesen Brief geschrieben hat, den du gefunden hast, hat er vergeblich auf eine Antwort gewartet. Rosa hat das Schreiben einfach ignoriert. Also hat er sich persönlich auf den Weg gemacht, um sich der Dame vorzustellen, was ihm wohl nicht so gut bekommen ist. Wie du schon sagtest, war die alte Dame nicht bereit, ihn anzuerkennen. Sie drohte ihm sogar damit, jetzt erst recht ein Testament zu machen, durch das er ihr Geld auf gar keinen Fall in die Finger bekäme. Barreto hat sich dann fürs Erste nach Portugal zurückgezogen und nach einer Lösung seines Problems gesucht. Hat die Frau dabei aber ständig im Auge behalten. Hat wohl extra einen Schnüffler auf sie angesetzt. Und als sie dann in den Seniorenstift kam, ist er wieder eingereist und hat sich an den Altenpfleger rangemacht und ihm eine Beteiligung am Erbe angeboten. Hat den Kerl wohl ganz gut eingeschätzt. Söhnle wiederum kam auf die Idee mit Herbrecht, den er von verschiedenen Beglaubigungen bei den Senioren kannte. So ein Notar kann bei einem geplanten Erbschaftsbetrug ganz nützlich sein. Der Bruder, dieser Dr. Herbrecht hatte wohl keine Ahnung von der ganzen Sache. Schätze mal, Herbrecht und Söhnle wollten nicht noch einen mit im Boot haben, der einen Anteil am Erlös der Sache beanspruchte. Also haben sich Barreto und Herbrecht zusammengesetzt und einen richtig fiesen Plan ausgeheckt. Sie wollten Rosa Scheib entführen, es aber so aussehen lassen, als sei sie selber weggelaufen, was ihnen zunächst ja auch gelang. Dann wollten sie die Frau dazu bringen, ein bereits von Herbrecht aufgesetztes Testament zu Barretos Gunsten zu unterschreiben. Sie haben sich das wohl nicht so schwer vorgestellt, für den Notfall aber trotzdem vorsichtshalber die Katze mitgenommen. Von Söhnle wussten sie ja, wie sehr die alte Dame an dem Tier hing. Hatten sich anscheinend vorgestellt, dass sie die angeblich demente, alte Dame in wenigen Tagen weichgeklopft bekommen. Sobald sie unterschrieben hätte, wollten die Mistkerle die alte Dame durch Kälte und Nahrungsentzug so schwächen, dass sie sie schließlich unbesorgt an einem gut versteckten Platz im Wald zum Sterben abladen konnten. Wenn man sie dann irgendwann entdeckt hätte, hätte es wie der natürliche Tod eines verwirrten, umherirrenden alten Menschen ausgesehen.«

»Ja, aber das Testament?«, hakte Klara erschüttert nach. »Wie hätten sie dann das Testament ins Spiel gebracht, ohne sich verdächtig zu machen?«

Eddie lachte bitter auf. »Genau dazu benötigten sie den

Strickkorb. Du weißt doch noch, wie wir uns gewundert haben, warum die alte Dame angeblich mit ihrem schweren Strickkorb durch die Gegend rennt. Den haben die Bastarde einzig und allein mitgenommen, damit sie darin das unterschriebene Testament deponieren konnten – natürlich sauber in einer Klarsichtfolie verpackt, damit es auch noch nach Wochen im Wald gut lesbar ist. Außerdem noch ein paar andere, wichtige Dokumente, die Söhnle aus ihren Sachen entwendet hat, wegen der Glaubwürdigkeit. Du weißt doch, man geht ja gerne davon aus, dass die älteren Herrschaften niemandem vertrauen und ihr Geld und ihre wichtigsten Dokumente immer bei sich behalten. Wie der berühmte Geldstrumpf unter der Matratze.«

Klara holte tief Luft. »Das war ja wirklich sauber ausgeklügelt. Glaubst du, es hätte funktionieren können?«

Eddie zuckte die Achseln.

»Keine Ahnung. Der erste Teil des Plans hat ja schon mal funktioniert. Söhnle spritzte der Katze ein Beruhigungsmittel, als Rosa Scheib nicht in ihrer Suite war und brachte das Tier in einer Tasche in sein Auto. Dann lockte er die alte Dame in eine stille Ecke der Parkanlage unter dem Vorwand, dass ihre Molly irgendwie aus dem Gebäude in den hinteren Garten gelaufen sei und sich nun nicht von ihm einfangen ließ. Er hatte seinen Wagen dort geparkt und konnte Rosa so problemlos und unbemerkt einladen. Hat ihr dazu wohl eingeredet, dass sie die herumirrende Katze besser vom Auto aus suchen sollten. Wegen des schlechten Wetters hielt sich kein anderer im Garten auf. Und wegen der Vorbereitungen für die Osterfeier am Sonntag herrschte sowieso ein solcher Aufruhr, dass niemandem etwas auffiel. Dem jungen Aushilfspförtner hatte Söhnle durch einen Kollegen ein brandneues Computerspiel zukommen lassen, sodass er sicher sein konnte, dass der Kerl abgelenkt war. Es lief alles wie geplant und jeder glaubte, dass Rosa Scheib selber fortgelaufen wäre. Bis du so viel Wind gemacht und mich mit ins Spiel gebracht hast.« Eddie zuckte die Achseln. »Wer weiß, vielleicht hätte man auch den Rest geschluckt, wenn alles weiterhin nach Plan verlaufen wäre.«

»Aber das ist es nicht«, meinte Klara triumphierend.

»Genau. Denn die Täter haben einen gravierenden Fehler begangen«, nickte Eddie. »Sie haben die gute Frau gewaltig unterschätzt. Sie hatte ihre Sinne nämlich besser beieinander, als die Entführer dachten. Es muss ihr wohl klar gewesen sein, dass sie auf jeden Fall beseitigt würde, sobald sie das Dokument unterschrieben hatte. Also hat sie sich nicht darauf eingelassen. Nicht einmal, als sie ihre Katze, die sie als Druckmittel mitgenommen hatten, vor ihren Augen quälten. So wurden aus den wenigen Tagen geplanter Gefangenschaft mehrere Wochen. Die Hoffnung, den Tod der Frau als Unfall tarnen zu können, wurde dadurch immer kleiner, da ihr Todestag sich immer weiter vom Tag ihres Verschwindens entfernte. Denn wer glaubt schon daran, dass eine lebende, alte Frau so lange unerkannt herumirren könnte?« Eddie lachte bitter auf. »Und dann kam auch noch der Super-GAU für die Entführer: Rosa Scheib gelang es, ihrer Molly zur Flucht zu verhelfen, indem sie die Katze durch ein enges, von Söhnle versehentlich offen gelassenes Kippfenster in der Toilette schob. Danach hatten die Täter kein Druckmittel mehr und kapierten langsam, dass sie die Frau nicht erpressen konnten. Außerdem wurden durch das Auffinden der verstümmelten Katze die Ermittlungen wieder aufgenommen. Also gingen sie zu Plan B über.«

»Und wie sah der aus?«, fragte Klara ziemlich atemlos.

»Na ja, die Burschen waren wohl ziemlich verzweifelt«, meinte Eddie. »Und irgendwie hatten sie jetzt auch nichts mehr zu verlieren. Also entschloss sich Herbrecht, Rosa Scheibs Unterschrift einfach selber zu fälschen und die alte Dame nun wie bei Plan A auszuhungern und, sobald sie schwach genug war, im Wald auszusetzen, natürlich mit dem Testament in ihrem Korb. Aber dann erfuhr

Söhnle, dass er doch noch von der Polizei verhört werden sollte und geriet in Panik. Völlig kopflos reichte er seine Kündigung ein, ohne Herbrecht vorher zurate zu ziehen. Der war natürlich nicht sehr begeistert von diesem verdächtigen Verhalten. Aber da es nun mal passiert war, musste er Söhnle zu Hilfe eilen. Er wusste, dass der ihn verpfeifen würde, sobald man ihm auf die Schliche kam. Außerdem brauchte der Notar den Altenpfleger noch für das letzte Dreckgeschäft: Die alte Dame musste ja »entsorgt« werden, wie er das so schön ausdrückte. Also verabredete er sich mit Söhnle, nachdem dieser seinen Wagen verschleudert hatte, und brachte ihn zu einem alten, stillgelegten Firmengelände, wo sie ein weiteres Fahrzeug versteckt hatten, das auf einen falschen Namen zugelassen war. Damit war Söhnle immer zum Tatort gefahren, um die alte Dame unerkannt versorgen zu können. Das tat er auch dieses letzte Mal, allerdings um Rosa Scheib und die Spuren der Entführer verschwinden zu lassen. Danach hatte Barreto ihm zugesagt, dass er sich bei ihm in Portugal eine neue Existenz aufbauen und in Ruhe auf das Ergebnis des Erbschaftsschwindels warten konnte.« Eddie hob die Hände und sah seine Schwester herausfordernd an. »Also, bist du jetzt zufrieden?«, fragte er ungeduldig und versuchte, sich an seiner Schwester vorbei zu schieben.

»Aber warum ist niemand auf Rosa aufmerksam geworden?«, bohrte Klara unnachgiebig weiter und verstellte Eddie erneut den Weg. »Hat keiner was gehört? Sie hat doch bestimmt um Hilfe gerufen, wenn ihr Bewacher nicht da war.«

»Du hast das Mordsvieh nicht gesehen, das die Entführer auf dem Grundstück patrouillieren ließen«, knurrte Eddie ungehalten. »Da hat sich keiner in Rufnähe gewagt. Und wenn doch, hat das Viech so laut angeschlagen, dass von Rosa Scheib nichts zu hören war. Es ist schon ein Wunder, dass die arme Katze es geschafft hat, das Grundstück zu verlassen, ohne in ihre Einzelteile zerlegt zu werden. Allerdings sah mir dieser riesige Kerl nicht so aus, als ob er einer der Schnellsten wäre.« Eddie schüttelte nachdenklich den Kopf, dann versuchte er erneut sein Glück.

»War's das jetzt erstmal? Die guten Linsen werden sonst noch kalt.«

Klara sah so aus, als ob sie noch einmal widersprechen wollte, doch dann zuckte sie die Achseln.

»Na gut. Die Spätzle sind sowieso schon viel zu lange im Wasser. Ich hab sie, glaub ich, etwas zu früh aufgesetzt, aber ich bin seit Mittwoch so durcheinander, dass ich gar nicht mehr weiß, wo mir der Kopf steht! Das ist aber auch eine Sache!«

Aufgewühlt stürmte sie in die Küche, den hungrigen Eddie auf ihren Fersen. Als er zurückkam, trug er einen riesigen Topf mit Linsen, den er liebevoll auf dem Tisch platzierte. Dabei fiel sein Blick auf Barny und Craddock, die wieder einmal eng nebeneinander auf der Decke lagen. Eddies Augen wanderten weiter zu Dolly, die es sich auf der Ofenbank gemütlich gemacht hatte. Er runzelte die Stirn.

Klara, die kurz darauf mit einer Schüssel völlig verkochter Spätzle ankam, folgte seinem Blick und seufzte gerührt.

»Ist es nicht erstaunlich, wie gut sich unsere Lieblinge miteinander verstehen?«

»Wirklich ganz erstaunlich«, knurrte Eddie und warf Dolly einen weiteren, ziemlich misstrauischen Blick zu. »Genauso erstaunlich wie die merkwürdigen Verletzungen, die der Täter davongetragen hat, und die ich mir nicht erklären kann.«

»Was für Verletzungen?«,hakte Klara sofort nach.

Eddie setzte sich an den Tisch und schaufelte eine große Portion Linsen mit Spätzle auf seinen Teller.

»Der Kerl hatte einige Blutergüsse an Waden und Schienbein, die höchstwahrscheinlich von Hundebissen herrühren.«

Craddock legte die Ohren an und tauchte mit einem schuldbewussten Wimmern hinter Barnys Rücken ab.

»Aber das ist nicht das Merkwürdige an der Sache«, fuhr Eddie fort und schob sich eine Gabel voll Linsen in den Mund.

»Ja, und?«, fragte Klara ungeduldig.

»Es sind die tiefen Kratzwunden, die der Kerl in Nacken und Gesicht davontrug. Und die stammen meiner Meinung nach nicht von einem Hund.« Eddies Blick wanderte erneut zu Dolly, die sich nun sehr intensiv putzte. Sie wirkte so versunken in ihre Fellpflege, als bekäme sie nichts von dem mit, was hier gerade gesprochen wurde.

»Und zu welchem Schluss bist du also gekommen?« Klara rutschte unruhig auf ihrem Stuhl herum.

Eddie schluckte die Linsen herunter und kratzte sich mit dem Gabelstiel gedankenverloren an der Nase.

»Also, in meiner Aussage steht, dass ich durch meinen Hund zum Versteck des Entführers geführt wurde, weil Barny als ausgebildeter Suchhund die Fährte des Täters und seines Opfers aufgenommen hat und mir ein Stück vorausgeeilt ist, als ich durch einen reinen Zufall in der Nähe des Hauses vorbeigekommen bin. Du weißt ja schon, dass ich an diesem Abend mit dem Fahrrad nach Unterweissach zum Stammtisch geradelt bin. Und zurück bin ich dann die kürzeste Strecke über Sachsenweiler gefahren. Das war ja auch tatsächlich der Fall. Was ich in dem Bericht allerdings ausgelassen habe, war, dass ich meinen Hund an dem Abend gar nicht dabei hatte.« Eddie beugte sich zu Klara vor, die ihm atemlos zuhörte. »Verstehst du, kein Mensch würde mir glauben, dass Barny eigentlich zuhause geblieben ist, dann aber aus irgendeinem unerfindlichen Grund im Alleingang das Versteck mehrere Kilometer entfernt aufgestöbert hat. Und das nur in Begleitung eines Mopses – und eventuell eines weiteren, mir nicht einmal bekannten Hundes, der mich dann auch noch vor der Wirtschaft abgepasst hat, als ich gerade heimfahren wollte, um mich zum Versteck zu führen. Wenn ich das erzählen würde, hätten wir hier gleich die Schmierpresse am Hals. Und womöglich noch ein paar völlig abgehobene Tieresoteriker.« Eddie seufzte und kaute gedankenverloren an einem weiteren Bissen Linsen mit Spätzle.

»Aber was glaubst du, ist wirklich passiert?«, flüsterte Klara mit einem argwöhnischen Seitenblick auf die Hunde. Barny drückte sich noch tiefer in die Decke und kniff die Augen zu, damit niemand ihm ansah, wie interessiert er das Gespräch verfolgte. Er spürte, wie Craddock, der noch immer hinter ihm in Deckung lag, nervös zuckte. Dolly schien sich dagegen uneingeschränkt wohlzufühlen. Sie hatte ihre Körperpflege beendet und rekelte sich nun wohlig auf der Ofenbank. Ihr samtiges Schnurren füllte den Raum.

»Tja.« Eddie räusperte sich etwas verlegen. »Also wenn ich ganz ehrlich bin, glaube ich inzwischen, dass unsere Freunde dort drüben über noch viel komplexere Fähigkeiten verfügen, als wir es uns bisher vorstellen konnten. Barny war für mich zwar schon immer ein vollwertiger Partner, dem ich viel zugetraut habe. Aber jetzt denke ich, dass ich ihn dennoch total unterschätzt habe.«

»Du glaubst also ernsthaft, dass Barny die Sache richtig geplant hat«, hauchte Klara erschüttert und warf einen weiteren beunruhigten Blick zur Hundedecke. »Und mein kleines Moppelchen auch?«

Eddie zuckte die Achseln und häufte sich eine weitere Portion Linsen auf den Teller.

»Sieht für mich ganz so aus.«

»Und was wirst du jetzt machen?«, flüsterte Klara.

»Nichts«, erwiderte Eddie und biss so genüsslich in ein Saitenwürstle, dass es krachte.

Craddocks nervöse Zuckungen verebbten und er schnüffelte sehnsüchtig in Richtung Tisch.

Barny öffnete die Augen einen Spaltbreit und bemerkte, dass Eddie ihn nun sehr genau beobachtete. Beunruhigt richtete er sich von der Decke auf und blickte seinen Partner fragend an. Ein Lächeln glitt über Eddies Gesicht, dann nickte er Barny zwinkernd zu.

»Absolut nichts«, wandte er sich wieder an die fassungslose Klara. »Hat ja schließlich niemandem geschadet, ganz im Gegenteil, nicht wahr? Ich werde halt einfach ein schärferes Auge auf alles haben, um zu verstehen, was genau da so abläuft. Aber das Wichtigste für mich hat sich nicht geändert: Ich weiß, dass ich mich immer hundertprozentig auf meinen Partner verlassen kann.« Er grinste seine fassungslose Schwester breit an und lud auch ihr eine Portion Linsen mit Spätzle auf den bisher unberührten Teller.

»Dann interessiert es dich nicht, wie Barny und Craddock so ganz allein nach Sachsenweiler kommen konnten?«, fragte sie, während sie mechanisch zu essen begann.

»Oh, aber das weiß ich schon«, nuschelte Eddie mit vollem Mund. »Barny ist durch die Terrassentür marschiert, nachdem er sie sich selber geöffnet hat, und dein Dicker hat sich vermutlich durch die Katzenklappe gequetscht. Aber ich bezweifle, dass sie bei diesem Abenteuer so ganz allein waren.« Er ließ seine Augen zu Ofenbank schweifen und wechselte einen langen Blick mit Dolly, die ihn nun ebenfalls sehr interessiert anstarrte. »Solche Kratzer, wie sie der Altenpfleger hatte, kommen nicht von einem Hund. Dazu braucht es schon die Krallen einer Katze. Ich schätze mal, dass sich unsere *Lieblinge* noch viel besser miteinander verstehen, als du bisher dachtest.« Zufrieden schob Eddie seinen leeren Teller zur Seite und wischte sich den Mund an der Serviette ab. »Das war mal wieder richtig lecker, Schwesterherz. Schätze, heute habe ich nichts gegen einen Absacker einzuwenden.«

»Onkel Eddie weiß über alles Bescheid«, japste Craddock Barny ehrfürchtig ins Ohr.

»Sieht ganz so aus«, brummte Barny leise zurück. »Aber eigentlich wundert mich das nicht. Eddie kann man so schnell nichts vormachen.«

»Wirst du jetzt Ärger bekommen?«, erkundigte sich Craddock ängstlich. »Ich meine, wenn er das mit der

Terrassentür weiß, wird er sie jetzt wohl versperren. Dann kannst du gar nicht mehr ermitteln – und ich auch nicht.«

»Keine Sorge«, beruhigte Barny den Mops gelassen. »Als wir Mittwochnacht nach Hause gekommen sind, hat Eddie als Erstes die Terrassentür inspiziert. Dann hat er mich angesehen und gesagt, dass er sich auch in Zukunft darauf verlassen wird, dass ich weiß, was ich tue und keinen Unsinn mache. Das war's schon, mehr nicht.«

»Er ist ja so toll!«, stöhnte Craddock begeistert und starrte Eddie, der gerade damit beschäftigt war, den Tisch abzuräumen, mit verklärtem Blick an.

»Wirklich nicht übel, für einen Menschen«, schnurrte es spöttisch von der Ofenbank. »Du hattest wohl recht, als du sagtest, er ist einer der Besten, Großer.«

»Und das ist wohl das größte Kompliment, das ein Felide einem Menschen machen kann, nicht wahr, Miezekatze?«, griente Barny zu Dolly hinüber.

Dolly lächelte amüsiert zurück.

»Sieht wohl so aus, Bullenschnüffler.«

Barny bewegte bestätigend die Rute und legte sich auf die Decke zurück. Craddock nutzte die Gelegenheit und kuschelte sich wieder dicht an ihn.

Wenig später, als der Tisch abgedeckt und das Steak – mit Craddocks großzügiger Hilfe – verspeist war, nahm Klara ächzend ihren Lieblingsplatz im Lehnstuhl ein und griff nach ihrem Strickkorb. Eddie nippte bereits zufrieden an seinem Absacker und Craddock schnarchte glücklich in Barnys Ohr.

Ganz kurz verspürte Barny eine leise Unruhe, als er bemerkte, dass Klara mit ihrem Nadelspiel heute an etwas strickte, das wie ein Strumpfverband für ein verletztes Hundebein aussah. Doch das gleichmäßige Klappern der Stricknadeln und das zufriedene Schnurren, das von der Ofenbank erklang, ergaben zusammen ein so wunderbar einschläferndes Geräusch, dass auch er sich schließlich entspannt zurücklehnte. Er fühlte sich so behaglich, dass er sich nicht einmal nach seiner Couch sehnte.

Da durchbrach Klara die friedliche Stille.

»Hast du übrigens den Bericht über das verschwundene Mädchen gelesen? Eine schlimme Sache. Ich glaube, ich kenne ihre Großmutter …«

Danksagung

Danksagung? Echt jetzt?

Flynn, unser ungarischer Windschnauzer-Collie sieht mich groß an. Dann legt er sich zurück auf die Couch und beginnt das Für und Wider einer Danksagung so intensiv abzuwägen, dass er schließlich darüber einschläft. Die beiden maltesischen Lhasa-Tibeter-Zwillinge gehen die Sache wie üblich etwas hitziger an. Es folgt eine begeisterte Diskussion, bei der sie die eigentliche Fragestellung komplett vergessen und stattdessen brüderlich übereinander herfallen. Harry dagegen sieht die Sache wie üblich katzenhaft gelassen. Er findet, Danksagungen werden überbewertet, und putzt sich lieber intensiv irgendetwas aus den Krallen, das ich mir nicht zu genau ansehen will.

Dann werde ich eben einen Kompromiss versuchen und meine Danksagung möglichst kurz halten.

An erster Stelle also ein dickes Danke an meine Töchter und meine Schwester, die meine Schreiberei wie immer von der ersten Zeile an mit konstruktiver Kritik und echter Begeisterung begleiteten und mich gnadenlos von Kapitel zu Kapitel hetzten, um endlich weiterlesen zu können; an meine Eltern, die unbeirrt daran glauben, dass jedes meiner Werke zumindest einen Platz auf der Bestsellerliste, wenn nicht sogar einen Literaturpreis verdient hätte, und an meinen Mann, mit dem ich jederzeit so wichtige Fragen diskutieren kann wie die, ob Karrentrampen überhaupt möglich ist.

Danke an Marc, der die Idee zu dieser Geschichte unbeabsichtigt ins Rollen gebracht hat, und an Tanja, die im richtigen Moment die richtigen Worte der Motivation fand, um mich aus dem wohl unvermeidbaren Selbstzweifelloch zu ziehen. Danke auch an Kurt, der mich vor zwei Jahren auf den Leseratten Verlag aufmerksam machte. Ohne ihn gäbe es diesen Roman wohl gar nicht.

Harry hat seine Krallen inzwischen gesäubert und springt nun elegant zwischen die randalierenden Brüder, die sofort ehrfürchtig erstarren. Endlich tritt Ruhe ein, nur noch Flynns Schnarchen tönt durch den Raum. Der Blick des Katers sagt mir deutlich, dass er unter *kurz halten* etwas anderes versteht und jetzt gefälligst in den Garten gelassen werden möchte. Er hat natürlich wie immer Recht.

Also nur noch schnell ein Dankeschön an Herrn Pluhar, der so engagiert seine Kommentare zum Verschollenheitsgesetz durchforstete, um mich auf den rechtlich richtigen Weg zu bringen. Und ein ganz großes Danke an den leitenden Kriminaldirektor a. D. Michael Kühner, der mich durch das Labyrinth polizeilicher Zuständigkeiten leitete und mir einen guten Einblick in die Ermittlungsarbeit der Polizei gewährte, aber auch dafür, dass er mir den wichtigen Kontakt zur Stuttgarter Polizeihundeführerstaffel vermittelte. Hier geht mein Dank an den Leiter der Polizeihundeführerstaffel Herrn Silberbauer, der – genau wie Harry – ebenfalls der Meinung ist, dass zu viel Danksagung überbewertet wird. Dennoch, ohne ihn und seine ständige Bereitschaft, mir jederzeit meine fachlichen Fragen rund um den Polizeihund kompetent zu beantworten, wäre mir der Balanceakt zwischen Fakten und Fiktion sehr schwer gefallen. Danke auch der lustigen Untertürkheimer Seniorengruppe, die mich an ihrer Führung durch die Polizeihundeführerstaffel teilhaben ließ – tut mir Leid, dass es in der Geschichte nun doch nicht so viele Leichen wie gewünscht gibt …

Und zuletzt noch ein großes Abschluss-Danke an die wackeren Leser, die tatsächlich durchgehalten haben und meinen Ergüssen bis hierher gefolgt sind. Ich hoffe, Ihr hattet genauso viel Spaß beim Lesen, wie ich es beim Schreiben hatte. Grüßt Freddy Dreibein von mir, wenn Ihr ihn irgendwann einmal heimlich um eine Ecke schleichen seht!

Auch beim Leseratten Verlag erschienen:

Backnang Stories

Bisher erschienen:

Backnang Stories 2014
Der Start des regionalen Schreibwettbewerbes.
Backnang Stories 2015
Mit der ersten Barny Schäfer Siegerstory.
Backnang Stories 2016 - Weihnachtsausgabe
Die schönsten Weihnachtsgeschichten aus der Region.

Überall im Buchhandel oder als eBook erhältlich.

Alle weiteren Informationen finden Sie unter:

www.leserattenverlag.de

Auch beim Leseratten Verlag erschienen:

Die Tybay-Saga von Tanja Kummer

War es Zufall oder Schicksal, wodurch Grace aus Colorado, USA in die mittelalterliche und magische Welt Tybay geriet? Nur eins scheint gewiss: Die Menschen in dem Königreich brauchen ihre Hilfe. Und so wird Grace ungewollt zur Trägerin des magischen Sonnenamuletts. Jetzt muss sie auch noch zu Heldin werden. Eine Aufgabe, welcher sie offenbar nicht gewachsen scheint und die Entscheidungen von ihr fordert, welche sie niemals hatte treffen wollen.
Seien Sie an Grace' Seite, wenn sie in den verschiedenen Ländern und Welten um das Überleben ihrer Familie und ihres Königreiches Tybay kämpft.

Teil 1: »Die Weltenwandlerin«	12,90 EUR
Teil 2: »Der Weltenbezwinger«	13,90 EUR
Teil 3: »Der Weltenwandler«	13,90 EUR

Alle Teile sind auch als eBook für jeweils 8,49 EUR überall im Handel erhältlich.

Infos & Leseproben
auch unter: www.tanjakummer.de

Auch beim Leseratten Verlag erschienen:

Der Tag der toten Katze

»Ich hasse es, wenn der Tag damit beginnt, dass ich eine überfahrene Katze begraben muss.«

Auf diese Einleitung hin schrieben 14 Autoren die Erzählungen in diesem Buch. Frei von einem vorgeschriebenen Genre, gestalten sich die Kurzgeschichten dabei von märchenhaften Begegnungen, über erheiternde Begebenheiten, bis hin zu morbiden Betrachtungen rund um eine überfahrene Katze.

Besonders für Liebhaber skurriler Kurzgeschichten ist dieses Büchlein unumgänglich.

Überall im Buchhandel:

Druckausgabe 9,90 EUR - eBook 6,99 EUR

Alle weiteren Informationen finden Sie unter:

www.leserattenverlag.de

Auch beim Leseratten Verlag erschienen:

FUNTASTIK

Eine Sammlung wahrlich funtastischer Geschichten.

Das Fantasy und Science Fiction nicht immer ernst sein muss, dass zeigen die 14 Autoren in diesem skurrilen, krankhaft aberwitzigen Buch.

Ist eine unwahrscheinliche Wahrscheinlichkeit schlimmer als eine wahrscheinliche Unwahrscheinlichkeit? Was passiert, wenn sich das Motiv eines Gemäldes selbstständig macht? Wenn man den Kampf gegen einen Drachen delegiert? Kann eine gesetzestreue Invasion eines Planeten gelingen? Was passiert nach einer katastrophal falschen Lagerung von Eiern? Und sind gute Abenteuer planbar?

Überall im Buchhandel:

Druckausgabe 15 EUR - eBook 9,99 EUR

Alle weiteren Informationen finden Sie unter:

www.leserattenverlag.de

Nachtrag in eigener Sache:

Wenn es etwas wirklich Lästiges an all den neuen Rechtschreibreformen in Deutschland gibt, dann sind es die »Kann, aber muss nicht«-Regeln bei der Kommasetzung. Nicht einmal die Experten vom DUDEN wollen sich hier festlegen und eiern mit schwammigen Vorschlägen herum, anstatt definitiv eindeutige Regeln zu erschaffen.

Wichtig ist uns vom Verlag, dass der Text verständlich und lesbar ist. Sollte Ihnen als Leserin oder Leser aber doch in unseren Texten ein Komma fehlen, dann bedienen Sie sich an dieser Serviceseite. Einfach hier ein Komma ausschneiden und vorne in den Text an der entsprechenden Stelle einkleben. :-)

, , , , , , , ,

, , , , , , , ,

, , , , , , , ,

, , , , , , , ,

, , , , , , , ,

, , , , , , , ,

, , , , , , , ,

, , , , , , , ,

, , , , , , , ,

, , , , , , , ,

, , , , , , , ,

, , , , , , , ,

, , , , , , , ,

, , , , , , , ,

, , , , , , , ,

, , , , , , , ,

, , , , , , , ,